U0964062

夜色温柔

〔美〕F·S·菲茨杰拉德 著 汤新楣 译

译文名著精选

YIWEN CLASSICS

F. Scott Fitzgerald

Tender is the Night

上海译文出版社

图书在版编目(CIP)数据

夜色温柔/(美)菲茨杰拉德(Fitzgerald, F. S.)著;汤新楣译.
—上海:上海译文出版社,2012.4(2025.5 重印)
(译文名著精选)
书名原文:Tender is the Night
ISBN 978-7-5327-5715-2

Ⅰ.①夜… Ⅱ.①菲… ②汤… Ⅲ.①长篇小说—美
国—现代 Ⅳ.①I712.45

中国版本图书馆 CIP 数据核字(2012)第 016817 号

F. Scott Fitzgerald
Tender is the Night

夜色温柔
[美]F·S·菲茨杰拉德 著 汤新楣 译

上海译文出版社有限公司出版、发行
网址:www.yiwen.com.cn
201101 上海市闵行区号景路 159 弄 B 座
上海市崇明县裕安印刷厂印刷

开本 890×1240 1/32 印张 12 插页 2 字数 212,000
2012 年 4 月第 1 版 2025 年 5 月第 13 次印刷
印数:32,001—35,000 册

ISBN 978-7-5327-5715-2
定价:38.00 元

本书中文简体字专有出版权归本社独家所有,非经本社同意不得连载、摘编或复制
如有质量问题,请与承印厂质量科联系。T:021-59404766

《夜色温柔》的创作与出版

马修·J·布鲁科里

创　作

1932 年夏

在“和平居”（La Paix），菲茨杰拉德聘用了他的第一位全职秘书，伊莎贝尔·欧文斯(Isabel Owens)，给她每周工资 12 美元；以此，他准备对他的小说发起最后的进攻。欧文斯太太成了泽尔达(Zelda)的伙伴，斯科迪(Scottie)的代理母亲，以及房子的管家。菲茨杰拉德放弃了梅拉尔基(Melarky)杀母和凯利(Kelly)船上生活的素材，新构想了一出发生在欧洲的故事情节，讲的是一位美国精神科医生，和一位富有的精神病人结了婚，这段婚姻把他给毁了。菲茨杰拉德无法完成小说的最初几稿，这可归咎于对杀母情节的素材缺乏坚持。1932 年，他获得了让他感触颇深的素材：泽尔达的精神崩溃和他自身状况的恶化。他在继续创作这部必须为他重振名声的小说时，有一大箩筐的痛苦情绪可以利用。写作《夜色温柔》（*Tender is the Night*），成了他的一种尝试，尝试去理解自己是如何失去了一切曾经赢得的东西，一切想要得到的东西。

1932 年 8 月，在他的《总账》（*Ledger*）中，他记下：“小说的情节已经想好+结构已规划，不会再长时间地搁浅了。”这个规划包括 16 页的故事汇编、人物速写、表格，以及工作时间安排。

总 体 大 纲

这部小说应达成以下目的：展现一个天生的理想家，一个被惯坏了的牧师，由于各种原因，屈服于中上层阶级的理念，在登上社交界顶峰的过程中，失去了自己的理想和才华，开始酗酒，放浪形骸。背景之一是有闲阶级在其最风光+最耀眼的时代，就像墨菲一家（Murphys）①。

主人公生于1891年，是像我自己这样的一个男子，出生在一个由中上层资产阶级落入小资产阶级的家庭，但所受到的教育仍然花费不菲。他拥有一切天赋，在耶鲁度过的岁月相当成功，但也不完全成功，却还是得到了罗德奖学金，最后在约翰·霍普金斯大学取得学位+用一笔遗产出国到苏黎世学习心理学。26岁时的他，前途似乎一片光明。然后他爱上了一位女病人，她由于年轻时的一桩事件，对于男性产生了一种奇异的杀人狂倾向。除此以外，她是一个颇具传奇色彩的放荡女。他“调整”了自己+她爱上了他，而他也回应了她的爱。

在战争中非现役服务了一年之后，他回来和她结婚+疯狂地爱着她+为了将她完全治愈而全身心地投入。她出身于贵族家庭，父母一方来自美国，另一方来自欧洲，她年轻、神秘+可爱，是一种新的性格。他将她治愈了，方法是声称让她达到一种稳定+他相信当下的秩序，而这种秩序其实他并不拥有，他事实上是一个相信共产主义的自由理想主义者，是一个叛逆的道德家。但他多年以来生活在恩惠当中+生活在资产阶级中，把他给惯坏了，他结婚的时候，是个内心分裂的男人。在战争当中，他开始喝酒+婚后继续偷偷地喝。照顾她的难度超乎他的想象，他内心越来越支离破碎，但外表一直保持着一副完美的容貌。

他在社交场合魅力四射，登峰造极，而内心却变得堕落腐朽；就在

① 指的是杰罗德和萨拉·墨菲（Gerald and Sara Murphy），是旅居法国南部的美国富人，作者的朋友。

这当口，他在里维埃拉和一位年轻女演员相遇，她爱上了他。对于这件事的一切后果，他尽量克制住自己不要害怕，而将他四分五裂的内心暂且拼合在一起的，也只有他外表的美好了。他也知道，他对她的爱，比不上自己曾经对妻子的爱。尽管如此，情感克制的效果就是，在他偷偷酗酒，过另外一种他自己的生活时，驱使着他去勾引他遇到的所有女人。对于这另一种生活，他的妻子并不知情，或者说至少他以为她不知情。他有一次离家，在罗马和那位女演员在一起，他们的这场婚外的恋情令人失望，而且来得太晚，那次他还被警察毒打了一顿。回到家，他发现她并没在休养，却实施了一场谋杀，他怀着一腔厌恶，设法帮她掩盖，而且成功了。然而，这却向他表明，游戏结束了，他必须上演一出激烈的+深沉忧郁的举动，来拯救她，因为他正在失去对她+他自己的控制。

他和一个非常强有力+魅力十足的男子有着点头之交，认识一段时间以后，他现在故意要将他和他妻子带到一起。当他内心怀着嫉妒和痛苦的时候，他发现这件事已经撮合成了，然后他离去，心里知道自己已经将她治愈了。他将疏于管教的儿子送去苏俄，在那里接受教育，自己回到美国，做个庸医。这样他既在他的妻子身上实现了他的中产阶级的感伤主义的想法，也在他的儿子身上达成了他的理想，+ 现在他自己就是一具躯壳，只要在旧有的秩序下活下去就行，别的什么都不要紧。

（更多大纲）

《酒鬼的假日》（*The Drunkard's Holiday*，作者原来的书名）将会是我们这个时代的一部展现英才崩溃历程的小说。与《美与孽》（*The Beautiful and Damned*）不同的是，使他崩溃的不是懈怠，而是真正悲剧性的力量，例如理想主义者内心的冲突，以及周遭情境迫使他做出的妥协。

这部小说计划写成十万字出头，分14章，每章7 500字，第一和第二部分各5章，第三部分4章——将会有一章或等量内容由回顾构成。

. . . .

狄　克

男主人公生于1891年。小伙子身形壮实，相貌俊秀，也非常聪慧，博览群书——事实上他才华横溢，有着极其强大的个人魅力。这一切都从一开始就安排好了。他是具有无限潜力的超人，以中产阶级的眼光，第一眼看他就是这样。然而，他缺乏一种韧性——布朗库西、莱热和毕加索身上的那种粗犷，他全然没有。他的外在特征，可以任意采用这些人的：杰罗德·墨菲、欧内斯特·海明威、本·菲尼、阿奇波尔德·麦克利什、查理·麦克阿瑟，以及我自己。然而，他看上去像我。

缺陷——例如急于挤入上流社会、饮酒、不顾一切地粘在一个女人身上、最后患上神经症——都是逐步显现的。

我们跟随他从34岁到39岁的历程。

狄克的实际年龄

1891年9月　出生

1908年9月　进入耶鲁

1912年6月　20岁从耶鲁毕业

1916年6月　从霍普金斯毕业。前往维也纳(在那里8个月)

1917年6月　一年后，从事了其他工作，然后到了苏黎世。26岁。

1918年6月　在苏黎世取得学位。26岁。

1919年6月　回到苏黎世。27岁。

1919 年 9 月　结婚。28 岁 { 之前拒绝了大学的神经学研究员席位，成为了诊所的病理学家。或者他接受了？

1925 年 7 月　5 年又 10 个月的婚姻后，将近 34 岁。

故事开始

1929 年 7 月　9 年又 10 个月的婚姻后，将近 38 岁。

妮珂的年龄

总是在当年年份上减一。

1901 年 7 月出生

之前求爱两年半，自从她 13 岁时开始

灾难　1917 年 6 月　将近 16 岁

诊所　1918 年 2 月　17 岁

10 月中旬情况糟糕

停战后情况较好

他于 1919 年 4 月或 5 月返回

她于 1919 年 6 月 1 日出院。将近 18 岁

1919 年 9 月结婚。18 岁

1920 年 8 月孩子降生

1922 年 6 月孩子降生

第二次复发，几乎马上就到了 1922 年 10 月，此后出现法国男人

（或者是 1923 年夏天在结婚将近 4 年后出现的）

1925 年 7 月故事开始时，她只有 24 岁

（一个孩子将近 5 岁（在胡安莱潘[Juan les Pins]时的斯科迪

另一个孩子 3 岁（在苹丘[Pincio]时的斯科迪）

1929 年 7 月故事结束时，她只有 28 岁

女主人公生于 1901 年。她很美，就像玛琳 · 迪特里希那一类的演员，或者说更像诺拉 · 格雷戈——是有着琪琪 · 艾伦那样一双独特眼睛的女孩子。她是美国人，有一点外国血统。15 岁时被自己的父亲强暴，是在很特殊的情况下——待定。她随之崩溃，进了诊所，16 岁的她在那里遇到了比自己大十岁的年轻医生，即男主人公。只有她对他的移情才能救她——当这不起作用时，她就会恢复杀人狂倾向，试图杀死男人。她很纯真，读书很多，但没有实际经验，也没有自己的方向，全靠他的给予。她是泽尔达的写照——或者说，泽尔达的一个部分。

我们跟随她从 24 岁到 29 岁的历程。

对精神病这个素材的处理方法

（1）阅读书籍，决定病例的大概类型

（2）准备一份囊括 1916 ～1920 年的诊断报告

（3）然后细看各个类别的素材，要复制的内容不要选太多

① E 字母类目下选取

② F ” ” ” ” ”

（这里不要用真实的材料）

③ 从其他类目下选取气氛、精准度和素材，注意不要犯精神病学和医学上的低级错误，但也不要炫技卖弄。只要用关系最不紧密的事实暗示就可以了。不要变得像医生的故事。

必须避免福克纳的态度，结尾不要变成小说化的卡夫-艾宾（Krafft-Ebing）——最好是奥菲利娅和她的花朵。

对精神病这个素材的分类

A. 描述

B. 巴尔的摩

C. 诊所和剪报

D. 舞会和初诊

E. 初入布兰格林诊所[①]——至 1931 年 2 月

F. 佛雷尔(Forel)医生(包括布洛伊勒[Bleuler]医生的会诊)

H. 好莱坞

L. 布兰格林诊所后期

M. 我自己的信件和评论

R. 罗塞林(Rosalind)和塞尔(Sayre)家族

S. 斯奎尔医生和日程安排

V. 杂录

这份规划中还包括一张表格，将泽尔达和小说女主人公的病历并列于一页。

(335 页图片说明：这是菲茨杰拉德列出的妮珂·沃伦和泽尔达·菲茨杰拉德的病历对照表[普林斯顿大学图书馆])

女演员出生于 1908 年，她的演艺生涯与露易丝·莫兰(Lois Moran)、玛丽·海伊(Mary Hay)的相似——这就是说，她和大多数女演员不同，不仅仅是扮淑女，不单单是整天展现活力、健康和性感。与女

① 布兰格林(Prangrins)诊所位于瑞士尼翁(Nyon)，泽尔达曾在此接受治疗，后文提到的两位医生都曾为她诊疗。

主人公相比，她显得臃肿，或者说将来会变得臃肿，而现在她年纪轻还看不出来。咪咪–露普·维勒(Mimi-Lupe Velez)。

我们第一次看到她的时候，她正处于演艺生涯最初的开端，已经拍了一部大片。

我们跟随她从17岁到22岁的历程。

这位朋友出生于1896年。他是一个狂放的人，长得像敦特(Tunte)，也像会议室里那个皮肤黝黑的共产主义者。他有一半的意大利或法国血统，另一半是美国血统。他是个厌恶一切虚伪+借口的人(参考朗(Lung)那一类型，就像福斯·威尔逊[Foss Wilson])。他是那种能当部落族人或者共产主义者领导的人—— 一派贵族气质，与资产阶级毫不沾边的国王。他为法国外籍军团打了三年仗，然后一度操起画笔，之后又去攻打摩洛哥北部里夫山的柏柏尔人。小说中他第一次出现，就是刚从那里回来，正寻找新的发泄途径。他有钱，又有法国军团的训练——否则的话他一定会成为一个革命家。不论是做正事还是搞破坏，他都能干得不错，但他的脑袋和男主人公比起来就差一些了。有点像珀西·佩恩(Percy Pyne)，也有点像丹尼·霍顿(Denny Holden)。

我们看到的是28岁到33岁期间的他。

在重新规划小说的时候，菲茨杰拉德从埃米尔·左拉(Émile Zola)纪录片式的材料组织方式中获得指引。马修·约瑟夫逊(Matthew Josephson)的《左拉和他的时代》(*Zola and His Time*)(1928)一书中对此有描述。(《夜色温柔》出版时，菲茨杰拉德寄给了约瑟夫逊一本，书上题有这段话："若不是'左拉'极佳的组织手法+你将其再现，这本书永远不可能上架。")在写作这部小说的过程中，菲茨杰拉德脱离了最初的规划；例如，妮珂在书中并没有杀人倾向。这份规划表明，从1932年最终确定情节开始，这部小说就不是对真实生活的直接转录。角色都是复合体。妮珂是“泽尔达的写照——或者说，泽尔达的一个部分”，再复合上一个虚构的角色和虚构的故事。没有证据表明泽尔达曾遭到乱伦的侵犯。

小说的手稿已经有了暂定的题目，叫做“酒鬼的假日”（这曾是菲茨杰拉德1919年计划写的一本小说的标题）。这份手稿所展现的是，菲茨杰拉德虽在挽回早先几稿的精华部分，但1932年夏天的这本书是一部新的作品，综合了他旅居海外时遇见的许多人和事。泽尔达的精神病——转移到了妮珂·戴弗身上——是起到催化作用的经历；但小说的主题写菲茨杰拉德如何荒废自己才华，这是由理查德·戴弗医生的职业生涯来表现的，他代表着菲茨杰拉德的自我判断和自我批判。塑造戴弗这个角色是相当复杂的，因为菲茨杰拉德同时将自怜和自卑注入了他。“戴弗”（意思是潜水者）这个名字，揭示了菲茨杰拉德对男主人公，以及对他自己的复杂而矛盾的感受。狄克·戴弗当然从前途无量堕入了身败名裂，但他的全名在俗语中也有“吸鸡巴的家伙”之意。戴弗之所以堕落，是因为他受到的不良影响，更是因为他自身就容易受这种影响。一言以蔽之，他是被有钱人给毁了；但令他崩溃的真正根源是他需要被人爱，被人仰慕，这驱使着他恣意挥霍自己的情感资本。戴弗医生治好了他的病人兼妻子，却牺牲了自己的职业生涯。菲茨杰拉德在小说中治好了泽尔达的不治之症，他这样做，可能是试图宽恕自己，减轻自己因为妻子的疯病而感到的内疚——同时也是在惩罚自己的挥霍浪荡。

《夜色温柔》的题词——“献给/杰罗德和萨拉/快乐永在”——让人一不留心就假定戴弗一家是墨菲一家的翻版。仔细一查，就发现这种假定不能成立。在包含杀母情节的版本中，派普(Piper)一家(洛尔拜克[Roreback]一家)的模板是墨菲一家，但在菲茨杰拉德的写作和重写过程中，他逐渐脱离了墨菲一家。墨菲一家在社交场合的特点和背景细节，迁移到了戴弗一家人身上；然而戴弗一家是虚构的——或者说是合成的——角色，比起和墨菲一家，他们和菲茨杰拉德一家更相近。菲茨杰拉德的“总体规划”表明，即便是在最初阶段，戴弗一家也并不是对墨菲一家的直接转录。狄克的外在特点是由墨菲、海明威、菲尼、麦克利什、麦克阿瑟和菲茨杰拉德组合而成的。约翰·奥哈拉(John O' Hara)后来告诉杰罗德·墨菲：“斯科特写的是人生，不是各人的生活。这里有一部分原因是斯科特总是在写人生。迟早，他笔下的角色都会成为菲茨杰拉德世界里的菲茨杰拉德角色……当然，他一路走过，就和真正的墨菲一家相距更远了，更不相像了。狄克·戴弗最后成了十足的菲茨杰拉德……”

除了《人间天堂》(*This Side of Paradise*)，菲茨杰拉德从来没有写过一部直接取材于真人真事的小说(roman à clef)。然而，他的确一直从真实生活中萃取他的一些人物——有时候写得和真人很接近。艾贝·诺思的原型明显是林·拉德纳(Ring Lardner)，与查尔斯·迈克阿瑟也有一分相似，但他的生活经历是虚构的。汤米·巴尔班是五个人的合体——爱德华·约占(Edouard Jozan)、马里奥·布拉吉奥提(Mario Braggiotti)、汤米·希区柯克(Tommy Hitchcock)、珀西·佩恩和丹尼·霍顿。虽然菲茨杰拉德没有将海明威指定为巴尔班的原型之一，但两者明显有联系：巴尔班篡夺了戴弗在里维埃拉的王国，就好比海明威的文学名声盖过了菲茨杰拉德。巴比·沃伦的原型是萨拉·墨菲的妹妹霍伊特(Hoyt)，但她的名字用在了露丝玛丽·霍伊特身上。

在《夜色温柔》中，露丝玛丽是体现菲茨杰拉德角色创作手法的最佳例子，她是由虚构的弗朗西斯·梅拉尔基(Francis Melarky)和女演员露易丝·莫兰两者合并演化而来的。露丝玛丽·霍伊特和露易丝·莫兰相似，而在她身上发生的一些事情是从梅拉尔基草稿中挽回的。在创作过程中，菲茨杰拉德将早先版本中的主角，转变成了最终出版的这部小说中的观察者、反衬者的角色；但在整本小说中，露丝玛丽的叙述视角并非保持不变。在梅拉尔基版本中，菲茨杰拉德尝试采用了部分参与故事的叙述者(partially-involved narrator)这一手法，但又放弃了——原因大概是《夜色温柔》的故事范围太广，一个角色无法全部观察。

早先草稿中的材料并非直接转用于戴弗版本。对挽回的内容，菲茨杰拉德进行修改或重写，而且他也为新角色写了新的材料。直到艾贝在第一卷第19章中离开巴黎，“酒鬼的假日”是以梅拉尔基的材料为基础的，而小说的其余部分都是新写的——除了对于狄克在罗马被打一事的叙述，这部分原先计划作为杀母情节的引子。这部小说是历经多道草稿才最终完成的。写作时，菲茨杰拉德一贯用的是铅笔和无行线的法律文件纸。[①]他的秘书欧文斯将写成的章节打字成稿，一份原稿(预留三倍行距以便修改)加上两份复制稿。菲茨杰拉德在原稿以及单份或双份复制稿上进行修改。然后最佳的修改版本将被重新打字，修改过程还会继续。在每一个阶段，菲茨杰拉德都会对文字进行修改润色，使句子变得紧凑，并更换用词。欧文斯回忆道：“他清醒的时候，工作状态很不错，非常顺利。他很自觉，一般连续写作两个小时，然后停下，稍后回来再继续。他喝酒的时候，就坐不定了，会从他的办公室里走进

① 法律文件纸(legal-size)是美国常用的一种纸张规格，大小是215.9 mm×355.6 mm。

走出。”

“酒鬼的假日”将在《斯科里布纳杂志》(*Scribner's Magazine*)上连载，完整的打字稿是一份700多页厚的双倍行距稿件。菲茨杰拉德在打字原稿上作了修改(将其重命名为《戴弗医生的假日：一部罗曼史》[*Dr. Diver's Holiday：A Romance*])，然后又修改了复制稿(重命名为《夜色温柔：一部罗曼史》[*Tender Is the Night：A Romance*])。副标题“一部罗曼史”表明，菲茨杰拉德认为这本书脱离了虚构文学的现实主义或小说特有的模式。(我们不知道菲茨杰拉德是否熟悉霍桑[Hawthorne]对于为何将《有七个尖顶阁的房子》[*The House of the Seven Gables*]定义为罗曼史的解释，但是菲茨杰拉德在这里采用这个说法，和霍桑的用法是一致的，用来指称一种形式或技巧，它赋予自身“一种权利，在很大程度上，能将{人心}放置在作者选择或创造的情境下，以展现其真相。作者如果认为需要，也可以操控他的气氛媒介，调节光线明暗，深化并充实画面的阴影层次。”)菲茨杰拉德后来向詹姆斯·瑟伯(James Thurber)将其描述为“我信仰的证明”，《末代大亨的情缘》(*The Love of the Last Tycoon*)也会有“一部罗曼史”的副标题。

虽然“戴弗医生的假日”对于“酒鬼的假日”而言是一种改进，但菲茨杰拉德担心这个题目会让读者以为故事是关于医生的。《夜色温柔》取自济慈(Keats)的“夜莺颂”(“Ode to a Nightingale”，菲茨杰拉德称自己每读一遍，必哭一次)，这个题目让菲茨杰拉德感到满意；但需要说服帕金斯([Maxwell] Perkins)和《斯科里布纳杂志》的一些人，因为这个题目不“好卖”，给不了买家关于作品内容的提示，菲茨杰拉德也曾考虑过一个中性的题目“理查德·戴弗”。《夜色温柔》及其引语(“我已经和你在一起！夜色那么温柔……／……不过这里却没有别的亮光，／除了有一线天光被习习和风吹过／灰暗的绿荫与迂回曲折的苔径。”)唤起了那种弥漫在菲茨杰拉德的罗曼史中的失望情绪。济慈的诗所表达的是试图逃脱痛苦的现实，结果又重回不幸。这首诗的最后几行表达了狄克·戴弗在小说结尾处怅然若失的心境：“这是个幻觉，还是梦寐？／那歌声去了：——我是睡？是醒？”

出　版

1934 年 4 月

《夜色温柔》的开场是 1925 年夏天的里维埃拉。年轻女演员露丝玛丽·霍伊特在那里遇到了一对极有魅力的美国夫妇，迪克和妮珂·戴弗。戴弗家的交际圈内有一位酒鬼作曲家，艾贝·诺思；还有汤米·巴尔班，美籍的法国雇佣兵，此人爱上了妮珂。露丝玛丽则为迪克所倾倒。一段倒叙道出了原委，迪克和妮珂·沃伦结婚时，是一位年轻有为的精神科医生。妮珂是一位富裕的精神病人，曾被自己的父亲强暴。作为她的丈夫和医生，迪克越发感觉难以坚持自己的专业观点，疏忽了研究工作，妻子的财富也同时助长了他奢侈的生活作风。用沃伦家的钱，他成了瑞士一家诊所的合伙人，但最后被迫离开，原因是他对工作已经不再专心投入——酗酒就是体现。在一趟罗马之行中，他与露丝玛丽圆满了两人的关系，后因酒后争斗而被警察殴打。1929 年，戴弗一家重返里维埃拉，迪克酗酒更凶了，而妮珂也离他而去，投奔了汤米·巴尔班。迪克试图在美国重操旧业，但最终成了一个碌碌无闻的小镇医生，湮没在人海中。

在记叙迪克·戴弗走向没落的过程中，菲茨杰拉德也在试图解释自己从 1925 年开始的意志消沉。他认识到，造成两个人这种情况的根源都可以追溯到对性格的一种浪漫观念。迪克“他常常想他要做个好人，和善、勇敢、睿智，可是这一切很难。要是可行的话，他也要为人所爱。”[1]（第二部第4章最后一段）迪克的敏感神经在他遇见妮珂之前就已经有了——就如同在遇见泽尔达之前，菲茨杰拉德的性格就已经形成了。做出和尼科尔结婚这一决定，并不是因为沃伦家的钱，然而她的钱最终却消磨了他对工作的专注。他娶她是出于他需要有人对他有所求，需要有人派他用处。但迪克的慷慨并非毫无私心，因为他需要那种由他激发的“情感的狂欢”。（第一部第6章中间）他对露丝玛丽的迷恋清晰地指明，在小说开场时，他恶化的进程已经相当深入了。他引人爱慕，其代价便是不断耗费他的精力，而勤奋的男人本该把这能量留给工作。妮珂的力量不断上升，而他却是在走下坡路，当上升下降两条曲线交汇时，迪克做出了职业决定，让他的病人兼妻子“出院”。妮珂已经准备好了分手，但迪克迫使她宣告她的独立：“病案真正结束。戴弗医生终于自由了。”[2]（第三部第9章最后一句）迪克·戴弗的恶化看得让人心里很不好受，因为他是被他性格中那些原本或许可以使他成为伟人的元素给毁了。他的雄心壮志逐渐萎缩成了“致命的愉悦感”。

这部小说从1934年1月开始连载在四期《斯科里布纳杂志》上，1月杂志封面便是菲茨杰拉德的肖像。爱德华·申顿（Edward Shenton）为杂志所作的钢笔画插图尤为成功，于是在出版成册的书中保留了下来。连载共有12个篇幅较长的章节，这也正是菲茨杰拉德1932年的计划。（书分成了三卷，共61章。）在杂志第一期中，刊载的是正式出版后的小说第一卷前18章——直到艾贝·诺思离开巴黎。2月的杂志刊出了第一卷的其余部分，还刊出了第二卷倒叙部分的前9章——直到迪克决

①第168页。
②第382页。

定和妮珂结婚。3 月刊中，倒叙部分连载完毕，第二卷以迪克在罗马挨打结束。4 月刊则是完整的第三卷。

菲茨杰拉德和斯科里布纳出版社都期待着连载能引起人们关注，从而为书促销，但实际上连载可能有损于《夜色温柔》最初获得的反响。两期连载之间的 30 天时间使得小说的结构——包括时间先后顺序的断裂，以及第一卷和第二卷之间叙述视角的转换——变得模糊不清。菲茨杰拉德怀疑有一些评论家是看了连载以后才做的评论，所以力劝他的朋友们重读小说的全本。出版日期前一个月，他写信给埃德蒙·威尔逊(Edmund Wilson)："作者试图为作品的部分失败辩解，必定是荒唐可笑的——但我真的希望你，还有其他人，都能读到全书，而不是杂志版本，那个版本有些地方是匆忙拼凑起来的。比如后半部分的外观，现在已经精致得多了。"菲茨杰拉德在送给多罗茜·帕克(Dorothy Parker)的书中题道："这比杂志更好。"连载版本中有六个小场景在书中删去了。(书中删去的场景包括：两组描写艾贝·诺思在里兹酒吧中的场景[第一卷]；迪克在因斯布鲁克和一个女人牵扯在一起[第二卷]；以及迪克从父亲葬礼坐船返回欧洲途中的三组场景[第二卷]。在连载之前，菲茨杰拉德从第三卷的打字稿中，删去了关于汤米和妮珂在里维埃拉去看一伙美国歹徒帮的叙述。)唯独在书中恢复的段落是杂志中不能刊载的涉性内容——主要是扩充叙述沃伦如何坦白自己与妮珂的乱伦关系。

菲茨杰拉德于 1934 年 1 月和 2 月前往斯科里布纳出版社，修改校样。他与约翰·奥哈拉和多萝西·帕克在纽约共处了一段时间。奥哈拉当时正在完成他的第一部小说《相约萨马拉》(*Appointment in Samarra*)，他很感激菲茨杰拉德的鼓励。(《相约萨马拉》于 1934 年 8 月出版时，菲茨杰拉德的一句话用在了广告中："约翰·奥哈拉的小说证明了自从大战以来美国作家正在大踏步地前进。”）菲茨杰拉德主动借钱给他，但奥哈拉婉拒了，因为他知道菲茨杰拉德手头并不宽裕。

斯科里布纳的编辑约翰·豪尔·惠洛克（John Hall Wheelock）后来说，与他共事过的作者中，唯独菲茨杰拉德一人，喝醉了酒，还能把文字修改得更好。菲茨杰拉德一道又一道的广泛修改校正，给校对工作增加了难度。出版成册的书中有几十处拼写错误，也有时间顺序上的不一致，使得迪克·戴弗走向没落的过程变得模糊含混了。错在作者，但斯克里布纳出版社本可以仔细编辑，提醒他注意这个问题。

1934 年 2 月 12 日，泽尔达从蒙哥马利搬到巴尔的摩整整两年后，又进了菲普斯诊所（Phipps clinic）。她没有好转的迹象，菲茨杰拉德便将她转往纽约州比肯的克雷格疗养院（Craig House）。这是一家度假村式的疗养院，每周最低收费 175 美元。泽尔达被禁止写作，于是在 1933 年和 1934 年主攻绘画。菲茨杰拉德与在巴黎时的朋友嘉瑞·罗斯（Cary Ross）一起为她安排了一场画展。虽然画展意在鼓舞泽尔达的志气，但她却觉得菲茨杰拉德占了上风，于是不愿积极参与。画展于 3 月 29 日至 4 月 30 日期间在罗斯的画廊进行，在阿尔冈昆酒店（Algonquin Hotel）还举行了一场规模较小的联合展览，展出的是泽尔达的画作和约翰·霍普金斯医学院的马利翁·海因斯（Marion Hines）博士的摄影作品。泽尔达的画展和《夜色温柔》的出版正好重叠，菲茨杰拉德这样做，可能是试图对之前迫使她放弃她的小说创作而做出补偿。画展目录册上有一段隽语：PARFOIS LA FOLIE EST LA SAGESSE①，目录列出了泽尔达创作的 13 幅彩绘和 15 幅素描。画家生平简介中写道：“她的作品是想象力和诗意的结晶，这些特质使她在大战结束后的日子里几乎成了传奇

① 法语，意为“有时，疯狂正是智慧”。

式的人物，而她和她的丈夫则成了爵士时代年轻美国的象征。”她的画作中最引人注意的是两幅菲茨杰拉德的肖像：一幅题为“短号手”（*The Cornet Player*）（由多萝西·帕克购得），另一幅题为“树丛中的肖像”（*Portraits in Thorns*）（未出售）。两幅肖像画现在都下落不明。（泽尔达的一些画作放在位于蒙哥马利的一个棚中，在她死后，这个棚起火焚毁了她的画。在二战期间，她将自己的其他的画作捐给了军中的士兵当画布使用，于是上面又覆盖了其他人的画。）

泽尔达的画展开展时，她被允许暂离克雷格疗养院。画展的反响令人失望，全部收入只有 328.75 美元。《时代》（*Time*）杂志在评论这次“追求名望的最新尝试”时写道：“出自才华横溢而性格内向的画家笔下，这些作品画面生动、具有强烈的节奏感。人物的腿和脚被放大，让人联想起她儿时跳芭蕾的那段略带粉色的时光——这个小技巧她可能是从毕加索那里学来的。在表现一场达特茅斯橄榄球赛的一幅印象作品中，体育场被画成戏院大门的样子，球员就像是舞蹈演员。《中国剧院》（*Chinese Theatre*）展现的是一大团纠结的杂技演员，背景则看得出是观众。还有两幅印象作品是她丈夫的肖像，以及一幅翠绿色的、边框用摆成几何形状的电话线点缀的《乡间春意》（*Spring in the Country*）。”泽尔达告诉《时代》杂志记者，她最大的心愿就是能自食其力，但这场争取独立的尝试失败了。

关于写作素材的争吵令菲茨杰拉德一家十分不快，所以泽尔达直到《夜色温柔》连载时才开始读这部小说。就小说开始连载，她向菲茨杰拉德表示祝贺，并于 4 月从克雷格疗养院给他写了一封信：

> 这本书相当宏大。诗意的散文语言具有力量，使得振奋的情感一直延续，而角色面对着比他们所诠释的人生更为强大的力

量，只得屈从，这都非常感人。目睹一个人原本对其个人意志深信不疑，而最终屈服于无常世事的安排，让人潸然泪下。这就是一本好书的目的所在，而你写的正是这样一本好书——那些面对自己显得无助的人们，那优美的散文语言，显而易见，对于这两种表达的信念是坚定的。这是一部诚恳、质量上乘的书，是一份首创的文学贡献，将在今后数年内成为作家们的关切。

在克雷格疗养院，泽尔达并没有好转。1934 年 5 月 19 日，她因紧张型精神分裂症被送往“谢博德与伊诺克 · 普拉提”医院（Sheppard and Enoch Pratt Hospital）入院治疗。此时，菲茨杰拉德已经接受了泽尔达将不可能痊愈、他们将再也无法继续共同生活的现实。在他的《笔记本》（*Notebooks*）中，他这样写道：“我再抱希望的力量，留在了那些通往泽尔达的疗养院的小路上。”

（曹小川　译）

献 辞

我已经和你在一起！夜色那么温柔，
……不过这里却没有别的亮光，
除了一线天光被习习和风吹过
灰暗的绿荫与迂回曲折的苔径。

——《夜莺颂》①

①作者是英国浪漫主义诗人约翰·济慈(1795—1821)，所引诗句见《夜莺颂》第四节。

卷　一

1

在马赛到意大利边界的中途，在风景怡人的法国里维埃拉海岸上，耸立着一座玫瑰色的神气的大旅馆。泛红的正面有毕恭毕敬的棕榈树遮阴送凉，旅馆之前有短短一片耀眼的沙滩，近来这地方成了名流和时髦人物的避暑胜地；十年前，每到四月英国客人北归之后，便差不多没有人了。如今附近是一座座平房，然而这故事开始那时，周围还只有十来座老别墅，它们的屋顶看上去好似高斯外侨旅馆和五英里外的戛纳之间的一片松林中的睡莲那般凋败。

这旅馆和前面那片浅棕色跪毯般大的沙滩浑然一体。清早，戛纳远处那粉红和乳白色的旧城堡，意大利边界上那紫色的阿尔卑斯山，都映现在水面上，在清澈浅水中海草掀起的涟漪中荡漾。八点以前，一个身穿蓝浴袍的男子走下沙滩，先在身上泼了一阵子阴凉的海水，嘴里咕咕哝哝，鼻子哼哼哈哈地呼吸，在水里扑腾了一会儿。他走了之后，沙滩和小湾又安静了一小时。水天相连处，商船缓缓西行；旅馆院子里，开车门拎行李的侍应生在大声叫喊；松针上的露珠渐渐干了，再过一小时，从那条当年摩尔人居住的低矮的山峦蜿蜒曲折的公路上传来汽车喇叭声。这条山脉隔开了真正的普罗旺斯和滨海部分。

离海一英里的地方，落满灰尘的白杨取代了松树，那儿有个孤零零的小火车站。一九二五年六月的一个早晨，一辆敞篷汽车把一位妇人和她女儿从车站接送到高斯旅馆来。那母亲的一张脸庞风韵犹存，可是不久就会出现老人特有的斑块，她的神情既恬静又敏锐，令人觉得愉快。不过人们的视线很快便会转到她女儿身上。她那粉红色的掌心似乎具有一种魔力，脸蛋红彤彤的，可爱得很，就像小孩晚上洗完冷水澡后脸上泛出的红晕，她那秀美的额向上缓斜到发际，浅色金发分成刘海、波纹和发卷儿，像盾形纹一般缭绕在它两旁。她的眼睛又大又亮，水汪汪的，神采逼人。她的脸色红润，是年轻强壮的心脏跳动时泛出来的颜色。她的身体仍然微妙地徘徊在幼年时代的边缘上——她差不多十八岁了，虽然近乎长成，可是稚气未除。

海天在她们脚下交织成一条细长灼热的线条，那母亲说：

“我有预感，咱们不会喜欢这个地方的。”

“反正我是想回家。”女儿回答。

母女俩讲得兴高采烈，可是显然没有一个话题，——事实上，任何话题都会令她们厌烦。她们要的是高度的刺激，倒不是为了神经疲惫，需要振奋，而是像理应享受假期的获奖学童那样怀着一种热切的期待。

“咱们逗留三天就回家。我马上去打电报订船票。”

在旅馆里，那女孩用法语订妥房间，讲得很流利，可是音调不够抑扬顿挫，就像背诵出来的。她们在楼下安顿下来之后，女孩朝洒下耀眼阳光的落地长窗走去，再走了几步便到了与整个旅馆齐长的石砌阳台上。她走起路来姿势像芭蕾舞演员，臀部绷紧，瘦小的背挺得笔直。阳台上，炎热的阳光吞没她的影子，她连忙退了回来——光线实在太亮，不能眺望。五十码外，地中海时时刻刻都向无情的烈日献出她的色彩；阳台下，一辆褪色的别克汽车在旅馆车道上挨烤。

老实说，整个地区只是沙滩上热闹。三个英国保姆坐着，把呆板的维多利亚时代花样织进毛衣里和袜子里，这种花样在四十年代、六十年代和八十年代都很流行，她们一边编织，一边闲聊，说话的腔调像念咒那样刻板；较近海处，有十来个人躲在条纹阳伞下不出来，他们那十来个孩子在浅水里追逐毫不怕人的鱼，或者在阳光下裸体躺着，身上抹的椰子油闪烁发光。

露丝玛利走到沙滩上，一个十二岁男孩从她身旁跑过去，兴高采烈地狂喊着，一头跳进海里。她感觉到周围陌生的脸都在对她端详，便脱掉浴袍，也跟着下海。她先脸朝下浮了几码，发现水很浅便挣扎着站起来，向前蹚，一双细腿在水里仿佛缚住铅似的吃力。到了水深及胸处，她回头向岸上一瞥：一个身穿短裤、戴单片眼镜的光头男子，挺出他那毛茸茸的胸膛，缩进难看的肚脐，正在目不转睛地望着她。露丝玛利回瞪着他，他便除掉单片眼镜，让它藏入滑稽的胸毛里去，举起手里的瓶子为自己斟了一杯东西。

露丝玛利把脸贴在水面上，伸开四肢用自由泳的姿势游向浮台。水涌上来，把她温柔地朝下拉，离开酷热，渗入她的头发和身体的每个角落。她在水里一再翻身，拥抱它，在它当中打滚。到达浮台时，她已经气喘吁吁的，一个皮肤晒黑、牙齿极白的妇人俯视着她，露丝玛利突然感觉自己太白，没晒过太阳，便转身向岸那边漂浮过去。她从水里钻出来时，那手执瓶子、长满胸毛的男子对她说：

“我说，木筏后面去有鲨鱼。”他看不出是哪国人，不过讲的英语是牛津腔，慢吞吞地拉着长音，“昨天它们吃掉了从胡昂湾英国舰队来的两个水手。”

“我的天！”露丝玛利惊呼道。

“它们是被舰队抛下海的垃圾引来的。”

他目光呆滞，表示只是为了警告她才这么说的。他装腔作势地走了两步，又替自己斟了一杯饮料。

讲话的时候，颇有些人对她投来注意的目光，露丝玛利并没感觉发窘而不愉快，不过还是想找个地方坐坐。显然每家人都把阳伞前那块沙滩据为己有；而且彼此不断来来往往，互相对谈，有一种自成为一个小天下的气氛，如果贸然闯入会显得狂妄。再过去，沙滩上尽是石子和干枯的海草，那里坐着的一群人皮肤跟她的一样白，他们躺在小阳伞而不是沙滩大阳伞底下，而且显然不大像土生土长的。露丝玛利在皮肤黝黑和皮肤白皙两群人之间找到个地方，把她的浴袍摊在沙上。

她就这么躺着，先听见他们的声音，接着感觉他们的脚绕着她的身体移动，他们的身形在阳光和她之间掠过。一只好奇的狗把呼气喷在她脖子上，热乎乎的，令她不安；她觉得自己的皮肤晒得火辣辣的，她听着海浪渐退时微弱的涛声。不久她的耳朵便分辨出每个人的声音，也知道有个被大家讥诮地称为“那个北方佬”的人前一天晚上从戛纳一家饭馆绑走了一个伙计，预备把他锯为两半。说话的是个身穿晚礼服的白发妇人，显然从前一天晚上一直玩到现在，因为她仍戴着冠状头饰，肩上戴着一朵凋谢的兰花。露丝玛利对她和她的同伴有一种说不出的反感，便转过身去，背对着她们。

与她身子一边相距最近的是个年轻女人，躺在一把伞下，正根据一本摊在沙上的书开列一张单子。她的泳衣从肩膀上滑脱，露出背部晒得发红的小麦色肌肤，被一串在日光下亮闪闪的奶白色珍珠衬托得十分显眼。她神情严肃又楚楚可怜。她的视线和露丝玛利的碰到一起，可是没瞧见露丝玛利。在她后面是个戴骑师帽、身穿红条纹紧身衣的英俊男子；他后面是露丝玛利见过的那个在浮台上的女人，这女人回过头来，瞧见了她；她后面是一个脸长长的、有着一头雄狮似的金发的男子，身穿蓝色紧身衣，没戴帽子，极认真地在讲话，对方是个一望即知有拉丁血统、身穿黑色紧身衣的年轻男子。两人一边谈话一边拨弄着沙里的小海草。她想他们很可能是美国人，可是不知怎的，又有点不像她最近认识的那些美国人。

过了一会儿，她才明白那个戴骑师帽的人正在为这批人做无声的表演。他手执长耙，一本正经地走来走去，表面上是耙除沙砾，实际上却在进行神秘莫测的滑稽戏，神情凝重的脸增强了效果，一个极小的动作，一个极不相干的动作都令人觉得极其诙谐，到后来无论他说什么，人们都哈哈大笑。连那些跟她自己一样，相距太远的人，虽然听不见那人在讲什么，也纷纷开始注意，整片沙滩上唯一的例外就是那个戴珍珠项链的年轻女人。也许是一种矜持和自制的表示，每听到一阵大笑，她便把身子更凑近那张单子。

戴单片眼镜、手执瓶子的那个男子突然出其不意地出现，俯视着露丝玛利说：

“你游得真棒。”

她说了几句客套话。

“好极了。我姓坎皮恩。这儿有位太太说她上星期在索伦托见过你，而且知道你是谁，很想见见你。”

她竭力忍住不快，扫了一眼四周，见到那些皮肤没晒黑的人正等待着，她无可奈何地站起来朝他们走去。

“艾勃姆斯太太——麦吉斯哥太太，麦吉斯哥先生——邓斐利先生——”

“我们知道你是谁，”穿晚礼服的女人说，“你是露丝玛利·贺艾特，我在索伦托认出了你，还问过酒店接待员，我们认为你妙极了，想知道你为何不回美国再拍一部好片子。”

他们做了个多余的为她腾地方的姿势。认出她的那个女人虽然有个犹太人的姓，却不是犹太人。她是那种上了年纪的“性格爽朗”的人，根本不受阅历的影响，到哪儿都能和年轻人打成一片。

“我们想告诫你别在头一天就把皮肤晒坏了。”她兴致勃勃地说，“因为你的皮肤很重要，不过这沙滩上规矩似乎特别多，我们不知道你是否介意。”

2

“我们以为也许你也在情节之中！”麦吉斯哥太太说。她是个眼神尖刻，人却长得标致的少妇，感情强烈得让人吃不消，“我们不知道谁在情节当中，谁不在，我丈夫一直特别善待的一个男人原来是个重要角色——其实是第二主角。”

“情节？”露丝玛利似懂非懂地问，“现在有什么情节吗？”

“亲爱的，我们不知道。”艾勃姆斯太太虽然只是扑哧一笑，可是因为人高大肥胖，笑得整个人都抖了。“我们不参与情节，我们在观众席。”

邓斐利是个亚麻色头发，带点娘娘腔的年轻男子，他说：“艾勃姆斯老太太自己就是情节的化身，”坎皮恩对他摇晃单片眼镜说：“罗耀，休得胡说。”露丝玛利心神不安地瞧着他们，但愿她母亲在场。她不喜欢这些人，尤其是因为她立刻把她们和坐在沙滩另一边、令她感兴趣的那些人相比较后，更是如此了。她母亲的社交手腕不过分却很实用，可以使她们母女俩坚决迅速地摆脱任何讨厌的情况。露丝玛利成名才六个月，有时候她在少女时代养成的法国气派和美国的民主作风搀和在一起，会使她感觉混乱，陷入像目前这样的情形中。

麦吉斯哥先生是个乱发蓬松、不修边幅的人，脸色红润，有雀斑，年约三十岁。他并不觉得“情节”这个话题有趣。他本来一直凝望着海，现在对他妻子迅速瞟了一眼后，便转身盛气凌人地问露丝玛利：

“到这里很久吗？”

“才一天。”

“哦。”

显然觉得话题已完全转变，他便逐一望着他人。

“整个夏天都在这儿吗？”麦吉斯哥太太毫无心眼儿地问，“要是这样，你便能看到情节展开了。”

“看在老天爷的面子上，维奥莉，别再提那件事了！”她丈夫咆哮着说，“看在老天爷的面子上，找个新笑话吧！”

麦吉斯哥太太把身子侧向艾勃姆斯太太，用清晰可闻的低语说：

“他心神不安。”

“我没有心神不安。”麦吉斯哥抗议，“我只不过偏偏不是心神不安罢了。”

他的脸烧得通红——一片冷灰色的红晕，使他所说的一切完全失去了作用。他突然感觉到自己的处境，便站起来，走到水里去，他太太跟在后面，露丝玛利抓着这个机会跟了上去。

麦吉斯哥先生深深吸了一口气，跳到浅水中，开始挥臂做出生硬的动作，拍打地中海的水，显然是想来个自由式——他吸的那口气没了，站起来四下一瞧，露出惊讶的表情，发现自己仍瞧得见岸上。

“我还没学会怎样换气，我总是不明白人们怎样在水里呼吸。”他带着询问的口气望着露丝玛利。

“我想你要在水下面把气呼掉，”她解释说，“每划四下便把头伸出水面外吸气。”

“对我来说最难的就是换气，咱们到浮台那边去好吗？”

头发蓬松的那个男人舒展四肢躺在浮台上，浮台随着水前后摇晃。麦吉斯哥太太伸手够木筏的时候，浮台突然向上一翻，猛地撞到她的手臂，浮台上的那个人忙跳起来把她拖上去。

“我就是怕它会撞到你。”他的声音既缓慢又害羞，露丝玛利从没见过像他那样忧伤的脸，颧骨高高的像印第安人，上唇很长，两眼呈暗金黄，既大又深陷。他说话只是动动嘴角，仿佛希望他的话能转弯抹角，毫不引人注意地传到麦吉斯哥太太的耳朵里；一眨眼他便跳了下去，他那长长的身子在水上躺着不动，面对着岸。

露丝玛利和麦吉斯哥太太注视着他，跳入水中的那股冲力完了之后，他突然把身子屈起来，两条瘦瘦的大腿直耸出水面上，一下子人就不见了，只留下一点白沫。

“他是个游泳好手。”露丝玛利说。

麦吉斯哥太太的答复带有令人想不到的粗暴。

“哼，他是个糟透了的音乐家。”她转向她的丈夫说。她的丈夫两次想爬上浮台都没成功，现在居然爬上来了，身子稳定之后，想来个神气活现的动作，岂知身子却又摇晃了一下。“我只是在说阿贝 · 诺斯也许是个游泳好手，可也是个糟透的音乐家。”

“说得对。”麦吉斯哥勉强同意，他显然替他的妻子创造出一个世界，并且准许她在那个世界里有些许自由。

“我所崇拜的是安提尔。”麦吉斯哥太太挑战似的对露丝玛利说，“安提尔和乔伊斯。我想你在好莱坞没怎么听见过这些人，可是我丈夫是在美国发表第一篇批评《尤利西斯》文章的人。”

“我但愿现在有根香烟，”麦吉斯哥平静地说，“这对我现在比较重要。”

“他有内涵——你觉得是不是，艾勃特？”

她的声音忽然听不见了。戴珍珠项链的那个女人已经在水里和她那两个孩子在一起，这时阿贝 · 诺斯突然像个火山岛似的在一个孩子底下冒出水面。那孩子就骑在他肩膀上，又怕又乐地直喊，那女人恬静地瞧着，没有笑容。

“那是他太太吗？”露丝玛利问。

“不是，那是戴弗太太。他们不住在旅馆里。”她的两眼像照相机一样，目不转睛地盯着那女人的脸，过了一会儿，她转身很冲动地问露丝玛利。

“你以前到过外国吗？”

“到过——我是在巴黎上学的。”

“哦！那你大概知道要是想真正玩个痛快，就得想办法认识几个真正的法国家庭。这些人能有什么乐趣？”她朝岸上那边耸了耸左肩，“他们只是分成一个个小圈子聚在一起，当然我们有介绍信，见过了巴黎所有最优秀的法国艺术家和作家。那可真不错。”

“我想一定是的。”

“我丈夫正在完成他的第一部小说，你知道。”

露丝玛利说：“哦，真的吗？”她没在想什么特别的心思，只是在纳闷天这么热她母亲是否睡得着觉。

“那是根据《尤利西斯》的构想写的，”麦吉斯哥太太继续说，“只不过人家用二十四小时写出来，我丈夫却用了一百年之久。他写的是一个没落的法国贵族，把他和机械时代相对照——”

“啊！看在老天爷的面子上，维奥莉，别把这构想告诉每个人，”麦吉斯哥抗议说，“我不要在书出版之前，人人都已经知道了。”

露丝玛利游回岸上，把浴袍朝已经酸痛的肩膀上一披，又躺在阳光下。戴骑师帽的男子两手持着瓶子和几个小酒杯从这把阳伞走到另一把阳伞；不久他和他的朋友便来得更热闹，更亲切，都集合在一把阳伞下——她猜想是有人要走，大家在沙滩上喝最后一杯。连孩子们都知道那把伞下多么热闹，纷纷朝那里走去——露丝玛利觉得这都是那头戴骑师帽的人搞起来的。

正午的热气完全笼罩着海和天——连五英里外戛纳的白色轮廓也蜕变成看似一片清新凉爽的海市蜃楼。一艘知更鸟胸形的帆船驶来，从外面颜色较深的海水中带来一条白浪，这片广阔的海岸上，除了阳光透过的阳伞下有种种色彩和声息之外，似乎完全没有生气。

坎皮恩向她走过来，相距不过数英尺。露丝玛利闭上眼睛装作熟睡的样子；然后半张开眼睛，看见两条模模糊糊像柱子似的腿。那人想一点又一点地走入沙滩上一块云彩投下的阴影里，可是那片云从广阔酷热的苍穹中飘走了。露丝玛利真的睡着了。

她醒来时浑身汗淋淋的，发现沙滩上除了那个头戴骑师帽的人在折起最后一把伞，一个人都没有。露丝玛利躺在那里眨眼的时候，他走过来，说道：

“我正预备在我走的时候把你叫醒。一下子晒得太厉害可不好。”

“谢谢你的好意。”露丝玛利低头瞧瞧自己晒成紫红色的腿。

“我的天！”

她嘻嘻哈哈地笑着，希望他跟她谈话，可是狄克·戴弗已经把一顶帐篷、一把沙滩伞搬到一旁等着的汽车上，她便走进水里去，把汗冲掉。他走回来，捡起一把耙子、一把铲子和一个筛子，把它们存放在一道石缝里，他再朝沙滩上上下下扫了一眼，看看可曾漏掉什么东西。

“你知道现在什么时候吗？”露丝玛利问。

“大概一点半。”

他们一齐眺望着海，看了片刻。

“时候还好，”狄克·戴弗说，“这并不是一天之中最难过的时候。”

他瞧着她，她一时生活在他眼中那蓝晶晶的世界里，既热切又自信。然后他扛起最后一件杂物，上了汽车，露丝玛利从水里出来，把浴衣抖了一抖，径直走回旅馆去。

3

她们进入餐厅时，已经差不多两点钟，一道道交织的光线和影子随着外面的松树在一张张空餐桌之间徘徊。两名伙计大声说着意大利话，在堆叠碟子，她们一走进来，他们便闭口闷声不响了，端来一份简单的客饭午餐。

“我在沙滩上坠入情网。”

“跟谁？”

“先是一群看来很好的人。后来是一个男人。”

“跟他说话了没有？”

“只讲了几句。他长得非常帅，一头赤发。”她吃得狼吞虎咽。“不过他已经结婚了——通常总是这样。”

她母亲是她最知己的朋友，曾经不遗余力地指导她，这在戏剧界并非罕见，不过尤其特别的是，艾尔西·斯培尔太太教诲她女儿并不是为了补偿自己的失败。她对自己的一生并不感觉辛酸愤怨——曾经有过两次美满的婚姻，两次守寡，每次都加深了她那种愉快淡泊的人生观。她的一个丈夫是陆军军官，一个是军医，两人都曾经对她产生过影响，她则努力想将这两种影响原封不动地留给露丝玛利。她并不纵容露丝玛利，露丝玛利变成脑筋很清楚的人——她也不辞辛苦，使露丝玛利培养出一种理想主义观，此时这种观念是针对着自己，并且从妈妈的眼光中看世界。所以露丝玛利一方面是个“天真无邪”的孩子，受到母亲的和自己的双重防御保护，另一方面她很成熟，不看重一切琐碎肤浅、容易得到且俗不可耐的东西。不过她拍电影突然成名之后，斯培尔夫人觉得时间到了，应该在精神上不让她再依赖自己。要是那种生气蓬勃，兴奋无比，又十分苛求的理想主义不集中在自己身上而投向别的方面，做母亲的她只有高兴而绝不会痛心。

“那么你喜欢这地方吗？”她问。

“要是能认识那些人也许怪有意思的。也有些别的人，可是他们不怎么好。他们认识我——无论咱们到了什么地方，人们都看过《掌上明珠》那部片子。”

斯培尔夫人等待女儿那些自鸣得意的心情过去，然后实事求是地说：“这倒提醒我了，你什么时候去拜访厄尔·布雷迪？”

“我想咱们今天下午可以去——如果你休息够了的话。”

“你去——我不去。”

“那咱们就等到明天去。”

“我要你自己一个人去。这段路不远，而且你又不是不会讲法国话。”

“妈——不是有些事我不必做吗？”

“哦，那么过些时候去吧——不过总得在咱们走之前去一趟。”

“好的，妈。”

午餐后，母女二人都忽然变得无精打采，这是美国旅客在安静的外国地方常有的情形。没有什么刺激，没有人呼唤她们，别的人也没有忽然想到她们，没有纽约那种喧嚣热闹的嘈杂声，她们觉得生活在这里中断了。

“妈，咱们只在这儿住三天好吗？”她们回到房间的时候，露丝玛利说。外面一阵清风把热气吹得四散，使它从树缝间和百叶窗缝里一阵一阵地传进来。

“你在沙滩上爱上的那个男人又怎么办？”

“妈，亲爱的妈妈，除了你我什么人都不爱。”

露丝玛利在大厅停住脚步，跟高斯老爹谈起火车的事。这位老爹身穿浅褐色咔叽衣服在问讯处闲荡着，对她看得两眼发直，然后忽然记起自己上职务应具备的礼貌。她搭上大客车跟着两名服务态度殷勤的侍应生到火车站去，对他们那种毕恭毕敬、默不作声的态度感觉很窘，很想怂恿他们，“尽管说下去，开心一下。我毫不介意。”

头等车厢里很沉闷。铁路公司生动鲜明的广告牌——阿尔市的卫桥，奥朗治市的圆形剧场，夏梦尼的冬季运动等等——给人的感觉都比车外那长而寂寞的海来得新鲜。不像美国火车那样一味只顾向前奔驰，根本蔑视另一世界里生活节奏较为缓慢、容易慌张的人，这列火车是它所经过地方的一部分。它喷出的气吹起了棕榈叶上的灰尘，它所冒出的灰烬和菜园里的干粪橛混在一起。露丝玛利肯定自己可以探身车窗外，用手去摘花。

戛纳车站外，有十来个出租汽车司机在车里打盹。海滨大道的那一边是赌场、漂亮的店铺和各所大旅馆都把它们那毫无表情的铁制面罩转向夏天的大海。真令人很难相信这地方会有冠盖如云的“季节”，露丝玛利深受时尚观念的支配，觉得有点不自在，仿佛自己对于死气沉沉的东西有种不健康的爱好；仿佛人们都在纳闷她何以在去冬的热闹季节和今冬季节之间的淡季中到这里来，而不到真正生气蓬勃的北方去。

她拿着一瓶椰子油走出药房时，一个女人捧着一叠软垫子从她面前穿过马路，朝停在街那头的一辆汽车走去，她认出那是戴弗太太。一只身长腿短的黑狗对戴弗太太直叫，惊醒了打盹的汽车司机。这位太太坐进车里，绷着那张好看的脸，两眼显得勇敢警惕，朝前直视，但视而不见。她穿了一条猩红色裙子，褐色的腿赤裸着。她的一头浓发呈暗金色，像狮子狗的毛。

火车要半小时后才到，露丝玛利便坐在十字路口上的联盟咖啡馆，黄昏中树的绿影在一张张咖啡桌上摇曳，乐队演奏尼斯嘉年华会歌和去年的美国流行歌曲来娱乐幻想中的国际客人。她已经替母亲买了法国《时报》和《星期六晚邮报》。她一面喝橘子水，一面翻开《星期六晚邮报》，读那篇俄国公主回忆录，发现一八九〇年代的礼俗比法国报纸上的头条新闻还要来得真实接近。她在旅馆里也有这种被逼得不能透气的感觉——因为她习惯见到报刊上把一个大洲最最古怪诡奇的事加以渲染成喜剧或悲剧，又根本没受过由自己把重要的和不相干的事分开的训练，因此现在开始觉得法国人的生活既空虚又乏味，听了乐队演奏的哀伤乐曲，心里平添几分惆怅，不禁想起了杂技团里飞人表演时所奏的凄凉音乐。她很高兴回到高斯旅馆。

她的肩膀晒得太厉害，第二天不能游泳，便和母亲雇了一辆汽车，沿着里维埃拉河流交错的三角洲兜风。这辆车是着实讲了一番价钱才雇的，因为露丝玛利在法国养成了对钱的价值观念。司机简直像暴君伊凡时代的俄国沙皇，自动担任向导，戛纳、尼斯、蒙特卡罗等绚丽的盛名开始在蛰伏的伪装中发出光辉，低声道出老迈的君王来此宴请宾客或长眠，印度王公向英国女芭蕾舞演员投去佛陀似的目光，俄国王子在吃不到鱼子酱的日子里，重温几个星期波罗的海的黄昏景色。尤其是沿着海岸都弥漫着俄国人的气息——他们那些已经关闭的书店和杂货店。十年前旅客季节在四月终止时，东正教教堂的门上了锁，俄国人喜欢喝的甜香槟也都贮藏起来以待他们回来。“我们明年就回来。”他们说，可惜这句话说来太早，因为他们一去就永不复返。

在近黄昏时驱车回旅馆真是愉快，大海的上方的色彩来得神秘而艳丽，像童年时所见到的玛瑙和玉髓饰物，绿得像茉茶，蓝得像肥皂水，又像纯醪的渥丹，看见人们在家门口外吃饭，听到乡间咖啡室的葡萄藤架后面机动钢琴吵耳的丁冬声，真是开心。他们从黄金断崖那里转弯，在两旁光线越来越暗，一层又一层的绿荫中朝旅馆驰去时，月亮已在高架渠的废墟之上徘徊了……

旅馆后面山中的某处有人在开舞会。露丝玛利倾听着随着惨白月光透入蚊帐的音乐，知道这时候某处有人在寻欢作乐，便想到自己在沙滩上遇见的那些有趣的人。她想也许明天早上在沙滩上能见到他们，不过他们显然自成为一个小团体，一把阳伞、竹席、狗和孩子都安排妥当，那块地简直就像有了围篱似的。她决计在最后两个早上不跟别人在一起。

4

这件事后来自然而然替她解决了。麦吉斯哥夫妇还没出现，她自己也刚把浴袍铺好，就有两个男人——一个是那戴骑师帽的，一个是那身材高大，一头金发，亦即扬言要把侍应生锯成两段的人——离开自己那群人，朝她走过来。

“早。”狄克·戴弗说。他停了下来。“瞧——不管你有没有晒伤，你昨天为什么避不露面？我们都不放心你。”

她坐起来，用愉快的微笑声欢迎他们不请自来。

“我们在想，”狄克·戴弗说，“你今天早上会不会来。我们聚到一起，有吃有喝，所以是具体的邀请。”

他显得和蔼潇洒——从他的声音可以听出他一定会照顾她，再过不久，他会为她开辟新天地，使她有接二连三而来的无数美妙的可能，他介绍的方式十分高明，并没提起她的姓名，却让她轻易知道人人都明白她是谁，不过都十分尊重她的私生活——自从她成功之后，除了同业以外，还没有人对她如此有礼貌。

妮珂·戴弗，她脖子上的珠串下面露出晒成褐色的脊背，正在翻阅一本烹饪大全找马里兰鸡的做法。她大约二十四岁，露丝玛利猜。她的脸本可以用世俗眼光中的娟秀来形容，但是上帝创造她的时候，先是把她的脸塑成超人型，轮廓和斑纹都来得鲜明，仿佛五官，秀额的饱满和肤色，以及我们认为与脾气和性格有关的一切都是带着罗丹式的意图塑成的，后来却朝娟秀方向雕凿，直到稍微一失手便削弱了力量，降低了气质。雕凿者对她的嘴更是费尽心思，是如同杂志封面女郎那样的弓形唇，可是也跟脸的其他部分一样，另有一股与众不同的气概。

“你来这儿很久了吗？”妮珂问。她的声音低沉，几乎是粗哑的。

露丝玛利突然闪过一个念头：她们可以再住一个星期。

“不很久，”她含糊地答复，“我们在国外很久了——三月在西西里上岸，慢慢地北上。一月里拍片时得了肺炎，一直在养病。”

“哎哟！怎么会的？”

“噢，是游泳得来的，”露丝玛利实在不大愿意透露自己的事。“有一天我得了流行性感冒而自己并不知道，当时又正好在拍我开车冲入威尼斯运河中的一幕。布景耗费不赀，我整个上午只好不断地朝水里跳、跳、跳，母亲早就请了位医生在旁照应，可是没有用——我得了肺炎。”她趁大家还没开口之前，便很有决心地转变了话题。“你们可喜欢这儿——这个地方？”

“他们非得喜欢不可，”阿贝·诺斯慢腾腾地说。“是他们想出来的。”他慢慢转动挺秀的头，两眼含带着温厚的友情望着戴弗夫妇。

“哦，真的吗？”

“这只是旅馆第二夏季营业，”妮珂解释，“我们劝动高斯保留一个厨子、一个伙计和一名酒保——结果没有赔本，今年生意更好。”

“可是你们不住在旅馆里。”

“我们在塔姆盖了所房子。”

“理论上，”狄克说，一面撑起一把伞挡住照在露丝玛利肩上的一片阳光，“所有北部的胜地，像都维尔，都是被不怕冷的俄国人和英国人看中的，我们美国人有一半来自热带，所以我们开始到这儿来。”

长得像拉丁人的那个年轻人在翻阅《纽约先锋论坛报》。

“呃，这些人是什么国籍？”他忽然发问，稍带法国口音地读道，“‘下榻维伟皇宫旅馆者计有潘狄雷·弗拉斯哥先生、彭奈斯夫人’——我不是夸张——‘珂琳娜·麦东卡、帕希夫人、塞拉菲·屠立欧、玛利亚·阿玛利亚·罗托·迈亚、莫艾丝·陶爱白、巴拉哥里斯夫人、阿泡索·亚力山大、玉兰妲、尤斯富格鲁和香莉薇伐·德·毛姆丝！’她最吸引我，香莉薇伐·德·毛姆丝，几乎值得跑到维伟去看香莉薇伐·德·毛姆丝一眼。”

他忽然坐立不安地站起来，猛地伸了个懒腰。他比戴弗或诺斯小几岁。个子高，身体结实可是太瘦，只有肩膀和上臂肌肉厚实。乍看上去，他似乎长得可以说是英俊，但是脸上总有一丝厌恶的神情，破坏了他那对褐色眼睛精光四射的神采。可是，即使人们忘了他那张不能忍受厌烦的嘴和那因为性子焦躁，爱自找苦吃而皱纹纵横的前额时，也总是想起那对眼睛。

“我们在上星期关于美国人的消息里找到几个怪有趣的，”妮珂说，“艾芙玲·蠓太太和，——还有谁？”

“有一位S·弗莱希先生。”戴弗说，他也站了起来。他拿起他的耙，开始认真地耙出沙里的小石子。

“哦，对啦——S·弗莱希先生——你听了不觉得肉麻吗？”

和妮珂在一起十分安静——露丝玛利发现比和她母亲在一起时还要静。阿贝·诺斯和那法国人巴班在谈摩洛哥，妮珂已经抄好了烹饪法，正在做针线活。露丝玛利看了看他们随身带的用具——四把大阳伞构成一处凉棚，一个可移动的海浴更衣小间，一匹充气的橡皮马，这些战后制造的第一批奢侈品都是露丝玛利从没见过的新奇东西，也许他们也是最先购买这些东西的人。她猜想他们都是时髦人物，虽然她母亲已告诫过她提防游手好闲、语言无味的这些人，她此刻倒不觉得他们是如此。连他们动也不动，完全配合早上情调的时候，她也觉得他们有目的、有方向地在干一件什么事，在进行和她以前所知道的大不相同的一种创造行为。她的头脑还没成熟，并不去臆测他们彼此之间有什么关系，她只关心他们对她的态度，但是她察觉有一种愉快的相互关系罗织着他们，心想他们似乎玩得很高兴。

她对那三个男人逐个地看，似乎想要暂时把他们都据为己有。这三个人各自不同却相貌堂堂；都有一种特别的文雅风度，她认为这是他们天生的气质，过去如此，将来也如此，不受境遇的影响，跟演员对人的言谈举止截然不同，她也发觉他们处处心细如发，跟导演们那种不拘小节的豪迈作风不同。导演们是她生活中的知识分子的代表。她一生所认识的男人只是演员和导演，还有去年秋天她在耶鲁大学舞会上所见到的那一大群参差不一、一般模样、一心想一见钟情的大学生。

这三个人可不同。巴班的礼貌稍差，比较爱怀疑，爱藐视。他的态度拘谨，甚至于刻板。阿贝·诺斯外表上很靦覥，可是实际上极端幽默，令她感到有趣又迷惑。她秉性严肃认真，因此不相信自己能给他极深刻的印象。

可是狄克·戴弗——他具有一切优点。她默然倾心于他。他的肤色晒得泛红，从胳臂延伸到手背的短短的一层汗毛也是泛红的。他的蓝眼睛冷静有神。鼻子有点尖，一看就知道他是在看谁和对谁讲话——这实在是一种讨人喜欢的殷勤，因为现在还有谁对我们看？——只不过是好奇地或冷然地对我们睨一眼便算了。他的声调总带着一点悦耳的爱尔兰口音，能说服整个世界，但她觉得他内心坚强，能够自制自律。这些也都是她的美德。啊，她选上了他，而妮珂抬起头来，看到她选上了他，还听到那声因为他已经是有妇之夫的轻叹。

近中午时，麦吉斯哥夫妇、阿贝·诺斯太太、邓斐利先生和意大利籍的坎皮恩先生来到沙滩。他们带来一顶新的沙滩用伞，一面竖起，一面朝戴弗夫妇觑望，然后带着满意的神情爬到伞下去，只有麦吉斯哥始终不屑到伞下去。狄克耙土的时候曾在他们附近经过，这时候又回到撑阳伞的地方来。

“那两个年轻人一起在看社交大全。”他低声说。

“是想跟上层社会往来。”阿贝说。

玛利·诺斯，就是露丝玛利第一天在浮台上遇到的那皮肤晒得很黑的年轻女人，游过了泳，走过来，带着洋洋得意的微笑说：

“原来赖奎弗先生和太太到了。”

“那对夫妇是这个人的朋友，”妮珂指着阿贝对她说，“他为什么不过去跟他们说话？你不认为他们很帅吗？”

“我想他们是很帅，”阿贝表示同意，“只是我并不认为他们帅罢了。”

“嗯，我倒是觉得今年夏天，这海滩上人太多了，”妮珂承认，“那是我们的海滩，是狄克从卵石堆里掘出来的，”她想了想说，然后把声音放低，免得坐在后面另一顶阳伞下的那三个英国保姆听见。“不过总比去年夏天那些英国人好点，那些人总是大声嚷：‘海蓝得多可爱！天多白！小聂妮鼻子多红！’”

露丝玛利心想她可不要有妮珂这样的敌人。

“可是你没见到那场打架，”妮珂继续说，“你来的前一天，那个有老婆的人，名字像汽油或牛油代用品的那个人——”

“是麦吉斯哥吗？”

“对了——言归正传，他们夫妇俩吵架，她朝他脸上扔了一把沙子。他当即火起来，坐在她身上，把她的脸在沙里揉。我们——都惊骇万分——我要狄克去排解。”

“我想，”狄克·戴弗说，心不在焉地瞪着草席垫子，“我过去请他们吃饭。”

“不行，你别去。”妮珂马上跟他讲明。

“我想那是好主意。他们在这儿——咱们——稍微随和一点吧。”

“咱们是很随和的呀。”她咯咯笑着，硬不认输。“我可不让自己的鼻子揉沙子。我是个自私心重的女人。”她向露丝玛利解释道，然后提高嗓门，喊道：“孩子们，穿上你们的游泳衣！”

露丝玛利觉得这次游泳将成为她一生中最有代表意义的一次，以后一提起游泳就立刻会想到。所有的人都不约而同地朝水里去，因为好久没动弹，早就准备妥当，从酷热到阴凉，犹如吃辣得发根子都发烧的咖喱同时喝冰镇过的白酒一样。戴弗夫妇的每一天都安排得像古老文明里的一天，把手头的材料作最大的利用，使一切转变成最大的价值，而她不知道从非常聚精会神的游泳到七嘴八舌呶呶不休的普罗旺斯式午餐之间是否又有另一个转变。她再度感觉到狄克在照顾她，她欣然响应最后发生的动作，仿佛那是个命令。

妮珂把她手制的那件怪衣递给她丈夫。他走到更衣帐篷去，不一会儿便穿了条镶黑边的透明内裤出来，引起一场骚动。仔细一看，不是透明的，而是有肉色料子做里子。

“哼，这还不是个兔崽子的把戏！”麦吉斯哥轻蔑地惊呼道——然后迅即转身对着邓斐利和坎皮恩，补充一句说，“哦，很对不起。”

露丝玛利对那条运动裤不断叫好。她入世未深，对戴弗夫妇那种寓华贵于简单觉得帅极了，根本不知道它原来多么复杂，并不单纯，也不知道是按社会市场的趋势进行重质而不重量的选择；至于行为的简单以及育婴室般的宁谧和善意，强调较为简单的德性，也都离不开拼命和神讨价还价，并且经过她猜想不到的奋斗才达成的。在那时刻，戴弗夫妇外在地代表了一个阶级最大程度的演变，大多数人在他们旁边便显得似乎手足无措，局促不安——实际上已经发生了质的变化，只是露丝玛利看不出罢了。

她跟他们站在一起，喝雪利葡萄酒，吃薄脆饼干。狄克 · 戴弗用冷冷的蓝眼睛瞧她，他那张和善、坚强的嘴含带着沉思，意味深长、一字一顿地说：

“我好久没见到像你这样，一个看来真正青春焕发的女孩子了。”

后来露丝玛利在她母亲膝上哭个不休。

“我爱他，妈，我不顾一切地爱他——我从不知道自己会对任何人产生那么深的感情。可是他是已婚的人，我还喜欢他妻子——这简直是绝望。啊，我那么爱他！”

“我倒想见见他。”

“她请我们礼拜五吃晚饭。”

“如果你恋爱上了，那应该使你高兴。你应该笑。”

露丝玛利抬起头来，她的脸来了个妩媚的一晃，便咯咯笑了。她母亲一向对她有重大的影响力。

5

露丝玛利绷着脸到蒙特卡罗去，她的脾气顶多也只能发到这个程度。她坐汽车上了那崎岖难行的小山，到了涡轮村，正在重建的高蒙公司旧片厂。她站在有铁栅的门口，等待她那张写着字的名片带来回信时，一切看到的景象都使她感觉简直像在好莱坞一样。有些最近拍片留下的古怪东西，一处败落印度街道的布景，好大一条硬纸板做的鲸，一株不知多大的树，仿佛得到古怪的特许，长得欣欣向荣。树上所结的樱桃像篮球那么大，土生土长的则有浅色不凋花，含羞草、栓皮槠和矮松。还有个快餐棚，两座谷仓似的舞台。 片场里处处都是一张张等待着的，满怀希望的，浓抹脂粉的脸。

十分钟后，一个头发颜色像金丝雀羽毛的年轻人匆匆赶到片厂门口来。

“请进，贺艾特小姐。布雷迪先生在拍摄现场，但是极想见你。很对不起让你久等，可是你知道那些法国妞们，有的硬是要闯进来——”

厂长打开舞台建筑那道光秃秃墙上的一扇小门，露丝玛利觉得这地方似曾相识，心里一阵高兴，跟他步入昏暗中。三三两两的人影在暗淡的光线里晃动。她们一致抬起苍白的脸对她看。像炼狱中的魂灵，瞧着一个凡人走过。她们低语悄悄，声音柔和。还有显然是从远处传来的一架小风琴悠扬的颤音。他们绕过一用布景搭成的墙角，便见到舞台那不断嗞嗞响的白亮光。舞台上一个法籍男演员——他的衬衣前胸、领子和袖口都映着鲜艳的粉红色——和一个美籍女演员，面对面站着不动，两人斗劲儿似的互相瞪视，仿佛几小时来姿势一直没变；又过了好半天，还是没有变化，没有人动。一排灯发出嘶嘶声熄灭，又亮起来；远处有笃笃的音锤声，上面炫目的灯光中出现一张蓝脸，对更上面黑暗处不知喊了什么话。然后，露丝玛利前面有人开腔，打破了沉默。

“宝贝，你不要脱掉丝袜，你会再毁掉十双。那件衣裳才十五镑。”

说话的人朝后倒退，撞上露丝玛利，厂长便说，“嗨，厄尔——贺艾特小姐。”

他俩是初次见面，布雷迪动作灵敏，待人热情。他抓起她的手的时候，她眼瞧他把她从头到脚打量一番，这种姿态是她所明白而且熟悉的，总使她隐然对做出这种姿态的人有种优越感。如果她整个人是笔产业的话，她便可以利用所有权所含带的一切好处。

“我早就料到你这几天会来，”布雷迪说，他的嗓音对私人谈话来说，显得稍微有点拿腔拿调，而且略有一点目中无人的伦敦土话口音。“旅行愉快吗？”

“很好，不过我们乐意回国。”

“不，不，不行！”他抗议，“稍微待一阵——我有话要跟你说。我首先得说你那部片子真不错——那部《掌上明珠》。我是在巴黎看的。后来立刻打电报到加州去问你是否已经签了合同。”

“刚签了，对不起。”

“我的天，那部片子多精彩！”

露丝玛利不想傻笑表示同意，于是皱起眉头。

“谁也别想光凭一部片子就要大家永远记得。”她说。

“当然啰——说得真对。你的计划怎样？”

“母亲认为我需要休息。回国之后，我们大概会跟第一国家公司或是大名公司签约。”

“‘我们’是哪一位？”

“我母亲，生意事情由她决定。我没她不行。”

他又把她从头到脚看了个仔细，在他看的时候，露丝玛利对他芳心微动。谈不上喜爱，和她那天早晨在海滩上忽然一下子爱慕上那个男的毫不相同。这是两厢情愿。他要她的身子，而她凭处女的春心，打算毫不在乎地给他。可是她知道，她离开他半小时之后便会忘掉他——就像在电影里男演员吻了她一下。

“你住在什么地方？”布雷迪问，“哦，对啦，高斯旅馆。说起来，我今年的计划也定了，可是我写给你的那封信仍然算数，自从康妮·陶麦琪成为童星以来，你是我最想一起合作拍片的女明星。”

“我也有同感。你为何不回好莱坞去？”

“那鬼地方我受不了。我在这里很好。等我把这个镜头拍完了，就带你参观一番。”

他走到布景台上，开始和法籍男演员低声温和地说话。

五分钟过去了——布雷迪还在讲，那法国演员不时点点头，并把身体的重心从这只脚挪到那只脚。突然布雷迪不再讲了，对打灯光的喊了些话，灯光跟着立刻伴着嗡嗡声大亮起来。一切声响现在都像洛杉矶那边似的。露丝玛利毫不胆怯地又在那薄薄间隔构成的影城中走来走去，很想回到那里去。可是她不再见到布雷迪，她察觉出拍完镜头之后他那种急色儿心情，于是便带着感受到的魅力离开片厂。现在她知道有这片厂在，觉得地中海世界不是那么沉寂了。她喜欢街上的人，在去火车站途中买了一双平底凉鞋。

母亲很高兴，因为她女儿完全遵照她的吩咐去做，可是她仍想使她女儿扩大事业圈子。这位斯培尔太太看上去神采奕奕，其实很累；守在病床旁，看人死去确实能使人累，而她已经有过两次这种经历。

6

午餐时喝了玫瑰红葡萄酒，妮珂·戴弗心情愉快，两臂交叉抱得很高，肩头那朵假山茶花竟触到她的脸蛋，走到她那可爱但是无草的花园，花园的一面与住房相连，两面是老村庄，最后一面是临海悬崖，崖壁尽是突出的岩石。

沿着村庄那两面围墙，到处沾满灰尘，有蜿蜒的蔓藤、柠檬树、桉树，信手置放的手推车，虽然放在那里不久，可是已经和小径连成一起，陷在地里，而且衰败腐朽了。妮珂掉头朝对面走，经过一坛芍药，便走入一片绿树掩映的凉爽地带，连树叶和花瓣都微湿卷曲；她每次走到那里总有点惊奇。

她脖子上扎着一条浅紫色绸巾，虽然这时阳光并无色彩，可仍使她的脸映出淡紫色来，使她那双不停的脚带上紫影。她脸色冷峭，简直显得有严厉，不过那双绿眼睛里露出怜悯疑惑的柔光，她那一度淡色的头发，现在变深了，可是如今二十四岁的她，要比十八岁时来得好看，尽管那时她的头发比她本人还要光彩照人。

循着白石镶边、两旁鲜花怒放迷蒙一片的小径，她走到俯临海面的一处地方，无花果树上挂着熄灭的灯笼，一张大桌子、柳条椅子和一顶锡耶纳地方出产的市场用大阳伞，都摆在一棵巨松下，整个花园里这棵树最大。她在这里小停一会，心不在焉地望着一丛旱金莲，下面纠结着蝴蝶花，仿佛是由一把漫不经心撒下的种子长成的；同时倾听房子里传来的孩子们的争吵和互相指责。这些声音在夏日空气中消逝之后，她继续朝前走。花丛中有密密麻麻，恍如一片粉红云的芍药，黑色和褐色的郁金香，娇弱的紫茎玫瑰花，花瓣透明、宛如糖果店橱窗里的糖制假花——后来仿佛这色彩的乐曲无法达到更强的节奏，便突然在空中停止，潮湿的石磴通到下面五英尺处。

那里有口井，环绕着井的木板又湿又滑，哪怕日头最大的时候也是如此。她从另一边拾级而上到了菜圃里；她走得实在很快；她喜欢活动，不过有时候给人以静止的感觉，虽然纹丝不动，却令人觉得非得响应她不可。这是因为她不太善于言词而且根本不相信言词。在这个世界上她实在是沉默寡言，对座上风趣谈吐的贡献掐得那么准，连一个字都嫌多，简直近乎语焉不详。可是一旦陌生人对她这种沉默寡言态度越来越局促不安，她便抓着话题，一口气讲个不休，那股子劲连她自己都惊奇——然后收回话题，突然停住，简直有点觍觍地停住，有点像只不仅是称职而已的寻回猎物的狗。

她站在菜圃朦胧的绿光中，狄克走过她前面的一条小径，到他的工作室去。妮珂默然等他走过去了，才穿过种着将来会做成色拉的各种菜蔬的田畦，到一个小动物园去，那里的鸽子、兔子和一只鹦鹉都对她无礼地乱叫。她走到下面突出的岩石，来到一道弯曲的矮垣前，俯视数百英尺下的地中海。

她是站在古老塔姆山村的遗址上。他们这幢别墅和地皮原先是紧靠崖边的一排农舍——五所小农舍打通了成为别墅，另有四所夷平成为花园，外墙没有动，所以从下面的道路仰望，只见到山镇的一片紫灰色，分辨不出这幢别墅。

妮珂站了一会儿，俯瞰地中海，虽然她的手闲不住，可是光是看海也没什么可做的。不久，狄克带着望远镜走出他那只有一间房的小作坊，朝东望戛纳，很快便看到妮珂，他立刻回到小作坊去，拿出一具传声筒，他有许多轻便的机械玩意儿。

“妮珂，”他喊道，“我忘了告诉你，为了敬老起见，我最后又邀请了艾勃姆斯太太，那位白头发的女人。”

“我已经猜到。这实在不像话。”

她的答话很轻易地传到他耳朵里，这似乎把他传声筒的价值贬低了，因此她提高嗓门，遥呼道，“我讲话你听得见吗？”

“听得见，”他放下传声筒，接着又固执地举起它，“我还要再请些人，要请两个小伙子。”

“行。”她欣然同意。

“我要搞个一塌糊涂的宴会。我说的是真话。我要宴会上有人大打出手，有人调情勾引，有人回家时一肚子气，还有些女人在盥洗间昏过去。你等着瞧吧。”

他回他的小屋子去，妮珂看出他又陷于他那最古怪的心境中，要把所有人都聚在一起的兴奋，随之而来的必然是自己变得忧郁起来，这种忧郁他从不显露出来，可是她猜得出。他那种对事物的兴致会大到和事物的重要性不成比例，产生出一种真正了不起的吸引人的本领。除了少数意志坚强、永远心存狐疑的人以外，他能使任何人都爱他如痴如醉，相信一切。等他认清浪费和挥霍得多厉害，心里便起了反应。有时候他回顾自己为博得好感而做出的豪举不禁凛然，如同一个将军审视为了满足杀人欲而下令执行的大屠杀的后果。

不过短暂地走进狄克·戴弗的世界，确是一番不平凡的经验：人们都相信他对他们特别体谅，看出他们虽然随波逐流多年，却仍有足以自傲的独特命运，绝非等闲。他很快便博得大家的好感，因为他体贴入微，而且彬彬有礼，这种礼貌来得迅速而且是本能的，只能检讨它的效果。后来，只要友谊的花朵一枯萎，他便突然打开他那诙谐有趣世界的门。只要大家完全接受，他便一心一意致力使他们欢乐，可是一旦有人对这无所不包的乐趣稍表怀疑，他的欢乐便在大庭广众之间消逝，人们对他所说所做而能记住可以转述的，实在不多。

当天晚上八点三十分，他出来迎接第一批客人，把上衣拿在手里像斗牛士的披肩似的，实在有点做作，但也有魅力。向露丝玛利和她母亲寒暄之后，他照常等待她们先开口，仿佛是让她们在新环境中对自己的声音觉得放心。

如果继续按照露丝玛利的角度进行叙述，应该说，她和她母亲向上走到空气较为清新的塔姆来，觉得心旷神怡，怀着赞美的眼光到处看。正如不平凡的人的独特品格会在一种不常见的表情变化中显现出来，人人到了狄安娜别墅，那精心策划的完美便令他们俗气尽涤，尽管有女仆露出身影或是酒瓶软木塞作怪等小疵，也无害大雅，第一批客人带来了夜晚的热闹，白昼的家庭活动便渐渐隐没，唯一留下的迹象是戴弗家的孩子和保姆在露台上吃晚饭。

“花园真美！”斯培尔太太惊叹。

“是妮珂的花园，”狄克说。“她一点都不放松它——总是折腾它，担心它有这个那个病。我现在随时预料她自己会染上粉霉病、蝇粪斑或是后期枯萎病。”他用食指明确地指着露丝玛利说，轻快的态度似乎想掩饰严父般的关怀，“免得你找理由推辞，我去替你拿顶帽子在海滩上戴。”

他把他们从花园请到露台上，在那里斟了杯鸡尾酒。厄尔·布雷迪到了，发现露丝玛利也在，十分惊讶。他的态度比在片厂里温和些，仿佛是在门口改变的。露丝玛利立即把他和狄克·戴弗作比较，结果戴弗远占上风。一比之下，厄尔·布雷迪似乎显得有点粗俗，有点欠缺教养；不过对他她又觉得像触电似的有种感应。

他以亲切的口吻，对在户外吃完饭，正从桌边站起来的孩子们讲话。

“喂，兰尼埃，唱个歌好吗？你肯不肯跟托普西唱个歌给我听？”

“我们唱什么？”小男孩答应下来，他说话带着在法国长大的美国孩子那种古怪的唱歌似的声调。

“唱那首‘我的朋友裴儒’。”

兄妹俩并排站着，毫不忸怩，他们的声音在暮霭中缭绕，甜美而尖锐。

在月光里，
我友裴儒，
请借支笔，
好写个字，
蜡烛已灭，
我没有火，
看天主面，
带我上路。

歌声停止，孩子们脸上映着落日的余晖，站在那里恬然微笑，为自己唱得成功。露丝玛利在想狄安娜别墅是世界的中心。在这样一个地方，一定会发生忘不了的大事。门叮当开了的时候，她更觉兴奋，其余的客人——麦吉斯哥夫妇、艾布拉姆斯太太、邓斐利先生和坎皮恩先生，一起来到阳台上。

露丝玛利不禁非常失望——她迅速向狄克瞟一眼，仿佛是请求说明何以客人如此庞杂。但是他脸上并不显得异常。他很轩昂地迎接新客人，对他们很恭敬，仿佛他们个个都有无限的、人所不知的禀赋。她那么相信他，不久便认为麦吉斯哥夫妇是应该请来的，而且仿佛她一直都期待会跟他们见面。

“我在巴黎见过你，”麦吉斯哥对带着太太接踵而至的阿贝·诺斯说，“事实上，我已经见过你两次。”

“对，我记得。”阿贝说。

“请问在哪儿？”麦吉斯哥不觉得满足，继续追问。

“哦，我想——”阿贝对这套厌腻了，说道，“我想不起来了。”

两个人的对白填补了沉默的空当，露丝玛利的直觉是应该有人说些打圆场的话，但是狄克并未试图拆散后来这些人所形成的小圈子，甚至于不去化解麦吉斯哥太太那种蔑视别人的气焰。他不解决这社交问题，因为他知道这问题并不重要，而且自然而然会解决。他正在为更大的努力保存体力，等待更适当的时刻，好让客人感到愉快。

露丝玛利站在汤米·巴班旁边——他处在鄙视一切的情绪中，似乎是受某种特别的刺激所驱使。他第二天早上就要离开。

“回家吗？”

“回家？我没有家，我是去参加战争。”

“什么战争？”

“什么战争？随便什么战争。最近没看报，不过我想有个战争在进行——永远有战争在进行。”

“难道你不在乎为谁作战吗？”

“一点也不在乎——只要待遇好就行。我一过腻味了就来看戴弗夫妇，因为来了之后就知道几星期后自己就要去打仗。”

露丝玛利听了有点气愤。

“你是喜欢戴弗夫妇的。”她提醒他。

“当然啰，尤其是她——但是他们总使我想去打仗。”

她思量一番，不得要领。戴弗夫妇使她想永远在他们身旁。

“你是半个美国人。”她说，仿佛这应该解决问题。

“我也是半个法国人，而且是在英国受的教育，自从十八岁起我已经穿过八国的军服了。可是我希望我没使你以为我不喜欢戴弗夫妇——我喜欢他们，尤其是妮珂。”

“难道有人能忍心不爱她吗？”她简单地说。

她觉得她和他距离很远。他话里的含意令她反感，因为他在愤世嫉俗的话中亵渎戴弗夫妇，使她暂时收起了对他们的爱意。她暗自高兴在晚餐时巴班不坐在她旁边。走向花园的餐桌时，她仍在思索他讲的“尤其是她”那几个字。

有一阵子她在小径上和狄克·戴弗并肩走着。在他硬朗皎洁的光辉映照之下，一切都黯然失色，使人确信他无所不知。一年来，这段时间似乎像永远过不完似的那么长，她有钱也有名气，并且和名流来往，从这些人的言行看来，他们与那医生的孀妇和女儿在巴黎半旅馆半公寓里所接触的人差不多，只不过势力大了很多罢了。露丝玛利是个浪漫的人，可是她的银幕事业对这一方面，并没有提供多少机会。虽然各方面的刺激有的是，她母亲却希望女儿有个事业，又不容有任何假情爱作为代替品，而且老实说，露丝玛利已经过了这个阶段——她虽然干的是电影事业，可不是把整个人都陷在里面。因此她看见她母亲脸上露出嘉许狄克·戴弗的神色，那就表示他是个“真正的对象”，准许她自由发展。

“我刚才在看你，”他说，她知道他说的是真话。“我们渐渐变得十分喜欢你。”

“我第一次见到你，就爱上了你。”她静静地说。

他装作没听见，仿佛这完全是礼貌上的恭维。

“新朋友，”他说，仿佛所说的这一点很重要，“在一起，有时候能比老朋友在一起还要有意思。”

听了这句她不确实懂的话之后，她发现自己已经到了餐桌前，凭着苍茫暮色中慢慢出现的光，把桌子看清楚了。她看到狄克已经把她母亲请在他右手边的座位上，心里不禁暗自一喜；她自己则坐在坎皮恩和布雷迪当中。

她心里热情洋溢，转过身面对着布雷迪，想把心中的秘密告诉他，可是她刚一提狄克的名字，他的眼睛就露出冷冰冰的神色，令她明白他可不要担任倾听女儿吐露心声的父亲角色。他想独自占有她的感情的时候，她的态度也同样坚决，因此他们俩谈论的是电影业本行，说得正确一点，是她听他讲圈子里的话。她的眼睛很有礼貌，永远对着他的脸看，可是她的心却绝对是在别处，她自己觉得他一定能猜出来这事实。她断断续续地听出他每句话的大意，没听进的则由自己的潜意识加以补充，就像在钟响了一半的时候听到钟声，萦绕在脑中的只是前面未数的那几下的抑扬。

7

话讲到一半的时候，露丝玛利朝餐桌那头望去，妮珂在那边坐在汤米·巴班和阿贝·诺斯之间，在烛光中，她褐色的厚毛如同涌动的泡沫，露丝玛利用心倾听，一下子就被她圆润清脆的嗓音深深吸引了。

“那个可怜人，”妮珂惊叫道，“你为什么想把他锯成两半？”

“我当然想看看一个侍者身体里面有些什么，你难道不想看看一个侍者身体里面有点什么？”

“旧菜单。”妮珂带着一声短笑，建议说，“破碟子破碗，小费，还有铅笔头。”

“一点都不错——然而要点是得以科学方法加以证明，当然用那把乐锯锯开，就能把脏东西清理干净了。”

“你在解剖的时候，打算用乐锯奏乐吗？”汤米问。

“我们还没到那地步。狂叫声把我们吓住了。我们想他可能会打破什么东西。”

“这些话，使我觉得十分古怪，”妮珂说，“一位音乐家用另一位音乐家的锯子去——”

他们围坐在餐桌前已有半小时，情形显然起了变化——每个人都抛弃了一些东西，有的是萦绕脑际的急务，有的是忧虑，也有的是疑心，这时人人都只剩下自己最好的一面，成为戴弗的嘉宾。不和和气气，表现出感兴趣，会显得戴弗夫妇不会招待客人，所以大家现在都努力起劲。看到这一点，露丝玛利便喜欢起大家——除了麦吉斯哥。他设法成为席上最没有被同化的人。他这样做，恶意的成分小，而是决心以酒维持抵达时心里那种快活劲儿。他靠在布雷迪和艾勃姆斯太太之间的那张椅子上，对布雷迪讲了几句痛骂电影的话，他对艾勃姆斯太太根本没开口。他带着极端冷峭的神色瞪视着狄克，可是这种瞪视的效果却被他一再跟狄克隔着桌子对角讲话而打断。

“你是范布伦·邓贝的朋友吗？”他会说。

“我想我不认识他。”

“我还以为你是他的朋友呢！”他暴躁地重复说。

关于邓贝先生的话题就此结束之后，他又提出其他同样不相干的话题。狄克彬彬有礼地听着，这样反而似乎使他茫然失措，沉默地停顿片刻之后，他所打断的谈话便不容他置喙又继续下去。他再想打断其他人的谈话，但是那像不断跟手已经抽出的空手套握手一样，因此，他便带着迁就自己身边孩子的无可奈何的神情，把心思完全放在喝香槟上。

露丝玛利对着环桌而坐的人一个个地看，热切希望看到大家高兴的样子，仿佛那些都是她未来的继子。桌上一大碗加了香料和香槟的大马哈鱼发出柔光，映在艾勃姆斯太太的脸上，那张脸神采飞扬，显出宽容和少女般天真无邪的神情。她旁边是罗耀·邓斐利先生，在夜晚的欢乐世界中，他那姣好如女子的俊美比较不令人惊奇。再过去是维奥莉·麦吉斯哥，她的美已经通通露在外表上，她也就不再硬要使自己是那想朝上流社会钻但没钻出头的人之妻的暧昧身份明朗化。

她旁边是狄克，他把心思完全放在自己的宴会上，别人的话稍微一停，他便接了下去。

再过来是她母亲，永远那么完美。

后来巴班开始跟她母亲能言善道地讲话，露丝玛利便又喜欢起他来。巴班旁边是妮珂，露丝玛利突然以新角度去看她，发觉自己从没见过几个像她那么美的人。她的脸仿佛一个圣女，一个古维京人圣母像的脸，脸上的光辉穿过在烛光中隐约的飞尘，松树上所悬的酒红色灯笼替她脸上添加了红晕，她坐在那里静穆无比。

阿贝·诺斯在向她讲他的道德准则。“我当然有，”他强调说，“——一个人没有个道德准则就活不下去。我的是反对活烧巫婆。他们一活烧巫婆，我便觉得浑身难受。”露丝玛利从布雷迪那里听到诺斯是音乐家，早年很展露过才华，可是已经七年没发表过新作品了。

诺斯旁边是坎皮恩，居然能够自我克制，不表露出他那明目张胆的娘娘腔作风，甚至于对邻近他的人表现出无私的母爱。他旁边是玛利·诺斯，长得那么愉快可爱的一张脸，令人不能不对她粲白得像镜子的牙齿那里回投一笑——环绕着她那红唇张开的嘴的整个一带根本是个可爱的小圆圈。

最后是布雷迪，他那种高兴越来越变成社交应酬性质，而不再是一种浅陋地表明和再表明自己的脑筋如何健全，以及他如何冷眼观看别人的弱点而保全自己的健全。

露丝玛利像白奈特夫人以辛辣笔调写的小册子中那种天真未凿、什么都相信的女孩子一样，深信自己是从边远地区举行的那种作弄人的、很放荡的即兴演出活动中回到家里。萤火虫在黑暗中飞来飞去，远处矮岩上有只狗在凄吠。餐桌似乎像是有机关的舞台，朝天空上升了一点，围桌而坐的人觉得只有他们彼此在黑茫茫的宇宙中，只有桌上的饮食提供营养，也只有桌上的灯光提供温暖。麦吉斯哥太太的那阵低声怪笑仿佛是大家已经脱离尘世的信号，戴弗夫妇突然变得兴高采烈，热情洋溢，仿佛向客人们赔罪有任何招待不周之处，虽然他们已经巧妙地使客人们感觉到自己多么重要，并且客气地使他们觉得深受礼遇。有一阵子，夫妇俩似乎对同桌的每一个人单独说着话，又像和大家一块聊天，向各人保证他们的友好和感情，大家一时脸都朝他们看，仿佛穷孩子仰望圣诞树一般。然后突然散席了——一到大胆地把客人们从觥筹交错的欢乐提高到感怀的更高境界，客人们自己还没有来得及品味，还没认清已经到了那个境界，便忽然结束了。

然而暖香南方所弥漫的神秘之美已经投入柔和的夜晚和底下地中海水幽灵般的拍岸白浪中——那种美已离开了夜色和波浪而融合到戴

弗夫妇体内，成为他们的一部分。这时露丝玛利眼瞧着妮珂把一个手袋塞给她母亲，那是她母亲曾经表示羡慕的一个晚上她用的黄色手袋。一面说道："我想东西应该属于喜欢它们的人，"然后把她所能找到的黄色东西，一支铅笔，一管唇膏，一个小记事簿，通通放入手袋去，"因为这些都是一起的。"

妮珂不见了，不久露丝玛利发现狄克也不知去向；客人们在花园里自行散开，或者走到露台去。

"你可要，"维奥莉·麦吉斯哥问露丝玛利，"上洗手间吗？"

在那时刻可不要。

"我要，"麦吉斯哥太太执意说，"到洗手间去。"她是个心直口快的人，带着她的秘密朝房子里走去，丢下露丝玛利目送她一路离去。厄尔·布雷迪提议和她走到海堤去，但是她觉得狄克再出现的时候，该轮到她和他在一起了，所以一味支吾，倾听麦吉斯哥跟巴班争吵。

"你为什么要跟苏维埃作战？"麦吉斯哥说，"那不是人类最伟大的实验吗？还有瑞孚人？我觉得帮助正义的一方作战才够英雄。"

"你怎么去断定正义在哪一方面呢？"巴班淡然地问。

"这还用说，通常每个有点头脑的人都知道。"

"你是共产主义者吗？"

"我是社会主义者，"麦吉斯哥说，"我同情俄国。"

"好，我是个军人，"巴班愉快地说，"我的职务是杀人。我跟瑞孚人作战，因为我是欧洲人，我也跟共产党作战过，因为他们要褫夺我的财产。"

"在所有观念狭窄的遁词中，"麦吉斯哥四下张望，想找个嘲笑的伙伴，可是找不到，他不知道自己反对巴班什么，既不是因为那人头脑简单，也不是因为那人所受训练的复杂性。麦吉斯哥知道自己的观念是什么，他在思想成熟的过程中，能够认识并且分辨出越来越多的观点——但是面对着一个他认为“愚蠢”的人，他看不出那人有他所了解的任何观点，可是又不能觉得自己比他优秀，于是遽下结论，认为巴班是个过时世界的产物，毫无可取之处。麦吉斯哥在美国和贵族豪门接触过，对于那些人笨拙的势利行为，以愚昧而自得、故意粗鲁无礼等等印象深刻，这些都是从英国人那里偷学来的，但他们丝毫不理会英国人故意苛求庸俗粗鲁的原意，便把那一套用之于自己的国家内了；而在美国只要有一点知识和礼貌，所得的收获就比其他任何地方要来得多——这种态度在一九〇〇年左右达到顶点，也就是所谓的“哈佛态度”。他认为巴班就是那种人，因为自己喝醉，粗心大意地忘记了他怕那个人，过后不久就发现自己惹了麻烦。

露丝玛利隐约替麦吉斯哥难为情，她等着狄克回来，表面上很宁静，其实心里像火烧。她和巴班、麦吉斯哥和诺斯坐在空桌子前，抬头望着通往石砌露台的小径，小径两旁的桃金娘和羊齿类植物像黑影般拂动。她母亲头靠着一扇有灯光的门，她觉得她母亲的侧影像越看越美。正准备走过去，麦吉斯哥太太从房子那边匆匆走过来。

她一副激动的样子，不声不响地拉开一把椅子坐下，眼睛发直，嘴有点在动，大家看得出她有满肚子的新闻，她丈夫自然得问她一声：“维，什么事？”人人的眼睛这时候都望着她。

“亲爱的——”她终于开口，然后又对着露丝玛利说，“亲爱的——没什么，我实在不能说什么。”

“在座的都是朋友。”阿贝说。

“嗯，我在楼上看到一件事——”

她神秘地摇摇头，刚巧把嘴停住，因为汤米·巴班这时候站了起来，客气地，但语气严厉地说：

“批评这所屋子里的事可实在不好。”

8

维奥莉大声地猛吸了一口气，设法使脸上露出另一种表情。

狄克终于回来了，他凭极肯定的直觉，把汤米·巴班和麦吉斯哥夫妇分开，开始变得对文学一窍不通，频频向麦吉斯哥求教——使麦吉斯哥感觉得到他所需要的片刻优越。别的人帮助他把灯提上来——在黑暗中谁不愿意帮助提灯呢？露丝玛利也帮了把手，一面耐心地答复邓斐利对好莱坞无限好奇而问不完的问题。

现在——她在想——我已经够巴结了，应该有段时间跟他单独在一起。他一定知道，因为他为人处世的规则跟妈妈教我的一样。

露丝玛利猜得不错——果然，不久他便把她从露台上那些人当中拉出来，只有他们两个人，离开房子，朝海堤走去，那里的石磴只是间隔无规律的空隙，走得很辛苦，有些地方得由狄克把她搀扶下去。

他们俯望地中海。在那下面，从勒润群岛开出的最后一班游览船浮在海湾的水面上，像七月四日美国国庆时，吹散升空的气球一样。它在黑茫茫的小岛之间载浮载沉，把黑黑的晚潮轻轻破开。

“我明白了你讲起你母亲时的那种口吻，”他说，“我认为她对待你的态度真不错。像她那样通达的人，在美国实在难得。”

“妈妈是没得可说的。”她祈祷似的说。

“我刚才跟她讲我的一个计划，她对我说你们母女俩在法国逗留多久，完全取决于你。”

其实是取决于你，露丝玛利简直要说出口来。

“因为这里的季节已经过了——”

“过了？”她问道。

“嗯，过完了——夏天的这部分过完了。上个礼拜，妮珂的姊妹走掉了，明天，汤米·巴班走，礼拜一，阿贝和玛利·诺斯走。也许今年我们还会有别的乐趣，可是这一段特别的乐趣是完了。是我要它一下子忽然就完了而不是伤感地渐渐结束——这就是我今天请客的原因。我要说的是——妮珂和我要到巴黎去，送诺斯夫妇上船回美国——不知道你愿不愿意跟我们一块儿去。”

“妈怎么说的？”

“她似乎认为那很不错。她自己不想去。她要你一个人去。”

“我长大以后还没观光过巴黎，”露丝玛利说，“我愿意跟你们一起去观光。”

“你真赏脸。”她觉得他的声音忽然冷淡起来，难道是错觉吗？“当然从你一到了海滩起，我们就对你感到兴奋，那么朝气勃勃，我们深信一定是同职业有关，妮珂尤其认为是如此，这种活力永远不会因为任何人或任何团体而消耗。”

她的直觉对她喊叫，他的心思正渐渐抛弃她而回到妮珂身上去。她便立刻加以制止，以同样口吻说：

“我也想认识你们大家——尤其是你。我对自己说我对你是一见钟情。”

她的这种态度是对的。可是天地之大使他的心冷静下来，消灭了使他把她带到这儿来的一时冲动，却使他注意到那过于明显的心声呼吁，和那未经排练的场面及陌生字眼的挣扎。

他现在想使她主动要回到屋子那边去，而这可不容易，他也并不怎么想失去她。他调侃她的时候，她只感觉微风在吹。

“你不知道自己要什么，你去问问你母亲你要的是什么。”

这句话令她十分感动。她触摸他，感觉他那件深色上衣质料光滑，好像神父听告解时穿的无袖法衣。她似乎就要跪下去，并且以那个姿势发出最后一句心声。

“我以前从没遇见过像你这么美妙的人——除了我妈以外。”

“你很多情。”

他的笑声把他们一路带上露台，在那儿他把她交给妮珂……

一下子就要走了，实在太快，戴弗夫妇帮着他们很快地离开。主人的那辆大伊索塔车将搭载汤米 · 巴班和他的行李——他在旅馆过夜以便搭早班火车——还有艾勃姆斯太太、麦吉斯哥夫妇和坎皮恩。厄尔 · 布雷迪要到蒙特卡罗去，顺便把露丝玛利和她母亲送回旅馆，邓斐利也跟他们同车，因为戴弗那辆车上太挤了。下面花园里，他们离开的餐桌上挂着的灯还亮着，戴弗夫妇并肩站在门口，妮珂笑容满面，使夜晚也添加几分优雅，狄克则叫着每个人的名字一一道别。露丝玛利觉得大家就这样坐车走了，屋子里只剩他们夫妇俩，不禁感到一阵辛酸。她再度纳闷麦吉斯哥太太到底在洗手间里看到了什么。

9

那是个宁静的黑夜，苍穹仿佛是悬挂在一颗黯淡孤星上垂下的篮子里。空气浓密，盖住了前面那辆汽车的喇叭声。布雷迪的司机把车驾驶得很慢；前面那辆车的尾灯在转弯处时现时没，后来完全看不见了。可是十分钟后，它又出现在路侧向上驶，布雷迪的司机在后面慢慢跟了上去，但是立刻向前直驶，掠过了它。在掠过的那一刹那，他们听到那安静的大轿车后面人声嘈杂，并见到戴弗家的司机咧着嘴笑。他们那辆车径直前进，很快驶过了一大片阴影进入皎洁的夜色，然后又从夜色中进入阴影，最后连下了几个大陡坡，到了巍峨的高斯旅馆。

露丝玛利半睡半醒地打了三小时盹儿，后来张着大眼睛躺在床上，全身浸浴在月光中。四周黑黑的，撩起绮思，她很快便把未来可能促成一吻的演变通通想尽了，可是那一吻和电影里的吻同样模糊。她故意在床上改变姿势，这是她生平第一次尝到失眠的滋味，便试着以她母亲对那问题的看法去思索。在这方面，她往往敏锐得超过她的经验，连以前半听入耳的话都记得住。

露丝玛利从小是在必须工作的观念下长大的。她母亲把两位亡夫剩下的那点钱统统用在女儿的教育上。露丝玛利十六岁时便亭亭玉立，长着一头罕见的秀发，她母亲便带她到艾克斯勒般恩去，也不通名报姓，径直闯入在那里休养的一位美国制片人的套房里。制片人到纽约去，她们也跟着去，露丝玛利就此通过了入学考试般的第一关。后来拍片成绩斐然，事业前途可能相当稳定，所以她母亲斯培尔太太今天晚上才觉得可以向她暗示：

“把你养大是为了叫你工作——不是专门为了结婚的。现在你已经找到了第一个对象，而且是个好对象——尽管去试，把发生的一切都当作经验。不论伤了你自己或是他的心，都毁不了你。因为经济上你是个男孩子而不是女孩子。”

露丝玛利从来不大动脑筋，只是相信她母亲的智慧，因此现在她母亲像剪断脐带似的让她自己尝试，使她不能安眠。东方微泛鱼肚白，幽光透入落地长窗。她起床走到露台上去，赤脚觉得地上很温暖。空气中有种种秘密的声音，一只恶鸟得意地在网球场上面的树丛啼叫个不休；旅馆后面的圆形车道上传来一阵脚步声，从大路到碎石子小径，再走到水泥台阶上，然后再循原路走开。戴弗夫妇住在黑油油的海水那边，黑压压的山上。她想到他们夫妇俩在一起，又听到他们仍在隐约地唱歌，歌声像烟雾般袅娜上升，像一首在极久以前极远地方唱的赞美诗。他们的孩子在梦乡中，他们的大门在夜间紧闭。

她走进房间，穿了件轻便的晨袍和便鞋再走到窗外，沿着绵延不断的露台朝前门走去，走得很快，因为她发觉所有窗朝露台的客房里的人都睡得正香。她发现正门入口那道白色宽台阶上坐着一个人，便停下脚步——再一看是路易斯 · 坎皮恩，正在哭泣。他低泣得很伤心，一面哭一面像弃妇那样摇头，她忽然想起前一年所拍一部片子里的一个镜头，便走过去轻触他的肩膀。他低声惊叫一下，然后才认出是她。

“怎么啦？”她的两眼友善地平视而不是斜眼好奇地睨视他，“我能帮助你吗？”

“没人能帮助我。我心里有数，只怪我自己不好，每次都是这样。”

“什么事，你可要讲给我听？”

他瞧着她，犹豫要不要告诉她。

“不，”他打定主意，“等你长大一点，就会知道恋爱要受的折磨。那种极端难受的痛苦。保持冷淡和年轻要比动感情爱人来得好。这滋味我以前也尝过，可是从没有像这次那么厉害——这么出乎意料——刚巧在一切都挺好的时候发生。”

他的脸在越来越亮的晨光中显得实在可憎。然而不管是怎样的可憎，她的神色一点都没有表露出来，连脸上最小的肌肉也没动弹。可是坎皮恩很敏感，感觉到这点，便十分突兀地改变话题：

“阿贝·诺斯人在这里。”

“怪了，他是在戴弗家住的呀！”

“对，可是他已经在楼上了——难道你不知道出了什么事吗？”

两层楼上突然有一扇百叶窗开了，一个英国人的口音很响亮地怒骂道：

“请你们别再说话了好不好！”

露丝玛利和坎皮恩只好忍气吞声地下了台阶，在通往海滩的那条路旁边的一张长凳上坐下。

“那你一点都不知道发生了什么事？亲爱的，最古怪的事——”他现在起劲了，紧紧保守着将要透露出的秘密，“我从没见过一桩事发生得这么突兀——我一向躲开暴戾的人，他们使我受到极大的惊扰，有时候得在床上一连躺上好几天。”

他得意地望着她。她不知道他在讲些什么。

“亲爱的，”他急急忙忙地讲出来，用手碰了碰她的腿把整个身子朝她靠过去，表示那并不是手不自禁地乱动——他那么有把握。“将要举行一场决斗。”

“什——么？”

“一场决斗，用什么武器还不知道。”

“什么人要决斗？”

“我会从头一五一十地讲给你听。”他深吸了一口气，然后开口，仿佛是她不好，但他并不责怪她。“当然，你是在另一辆车上。嗯，可以说是你运气好——我却至少要少活两年，发生得那么突然。”

“究竟怎么回事？”她追问。

“我不知道是谁先惹起的。她先开始讲——”

“谁？”

“维奥莉·麦吉斯哥。”他放低嗓音，仿佛凳子下面有人。“可是别提起戴弗夫妇，因为谁提起他们，他就恐吓谁。”

“是谁在恐吓？”

“汤米·巴班，可别说是我说出来的。我们谁都没机会发现维奥莉到底有什么要讲给大家听，因为他不停地打断她，后来她的丈夫也搅到里面，因此——亲爱的，便产生了决斗。今天早上五点钟——离现在还有一个钟头。”他叹了口气，突然想到自己的忧伤。“我几乎希望是我。我现在没有什么可活的，倒不如被杀死好。”他说不下去了，痛苦得身子晃来晃去。

百叶窗又开了，刚才那英国人又说道：

“太岂有此理，非得马上停止不可。”

就在这时候，阿贝·诺斯带着煞有心事的神情从旅馆里出来，瞥见他们俩的身影衬托着海面上白色的苍穹。露丝玛利没等他开口便先摇头示警，三人然后走到更远处的一张长凳那里去，露丝玛利看出阿贝有点紧张。

“你们俩在这儿干什么？”他质问道。

“我刚起身。”她开始咯咯笑，可是想起上面那个英国人的声音，只好使劲忍住。

“是被夜莺吵醒的，”阿贝替她解释说，跟着又重复一遍，“大概是被夜莺吵醒的。这位娘娘腔朋友可曾告诉你发生了什么事？”

坎皮恩庄严地说：

“我只知道亲耳听见的一切。”

他站起来迅速走开；阿贝在露丝玛利身旁坐下。

“你为什么让他那么难堪？”

“是这样吗？”他惊讶地问，“他在这里已经哭了一早上。”

“嗯，也许他有什么伤心事。”

“也许是。”

“那决斗到底是怎么回事？决斗的是什么人？我就觉得那辆车上有点古怪。是真的吗？”

“当然听起来非常古怪，不过似乎是真的。”

10

风波是从布雷迪的车经过停在路上的戴弗家车子时开始的——阿贝不带私人感情讲起当时的情形——维奥莉把她发现的关于戴弗夫妇的一些事讲给艾勃姆斯太太听——她在他们家楼上，碰见一件事，给她很深的印象。可是汤米如同戴弗夫妇的看门狗。事实上她既有感召力又令人敬畏——可是这种感觉双方互相都有的，戴弗夫妇作为一个整体的事会对朋友重要的程度，是其中许多人所不自觉的。当然，取得这个地位是需要一些牺牲的——有时夫妇俩似乎只是芭蕾舞剧里可爱的人物，所值得注意的只和对整个芭蕾舞剧的注意那么多，不过其实不然——你必须知道他们俩的故事不可。不论如何，汤米是狄克引荐给妮珂的朋友，麦吉斯哥太太不断暗示她有所发现的时候，他便出面干涉，当他说：

“麦吉斯哥太太，请别再讲戴弗太太了。”

“我可不是在对你说。”她反驳。

“我想最好别提他们。”

“难道他们那么神圣吗？”

“别提他们。讲些别的。”

他坐在坎皮恩身边两个小座位当中的一个上。是坎皮恩把当时的情形讲给我听的。

“哼，你倒真横。”维奥莉反击他。

你知道夜晚在汽车里讲话是什么样的情形，有人在喃喃低语，有人在宴会后什么都懒得去理，或是觉得乏味或是睡着了。所以在车停住，巴班用大得仿佛向骑兵呼救的嗓子把人人都惊醒，大家才知道发生了什么事。

“你要不要在这儿下车——咱们离开旅馆只有一英里路，你可以走回去，或由我把你拖回去。你非得住嘴，并且使你太太也住嘴！”

“你是个恃强凌弱的家伙，”麦吉斯哥说，“你知道你力气比我大，胳臂比我粗。可是我不怕你——他们应该实行决斗规则——”

他这下说漏了嘴，因为汤米是法国人，身向前倾，拍了他一下，然后司机开车继续前进。这就是你掠过他们的时候。后来女人们都开腔了，直到车开到了旅馆门口，情形仍是如此。

汤米打电话给戛纳方面的某个人，请他做决斗助手，麦吉斯哥说他不要坎皮恩做助手，坎皮恩也并不怎么想做，于是他打电话给我，没说什么，只叫我立刻过去。麦吉斯哥太太支持不住了，艾勃姆斯太太送她到房间去，给她吃了安眠药，后来她便舒舒服服地睡着了。我到了之后力劝汤米，可是汤米非要麦吉斯哥道歉不可，而麦吉斯哥倒挺硬朗，绝对不肯。

阿贝讲完之后，露丝玛利若有所思地问道：

“戴弗夫妇知道这件事吗？”

“不知道——也根本不让他们知道这跟他们有关系。那讨厌的坎皮恩实在不应该讲给你听，不过他既然告诉你了——我已经对司机说过他要是把二人决斗的事讲出来，我就拿出那把老乐锯——汤米需要的是打个痛快仗。”

“我希望戴弗夫妇不会知道这件事。”露丝玛利说。

阿贝看了看表。

“我该上去看麦吉斯哥了——你想一块去吗？——他有点觉得自己没有朋友——我敢打赌他一夜没睡。”

露丝玛利想象着那个秉性刚愎、不善与人相处的人整夜紧张，不能成眠的样子。她一面觉得他可怜，一面又讨厌他，考虑了一会儿之后，终于答应同去，便带着早上的充沛精神，和阿贝并肩，三步并作两步奔上楼去。

麦吉斯哥坐在床上，虽然手持着香槟酒杯，可是酗酒时那咄咄逼人的气焰已经没有了。他似乎很荏弱苍白。他显然整夜都在喝酒写东西。他神情迷惘地瞪着阿贝和露丝玛利，问道：

“时候到了吗？”

“没有，还有半个钟头。”

桌上尽是一张张的纸，他很费劲地把它们连接成一封长信；最后几页的字迹既大又潦草不堪，在渐渐黯淡的灯光里，他在信尾签上名，塞入信封，交给阿贝。“是写给我太太的。”

“你最好用冷水洗洗脸，”阿贝建议。

“你想我应该洗个脸吗？”麦吉斯哥怀疑地问，“我并不要过分清醒。”

“可是你现在根本不像人样了。”

麦吉斯哥乖乖地走入浴室。

“我留下的一切都乱七八糟，”他遥喊道，“我不知道维奥莉怎样回得了美国，我没有买保险。从没想到买。”

“别瞎说，一小时后，你会在这儿吃早餐。”

“当然，我知道。”他走出来的时候，头发湿湿的，瞧着露丝玛利，仿佛初次见到她，他忽然热泪满眶。“我没写完我的小说。令人心痛的就是这件事。你不喜欢我。”他对露丝玛利说，“可是那没办法，我主要是个文人。”他带着微微失望的音调并沮丧地摇头。“我一生做过许多错事——好多错事。但从某方面来说，我也是一个极出名的——”

他不说下去了，吸了一口已经灭掉的香烟。

“我倒是喜欢你，可是认为你不该跟人决斗。”

“对，我应该揍他，可是现在已经成了定局。我竟让自己卷入我不该卷入的一件事。我的脾气十分暴躁——”他逼视着阿贝，仿佛期望阿贝说他讲得不对。后来发出一声惨笑，举起灭掉的香烟朝嘴里放，呼吸急促。

“糟的是是我自己提议决斗的——要是维奥莉不开口，我本来可以大事化小，小事化无。自然我甚至于现在都可以一走了之，也可以坐着不动，以嘻嘻哈哈的态度看整件事——可是这样做，维奥莉大概会永远看不起我。”

“不，她不会，”露丝玛利说，“她会更看得起你。”

“不，你不知道维奥莉是什么样的人，她要是占了你的上风，心肠就会十分狠。我们结婚已经十二年了，有过一个女孩，七岁时死掉了，从此以后你知道我们过的是什么日子。我们俩各有点不安分，只是逢场作戏，并不认真，可是彼此越来越疏远了——昨晚在车上她曾经称我为懦夫。”露丝玛利听了心里别扭，没有回答。

“嗯，咱们将设法尽量避免伤人，”阿贝说。他打开皮盒子。“这是巴班决斗用的手枪——我向他借来，让你熟悉一下。他的枪总是放在手提箱里。”他用手掂了掂其中一支古老武器的分量。露丝玛利不由得惊呼了一声，麦吉斯哥望着那枪神色也有点慌。

“哦，看来我们不像要用点四五口径的手枪对射。”他说。

“我不知道，”阿贝狠着心说，“人们认为顺着长枪膛，准头比较大些。”

“距离怎样？”麦吉斯哥问。

“我已经问过了。要是想把对方打死，就相隔八步，要是只想把他打伤是二十步，如果仅是为了洗刷名声，四十步就行了。他的副手已经跟我议妥是四十步。”

“那不错。”

“普希金的一篇小说里有一场描写绝妙的决斗，”阿贝回忆说，“两人都站在悬崖边上，谁中弹就完蛋。”

麦吉斯哥仿佛觉得那只是书里的话，不合实情。他瞪着阿贝说，“什么？”

“你可要快点儿在水里泡一下，提提神？”

“不要——不要，我不会游泳。”他叹了口气说。“我真不明白这是怎么回事，”他惘然地说。“我不明白自己为什么要这样干。”

这是他生平干的第一件有骨气的事。他是那种不觉得声色世界存在的人，一旦面对具体的事实，表现却又令人极为惊讶。

“咱们不如去吧。”阿贝发觉他精神有点萎靡。

“好的。”他喝了一大口白兰地，把扁酒瓶放进口袋里，以几乎是凶暴的样子说，“要是我把他打死了，会怎样——会入狱吗？”

“我会把你偷送过意大利边界。”

他朝露丝玛利瞟了一眼，然后带着歉意对阿贝说：

“咱们出发之前，我有件事想跟你单独谈谈。”

“我希望你们俩都不受伤，”露丝玛利说，“我认为这是挺傻的事，应该加以阻止。”

11

她在楼下冷清的大厅里见到坎皮恩。

“我瞧见你上楼去，”他激动地说，“他没事吧？什么时候决斗？”

“我不知道。”她讨厌他把决斗的事讲得像马戏表演似的，麦吉斯哥则像个悲哀的小丑。

“你跟我去好吗？”他问，那副神气仿佛有门票似的，“我已经租了旅馆的汽车。”

“我不要去。”

“为什么不去？我想看了会吓得我少活几年，可是我说什么也不会错过这机会。咱们可以站得远远地看。”

“你何不叫邓斐利先生跟你去？”

他的单片眼镜掉了下来，这会儿没有胸毛来藏它了，只好挺直了身子。

“我永远不要再见他。”

“嗯，我恐怕不能去。妈妈会不高兴。”

露丝玛利走进她的房间，她母亲睡得迷迷糊糊地在床上动了一下，对她遥问道：

“你到哪儿去啦？”

“我只是睡不着。妈，你再睡吧。”

“到我房里来。”露丝玛利听见母亲从床上坐起来，便走进去把发生的事告诉她。

“你何不去看？”她母亲建议，“你不必走近，也许事后还可以帮忙。”

露丝玛利并不喜欢看决斗，没有搭腔，她母亲睡意犹浓，回想自己做医生妻子时，深夜死了人或是发生祸事请医生去的情景，“我要你到什么地方去，干什么事，自己做主，不要管我——你以前替雷尼的片子做宣传时干过比这还要麻烦的事。”

露丝玛利仍不觉得为什么一定要去，不过到底还是听从了那个肯定、清脆的声音。她十二岁时，就是那个声音叫她进入巴黎奥迪安戏院后台，并在她出来时招呼她的。

她在台阶上见到阿贝和麦吉斯哥驾车走了，本以为这下可以不必去了——谁知道过了一会儿，旅馆的汽车转过墙角驶来。坎皮恩乐得咯咯笑，把她拉上他旁边的车座。

“我躲在那儿，生怕他们会不让咱们去。我有电影摄影机，你瞧。”

她不由笑出声来。他实在太要不得，你反而不会在乎他，只不过不把他当人。

“我奇怪麦吉斯哥太太为什么不喜欢戴弗夫妇？”她说，“他们夫妇对她非常好。”

“哦，不是不喜欢。而是因为有什么事被她看见了。因为有巴班在的关系，我们始终不知道她看见的到底是什么。”

“如此说来，你刚才很不开心并不是为了那个。”

“哦，不是为了那个，”他说，嗓音忽然变了，“那是我们回旅馆后发生的一桩事。可是现在我不在乎了，我什么都不管了。”

他们跟着前面那辆车，沿着湖畔朝东行驶，掠过胡安松林，新赌场的构架耸立其间。时值四点多钟，在蓝灰色的天空下，最早作业的一批渔船正嘎吱作声地驶入蓝绿色的海。他们驶离大道，深入乡间。

“是在高尔夫球场，”坎皮恩嚷道，“我相信一定是在那儿。”

他说对了。阿贝的车在他们前面停下了，东方的天空又红又黄，预示这又是个大热天。露丝玛利和坎皮恩吩咐旅馆汽车在林荫里行驶，绕过晒成褐色的球场草坡，阿贝和麦吉斯哥正在那里走来走去，麦吉斯哥每隔一阵子便抬起头来，像兔子正在嗅闻有无对头出现的气息，不久远处的一个开球区那边出现了两个人，原来是巴班和他的法籍助手，那助手腋下挟着枪盒。

麦吉斯哥有点胆怯，溜到阿贝身后，喝了一大口白兰地，喉咙咳呛着想一直走到对方那里去。阿贝把他拦住，走向前去和那法籍助手讲话。太阳从地平线上升起。

坎皮恩一把抓住露丝玛利的膀子。

“我不忍心看，”他尖声说，声音简直听不出来，“实在太可怕了，会使我——”

“放手。”露丝玛利厉声说，很急切地用法文默祷了一下。

决斗双方面对面站着，巴班卷起衬衫袖子，两眼在阳光中闪烁不定，不过在裤缝上擦手心时，动作故意慢腾腾的。麦吉斯哥因为喝了白兰地壮了胆，嘟着嘴，又满不在乎地把长鼻子尖乱翘，直到阿贝捏着一方白手帕走向前去。那法籍助手站在那里，脸向别处看。露丝玛利屏息看着，大发怜悯之心，咬牙切齿地深恨巴班；后来听见：

“一——二——三——”阿贝喊的声音很不自然。

两人同时开枪。麦吉斯哥身子摇晃，可是马上稳住了，两把枪都没打中。

“现在，够了！”阿贝大喊。

决斗的那两个人走过来，人人都带着询问的神气望着巴班。

“我并不满足。”

“你当然满足了，”阿贝不耐烦地说，“你只是不知道罢了。”

“你的那位拒绝再来一枪吗？”

“你说得不错，汤米。是你一定要这样干的，我的当事人已经照办了。”

汤米大声冷笑。

“距离简直荒唐。”他说，“我不习惯这种滑稽把戏——你的当事人可得记住他现在可不是在美国。”

“讥嘲美国没用，”阿贝厉声说。后来又以较为委婉的声调说，“这件事已经搞得够厉害了，汤米。”他们谈判了一会儿，然后巴班点点头，向他刚才的决斗对手冷冷地鞠了个躬。

“不握手？”法籍医生说。

“他们本来认识的。”阿贝说。

他转身面对麦吉斯哥。

“来，咱们走吧。”

他们俩大踏步走开的时候，麦吉斯哥狂喜得抓住阿贝的胳膊。

“且慢！”阿贝说，“汤米要讨还他的枪。他以后可能还要用。”

麦吉斯哥把手头的那支枪递过去。

“去他妈的，”他以粗暴的声调说，“告诉他可以——”

“要我告诉他你想再来一枪吗？”

“哈，我居然干过了，”他们走开时，麦吉斯哥大叫，“而且干得相当不错，是不是？我并不胆怯。”

“可是你醉得很。”

“哪里的话，我没醉。”

“好好好，那你没醉。”

“就是我喝了一两口酒又有什么关系？”

他的自信心越来越大，不禁带着怨愤的神情望着阿贝。

“那又有什么关系？”他重复一遍。

“要是你看不出所以然，跟你讲也没用。”

“你可知道战时人人都一直醉醺醺的吗？”

“好了，别再讲了。”

可是事情并没有结束。后来树丛中传来急促的脚步声，接着那位医生便走到他们身旁。

“对不起，两位先生。”他喘吁吁地说，“两位可不可以付给我服务费？当然，只是医药费。巴班先生只有一张面额一千法郎的钞票。兑不开，而他的钱包在家里。”

“法国人就有这种鬼心眼儿，”阿贝说，然后问医生：“要多少？”

“这笔钱让我付。”麦吉斯哥说。

“不，我身上有钱，咱们可以说是共过患难。”

阿贝把钱付给医生，麦吉斯哥忽然转过身去，对着灌木丛，在那儿呕吐了起来，吐完后，不管面色变得苍白，却神气活现地在玫瑰色的晨曦中和阿贝朝汽车走去。

坎皮恩仰卧在灌木丛中喘气，他是决斗中唯一受伤的人，露丝玛利突然哈哈狂笑不止，不断踢他，一直踢到他惊醒过来。现在对她来说只有一件要紧的事——再过两三个钟头，她就要在海滩上见到她心里仍称之为“戴弗夫妇”的那个人。

12

他们在街坊餐馆等妮珂，一共有六个人：露丝玛利、诺斯夫妇、狄克·戴弗和两名年轻的法国音乐家。他们都在观察其他顾客，看看那些人是否态度悠闲，狄克说美国男人没有一个态度悠闲，他自己例外，所以他们想找个实例反驳他。可是情况对他们不利——没有一个人进了饭馆十分钟之后，不把手伸到脸上去。

“我们实在不该放弃在短髭上抹蜡，”阿贝说，“虽然如此，狄克并不是唯一态度悠闲的汉子——”

一个衣着讲究的美国人已经进了饭馆，和他同来的两个女人毫不忸怩，像飞燕一般在一张桌子旁边坐下，此人忽然察觉有人在看他，于是举起手来乱动一番，并且摩挲着领带，仿佛领带上鼓出一块。在另一批没位子坐的顾客中，有个男人不断用手心拍拍自己刮得干净的腮帮。他的伴侣则以机械的动作把已熄的雪茄烟蒂扳上扳下。运气较好的顾客用手弄弄眼镜，拔拔胡须，脸上无毛无髭的则摸摸嘴，甚至于拼命揪自己的耳朵。

一位名将军进来了。阿贝拿准此人在西点军校读过第一年——在那一年没有一个学员可以退学，而经过了那一年训练，也没有一个学员能恢复自己原来的面貌。阿贝因为这点跟狄克赌了五块钱。

将军两只手自然地垂在身旁，等待座位。有一次他的两臂突朝后伸，狄克发出一声“啊”，以为他失去了抑制，可是将军的手又恢复常态，他们才松了一口气——这番煎熬差不多要过去了，侍者替将军拉开椅子。

这位常胜将军疾如流星地抬起手去搔光洁整齐的满头白发。

“你们瞧，”狄克得意洋洋地说，“我是唯一的一个。”

露丝玛利对此深信不疑；狄克也意识到他从未有过更好的听众。他把这帮人组成一个快乐无比的团体，把露丝玛利弄得恨不得其他各桌的顾客赶快走掉。他们来到巴黎两天，可是实际上仍和在海滩上，坐在遮阳伞下一样。前一天晚上，在自立团的舞会上，那时露丝玛利还要去参加一个好莱坞的五朔节宴会，似乎被场面之盛大震慑住了。狄克为使气氛轻松自在些便会跟几个人，仿佛经过遴选的几个人打招呼。戴弗夫妇似乎认识许多人，所招呼的人总仿佛是好久好久没见面了，非常惊讶。“好喔，你们一直躲在什么地方？”——然后以饱含讥嘲的话，圆滑地可是彻底地把外人打发掉，重新恢复自己那桌友人的团结。不久，露丝玛利似乎也在过去某种可悲的环境中结识过这些人，跟他们接近，然后把他们甩掉。

他们自己那一桌上绝大部分是美国人，但是有时候又不像美国人。时过境迁这么多年，记忆已经模糊了，他又使他们回想到原来的自己。

在那烟雾缭绕，黑黢黢的饭店里，自助餐桌上陈列的大盆佳肴浓香扑鼻。妮珂穿着那身天蓝色的衣衫悄然出现，就像外面的晴朗天气一部分流散了，溜了进来。她从他们的眼里看出自己的美丽，便嫣然一笑表示感谢。起先他们都是规规矩矩的，温文有礼。后来对这一套厌腻了，便放肆起来，说话也不客气了，最后又作出许多计划。他们哈哈大笑，后来却不记得笑的是什么——只是笑声不断。男人们喝了三瓶酒，三位女性足以代表美国社会变化之大。妮珂的祖父是白手起家的美国资本家，外祖父是李丕 · 魏森菲家族的一位伯爵。玛利 · 诺斯是一个熟练的糊壁纸匠的女儿，也是泰勒总统的后裔，露丝玛利出身中产阶级，由母亲把她弄进前途无限的好莱坞。她们彼此相同的地方，和其他许多美国女性不同的地方，在于她们十分乐意存在于男人世界中——她们依靠男人而不是反对男人以保持自己的个性。她们三人都是如果碰巧找到如意郎君便是善良贤惠的妻子，找不到就沦为风尘尤物。

因此露丝玛利觉得那顿午餐是个很愉快的聚会，因为一共只有七个人，而一个好聚会至多不能超过七个人。也可能是因为她新近参加他们的圈子，产生了一种触媒作用，使大家彼此不再矜持。大家站起来之后，一位侍者指点露丝玛利到饭馆后面去，所有的法国饭馆后面都是那么昏暗。露丝玛利在光秃电灯泡的橘黄色暗光下查到电话号码，便打电话给法美影片公司。当然啰，他们有一部《掌上明珠》的拷贝——现在不在手头，不过在这星期下半周为她在圣昂杰路三百四十一号放映——到那里找克劳德先生就行了。

半隔的电话间是和衣帽间相连的。露丝玛利挂上了电话，听见一排大衣的那一面，离她不到五英尺远，有两个人在喁喁细语。

“——所以你爱我？”

“啊，那还用说！”

那是妮珂的声音——露丝玛利站在电话间门口不禁迟疑了——然后听见狄克说：

“我非常想要你——咱们现在就回旅馆吧。”妮珂娇喘一声。露丝玛利一时不明白两个人这些话的意思——可是却从声调中听了出来。那种极端亲昵和秘密的性质令她悸动。

“我要你。”

“我四点钟在旅馆。”

声音渐去渐远的时候，露丝玛利屏息站着。她起初甚至感觉惊讶——她曾经见到他们俩彼此的态度仿佛冷淡些，没有那种不能一刻分离的亲热劲儿。她现在心里十分激动，有种说不出名堂的深重感觉。她不知道自己觉得喜欢还是讨厌，只知道深受感动。这使她回到餐厅去时觉得很孤独，但是顺便看看也令她心动，妮珂那声热情如焚、充满感激的“那还用说”在她脑中萦绕。她还没有尝过人生那个阶段的特别滋味；不论距离还有多远，她并不觉得反胃，因此一定是无妨的——她拍片时对于某些爱情镜头也不觉得厌恶。

虽然距离这阶段还有一大截，然而她现在却无可挽回地卷入其间，因此跟妮珂一起买东西的时候，她对那约会比妮珂本人还要在意。她以新的角度观察妮珂，打量她的魅力。毫无疑问，露丝玛利从没见过像她这样有魅力的女人；她的冷峻、她的忠诚和某种难以捉摸的心理，在露丝玛利以她母亲传给她的中产阶级想法看来，都是和她对金钱的态度有关系。露丝玛利花的是自己的钱——她所以能来欧洲，是因为在一月里的那一天的大清早，她发烧从摄氏三十八度到三十九度的时候，为了拍片曾经六次跳下游泳池直到被她母亲拦住。

露丝玛利由妮珂帮助，用自己的钱买了两件衣裳、两顶帽子和四双鞋。妮珂买东西的单子有两页长，此外还买了在橱窗里看见的东西。凡是她喜欢而自己不能够用的，她便买了送给朋友。她买了几串五颜六色的念珠、可以折叠的海滩坐垫、假花、蜂蜜、一张客人睡的床、手袋、围巾、鹦鹉，玩具屋里的小摆设和三码对虾色新料子。她也买了十来件游泳衣，一只橡皮做的鳄鱼，一副黄金和象牙做的旅行用象棋，替阿贝买的麻布大手帕，还在有名的厄姆百货公司买了两件软皮夹克，一件宝蓝色，一件紫红色——买这许多东西和高级妓女买内衣裤与首饰完全不同： 妓女买这些东西是职业上的需要和生活保障，妮珂买东西的观点则完全不同。她是大量精心巧思与血汗的产物。为了她，火车从芝加哥出发，横越过广阔的大陆来到加利福尼亚；口香糖厂冒烟，链带工厂把一个个的链环联结起来；工人们在大桶里搅和牙膏，从铜制大桶里取出漱口水；女孩子们在八月迅速包装西红柿或者于圣诞夜在将出售零星杂物的百货公司里粗鲁无礼地工作；混血的印第安人在巴西咖啡园中苦干，发明新型拖拉机的梦想家被剥夺了专利权——这些只是向妮珂作出奉献的一部分人，因为整个制度浩荡前进，便培养出她的处理方式，例如大量采购，那种热烈的劲儿，就像坚守岗位的一个消防员，面对着越燃越旺的火势，脸被熏红了一样。她现身说法，指点出十分简单的原则，仿佛是在自找晦气，又破费不少，可是她指点得十分高明，一切都显得优雅，不久露丝玛利便想模仿她。

差不多四点了。妮珂站在一家店铺门口，肩膀上有只小鹦鹉，难得地打开了话匣子。

“嗯，要是你那天没下游泳池——我有时会奇怪这些事。大战爆发前我们住在柏林——我当时十三岁，就在母亲去世之前。我姊姊准备参加宫廷舞会，舞卡上注明有三个王子将和她跳舞，这些都是宫廷侍官安排的。在她准备出发的半小时前，肚子一侧作痛，发高烧。医生说是盲肠炎，应该动手术。可是母亲已经打定主意，所以贝贝便去舞会，晚礼服下面缚住一个冰袋，一直跳到两点钟，第二天早上七点钟动了手术。”

当时做人坚强是有好处的；所有的体面人都是对自己很苛求的。四点钟了，露丝玛利不断想到狄克正在旅馆等着妮珂。妮珂必须赶快去，不能让他等。露丝玛利心里暗自窃语，“你为什么还不去？”然后忽然说，“要是你不想去，就让我去。”可是妮珂竟然还到一家铺子去买紧身上衣，不但替她俩买，还送玛利 · 诺斯一件。买完之后，她似乎才想起那个约会，于是忽然心不在焉地叫了一辆计程车。

“再见，”妮珂说，“咱们逛得挺有意思，是不是？”

“非常有意思，”露丝玛利说。分手比她所想象的还要难，妮珂坐上车绝尘而去的时候，她整个人都在暗自抗议。

13

狄克绕过护墙，继续在遮泥板上沿着战壕走。他走到一具潜望镜前，用它瞭望了一会儿；然后，走上台阶，朝胸墙外张望。前面灰暗的天空下是波蒙·阿莫尔；左边是凄惨的提伐尔山。妮珂从望远镜中愕然望着这两个地方，悲恸得嗓子发哑。

他沿着战壕走，发现其余的人在第二道护墙那里等他。他非常激动，想把自己的感触传达给他们，使他们明白这种心情，虽然事实上阿贝·诺斯参过战，他却没有。

"这地方在那年夏天，每英尺土地牺牲了二十条性命。"他对露丝玛利说。她顺从地朝前面那片委实光秃的绿野望去，树才种了六年，还很矮。那天下午，要是狄克追加一句说他们现在遭受炮轰，她也会相信。她的爱情现在终于到了闷闷不乐、一筹莫展的境地。她不知该怎么办——她要跟她母亲谈。

"从那时起又已经死了许多人，不久咱们也要死掉。"阿贝以安慰的口吻说。

露丝玛利紧张地等着狄克说下去。

"你瞧那条小河——咱们两分钟就可以走到那儿。英国军队花了一个月之久才走到——整个帝国在慢慢地走，前仆后继。另一个帝国十分缓慢地后退，每天退两三英寸，遗留下的死者像百万方鲜血淋漓的地毯。这一代的欧洲人绝不会再干出这种事。"

"谁说的，他们只不过刚在土耳其歇手，"阿贝说，"在摩洛哥——"

"那可不同。这西线的战事不能重起，要好久好久都不会重起。年轻的小伙子们以为他们能办得到，可是办不到。他们可以再打一场第一次马恩河战役，可是不能再打这一仗。要有宗教信仰，多年的富饶，很大的把握和阶级之间的正确关系才能打。俄国人和意大利人在这战线没有用，你必得有比你所能记忆的还要悠久而且使你充满精诚的感情根源，你必得记住圣诞节，印有皇储及其未婚妻肖像的明信片，瓦棱斯的小咖啡馆，林荫大道上的花园啤酒店，在市政厅举行的婚礼，到达贝去看大赛马，还有你祖父的大胡子。”

“这种战斗是格兰特将军一八六五年在彼得堡之役发明的。”

“不对，他没有——他只是发明了大屠杀。这种战斗是路易斯·凯洛尔和尤尔·维思及《乌丁妮》的作者，打滚球的教会执事，马赛的教母以及在符腾堡和威斯特伐利亚的横巷后街里被诱奸的少女等发明的。可不是，这是一场爱的战斗——一个世纪的中产阶级的爱都在这里消耗掉了，这是最后一场爱之战。”

“你想把这一战交给D·H·劳伦斯。”阿贝说。

“我那美丽可爱的安全世界在这里因为迸发出一阵子极强烈的爱而把自己炸毁了，”狄克仍然悲伤地说，“你说对不对，露丝玛利？”

“我不知道，”她一脸严肃地回答，“你是无所不知的。”

他俩落在别人后面。忽然有一阵土块和石子密如雨点似的打在他们身上，阿贝在下一道护墙上大声嚷道：

“打仗的劲头又对我作怪了。我有一百年的俄亥俄之爱为精神后盾，我要把这道战壕炸平了。”他的头在防堤上冒出来，“你们已经死掉了——难道不懂规则吗？扔过来的是个手榴弹。”

露丝玛利咯咯笑，狄克抓起一把石子准备还击，可是又把石子丢下。

“我不能在这里胡闹，”他委实带着歉意说，“银线断了，金碗碎了，这套虽是老话，然而像我这样的浪漫主义者，却真是不能自抑。”

“我也是个浪漫主义者。”

他们走出修复得整整齐齐的战壕，迎面是纽芬兰阵亡将士纪念碑。露丝玛利读着碑文，忽然泪水夺眶而出。她跟大多数女人一样，喜欢人家吩咐她应该有怎样的感觉，也喜欢狄克告诉她哪些事物可笑，哪些可悲。但是她最最想要他知道她多么爱他，可是现实情况推翻了一切，她像在一个紧张兴奋的梦里似的，在战场上漫步。

后来他们上了汽车，开始回亚眠去。一阵温暖的毛毛细雨落在新灌木丛林和长草上，未爆发的炮弹和炸弹、炮弹壳、炸弹壳、手榴弹、配备、钢盔、刺刀、枪托、腐烂皮革，遗弃在地上六年了，被分类检出，堆积如山。转了一个弯，陡然出现好大一片坟场，露出白色墓顶。狄克叫司机停车。

“那个女孩在这儿——还拿着她的花圈。”

大家看他下车朝那女的走去。那个女孩犹豫不决地站在坟场门口，手持着花圈。载她来的计程车在等待。她是个赤发少女，特地从田纳西州诺克斯维尔来，来她哥哥墓前献花圈的。他们是这天早上在火车上碰见她的。她气恼得脸上流着泪。

“军政部一定把号码弄错了，”她呜咽地抱怨说，“那坟上是另一个人的名字。我从两点钟起便在找，可是有这么多的坟。”

“假如我是你，我就把它放在随便哪个坟上，不瞧坟上的名字。”狄克劝她。

“你认为我应该那样做？”

“我想他会要你这样做的。”

天渐渐黑了，雨下得也比较大。她把花圈放在坟场门口里面第一座坟上，并且听从狄克的话，把计程车打发走，跟他们一起回亚眠去。

露丝玛利听到那段不幸的事又簌簌流泪——这天实在是个泪汪汪的一天，不过她觉得她学到了一点东西，究竟是什么，她却不知道。后来她回忆起来这天下午觉得很愉快——是那种平平淡淡的日子，当时似乎只是过去与未来的乐趣当中的一个环节，但是后来发现竟有真正的乐趣。

亚眠是个引起人回忆的紫色城市，仍然含带着战争的哀伤，就像有些火车站那样：巴黎的北站和伦敦的滑铁卢站。白天里，这种城市会令人觉得差劲，二十年前的小无轨电车越过大教堂前鹅卵石铺的大灰色广场。天气本身也阴沉沉的，给人像褪色旧照片的那种过去的感觉。可是天一黑，法国生活中最可爱的各方面便活生生地呈现在眼前——搔首弄姿的妓女，咖啡馆里哇啦哇啦不断争论的人们，恩爱夫妇头贴着头，漫无目的地朝着令人满意而不花什么钱的地方闲荡。他们坐在一个大拱廊中等火车。拱廊高高的，使烟雾、谈话声和音乐声都向上升，乐队厚待客人，奏出"是的，我们没有香蕉"——他们纷纷鼓掌，因为乐队指挥看来很自得。那位田纳西州少女忘掉忧愁，开心起来，甚至以热带地方的热情对狄克和阿贝开始抛媚眼，搔首弄姿地卖弄风骚。他们俩也温和地戏弄她。

后来他们上了火车到巴黎去，让那一小撮一小撮的符腾堡人、普鲁士警卫兵、阿尔卑斯山地兵、曼彻斯特纺纱工人和伊顿中学老毕业生在温雨中继续放荡逸乐。他们吃铁路餐厅做的熏肠子软甜乳酪三文治，喝红酒。妮珂心不在焉，烦躁地咬着嘴唇，读狄克带来的战场游览指南——可不是，他把那一套迅速研究过了便照例加以精简，结果战场之游就有点像他举行的某个社交聚会。

14

他们到了巴黎，按照计划去看装饰艺术展览会那辉煌壮观的场面，可是妮珂太累了，她没去。他们把她留在“乔治王旅馆”，她的身影刚从大堂灯光照在玻璃门上产生的那些互相横切交叉的反射平面之间消失，露丝玛利所受的精神压迫便解除了。妮珂是一种力量——不一定像她母亲那样怀有善意而且可以捉摸得出—— 而是一种无从估计的力量。

十一点钟的时候，她和狄克及诺斯夫妇坐在塞纳河中刚开张的一家艇上咖啡馆。桥上的灯火把河面照得银光闪烁，仿佛有许多个冷月。露丝玛利和母亲以前住在巴黎的时候，有时候到了礼拜天，会坐小轮溯索瑞斯河而上，一路讨论未来计划。她们没有多少钱，可是她母亲对她的姿色绝对有把握，又把许许多多大志灌输到她脑里去；她竟愿意把那一点钱当作赌注，花在栽培女儿的“优点”上，露丝玛利则在事业开始之后报答母亲……

自从到了巴黎，阿贝 · 诺斯一直散发着一股酒味儿，两眼也因为饱受太阳晒又喝酒而尽是血丝。露丝玛利初次察觉他每到一处都要停下喝一杯，不禁奇怪他太太玛利有何感受。玛利除了常常咯咯笑之外沉默寡言，露丝玛利实在对她所知不多。她喜欢玛利那朝后直梳的黑发，像瀑布似的自然散披下来，常常斜垂在她鬓角那里，等到几乎遮住眼睛了，她才把头一甩，使垂下的散发又光滑地回到原处。

“阿贝，喝完这杯，咱们今天晚上早点睡。”玛利的声音很温和，可是稍含一丝忧虑，“你可不要在艇上被人家用冷水浇醒。”

“现在很晚了，”狄克说，“咱们最好都走吧。”

阿贝那张相貌堂堂的脸显出倔强的神情，说话的时候意志坚决。

“我可不。”他神色凝重地停顿一下，“哦，不走，还不到走的时候。咱们再喝一瓶香槟。”

“我不喝了。”狄克说。

“我为的是露丝玛利。她是个天生酒鬼——在洗澡间摆着一瓶杜松子酒什么的——是她母亲告诉我的。”

他把第一瓶剩下的酒斟到露丝玛利的杯子里。到巴黎的第一天，她喝了好多柠檬水，结果人难受得很；以后跟他们在一起的时候，她就什么都不喝了。现在她举起杯子喝香槟。

“这是怎么一回事？”狄克嚷起来，“你告诉过我你不喝酒的。”

“可是我没说永远不喝呀。”

“你母亲知道了会怎样？”

“我只喝这一杯。”她觉得有喝这杯酒的必要。狄克喝酒，喝得不太多，可是他喝，这也许会使她能更接近他些，成为她必得干的事的道具。她喝得很快，呛住了，然后说，“而且，昨天是我生日——我十八岁了。”

“你为什么不告诉我们？”他们都愤然说。

“我知道你们会小题大做，下很大的工夫。”她喝完香槟，“所以就喝这个算是庆祝。”

“这完全不能算数，”狄克斩钉截铁地对她说，“明天的晚餐是替你祝寿的，可别忘了。十八岁——说起来，那真是个好重要的年纪。”

“我以前认为在十八岁以前一切都无所谓。”玛利说。

“说得对，”阿贝表示同意，“过了十八岁也是一样。”

“阿贝觉得他在上船以前什么都无所谓，”玛利说，“这次他真把到了纽约以后的一切都计划好了。”她说的口气，就像所说的对她已经没有意义，讲腻了；仿佛实际上她和她丈夫所追求或无法实现的人生，已经变成一个空洞洞的意愿。

“他在美国撰曲，我则在慕尼黑唱歌，因此我俩再重聚的时候，就无往而不利了。”

“那好极了。”露丝玛利同意，她酒意发作了。

“言归正传，再给露丝玛利来点香槟。那她就更能为她受淋巴腺的刺激而做出的行动找出理由。淋巴腺要到十八岁才能发挥机能。”

狄克对阿贝纵容地笑；他很喜欢这个人，可是对他早已放弃了希望。“这话在医学上是不正确的，咱们该走了。”阿贝听出话中微含的保护人口气，从容地说：“我有预感，知道百老汇采用我新撰写的乐曲要比你完成你的科学大作早得多。”

“但愿如此，”狄克心平气和地说，“我希望如此。我甚至会放弃你所谓的我的‘科学大作’。”

“噢，狄克！”玛利的声音含着诧异，甚至于惊愕，露丝玛利从没见过狄克的脸那么毫无表情；她觉得他所宣布的意义重大，很想也跟随玛利，来声“噢，狄克”。

但是狄克忽然又哈哈笑了，追加一句：“放弃它而进行另一样。”然后站起来。

“可是，狄克坐下。我想知道——”

“我赶明儿会告诉你，明天见，阿贝，明天见，玛利。”

“明天见，亲爱的狄克。”玛利微笑，仿佛她坐在这客人几乎走光的艇上会挺高兴，她是个勇敢的，永远存着希望的女人，跟着丈夫到处走，把自己变成这样或那样的人，却不能引导他稍稍改变作风；有时候沮丧地认清她的方向在他心里隐讳得多深。然而她总有一股子幸运的神气仿佛她是个护身符。

15

“你要放弃的是什么？”露丝玛利在计程车里，面对着狄克一本正经地问。

“不是什么重要的东西。”

“你是科学家吗？”

“我是医学博士。”

“唔——唔！”她粲然一笑。“我父亲也是医生。那你为什么不——”她不说下去了。

“没什么神秘。我并没有在事业巅峰干出丢脸的事而躲到里维埃拉来。我只是暂时停诊。这很难说。也许将来我会重新开业。”

露丝玛利不声不响，把脸凑上去给他吻。他看了一看仿佛不明白是什么意思，然后他揽住她，把脸在她柔嫩的脸蛋儿上蹭了蹭，然后对她又着实看了好久。

“这么俏丽的小姑娘。”他凝重地说。

她对他嫣然一笑，两手照一般少女的常规，玩弄着他的衣襟。“我爱上你和妮珂——事实上，那是我的秘密，我跟谁都不谈起你，因为我不想再有人知道你有多么好。老实说——我爱你和妮珂——我真的爱上了。”

——这句话他已经听见过许多遍，连措辞都一样。

她忽然向他迎过来，投向他两眼的焦点之后，不显得年纪小了，他气喘吁吁地吻她，仿佛她是没有年纪的女神。然后她身朝后仰，倚靠着他的手臂，叹了口气。

“我已经决定对你死心了。”她说。

狄克猛吃一惊——他可说过什么话暗示她占有了他的任何部分?

“可是这多么狠心,”他故作轻松地说,“我正开始起了念头。”

“我爱得你好苦——”仿佛已经暗恋了多年似的,她这时又流起了眼泪。“我爱得你好苦啊。”

他本应哈哈大笑的,却听见自己在说,“你不但长得美而且作风大气。你做每件事都是如此,无论是假装坠入爱河或是假装羞答答,都给人这种印象。”

在计程车的黑洞穴里,因为搽了跟妮珂一起买的香水,香气袭人,她又挨近他,紧缠着他。他吻她可是并不觉得够劲。他知道她有热情,可是没在她的眼睛里或嘴唇上反应出,倒闻出她的口气里微带着香槟味儿。她拼命搂得他更紧,他又吻她一次,可是不禁心寒,因为她接吻时的天真无邪,四唇交接时的那一瞥,不是望着他,而是望着他身后夜晚的黑暗,也是世界的黑暗。她还不知道光耀是属于内心的;只有等她明白了这一点,把自己的和宇宙的热情合而为一,他才可以毫不犹疑毫不后悔地占有她。

她的旅馆房间在他们的斜对面,更近电梯。走到她房间门口的时候,她忽然说:

“我知道你不爱我——我也不指望它。可是你说过我应该把生日告诉你。好,我已经告诉你了,现在我要你到我房间里来一分钟,作为生日礼物,我会告诉你一件事。只要一分钟。”

他们走进房间,他把房门关上,露丝玛利挨近他站着,但是并没有碰到他。夜已经使她的脸色失去娇艳——现在苍白无比仿佛一朵舞后遭人抛弃的白康乃馨。

“你微笑的时候——”他恢复了老一辈的态度,因为妮珂不声不响地近在咫尺,“我总想有一天你落掉一颗乳牙,我可以看见那个缺口。”

可是他说得太迟了——她偎依到他身旁，耳语道：

“来吧。”

“带你到哪儿去？”

他惊愕得呆住了。

“来，”她低声说，“哦，人家怎么干的，就请你怎么干。我不在乎自己喜不喜欢——我也从没指望会喜欢——我一直不喜欢去想它，可是现在不了。我要你这么做。”

她对她自己感到诧异——从没想到自己会讲出这种话。她是想起十年前在天主教女学校里所读到、看到的和梦想到的那些事物，她也突然知道这也是她扮演的一个最重要的角色，于是便全身心更热情地投入这个角色。

“可不应该是这个样子啊，”狄克细加思虑，“难道只是香槟作怪吗？咱们算了吧。”

“哦，那不可能，现在就做，我要你现在就做，来吧，指点我，我随你怎样，我要这样。”

“第一，你可曾想到妮珂会多么伤心？”

“她不会知道——这个跟她不会有任何关系。”

他继续和蔼地说。

“还有一点，我爱妮珂。”

“可是你可以爱上不止一个人——是不是？像我爱妈妈，也爱你——更爱些。我现在更爱你些。”

“——第四点，你并不是爱上了我，而是发生了之后你也许会，那样你的生活便一团糟了。”

“不对，我答应永远不再见你了。我会找妈妈来，一起立刻回美国去。”

他认为这话简直荒唐。他又想起了她的嘴唇显得多么年轻新鲜，一想又把那种滋味儿勾了上来。于是语气稍微变了一点。

“你只不过是一时兴起罢了。”

“啊，求你，哪怕有了孩子我也不在乎。就像电影公司里一个女孩那样，我可以到墨西哥去。啊，这跟我以前所想的那么不同。以前他们一本正经地吻我的时候，我总觉得讨厌。”他看出她仍以为那事一定会发生。“他们当中有的人牙齿好大。可是你完全不同，牙齿很美，我要你这么做。”

“我相信你以为人们是随随便便亲吻的，而你要我吻你。”

“哦，别愚弄我——我不是个小宝宝。我知道你没有爱上我。”她忽然自卑沉静起来，“我也没奢望那么高。我知道，你心目中一定根本没有我。”

“瞎说。可是我觉得你年纪还小。”他想了想，又补充一句，“——有那么多的东西要教你。”

露丝玛利等待着，呼吸急促地等待着，直到狄克说：“最后还有一点，事情并没有安排得像你所想要的。”

她一脸沮丧，失望之余把头低下，狄克自动地说，“咱们只要——”说到这里他便停住，跟她走到床前，和她并肩而坐，她则低泣。他突然迷惘了，倒不是对于这件事的道德问题，因为从各角度看来都是绝对不可能的，只是迷惘了，一时也失去他平时的优雅风度和心理平衡的坚韧力量。

“我就知道你不会肯，”她呜咽着说，“明知道毫无希望。”

他站起来。

“再见，孩子。这真是件丢人的事，咱们忘掉它吧。”他劝了她两句医院里安慰人的话，让她睡个好觉。“有许多人会爱你，最好在感情方面也为你的第一个爱人保持纯真。这是老观念，是不是？”他迈开一步朝房门走去。她抬头瞧他，丝毫不知道他是什么心意，接着又瞧见他，向前走了一步，像电影里的慢动作似的，掉过头来再看她一眼。她那时候真想搂住他，要整个吃掉他，要他的嘴，要他的耳朵，要他的衣领，要围困他，要吞没他。她看见他的手落在门的把手上，这才死了心，颓然倒在床上。门关上了，她起来，带着欷歔声走到镜前，开始梳头发。非但照常梳了一百五十下，还多梳了一百五十下。她梳得后来膀子酸了便换只膀子梳下去……

16

她醒来冷静了，觉得可耻。看见镜中自己的美貌并没觉得得到安慰，反而勾起昨天的痛苦。由她母亲那里转来了的一封信，是去年秋天带她参加耶鲁舞会的那个男孩写给她的，信里说他来到巴黎。这也没用——一切都似乎那么远。她走出房间，去忍受和戴弗夫妇见面的折磨，双重麻烦使她心情沉重。可是她俩见面了，到处试衣服的时候她掩饰得非常高明，外表上像妮珂那样令人看不透。后来妮珂见到一个女店员忙得六神无主，便说道：“大多数人以为别人对他们的看法比实际上要激烈得多——他们以为别人对他们的意见只限于赞许和不赞许两个极端。”这些话很令露丝玛利心安。昨天她开怀的时候，露丝玛利本会觉得这些话不中听——今天她为了尽量挽救残局，热切地觉得话讲得很顺耳。她羡慕妮珂秀外慧中，也生平第一次起了嫉妒之心。在她离开高斯旅馆之前，她母亲曾经说妮珂容貌极美，虽然说得仿佛漫不经心，可是露丝玛利知道那种说法含有她最重要的意见，分明是说露丝玛利并没那样美。露丝玛利对这个并不介意，她最近才发现自己居然还算漂亮；因此她的漂亮永远似乎不是天生的而是培养出来的，就跟她的法文一样。在计程车上，露丝玛利看看妮珂，把自己和她做比较。那窈窕可爱的身段具有发挥一切情欲的潜力，那张美妙的嘴有时紧闭，有时做期待状，对世界半张开着。妮珂小时候便美得很，以后皮肤紧绷着高颧骨的时候，她也会有另一种绝姿——因为有美人胚子的主要轮廓在。她原本的金发淡得近乎发白，犹如一片云，比她的娇容还要美，现在发色深了，人显得比从前更美。

“我们在那儿住过，”露丝玛利忽然指着圣父道上一幢房子说。

“真奇怪，因为我十二岁的时候，母亲、芭比和我在那里住过一个冬天。”妮珂指出那房子正对面的一所旅馆。那两幢房子灰暗破旧的正面仿佛瞪视着她们，令她们想起小时候的情形。

“我们在林湖的家刚盖好，正尽力节省，”妮珂说下去，“至少芭比跟我以及奶妈都很节俭，母亲则旅行去了。”

“我们也在节省。”露丝玛利说，明白节省两字对他们俩的意义并不相同。

“母亲总是很小心地说那是个小旅馆——”妮珂给她一个迷人的浅笑，“——我的意思是说，避免说‘蹩脚’旅馆一字。要是有关朋友问我们地址，我们从来不说‘我们住在流氓横行地区内一家小破客栈里，有自来水已经很不错了’。这样我使人觉得我们嫌大旅馆太吵太俗气。当然朋友们总会看穿我们，把情形讲给所有的人听，可是母亲总说这表示我们对欧洲的一切很在行。自然，她确实在行。她是德国人，可是她母亲是美国人，而且是在芝加哥长大的，她的美国人成分比欧洲人成分来得大。”

两分钟内她们就跟其余的人碰头，二人在卢森堡公园对面的基尼麦路下计程车的时候，露丝玛利又把自己这两天里的情形想了一番，他们在诺斯夫妇家吃午餐。那幢公寓房子耸立于绿荫之上，里面的陈设大部分已经收拾了起来。露丝玛利觉得这天和昨天不同——她和他见面时，目光交投像鸟翼似的擦过。以后一切都对了头，样样好得很，她心知他开始爱上她了。她暗自狂喜，身子暖洋洋的发软，信心冷静而清楚地加强了，心花怒放。她很少看狄克一眼，可是知道一切都很好。

午餐后，戴弗夫妇、诺斯夫妇和露丝玛利到法美影片公司去，科利斯·克莱也在场。他是露丝玛利打电话找去的那个纽黑文（耶鲁）的小伙子克莱，是乔治亚州人，有在北方受教育的南方人普遍特有的传统的甚至刻板的观念。去年冬天她曾觉得他风度翩翩，从纽黑文到纽约去的时候，两人一路上曾在汽车里手握得紧紧的；如今露丝玛利心里已经没有他了。

露丝玛利在放映室里坐在克莱和狄克之间。放映师把一卷卷的《掌上明珠》影片装上机器，一个法籍高级职员则在她跟前转来转去，试着说几句俏皮的美国俚语。“是的，孩子，”放映机装不上的时候，他说，“我没有香蕉。”后来灯光熄了，只听见咔嗒一声和滋溜滋溜声，她终于独自和狄克在一起了。两人在半黑暗中你瞧我，我瞧你。

“亲爱的露丝玛利。”他喁喁低语。他俩的肩膀偎靠在一起。妮珂在那一排最末的座位上辗转不安，阿贝痉挛地咳嗽又擤鼻涕；后来大家统统坐定，影片开映了。

在银幕上的她是一年前的女学生，头发披在后面，直僵僵地朝外散开，像出土的古希腊比古西亚偶像；银幕上的她显得那么年轻天真，是她母亲悉心呵护抚养成的；银幕上的她，体现出各种女孩子们未成熟时的习性，用硬纸板剪个娃娃以打发她的春心。她记起身穿那件丝绸衬衫时，有一种特别清新的感觉。

爸爸的女儿，瞧她是个多么勇敢的小娃娃，受过多少折磨？哦哦，真可爱，可爱得不得了，是不是可爱得过分？她的小拳头一挥，任何淫亵和腐败的力量莫不消失不见；可不是，连命运都停止前进了；不可避免的变成可以避免的，三段论，辩证法和一切理性都纷纷退开。女人们该在家里忘掉洗碟子而为她饮泣，连片子里都有个女人哭了那么久，几乎抢尽露丝玛利的镜头。她在耗费不赀的一场布景中到处哭。在邓肯·兹孚的餐室内，在机场上，在只拍两个倒叙镜头用的一场船赛中，地下铁路中乃至浴室里都哭，可是演技真正动人的毕竟还是露丝玛利。她的善良性格，她的勇毅和坚定受到人世间的庸俗的冲击，露丝玛利用她那尚未变得像面具然而十分动人的脸表现得淋漓尽致，全排的人都一再被她感动。片子只稍微停了一次，灯光亮了起来，一阵掌声过后，狄克诚恳地对她说："我简直惊奇得无以复加。你会成为戏剧艺术界最优秀的女演员。"

后来继续放映《掌上明珠》：现在小女孩转运了，最后是一个露丝玛利和父母团圆的镜头，把她照得很美——但是恋父情结过于明显，狄克代表所有的心理学家为这种可怕的卖弄感情的作风皱眉。片子完了，灯光亮起了，时机来到。

"我还安排了一件事，"露丝玛利向大家宣布，"我替狄克安排了个试镜。"

"一个什么？"

"试镜。他们现在就可以进行。"

一时沉默得可怕——后来诺斯夫妇忍不住咯咯笑了。露丝玛利眼瞅着狄克明白了她的意思，他的脸先像爱尔兰人那样习惯地动了动；她顿时认清自己打出那张王牌有点不妥，可是仍未疑心毛病的根本出在哪张牌上。

“我不要试镜，”狄克说得坚决，然后从各方面去看这件事，便以轻松的口气说下去，“露丝玛利，我失望了。电影对女人是个好事业——可是我的天，他们不能拍我的镜头。我只是个完全置身于私生活里的老科学家。”

妮珂和玛利以挖苦的态度，劝他抓住这个机会；她们揶揄他，二人都因为没请自己试镜而微有愠意。可是狄克刻薄地说了一两句议论演员的话，把话题封住了。“里面是一片空虚的地方，门口却由最身强力壮的护卫看守，”他说，“也许是因为太空洞了，不得泄漏真相。”

露丝玛利跟狄克及科利斯·克莱同坐一辆计程车——他们送克莱回旅馆，狄克则带露丝玛利去参加一处茶会。因为阿贝把一些事留到最后才办，妮珂和诺斯夫妇都推掉了那茶会。在计程车上，露丝玛利埋怨狄克。

“我本来想如果试镜结果很好，我可以把它带到加州去。那么要是他们喜欢，你就可以做我片子里的男主角。”

狄克听了非常感动。“你真是一片好心，但我宁愿瞧你。我从没见过像你这样的可人儿。”

“那是一部巨片，”科利斯说，“我已经看过四次了。我认识纽黑文的一个小伙子，看了十二次——有一次竟跑到哈特福德那么远去看。我带露丝玛利到纽黑文去的时候，他害羞得不肯见她。你想可笑不可笑？这个小妞儿把人人都弄得如痴如醉了。”

狄克和露丝玛利面面相觑，心里只想他们俩在一起，可是科利斯不开窍。

“我送你们到你们要去的地方，”他提议，“我住在路泰提亚饭店。”

“我们送你。”

“我送你比较方便，一点都不费事。”

“我想还是我们送你比较好。”

“可是——”科利斯开口说；后来终于弄明白了，便开始过来跟露丝玛利讨论何时再见她。

他终于走掉了，那虽然不重要可是惹人厌的第三者。计程车突然一下子很不作美地在狄克所说的地址那里停住。狄克长长地吸了一口气。

“咱们进去好吗？”

“我不在乎，”露丝玛利说，“我唯你是从。”

他考虑了一下。

“我差不多非进去不可——她要向我一个需要钱的朋友买几张画。”

露丝玛利把一时露马脚的凌乱头发摩挲了一下。

“咱们只待五分钟，”他打定主意，“你不会喜欢那些人。”

她以为他们都是索然无趣，一个模子里刻出来的那种人，或是粗鲁不文、醉醺醺的人，喋喋不休、令人厌烦的人，或是戴弗夫妇规避的任何一种人。她再也没想到里面的人和情形是那个样子。

17

房子是从主教路上德瑞之枢机主教的主教府隔出来的，可是一进去之后，却完全没有过去的古老遗迹，也没有露丝玛利所知道的现代情调。那石头外壳所包围住的似乎是未来，所以给人一种触电般的震惊，一种绝对令人不安的感受，就像把麦片粥和大麻一起当早餐那样离谱。一跨进门槛，如果那可以算作门槛，就到了一个蓝钢和镀金的白银构成的长厅，有无数面古怪的斜面镜。所造成的效果跟装饰艺术展览会的任何部分都不同，因为人是在这厅里面，不是站在它前面。露丝玛利有置身在摄影棚布景中那种感觉，虽然明知是假还是很兴奋，她猜在场的其他每一个人也都有这种感觉。

一共大约有三十个人，大半是女人，都穿着尔考特女士或德昔嘉夫人设计的服饰：她们在这布景似的房间里走动，就像一个人捡起了一片有锋利缺口的碎玻璃那么小心谨慎。不论作为个人或集体他们都能像操纵自己的一件艺术品那样，操纵这个环境，不论它多么奥妙，也没人懂这个房间意义何在，因为它渐渐转变成别的东西，变得完全不像个房间，在里面存在就像在极光滑的活动楼梯上行走那么难，除了以刚才说过的捡起碎玻璃那样小心的态度以外没法存在——而里面的人大都受到这种限制。

那些人分为两种。有春夏两季都在放荡挥霍的英美人士，他们现在所做的一切都出于神经质的妙想。他们在某些时辰非常安静懒散，然后忽然吵起架来或者体力不支垮了，又或者搞出诱奸事件来。另一种人，不妨称之为剥削者，都是靠他人过活的寄生虫，和前一种人比较起来，他们显得冷静认真，有生活目的而没有工夫胡闹。他们在那种环境下最能保持情绪稳定。那公寓除了在光的价值方面标新立异之外，其余的特色就是这些人了。

这个科学怪人似的房间一口便把狄克和露丝玛利吞下，又立刻把他俩分开。露丝玛利忽然发现自己是个不真诚的小人物，只是靠着一张甜甜的嘴，希望导演能够来。不过那房间里有一阵猛烈拍打翅膀的声音，她并不觉得自己的态度比别人的更不调和。此外，她的训练发挥了作用，经过一连串半军事化的转弯、移动和前进之后，她发现自己虽然是在和一个脸长得像个可爱的男孩子、既整洁又聪明的女孩子讲话，实际上心思却被四英尺外斜对面的一道蓝钢色梯子上的一段谈话吸引住。

那里有三个年轻女子坐在长凳上。都长得亭亭玉立，脑袋小巧，修饰得像时装模特儿。她们说话的时候，黑色套装上的头摆来摆去，姿势优雅，实在像长茎的花朵，也实在像眼镜蛇骤然膨胀的颈。

“啊，他们的展览很不错。”其中一个说，声音深沉嘹亮。“实在是巴黎最好的展览——我绝不否认。可是话说回来——”她叹息道，“那些老话他讲了又讲——‘被耗子咬的最老居民。’这种话你只会笑一次。”

“我比较喜欢一生境遇坎坷的人，”第二个说，“我不喜欢她。”

“我从没能真正对他们或跟从他们的人感觉兴奋过，比方说，为什么要那个整天泡在酒里的诺斯先生？”

“他不算数，”头一个女子说，“可是你必须得承认你可能从没见过像他们那样风趣的一批人。”

露丝玛利这才知道她们是讲戴弗夫人，气得全身紧张起来。跟她讲话的那个身穿浆过的蓝衬衫，灰套装，蓝眼睛亮晶晶，面孔红彤彤，简直像活海报似的女孩子，开始向她讨好了。这位少女竭力掬诚相对，排除两人之间的一切隔阂，生怕露丝玛利不认识她是怎样的人，到了后来，她连一点微有趣味的掩饰都没有了，露丝玛利看穿了她，心存厌恶。

“你能跟我吃午饭，或者吃晚饭或者在后天吃午饭吗？”那女孩子央求。露丝玛利四下张望寻找狄克，看到他跟女主人在一起，他们一进来的时候，他便跟她讲话。两个人的眼睛碰上了，他微微点头，那三个眼镜蛇般的女人也同时注意到她；她们的细长脖子都向她伸过来，评头论足的眼睛盯着她看。她毫不示弱，回瞪着她们，承认她已经听到她们所说的话。她然后以刚跟狄克学来的一句语气客气而坚决的告别语，摆脱目前苦缠着她的那个女孩子，走到他那边去。女主人是个身材很高、很有钱的美国女人，仗着国家繁荣，毫不在乎地花钱到处漫游。她正在向狄克问起无数关于高斯旅馆的问题，显然有意要到那里去；他不愿回答，她却毫不放松，坚持到底。露丝玛利的出现使她想起自己身为女主人，太执拗了，便一面环视一面说："你可遇见过什么风趣的人，你见过那位——"她的眼睛在找某个可能引起露丝玛利兴趣的男人，可是狄克说他们必须走了。他们立刻离开，迈出那未来世界的门槛，到了外边突然属于过去时代的古老石砌门口。

"不是很受不了吧？"他说。

"很受不了。"她顺从地跟着说。

"露丝玛利？"

"什么事？"她敬畏地嗫嚅道。

"我觉得非常对不起。"

她伤心地哭泣起来，全身发抖，泣声可闻。"你可有手帕？"她声音颤抖着问。可是没有时间哭了，现在成了情侣，他俩便尽量把握那迅速过去的每一秒钟。计程车窗外，薄暮的绿色和乳白色已经没有了，火红、煤气蓝、鬼绿的灯光招牌已经在静静落下的雨中像烟雾般模糊地亮起来。快六点钟了，街上一切都在动，小饭馆灯火通明，计程车向北转的时候，协和广场也仿佛在动，一片粉红色，气象万千。

他俩终于互相对视，嘴里轻轻喊出具有咒语般魔力的名字。两个名字轻轻地在空中飘荡，比别的字，别的名字，比脑里听到的美妙音乐消逝得还要慢。

“我真不知道昨天晚上自己是怎么回事，”露丝玛利说，“是那杯香槟吗？我从来没做过那样的事。”

“你只是说你爱我。”

“我的确爱你——这是事实，我不能更改。”这该是露丝玛利哭的时候了，所以她便用手帕捂着脸哭了一下。

“我恐怕爱上了你，”狄克说，“那可不是一件很好的事。”

二人又轻唤起对方的名字——身子歪到一起去，仿佛是计程车把他们晃到一块的，她的乳房在他身上压扁了，她的嘴又湿又暖，成为彼此的共有物。他们一下子轻松得仿佛痛苦似的，停止想，停止看；两人只是呼吸着，互相探索。他们的脑神经像一团琴弦突然散开，像一把藤椅忽然爆裂，他们俩都处在稍微有点眩晕的灰暗温和的世界里。那么容易受伤、那么娇嫩的神经一定是要跟别的神经联结在一起，嘴贴嘴、胸贴胸……

他们仍在恋爱的较为愉快的阶段中，对彼此互相抱着勇敢的幻想，伟大的幻想，因此在心有灵犀一点通的境界中其他的人类关系似乎都不足轻重，他们俩似乎都异常天真无知地到达了这个境界，仿佛是一连串纯粹的意外事件把他们一起弄到那里去的，意外的事情那么多，他们终于不得不断定两人命定是情侣。他们是清清白白地到达这个境界，或是表面上看来如此——丝毫没有只是出乎好奇，偷偷摸摸的那一套花样。

可是对狄克来说，那一段路程太短；在抵达旅馆之前已经转了弯。

“毫无办法，”他说，心里感觉惊慌，“我爱上了你，可是我昨晚所说的话并不因此而改变。”

“现在那没关系了，我只是要使你爱我——要是你爱我，一切都没问题。”

“不幸的是，我真的爱你。千万不能让妮珂知道——她连一点疑心都不能有，妮珂和我还必须继续共同生活，从某一方面来说，这比只想过下去还要紧。”

“再吻我一次。”

他又吻她，心却一时离开了她。

“不能让妮珂受折磨——她爱我，我也爱她，这你是明白的。”

她的确明白——这种不伤人心的事，她很明白。她知道戴弗夫妇相亲相爱，因为她基本上推测如此。不过她认为他俩的感情已经淡了，实在很像她自己和她母亲的爱一样。如果大家都对外人如此倾心，那岂不是表示内心情感不够强烈吗？

“而我指的是爱，”他说，猜到了她的心思。“积极的爱——这复杂得令我对你说不出来。那次疯狂的决斗就是因此而起的。”

“你怎么知道那场决斗？我以为我们能瞒住你。”

“你想阿贝能守秘密吗？”他以尖刻挖苦的口气问，“可以把秘密在电台上广播，在小报上登出，但是永远别告诉一个每天喝酒超过三四杯的人。”

她咯咯笑着同意，与他偎依得很近。

“因此你明白我和妮珂的关系很复杂，她不大坚强——看来坚强，其实不然，而这下子实在搞得一团糟。”

“噢，先别说这种话！现在先吻我——爱我。我会爱你而永远不让妮珂发觉。”

“你这小宝贝儿。”

他们回到了旅馆，露丝玛利走在他后面一点，好生爱慕他，崇拜他。他脚步轻快，仿佛刚干了些了不起的大事，赶着去干其他大事。他最能组织大家寻欢作乐，取得深厚的幸福。他的帽子是最精美的，手持一根沉甸甸的手杖，戴着黄手套，她想着今天跟他共度良宵会多么愉快。

他们走上楼——楼梯有五层之多，在第一个楼梯平台处，他俩停下来接吻。她在第二个楼梯平台就谨慎了，到了第三个更加谨慎。再上去一个——一共还有两个——她走到一半停住了——像蜻蜓点水似的跟他吻别。在他的怂恿之下，她又陪他走到下面那个平台去待一会儿——然后又上去，一直朝上走，最后两人互相把手沿着栏杆的对角线伸过来，指尖碰到指尖，然后慢慢分开。狄克下楼去安排晚上的事——露丝玛利则跑回房间去给母亲写信；她有点良心不安，因为她根本一点都不想念她母亲。

18

戴弗夫妇虽然对于有组织地倡导时尚实在没有多大兴趣，可是他们的感觉太敏锐，不能摈弃流行韵律与节拍——狄克的聚会都是少不了刺激的，在一阵阵的刺激之间偶尔能呼吸到清新的夜晚空气更属可贵。

那天晚上的聚会具有打闹喜剧的快速度。他们一共十二个人，后来变成十六个人，每四个人坐一辆汽车，结队在巴黎兜风。一切都在预料之中。人们仿佛变魔术一样，忽然出现，以专家几乎是向导的身份陪他们逛一阵后，又忽然不见了，又换了一批，好像这些人个个都是为了招待他们而养精蓄锐了一整天。露丝玛利非常欣赏，这和好莱坞任何聚会有多么不同，不管后者规模多么盛大。在许多好玩事物当中，甚至有一样是波斯王的汽车。狄克怎样借到的，塞了多少钱，那都不相干。露丝玛利只把它视作奢侈的另一面，两年来她的生活里尽碰见这些奢侈东西。汽车底盘是在美国特制的，轮盘和水箱都是银的。车身内部镶嵌着无数灿烂的宝石，它下个礼拜运回德黑兰的时候，内廷珠宝匠就把它们除掉，改镶上真正贵重的宝石。车子后面只有一个真正的座位，因为波斯王在车上必须独坐，因此他们轮流坐在上面，不坐在上面的人则坐在座位下面铺的貂皮上。

可是狄克常在心头。露丝玛利向在她脑里亦步亦趋的母亲保证，从来没遇见过一个人像那天晚上的狄克那么好。他真是好得不能再好。她拿他和阿贝一本正经称之为“韩格斯特少校及都萨先生”的两个英国人，一个北欧皇储，刚从俄国回来的一位小说家，令人绝望然而风趣的阿贝以及中途参加、一直跟到底的科利斯、克莱逐一比较——觉得没有一个能跟他比。整个聚会显出的那种兴致勃勃、完全无私的精神，令她完全陶醉，带动了许多性格不同、个个脾气硬挺、非要人注意不可的人而似乎毫不费力，仍有余暇跟每个人亲切地谈心，本事可真了得。

后来她记得那些她觉得最快乐的时候。第一次是她和狄克共舞。她觉得他俩像一般人在有趣的梦中翱翔一样起舞时，她贴着他那高大强壮的身躯，更显得容光焕发，格外艳丽。他轻盈地带她转到这儿，转到那儿，仿佛把她当作一捧灿烂的鲜花或是一块珍贵的织锦，在五十对眼睛前展览出来。有一个时候他们根本不在跳舞，只是紧搂着。凌晨时分他们俩单独在一起，她那搽着粉，汗湿的年轻肉体，拖着一身皱皱的衣裳，紧紧偎依着他，就此不动，然后一起压在别人的帽子和披肩上……

后来只剩他们六个人了，最好、最了不起的那六个人，站在幽暗的丽兹大饭店的前厅中，告诉夜间门房说潘兴将军在外面，要鱼子酱和香槟。这时候，露丝玛利笑得最起劲。他们吩咐：“将军可不容许人误事。全部人员都要出动伺候他。”侍者们一个个不知从哪里急忙地出现了，大厅里摆好一张桌子，阿贝走进来，代表潘兴将军，他们都站起来，嘴里含糊不清地对他唱着大家所知道的战时歌曲。闹剧一泄了底，侍者们觉得上了当并且受了冷落，大为不高兴，边将他们撇在一边不予理会，他们为了报复便堆设一个侍者陷阱，把大厅里所有家具堆成好大好怪的一个机关，就像哥德堡卡通片里的一架怪机器。阿贝带着怀疑的态度对它摇头。

“也许最好偷把乐锯来！”

“别再说了。”玛利插嘴。“阿贝一开始提起那个，应该回家的时候就到了。”她焦急地向露丝玛利吐露秘密。

“我必得把阿贝弄回家。他那班和船开航时间衔接的火车十一点开。他搭上那班车是很要紧的。我觉得这关系到他的整个前途。我一跟他讲理，他一定会偏要反着来。”

“我劝劝他看。”露丝玛利自告奋勇。

“你真的肯吗？”玛利不大相信，“也许你能劝得动他。”

后来狄克走到露丝玛利面前。

“妮珂和我要回家了，我们觉得你也许想跟我们一起走。”

在似亮未亮的天色中，她疲惫得脸色苍白。两颊在白天有两团红晕，现在却显得黑黑的。

“我不行。”她说，“我已经答应玛利·诺斯陪他们夫妇俩一起，不然阿贝永远不会上床睡觉。也许你可以想个办法。”

“你难道不知道对别人你爱莫能助吗？”他劝告她，“如果阿贝是我大学里的同屋，第一次喝醉酒，那情形又不同。现在一点办法都没有。”

“可是我还是得留下。他说要是我们一起跟他到阿尔菜场去，那他一定上床睡觉。”她说，几乎带着一点反抗的神气。

他迅速吻她的肘弯。

“别让露丝玛利一个人回家，”她们走的时候，妮珂对玛利遥喊道，“我们觉得对她母亲负有责任。”

后来露丝玛利、诺斯夫妇，来自纽瓦克的洋娃娃发声器制造商，无处不在的克莱以及一位身材高大服饰华丽、搞石油生意的印度男子乔治·马保，都高高坐在到菜场去的货车的成千上万根胡萝卜上，胡萝卜的须里的泥土在黑暗中显得自有其芳香。露丝玛利坐在满车胡萝卜的上边，在稀疏街灯照出的长影里几乎看不出车上别的人。他们的声音听来也很远，仿佛他们的感受跟她的不同，不但不同而且相距甚远，因为她的心已经到了狄克身边，懊悔自己和诺斯夫妇同行，恨不得自己在旅馆里在和狄克斜对面的房间里睡觉，或者就在这里温暖的黑暗笼罩下，有他在她身旁。

“别上来，”她对科利斯喊，“胡萝卜会统统滚散。”她把其中一根扔向直僵僵坐在赶车的旁边的、像个老人似的阿贝……

后来她终于在天大亮的时候回到旅馆，鸽子已经在圣索尔皮上空飞。他们大家都自动开始哈哈大笑，因为街上的人以为那是阳光灿烂、天气温暖的早上，他们却知道那还是头一天的夜晚。

“我终于参加过一个狂欢聚会了，”露丝玛利说，“可是狄克不在，没意思。”

她觉得有点受出卖，有点悲伤，不久就有个在动的东西闯入眼帘。是一棵盛开的大七叶树绑在一辆大卡车上开往香榭丽舍——它仿佛在笑得发抖，就像个秀色可餐的人虽然姿态不端重，可是深信自己貌美。露丝玛利看呆了，觉得自己和它一样，于是嘻嘻哈哈地一起笑了，马上一切都变得美妙无比。

19

阿贝十一点从圣拉扎车站起程。他独自站在肮脏的一八七〇年的玻璃拱顶下。那是一八七〇，水晶宫时代的遗物；他的手发灰，是只有二十四小时不睡才会有的颜色，他把手藏在衣袋里，不让人看出它在发抖。他不戴帽子，显然他的头发只有上层的是朝后梳的，较低的则向两旁横飞，简直看不出他就是两个礼拜前游到高斯海滩的那个人。

他到得早。他只用眼睛左看右看，用身体的其他部分会使他神经失去控制。看来很新的行李从他旁边掠过，跟着是几位矮小黝黑的准备启程的旅客，用隐秘刺耳的声音喊着“唷——啊——啲”。

他正在考虑是否来得及到餐室去喝杯酒，手开始紧握着衣袋里那叠温温的一千法郎钞票，这时候他忽然瞥见妮珂从楼梯顶出现。他瞧着她。她脸上那些小表情，在一个等人而自己不为人注意的人看来，流露出她的个性。她皱着眉，想到她的孩子，不是以母爱的心情想念他们而是像个母兽在点数幼兽——像一只猫用爪试探小猫是否都在。

她看见阿贝的时候，脸上那种表情没有了；早晨的天色显得悲怆，阿贝站在那儿样子怪凄凉的，眼睛下面红褐色的皮肤上的黑圈显而易见。他们在长凳上坐下。

“我是因为你要我来才来的。”妮珂为自己辩白。阿贝似乎忘了自己为什么要她来，妮珂也不计较，望着往来的旅客也觉得很恬然。

“那将是你的船上之花——就是所有男人都围着她话别的那个——你看得出她买那件衣裳的道理吗？”她说得越来越快，“你看得出为什么别人不买，只有环游世界之花买它吗？明白了吗？不明白？你脑子快醒醒。那是一件引人注意的衣裳——那别致的衣料一定有段来历，在乘船环游世界，总会有人觉得寂寞而想知道那段来历。”

她说出最后几个字的时候，牙咬得紧紧的；她的话已经讲得太多；阿贝发现从她那一本正经的脸上很难看出她讲过话。他努力把身子挺直，使自己看上去像要站起来，实际上仍然坐在原处。

“那天下午你带我去那个可笑的舞会——你知道，圣香尼维舞会——”他开始说。

“我记得。真挺有意思，是不是？”

“我不觉得它有意思，这次见到你没什么意思。我对你们俩都厌倦了，可是那并没显露出来，因为你对我还要厌倦——你知道我说的意思。我要是还有热情的话，就会去找新人去。”

她反驳时，他注意到她的丝绒手套上有一层蓬松的绒毛。

“阿贝，故意使人不愉快，似乎实在很傻。无论如何，你不是存心要气人的。我不明白你何以要抛弃一切。”

阿贝想了想，竭力避免咳嗽或擤鼻子。

“我想是我过得无聊了；而且这下子要回到那么远去重新来过。”

一个男人常常可以在一个女人面前扮演可怜的小孩，可是一觉得自己真正像个可怜的小孩，那就几乎永远达不到目的。

“那也不成为理由。”妮珂说得很干脆。

阿贝觉得越来越难受——他所能想出的只是令人不受用和完全神经质的话。妮珂心想她的正确态度就是端坐着，两眼直朝前看，手放在膝上。两人一时无言——心里各想各的，距离越来越远，只是呼吸前面的碧空中的空气，却看不到彼此眼中的天。他们不像情侣没有往事可以追念；也不像夫妇，没有前途可言；可是直到这天早上，妮珂喜欢阿贝胜过于任何男人，除了狄克以外——而他已经恹恹地，一肚子害怕地爱她好些年了。

“我对女人的世界已经腻了。”他忽然冒出这么一句。

“那你何不创造一个自己的世界？”

“对朋友也腻了。不过有些善于逢迎的人。”

妮珂恨不得车站时钟的分针走得快些。可是他追问：“你同意吗？”

“我是女人，我的工作是维系一切。”

“我的工作是把它们拆散。”

“你喝醉的时候，只把你自己而不把别的拆散。”她说，现在觉得既冷又害怕，没有信心。车站上人渐渐多起来，可是没有她认识的。过了一会儿，她的眼睛带着感激的神色望着一个身材颀长的女子往信箱里投信，她的黄发像顶头盔。

“我得去跟一个女的说话，阿贝。阿贝，快醒醒！你这傻子！”

阿贝耐着性子目送她走过去。那女的以惊诧态度招呼妮珂，阿贝认出他在巴黎各地曾经见过她。他趁妮珂不在，拼命咳嗽，把痰吐在手帕里，又猛擤鼻子。天渐渐热起来，他的内衣都被汗湿透了。他的手指颤抖得很厉害，用了四根火柴才点着一根香烟；他似乎绝对需要到餐室去喝杯酒，可是妮珂马上回来了。

“那是我自讨没趣，”她冷峻地说。“央求我去看她之后，便摆起架子，望着我的神色，仿佛我是个臭东西。”她说得激动，笑了一声，用两个手指做天平翘得好高状。“一定要使别人来看你。”

阿贝待烟咳停了，说道：“难的是你清醒时不要见任何人，醉了的时候没人要见你。”

“说的是谁，是我吗？”妮珂又咯咯笑了，不知怎的，刚才那件事反而使她高兴起来。

“不——是我自己。”

“替你自己说吧。我喜欢人，很多人，我喜欢——”

露丝玛利和玛利·诺斯出现了，慢慢地走，在找阿贝。妮珂粗声大气地喊着“嘿！嗨！嘿”，跟着咯咯大笑并且挥舞她替阿贝买的一包手帕。

这几个人形成一小批，不舒服地站在那里，因为阿贝的身材过于高大，在她们当中像艘沉船残骸，以他自己的弱点，他的放纵，他的狭窄，他的辛酸支配她们。她们深深感觉到他流露出的庄严，他那片段的，启发性的，已为人所超过的成就。可是她们对他残存的意志也很害怕，以前是生的意志，现在却成了死的意志。

狄克·戴弗来了，带来了灿烂光滑的表面，那三个女人欣慰地呼喊着，像猴子一样，拍拍他肩膀，他那美丽的帽子和手杖的金手柄。现在她们暂时不顾阿贝那肥大猥亵的丑样。狄克一看在眼里，马上便悄然控制住状况。他把她们拖到车站，表明它是多么美妙的地方。附近有些美国人在话别，嗓门像水哗啦啦倒入旧式大澡盆一样，站在车站里，背对着巴黎，他们仿佛有点危险地身向海洋微倾，已经感觉到身受海洋改变，是原子变动了，形成变成新人所亟须的分子。

殷实的美国人纷纷拥入车站，到月台上来，个个有张坦白的脸，显得聪明、体贴、不伤脑筋、有人想念。他们当中也偶然出现一张英国人的脸，看样子很精明很显眼。车站上美国人一多起来，给人的第一个印象是服装整齐，手头阔绰，可是这种印象渐渐变成了模糊的民族色彩，不但使他们自己变得盲目，连观察他们的人也是如此。

妮珂抓住狄克的膀子，疾呼道：“快看！”狄克连忙回头，及时看到半分钟之内所发生的事。在两节车厢外的卧车入口处，在许多人的话别声中，有一幅触目的景象。那个妮珂招呼过、发如头盔的女子突然做出一个奇怪的闪避动作，从跟她讲话的男人身旁跑开，手急急忙忙在手袋里掏；接着两声手枪声划破了窄窄月台的空间。火车头同时发出尖锐的汽笛声，列车开始蠕动，枪声一时失去意义。阿贝从车窗中再度挥手，茫然不知出了什么事。人们涌向前去之前，已经有人见到枪声产生的效果，目睹那个被枪击的目标坐在月台上。

像是过了一百年之久列车才停住；妮珂·玛利和露丝玛利站在稍远处等，狄克则挤进人群。五分钟后他才又找到她们——这时候，看热闹的已经分为两部分，一部分跟着躺在担架上的那个男子，一部分跟着由两名保安警察押着的那个女子。那个女的脸色苍白可是冷静坚定，两名警察倒很紧张激动。

“是玛利亚·华利丝。”狄克匆匆说。“她开枪打的那个男子是英国人——他的身份证被子弹击穿了，他们好不容易才查出他是谁。”他们身子晃着跟着人群迅速从列车那里走开。“我打听出他们把她带到那个警局去，好到那里去一趟——”

“可是她有姊姊住在巴黎，”妮珂反对说，“为什么不给她打电话？没人想到这点，似乎很奇怪，她那姐姐嫁的是个法国人，他一定比咱们得力。”

狄克犹豫一下，摇摇头，起步走开。

“慢着！”妮珂在后面喊，“你别傻——凭你那口法国话，又能有什么用？”

“至少我要使他们不对她动粗。”

“他们是绝对不会放她的，”妮珂尖刻地说，“她的确曾经向他开枪行凶。最好的办法是立刻打电话给劳拉——她比咱们有用得多。”

狄克心犹不服——因为当着露丝玛利的面不甘示弱。

“你等一等。”妮珂坚决地说，跟着匆匆走向公用电话亭去。

“事情一到了妮珂手上，就没得可过问的了。”他以略带亲昵的讥嘲口吻说。

这天早上，他初次对露丝玛利瞧了一眼，两人互投眼色，想看出前一天的余情。彼此一时都觉得不是真的——后来又慢慢感觉到温暖的爱。

“你喜欢帮助人，是不是？”露丝玛利说。

“我只是装作如此。”

“妈妈喜欢帮助人——当然她不能像你那样帮助那么多人，”她叹息说，“有时候，我想我是世界上最自私的人。”

狄克对她提起她母亲初次感觉不快和厌烦，他想要排除掉她的母亲，使这段情不再受露丝玛利一再建立的小宝宝身份的束缚。但是他认清这种冲动也就是丧失控制——要是他稍微一松懈，露丝玛利对他所怀的强烈的欲望会酿成何种结果。他看出这段情快要渐渐静止，心里不免惊慌，可不能让它静止，一定要非进则退；他这时初次想到露丝玛利掌握全局的力量比他大。

他还没想出该怎么办，妮珂就回来了。

“我找到了劳拉。这是她听到的第一个消息，”她的声音越讲越低，然后又响起来——人仿佛发晕，然后强打起精神。“她说她知道今天早上会出事。”

“玛利亚应该参加佳吉列夫的芭蕾舞团，”狄克温和地说，好使两人恢复平静。“她很有舞台美术感，至于韵律感更不在话下。你我以后见到一列火车开出站脑里能不听见几声枪响吗？”

他们跌跌撞撞地走下宽钢梯阶。“我替那可怜的男人难过，”妮珂说，“当然，她跟我说话说得那么古怪，就是因为——她正准备开枪。”

她哈哈笑起来，露丝玛利也跟着笑，可是两人都十分害怕，两人也都暗自很想要狄克对这件事的道德问题发表意见而不要留待她们论是非。这种愿望并非完全有意的，尤其是露丝玛利，她像对弹片从头顶挟着啸声掠过已经习以为常。但是她心里也渐渐完全受到震荡。狄克这时也被自己刚意识到的那种情感弄得烦躁，无法把当前的局面演变成假日的模式。可是这两位女性觉得若有所失，隐约感到闷闷不乐。

然后，仿佛没有发生过什么事一样，戴弗夫妇和他们的朋友便又徜徉街头。

可是一切都已经发生了，阿贝走了，玛利当天下午要去萨尔兹堡，在巴黎的日子已告一段落。也许是枪声和那了结了天知道是什么暧昧勾当的震荡使巴黎之行告一段落。那几下枪声震动了他们大家的生活，暴力的回声跟随他们到了人行道上。他们等计程车的时候，两个行李工在他们旁边议论开枪事件。

“你看见那把手枪没有？真小，镶有珍珠——简直像把玩具枪。”一个行李工说。

“可是够厉害能杀人的！”另一个以饱经世故的口吻说，“你看见那女人的衬衣没有，上面溅得都是血，真令人以为是打起仗来了呢。”

20

他们出来到了广场的时候，汽车废气凝成一团，停着不动，在七月骄阳下慢慢蒸腾。它好可怕，跟纯粹的热可不同，使人没有朝乡下逃避的可能，因为所有道路上都弥漫着这种令人窒息的臭气。他们在卢森堡公园对面的户外午餐，露丝玛利因为来例假肚子疼，感到很烦躁，懒洋洋地极不耐烦——她先前在火车站已经稍微有这种感觉而谴责自己自私。

狄克丝毫察觉不到这种变化；他怏怏不乐，后来又更往自己身上想，令他一时对身边的一切情形都很盲目，也失去了他一向善于判断事物的那源源不断的幻想力。

玛利·诺斯走了，是由教唱歌的意大利老师陪着同去的。这位教师跟他们一起喝了咖啡后便带玛利上火车。玛利走了之后，露丝玛利也站起来，要到片场去赴约，“见些官员。”

“哦，还有——”她开口说，“要是科利斯·克莱那南方小伙子来的时候你们还在这里坐着，就告诉他我不能等他了；叫他明天打电话给我。”

刚才那场惊扰把她弄得太粗心大意了，她又想发挥小孩子的特权，结果却提醒了戴弗夫妇对他们自己子女专注的爱。露丝玛利碰了一个很厉害的钉子。“你最好把口信托伙计转达，”妮珂的声音很冷峻，“我们马上就走了。”

露丝玛利明白了，并没生气。

“那就算啦。再见，你们这两位可人儿。”

狄克叫伙计结账；夫妇俩轻松了，叼着牙签。

“好——”两人不约而同地说。

他看到她嘴上带着郁然不悦的表情，不过一闪即逝，只有他会注意到，他可以装作没看见。妮珂在想什么？露丝玛利是狄克历年来肯下功夫博取好感的十来个人之一，其中有个法国马戏班小丑，诺斯夫妇，一两个舞蹈家，一个作家，一个画家，一个大圭纽尔剧院的女喜剧演员，俄罗斯芭蕾舞团里一个半疯狂的同性恋者，一个颇有前途，由他们出钱供他在米兰学唱一年的男高音等。妮珂很清楚从这些人身上可以看出她丈夫的兴趣与热情有多大多深，但也知道自从他们结婚以来除了她分娩的时候，狄克从没有一夜离开过她。另一方面，他有一种讨人喜欢的气质，非利用不可——凡是有这种气质的人都爱理人家的事，也爱跟他们不想利用的人接近。

现在狄克硬起心肠，一连几分钟都不做推心置腹的姿态或是经常对两人实为一体感觉惊奇的那种表示。

从南方来的科利斯·克莱从排得密密的桌子缝当中挤过来，很没礼貌地跟戴弗夫妇打招呼。这种招呼方式——相识的人对他们俩或只是其中一人说声“嗨”——总是令狄克惊讶。他对人很认真，冷漠时宁愿不露面；有人居然在他面前表现得随随便便，对他的做人信条实在是个考验。

科利斯茫然不知自己的好事并无成功的希望，来到的时候，还神气活现地说：“我想我来迟了——妞儿跑啦。”狄克着实伤了心，好不容易才原谅他没先向妮珂致意。

她差不多立刻就离开了，他陪科利斯坐着，把酒喝完。他倒挺喜欢科利斯的——科利斯属于“战后时代”的南方人，比他十年前在纽黑文认识的大部分南方人容易相处得多。狄克带着好笑的心情倾听两个人郑重其事地慢慢向烟斗装烟叶子时交谈的话。午后，保姆们带着孩子慢慢踱进卢森堡公园去；这是好几个月以来，狄克初次不能控制每天的这一段时间。

他一听清楚科利斯以独白方式讲出的心腹事之后，全身的血突然凉了。

“——她并不像你大概想象的那样冷淡，我承认我自己好久以来一直以为她是如此。可是后来有一次复活节她从纽约到芝加哥去的时候，跟我的一个朋友惹上了麻烦。那家伙姓希利斯，她以为他在纽黑文很出风头——她当时是和我的一个表妹在一个车厢里，可是她要跟希利斯单独在一起，于是下午我那表妹便到我们那间车厢来玩纸牌。好，过了大约两个钟头，我们回去看，但见露丝玛利和比尔·希利斯站在通道上跟列车员争论——露丝玛利的脸苍白得不像样。似乎他们把车厢的门锁上，把车窗窗帘也拉下，我猜列车员敲门查票的时候，他们一定正搞得难分难解。他们先以为是我们在跟他们开玩笑，不肯开门让他进去。等到让他进去之后，他气得很。他问希利斯那是不是他的车厢，他和露丝玛利把车厢门锁上，是否表示他们已经结了婚。希利斯这下子火了，想解释没干什么错事。他说列车员侮辱了露丝玛利，要跟列车员弄个明白，而那列车员也不是好惹的——凭良心说，把他们排解开可真不容易。”

狄克幻想着每一个细节，甚至于连对两人在列车通道上一起受窘也羡慕。他觉得自己心里起了变化。只要他和露丝玛利的关系中出现了第三者的心像，哪怕此人已经不见踪迹了，他便觉得一阵阵的难受、痛苦，欲念和绝望涌上心头。他想象着一只手抚摸着露丝玛利的香腮，急促地呼吸，从外面看进去热情如焚的镜头，在里面则只感觉到不容侵犯的秘密的亲热。

——我把窗帘拉下，介意吗?

——请便，这里光线太亮了。

科利斯·克莱现在又讲到耶鲁大学兄弟会那套政治把戏，说的声调相同，强调的语气也相同。狄克推测科利斯大概也爱上了露丝玛利，不过爱的方式很古怪，不是他所能明白的。露丝玛利跟希利斯的那一档子事似乎对科利斯的感情没有影响，却令他很高兴地相信露丝玛利原来也有“人性”。

“朋思聚集了一帮很有意见的人，”他说，“事实上我们每次聚会都如此。纽黑文现在规模这么大，可惜的是有些人我们收纳不了。”

——我把窗帘拉下，介意吗?

——请便。这里光线太亮了。

……狄克从巴黎市的一边到另一边去，上银行开支票。他望着那一排排坐写字台的职员，心里在决定把支票交给哪个批准好。他开支票的时候，全神贯注，先细看钢笔，然后在那有玻璃台面的高桌子上吃力地写。曾经他一度抬起呆滞的眼睛望着邮件部，然后又集中注意力处理手头的事，使精神更呆滞。

他仍没决定应该把支票递给哪个职员，那一排人里谁最猜不到他的难题，还有谁最不喜欢说话。有那纽约人佩林，态度和蔼可亲，曾经请他到美国俱乐部去午餐；有那西班牙人卡萨瑟斯，他常和此人谈起彼此共同认识的一个朋友，虽然他与那朋友已经有十多年没来往了；还有穆浩塞，总是问他要从他太太的还是他自己的存款中取钱。

他把钱数写上，在底下划了两条线，然后决定把支票递给皮尔斯，此人年轻，他可以不必多跟他热络一番。往往跟人热络一番比冷眼看人热络一番还要容易。

他先到邮件部柜台去——招呼他的女职员用胸部把一张纸推过台面，纸几乎落掉，他不禁想起女人使用她们的身体跟男人多么不同。他把他的信拿到旁边去拆开。有德国书店的十七本精神病学书籍的账单，布里坦诺公司的一张账单，他父亲从水牛城寄来的一封信，年纪越大，笔迹越来越难认；还有巴班的一张明信片，盖的是费兹地方的邮戳，上面写了一段很风趣的话；此外还有苏黎世的医生们用德文写的信；戛纳一个泥水匠那张曾引起争议的账单，家具师傅的账单，波的摩尔一份医学杂志发行人的一封信，杂七杂八的通知和一位崭露头角的画家邀请参加画展的请帖；另有给妮珂的三封信，托他转交露丝玛利的一封信。

我拉下窗帘，你不介意吗？

他朝皮尔斯走去，可是皮尔斯正忙着应付一个女人。狄克接着看到邻桌的卡萨瑟斯有空，只得把支票递交给他。

“你好吗，戴弗？”卡萨瑟斯春风满面地说。他站了起来，连小胡子都带着笑意翘着。“我们前些日子还在讲起费泽斯东，我当时便想到你——他现在人在加州。”

狄克两眼睁得大大的，身体微向前弓。

“在加州吗？”

“我听说如此。”

狄克手拿着支票伸出去；为让卡萨瑟斯全神贯注地看那张支票，他朝皮尔斯的写字台那边望去，两人由于三年前皮尔斯和一个立陶宛伯爵夫人相好时遗留下来的一个老玩笑，友好地互相一瞥。皮尔斯一直龇牙咧嘴地微笑，直到卡萨瑟斯核对了支票，没有理由再使他所喜欢的狄克在他那里盘桓。他唯有站起来，手执着夹鼻眼镜，重复一遍说：“对，他是在加州。”

这时狄克已经见到在那排写字台之前的佩林正和世界重量级拳王讲话；从佩林眼睛的一睨，狄克看出佩林本考虑叫他过去，替他介绍，但是最后决定不这样做。

他以在玻璃面写字台那里聚精会神的态度打断了卡萨瑟斯想跟他多谈的心情，他仔细地看着支票，详加研究，然后两眼郑重其事地朝卡萨瑟斯右后方第一根云石柱子那边出现的什么严重问题望去，一面把手杖、帽子和手持的信件煞有介事地挪来挪去——然后说声再见，走了出去。他早就给过银行门卫赏钱；因此一出银行门口，计程车便在路边停下。

“我要到精品影片公司片场去——是在巴赛区的一条小街。你先开到聋哑教养院去，然后我指点你怎么走。”

过去四十八小时里所发生的事情把他弄迷糊了，甚至连自己想做什么都没一定的主意。他在聋哑教养院那里下了车，朝片场走去，先走到对面，然后才来到片场前。他衣饰考究，气概尊严，却像一只被人赶来赶去的野兽。那副尊严完全是过去六年努力培养出来的。他惘然地绕着街区走，就像塔钦顿小说里初恋的十几岁男孩一样，加紧赶到隐蔽的地方去，唯恐露丝玛利走出片场时与她失之交臂。那一带很凄凉。他看见隔壁有个招牌：“千件衬衣”。橱窗叠满了衬衣，还有配上领带的，套在半身人像上的，装饰得不大高明的放在橱窗底下的：“千件衬衣”不妨数数看？两旁的招牌则是“纸张文具店”、“点心铺”、“清货大减价”、“招登广告”——和康斯坦丝·塔美琦主演的《阳光下早餐》一片的海报。再过去招牌和招贴令人看了不舒服：“承制法衣”、“死亡通告”和“承办殡仪事宜”。生与死。

他知道他这时候所干的可以说是他一生的转折点——跟他以前的一切完全不相合——甚至跟他希望他所能对露丝玛利起的作用也不相合。露丝玛利一向认为他是循规蹈矩的楷模——他在这一带踯躅街头简直是越轨。可是狄克不得不干出这种行为是一种对内在现实的反应。他是受内心的驱使来到这里蹀躞或呆站着，衬衣袖子不松不紧地套住他的手臂像机器上的套阀，他的衣领带着弹性，套住他的脖子十分贴合，他的赤发剪得不长不短恰到好处，手持一个小公事包像个花花公子——就像从前有个人发现自己不由得不穿着粗麻衣站在费拉拉一所教堂前忏悔一样。狄克是在向一些尚未忘怀，尚未经过告解而赦罪，尚未净化的事致敬。

21

在街上闲站着等了三刻钟之后，狄克忽然不得已跟人讲起话来。他不想见到任何人的时候总是会这样的。他显然局促不安时总是特别提防，可是提防过甚反而适得其反；如同在舞台上一个演员故意轻描淡写，观众都伸长脖子格外注意，别的演员便乘机会即上堵住冷场。同样，我们也很少对需求而且渴求我们怜悯的人表示同情——我们把这份心情留给那些用别种方法博得我们同情的人。

狄克自己对之后发生的事也会作同样的分析。他在圣天使街踱来踱去的时候，一个瘦脸美国人招呼他。那人大约三十岁，仿佛受过创伤，笑容微带阴险。狄克如其所请，借给他一个火之后，便把那人列为他从小便特别感觉到的一种人——在香烟店里无事厮混，一个胳臂撑在柜台上，注意出出进进的人，不过天知道他有几分心思是用在那些人身上。这种人跟车房很熟，在那里低声谈些什么鬼生意，也在理发铺和戏院大厅里鬼混，无论如何，狄克认为这种人总是在这些地方厮混，有时候，这样的一张脸会在泰德一幅讽刺性较为浓厚的漫画中出现——小时候，狄克常常不放心地偷觑这种人，不知道他在干些什么见不得人的勾当。

“老兄，你喜欢巴黎吗？”

不等狄克回答，那人便试图赶上狄克的脚步，和他并肩走。“你从哪儿来的？”他以鼓励的口吻问。

“水牛城。”

“我的老家是圣安东尼，可是战后一直没回去过。”

“你在部队里干过吗？”

“可不。第八十四师——听过那支部队没有？”

那人走在他稍微前面一点，用简直恶狠狠的样子凝望着他。

“预备在巴黎待一阵子吗，老兄？还是只是经过。”

“经过。”

“住在哪个旅馆？”

狄克开始窃笑——那家伙居然想当天晚上到他房间去盗窃。对方显然看破他的心思而他自己并不知道。

“像你这样的身材，不应该怕我，老兄，这里有很多不务正业的游民伺机向美国游客下手，可是你用不着怕我。”

狄克实在厌烦了，便站住脚：“我只不过奇怪，你怎么如此空闲，不怕浪费时间。”

“我在巴黎做生意。”

“干哪一行？”

“卖报纸。”

他样子那么凶狠，所干的营生却那么温和，对比之下真令人觉得荒唐可笑——可是那人连忙加以修正：

“别担心；我去年挣的钱很多——六法郎一份的《泰晤士周报》卖到十法郎或二十法郎。”

他从一个褪色的皮夹子里拿出一段剪报，递给现在变成一起漫步的同伴看——那是一张漫画，画的是无数美国旅客从一艘满载黄金的邮船上蜂拥而下。

“二十万人，每个夏天来花费一千万。”

“那你跑到帕赛干什么？”

他的同伴小心翼翼地四下张望一番。“拍电影。”他偷偷地说，“那边有个美国片场。他们需要能说英语的人。我在等机会。”

狄克迅速而坚决地摆脱了他。

露丝玛利显然已经在他绕着街段兜圈子的时候溜掉了，或者在他来到这里以前已经走掉；他走到路口一家小餐室去，买了个打电话用的铜板，然后挤到厨房和肮脏厕所当中的小间去，打电话到乔治王饭店。他听出自己呼吸中有断断续续的倾向——可是跟别的一切情形一样，徒然令他在感情上更钻牛角尖。他把旅馆房间的号码告诉了接线生，然后一面手执电话听筒一面愕然望着餐室内部；过了好久，一个听来陌生的娇柔声音说了声“哪一位”。

“我是狄克——我非得给你打电话不可。”

她沉吟一下——然后鼓起勇气，用和他感情配合的声调说：“你打来我很高兴。”

“我到片场去看你——我到了帕赛，片场对面，本以为咱们可以一起坐马车逛森林公园。”

“哦，我只在那里待了一会儿！真抱歉。”一时沉默无言。

“露丝玛利。”

“你说呀，狄克。”

“你听好，我现在对你的心情非常特别。一个孩子能令一个中年人心神不安的时候——情形就麻烦了。”

“你不是中年人，狄克——你是世界上最年轻的人。”

“露丝玛利？”沉默，他便凝望架子上那些不太贵重的法国劣质酒——一瓶瓶白兰地、甘蔗酒、甜酒、羼糖、香料、酒精橙汁饮料、白酒、樱桃酒等。

“房间里只有你一个人吗？”

——我把窗帘拉下，你介意吗？

“你想我会跟谁在一起？”

“我也是一个人。我很想现在就跟你在一起。”

沉默，然后是一声叹息和答复。“我希望你现在就在我身旁。”

她就躺在那旅馆房间里，有个电话号码，四周也有一阵阵低微的歌声——

两人喝茶
有我陪你
有你陪我
只有你我

他想起她晒黑皮肤上搽的粉——他在鬓角处吻她的脸的时候，那里湿湿的；也想起自己脸下面那片白净面孔的一现，然后是玉肩一晃。

“这是不可能的。”他喃喃自语。一分钟后，他到了街上朝聋哑学校走去，要么离那里越来越远了。他仍手持着小公事包，持金头手杖的角度则仿佛把它当作剑似的。

露丝玛利回到书桌去，写完给她母亲的信。

“——我只瞧见他一次，但我认为他长得真帅。我爱上了他(当然我最爱的是狄克，可是你知道我的意思)。他真要导演那部片子了，而且立刻去好莱坞，我想咱们也应该离开了。科利斯·克莱来过这里。我倒是喜欢他，可是因为戴弗夫妇的关系，没多跟他见面。那对夫妇真是好得不得了，从没见到像他们那么好的人。我今天人不舒服，药是吃了——但是认为无此必要。所有发生的一切暂时不告诉你——要到见了面，才告诉你！！！所以接到这封信赶快打电报，打电报，打电报！是你北上还是我跟戴弗夫妇一起南下？”

下午六点钟的时候，狄克打电话给妮珂。

“你可有什么特别计划？”他问，“想过安静的晚上，在旅馆里吃饭然后去看戏？”

“你想这样吗？我完全随你。刚才给露丝玛利打了电话，她在自己房间里吃晚饭。我想这搞乱了咱们的计划，你说是不是？”

“对我没关系，”他反对，“亲爱的，只要你人不累，咱们走动走动。不然，咱们回到南方后，整个礼拜都耗心思想奇怪啊怎么没见到布榭。这比胡思乱想——”

这也说漏了嘴，妮珂立刻厉声问：

“——想什么？”

“想玛利亚 · 沃利斯。”

她同意去看戏，他俩有个传统：永远不应该累得什么都不想干，并且发现保持这种态度使日子大体上容易过，晚上总比较有规律。每逢精神不济，而这总是免不了的时候——就互相归咎于是别人厌倦了。巴黎像他俩这么如一对璧人的夫妇还不多见，他们出去之前，曾去轻轻地敲露丝玛利的房门。没人应门；他们以为她睡着了，便走出旅馆，来到炎热而喧嚣的巴黎黑夜里，结果在福煦酒吧阴暗处抓了一杯搀苦味药酒的苦艾酒。

22

妮珂醒得很迟——先喃喃地说了一两句梦话，然后才把睡意正浓的长睫毛睁开。狄克的床是空的——过了一分钟她才弄清是有人敲了房门而把她弄醒的。

“进来！”她喊道，但是没人答应，过了一会儿，她穿上了睡袍，过去开门。一个警察很有礼貌地招呼她，进了房间。

“阿富汗·诺斯先生——他在这里吗？”

“什么？不——他已经去美国了。”

“夫人，他什么时候走的？”

“昨天早上。”

他摇摇头并且以较快的动作对她摇晃食指。

“他昨天晚上在巴黎。他在这里登了记，可是没在房间里睡。他们叫我最好看看这个房间。”

“我觉得真古怪，我们昨天早上送他上火车的。”

“也许一点不假，可是今天早上有人看见他在这里。连他的身份证都有人瞧见了，你瞧是什么道理？”

“我们完全不知道，”她惊愕地说。

他考虑一下。此人长得英俊，可身上那股味儿真难闻。

“你昨天晚上根本没跟他在一起？”

“没有。”

“我们逮到了一个黑人。我们深信终于逮捕了那个黑人正身。”

“凭良心说，你讲的对我完全是一头雾水。如果你说的是我们所认识的那位艾布拉罕·诺斯先生，那么，他昨晚如果在巴黎，我们一点都不知道。”

警察点点头，咂了一下上唇，虽然对妮珂讲的话深信不疑，可是很失望。

“到底出了什么事？”妮珂追问。

他伸开手心，鼓起闭紧的嘴。他已经开始发现她姿色秀丽，两眼对她一闪一闪的。

“你想知道什么，夫人？夏天常有的事件。阿富汗 · 诺斯先生被打劫了，他报了案。我们逮到了那个歹徒。阿富汗先生应该到局里来辨认提出控诉。”

妮珂把睡袍围得紧些，很快便把警察打发走。她觉得莫名其妙，洗了澡，穿好衣服。这时候已经十点多钟了。她打电话给露丝玛利可是没人接，她又打电话到旅馆服务台去，查出阿贝今天早上六点半钟确实曾在旅馆登记，可是他房间里始终没有人住。她盼望狄克会有电话来，便坐在套房的客厅里等；她刚决定出去，不再等了，服务台有电话来说：

“克劳休先生找您，是位黑人。”

“他有什么事？”她责问。

“他说他认识您跟医生。他说有位傅里曼下了监狱，而傅里曼先生是全世界的朋友。他说很不公平，希望在他自己被捕之前能见一见诺斯先生。”

“我们毫不知情。”妮珂决定不理此事，愤然把电话挂上。阿贝莫名其妙地再度出现——使到她恍然大悟自己对阿贝的放荡行为多么厌倦。她不再去想他，走出去，在裁缝铺那里碰见露丝玛利，跟她一起到德瑞伏里路去买人造花和彩色珠串，她也帮助露丝玛利选购了一枚钻石给她母亲，又买了些围巾和新奇烟盒带回国给加州的商业合伙人。她又替她儿子买了希腊和罗马玩具兵，买了好大一批，花了一千多法郎。她俩用钱方式的不同又再度表现得很明显，而露丝玛利很慕羡妮珂用钱的方法。妮珂深信她花的钱都是她自己的——露丝玛利却仍觉得她的钱仿佛是很巧妙地借给她的，因此必须极小心地用。

在外国城市的阳光普照下花钱是一件快事，健康的身体使她们容光焕发；放胆伸展她们的四肢、手和足踝，以女人自知能使男人觉得妩媚的信心举步向前。

她们回到了旅馆，发现狄克在早上精神奕奕，两人一时都高兴得完全像孩子。

他刚接到阿贝的电话，说得没头没脑，莫名其妙，听来好像他一早上都在藏匿。

“我从没跟人作过那么怪的电话谈话。”

狄克不但跟阿贝讲了话，还跟别的十来个人讲了话。在电话里，那些人所说的话，比如说：“——要跟你说话的那个人在茶壶圆顶里，嗯，至少他说他是在里面——那到底是什么？”

“嗨，那一位，闭上嘴——不论怎样，他卷入一桩臭事，不，丑事，不能回家。我自己个人的意见是——我个人的意见是他喝得——”跟着是打嗝声，以后对方就不知道怎么样了。

电话里也传出一项追加建议：

“无论如何，我以为你是心理学家，会觉得有兴趣。”后来这句话所指的那位仁兄一直挂在电话上；但是他没能使狄克以心理学家或是其他任何身份感觉兴趣。和阿贝在电话里的对话如下：

“喂。”

“嗯？”

“嗯，喂。”

“你是谁？”

“嗯。”电话里夹杂着轰然的讪笑。

“嗯，我叫别人听电话。”

有时候狄克听到电话里传出阿贝的声音，接着是扭打声，电话听筒坠地声，远处传来的片语，例如，“不，我不，诺斯先生……”然后一个清脆有力的声音说：“如果你是诺斯先生的朋友，你就快来把他带走。”

阿贝插嘴说，声调严肃沉重，带着非常坚决的口气把所有的声音都压下去。

“狄克，我在蒙马特发起了种族骚动。我要过去把傅里曼弄出监狱。要是从哥本哈根来了一个擦鞋的黑人——喂，你可听得见我——嗯，你听好——如果有人到这里来——”电话里又是人声嘈杂。

“你为什么回巴黎？”狄克追问。

“我到了艾孚就回头，决定坐飞机回来，好把它和圣苏尔匹斯比较，我的意思是说我并不打算把圣苏尔匹斯带回巴黎。我甚至于并不说的是巴洛克！我是说圣旭曼。看上帝份上，请你等一等，我让那伙计来跟你说话。”

“看上帝份上，可别这样。”

“你听好——玛利走了没有？”

“走了。”

“狄克，我要你跟我今天早上在这里遇见的一个人讲话。他是个海军军官的儿子，欧洲所有的医生他都看过了。让我把他的情形告诉你——”

到这里狄克便把电话挂上——也许这样做不够义气——因为需要他伤脑筋的事情正多。

“阿贝以前人那么好，”妮珂对露丝玛利说，“那么好。那是很久以前——我跟狄克刚结婚的时候。要是你那时候认识他就知道了。他会跟我们住上好几个礼拜而我们简直不知道有他在。有时候——他有时候会在图书室里弹弱音钢琴，爱不释手地弹几个钟头——狄克，你还记得那女仆吗？她竟以为他是鬼，有时候阿贝常在大厅里碰见她时对她发怪声，有一次害得我们损失了全套茶具——可我们毫不在乎。”

那么有意思——那么久以前。露丝玛利羡慕她们那种乐趣，幻想到跟那种她自己的不同的悠闲生活。她不大知道悠闲的滋味，可是有那些从没有过悠闲的人对这种生活情调的尊重之心。她认为那是怡情养性的，却不知道戴弗夫妇远不如她自己那么轻松。

“他后来怎会变成这样？”她问，“他为什么非要喝酒？”

妮珂把头摇来摇去，否认和此事有何关系，说道：“如今有那么多聪明人垮掉了。”

“他们什么时候不是如此？”狄克反问，“聪明的人接近毁灭的边缘，因为他们不得不如此——有些受不了，便了却此生。”

“缘由一定要深得多。”妮珂坚决要讲下去；她也生气狄克居然当着露丝玛利的面顶撞她。“艺术家——嗯——像弗南德那样的艺术家，似乎并不是酒坛子。为什么只有美国人拼命喝？”

这个问题答案太多，狄克决定还是不回答好，好让妮珂有一种胜利的感觉。他已经变得对她非常爱挑眼儿，虽然认为他从没见过像她这么可爱的人，虽然他从她那里得到所需要的一切，可是从远处便闻到火药气味，不自觉地每小时都在加强自卫。他并不是惯于放纵任性的人，觉得自己这时意气用事相当没有风度。他盲目地希望妮珂只是猜测他对露丝玛利有一种感情上的兴奋。可是他不能断定——昨晚看戏时她曾经露骨地把露丝玛利说成是个孩子。

三人在楼下午餐，餐厅里铺着地毯，侍者脚步轻轻的，不像前一天晚上他们吃饭，侍者送上佳肴美味时那种又重又快的脚步。全体出动的美国游客四下瞪视别的美国家庭，也试着进行交谈。

他们猜不出旁边那一桌客人是什么路数，有一个讲话滔滔不绝，带点秘书气息，是平常惯说“请您再说一遍”的年轻男人，还有二十来个女人。那些女人样子既不年轻又不老，也看不出属于哪个社会阶层；可是全桌的人给人的印象是属于一体，彼此的关系比一批因为丈夫参加业务会议而相聚消磨时间的太太们还要密切。

狄克本来要来一句很刻薄的嘲笑，可是本能地把已经到了唇边的话忍住了；他叫侍者去打听那桌客人是些什么人。

“他们都是阵亡将士的母亲。”侍者说明。

他们三人都以高低不同的声调惊呼起来。露丝玛利眼泪汪汪。

“也许那些年轻的是妻子。”妮珂说。

狄克两眼再从酒杯上朝她们望去；他从她们一张张愉快的面容和全桌洋溢的尊严气氛，看出美国的老一辈人，成熟了。那些前来凭吊的态度冷静肃穆的女人，是前来凭吊自己的骨肉的，凭吊死而不可复生的人的——一时使餐厅显得很美。狄克一时仿佛又坐在他父亲的膝上，和摩斯贝骑马，旧日的爱国者们竞相围绕着他。他几乎竭力使自己恢复清醒，才回到同桌的两个女伴旁边，面对他所信赖的整个新世界。

——我拉下窗帘，你介意吗？

23

阿贝·诺斯仍在丽兹饭店的酒吧里。他早上九点钟到了那里作为暂时栖身之地的时候，窗子通通开着，强烈的阳光忙着照出地毯和椅垫上那些冒烟似的灰尘。无事一身轻，魂灵已经出窍的侍者们在通道走动时像飘在空中。在这间酒吧对面专供女士们坐下喝酒的那个酒吧显得十分小——实在难以想象到了下午如何能容纳那么多人。

承办酒吧的出名的保罗还没有来，可是清点存货的克劳德暂时停下，替阿贝调了一杯提神的饮料。他对阿贝猝然出现并不过分惊讶。阿贝坐在一张靠墙的长凳上。喝了两杯之后开始觉得精神好些——好得那么多，竟走到理发铺去修脸。回到酒吧时，保罗已经来了——是坐他定造的汽车来的，循规蹈矩地在圣芳济僧路下车。保罗喜欢阿贝，过来跟他讲话。

“我本该今天早上搭船回国的，”阿贝说，“我的意思是说昨天早上，不管他哪天，总而言之是一个早上。”

“你怎么没走？”保罗问。

阿贝想了想，最后想出个理由：“我正看《自由杂志》上的一篇连载小说，下一期就要到巴黎发展——所以如果搭船走了，就看不到，那样就永远都看不到了。”

“那篇故事一定很精彩。”

“其实糟透了。”

保罗笑嘻嘻地站起来，身子停住，倚着椅背。

“诺斯先生，你要是真的想走，明天‘法兰西’号上有你的朋友——那位姓什么的先生——和斯利姆·皮尔逊。那位先生——我会想出他的姓名——个子高，新留的胡子。”

“亚德利。”阿贝替他说出来。

“对，亚德利先生。他们俩都搭‘法兰西’号。”

他准备走开去做事，阿贝想留住他，说道：“要是我不必取道歇堡就好了。行李是从那边走的。”

“那就到纽约去领行李。”保罗一面走开一面说。

这个建议听来合理，渐渐很对阿贝的胃口——他对于被人关心，或者确切地说是延长自己不必负责的状态——委实觉得不差。

喝酒的客人也络绎来到：最先来的是个身材十分魁伟的丹麦人，阿贝以前曾在某处见过他。那丹麦人在店堂那边坐下，阿贝猜他会坐个一整天，喝酒，吃午饭，聊天或者看报。他很想坐得比那人还要久。到了十一点，大学生开始进入酒吧，走进来的时候战战兢兢，以防书包被抢。差不多就在这时候，他叫侍者打电话给戴弗夫妇；他一跟他们联系上便也跟其他所有的朋友都联系上了——他的想法是用不同的电话机同时跟他们每个人通话——结果讲得有点笼统。他不时想到自己应该到那边去把傅里曼弄出监狱，但是他撇开一切事实，认为那些只是噩梦的一部分。

到了一点钟，酒吧里挤满了人；侍者们在人声嘈杂中工作，问客人要喝什么酒，一共多少钱，算得清清楚楚。

"那就是两杯白薄荷酒和白兰地搀和的鸡尾酒……还有一杯……两杯马蒂尼跟一杯……郭特莱先生——你没喝……那一共是三巡，总共七十五法郎，郭特莱先生。谢弗先生说这巡是他的——上巡是您的……我完全听您吩咐……多谢。"

在混乱中，阿贝失去了座位；现在站着，身子微微摇晃，一面跟一些熟识的人讲话。一只狮把身上的皮带缠住了阿贝的腿，阿贝把腿抽出来时并没有生气，狗主人连声道歉。后来又要请他午餐，他婉拒了。他该去布里格里斯，他解释，而他在布里格里斯有点事要干。过了一会儿，他以酒鬼那种极有礼貌的态度，像被拘役者或家仆的那种态度，向一个熟人告别，转过身来却发现酒吧里那种突然而来的热闹劲儿也同样突然地消失了。

坐在他对面的丹麦人跟同伴已经叫了午餐。阿贝也要了，可是几乎没动刀叉。后来他光是坐着，愉快地缅怀旧事。酒使过去的愉快旧事变成当前的事，仿佛仍在发生，也甚至于变成未来的，仿佛它们会再度发生。

四点钟时候，侍者朝他走来：

“你想见一个名叫裘尔斯·彼特森的黑人吗？”

“天哪！他怎么找到我的？”

“我没告诉他你在。”

“那么是谁？”阿贝碰翻了酒杯，但随即镇定了下来。

“说是他已经到所有美国人去的酒吧和旅馆问过了。”

“告诉他我不在这里——”侍者掉头走的时候，阿贝问道：“这儿他能进来吗？”

“我去问问看。”

听到问题，保罗回头一瞥；他摇摇头，然后瞧见阿贝，便走过来。

“对不起，我不能答应。”

阿贝挣扎着站了起来，走到外面卡崩街上。

24

戴弗手持着小公事皮包离开第七区警察分局——他在那里留了个条子给玛利亚·沃利斯，条子上署名“戴珂”。这是他和妮珂相恋初期他签署在情书上的名字。到了给他定制衬衣的铺子所有的店员招呼的殷勤远不是他在那里花的钱所能相比的。他因为举止斯文有礼，看来又十分阔绰，对那些可怜的英国人许了那么多的愿，让裁缝费事将他的衬衫袖子挪动一英寸，觉得怪不好意思的。他后来到克丽永饭店喝了一小杯咖啡和两英寸高的杜松子酒。

他一进饭店，就觉得大厅似乎光亮异常；离开时才知道那是因为外面天已经暗下来，是个飘浮着紫茉莉花香的夜晚，风很大。香榭丽舍一带的树叶被风吹得七零八落，瑟瑟作响。狄克折向李伏里路走去，在拱廊下穿过两个广场到他的银行去，那里有他的信。他然后坐了一辆计程车在初落的雨点中沿着香榭丽舍朝上行，独坐在车上，只有心里的情爱为伴。

两点钟在乔治王饭店的走廊上，妮珂的美和露丝玛利的美相比，一个是达文西笔下的女子，一个是画插图者画出来的美女。狄克在雨中前进，像受到魔鬼诱惑似的，可是心里又害怕，心头充满了许多男人经历过的情欲，没有一样简单得他能看得清楚。

露丝玛利开房门的时候，情绪十分激动。但是那些情绪是什么，除了她自己没有别人知道。她现在是个所谓“小野丫头”——足足二十四小时了心神仍没安定下来，她完全忙着应付混乱的情况；仿佛她的命运像拼图玩具——计算她能得到的好处，有的希望，数落狄克、妮珂、她母亲、昨天遇见的导演，像在一串彩珠上立定一样。

狄克敲门的时候，她刚穿好衣服在看雨，脑子里想到一首诗和贝弗莱山那些满满的水沟。她一开门，看见他站在那儿动也不动，像上帝似的，就像他往常那样，也就是像年轻人眼里的长者一样，死板，僵硬。狄克看她总免不了有一种失望的感觉，他要过了片刻才能响应她那毫无戒心的甜蜜微笑，她的身段恰到好处，刚好保证是含苞欲放。他注意到她从洗澡间门口一路留在地毯上的湿脚印。

“电视小姐，”他心里的感觉可没有说的口气那么轻快。他把手套和公事包放在梳妆台上。他的手杖靠着墙放。他的下巴操纵着嘴四周的法令纹，逼迫皱纹跑到额上和眼角四周去，有如不能公开显露的畏惧。

“来坐在我膝上挨着我。”他柔声说，“让我看看你那张可爱的小嘴。”

她走过去坐下，外面的雨滴答滴答地慢慢滴下，她把嘴唇朝她心目中那张冷漠俊美的脸贴去。

她亲吻了他几次，每次她的脸凑近时越来越大；他从没见过像她那样光洁夺目的玉肤，而有时候美会激发人最好的情操，因此他便想到他对妮珂的责任，而她就在过道斜对面，相隔不过两个房门。

“雨停了。”他说，“你看见屋顶瓦盖上的阳光没有？”

露丝玛利站起来，俯身对他说出最真心的一句话：

“啊，你我都很会做戏。”

她走到梳妆台前，刚把梳子放在头发上，就有人敲门，敲得慢而不停。

他们俩都吓呆了；敲门声始终不断，露丝玛利忽然想到房门没上锁，便用梳子撩了一下头发，对狄克点点头，狄克迅速把床上他们坐的地方摩挲平，并开始朝房门走去。狄克用相当自然而不太响的声调说：

“——好，如果你觉得不想出去，我就告诉妮珂，咱们大家安安静静地过最后一晚。”

这些预防措施其实是多余的，门外的人处境非常尴尬，对与自己无关的事根本没心思理会。门外站着的阿贝，在过去二十四小时之内已经老了几个月。还有一个神情焦灼、非常惊恐不安的黑人，阿贝介绍说他是从斯德哥尔摩来的彼得森先生。

“他现在情形很糟，都是我的错，”阿贝说。“我们需要一点好的劝告。”

“到我们的房间去谈，”狄克说。

阿贝一定要露丝玛利也去，于是他们一起走到对面戴弗夫妇的套房去。朱利斯·彼得森也跟着过去了。他是个子小、很守本分的黑人，颇像西南边疆各州那些追随共和党、很会巴结讨好的黑人。

原来清早蒙马特发生的那场纠纷，彼得森是法律上的证人。他曾陪同阿贝到警局去为阿贝作证，说是有个黑人把阿贝手里一张面额一千法郎的钞票抢走。这桩案子的重点在于那个黑人到底是谁，阿贝、彼得森由一名警察陪同回到出事的餐室去，过于鲁莽地认定一个黑人是那抢钱的歹徒，可是一小时后经过调查，确定此人是在阿贝离开之后才进入餐室的。警方又张冠李戴，逮捕了那有名的黑人餐室老板傅里曼，把案情弄得更复杂，其实傅里曼很早就喝得迷迷糊糊，后来根本不知去向。此案真正涉及的那个黑人刚刚又回到了餐室。他虽然蒙上抢钱的恶名，可是他的朋友们说他只不过是要了一张面额五十法郎的钞票，付阿贝所叫的酒。

总而言之，阿贝在短短一小时内便和一个住在欧洲的非裔欧洲人和三个住在巴黎拉丁区的非裔美洲人的个人生活、良知和感情纠缠上了。怎样摆脱这些纠缠目前一点希望也没有。整天都有陌生的黑人面孔在意料不到的地方出现，在意料不到的角落里碰见，而且总是黑人打电话来，喋喋不休。

除了朱利斯·彼得森外，阿贝把所有那些人都摆脱掉了。彼得森的处境实在像一个态度友善曾经帮助白人的印第安人。那些觉得被自己人出卖的黑人要收拾的倒不是阿贝而是彼得森，而彼得森则极希望能从阿贝方面得到保护。

在斯德哥尔摩，彼得森制造鞋油，经营失败，如今只有鞋油处方和一个小盒子就能装得下的工具；可是他那新保护人清早曾经答应扶助他在凡尔赛再搞鞋油生意。阿贝以前的车夫在凡尔赛当鞋匠。阿贝先给了彼得森二百法郎。

这套没头没脑的话，露丝玛利听得很厌恶；必须具备很大的幽默感才会觉得这件事荒唐得有趣。她可没有这么大的幽默感，那手提制鞋油设备的小个子，他那不时翻个半圆白眼露出惊惶的眼睛，阿贝那轮廓细瘦，面容模糊的样子，都跟疾病一样，对她非常陌生。

“我只要给我一个活下去的机会，”彼得森用殖民地国家特有的那种咬字准确可是听来阴阳怪气的音调说，“我的制造法很简单，配方那么好，所以被人赶出斯德哥尔摩，完全破产，因为我不想把它卖掉。”

狄克很客气地瞧着他——先是感觉兴趣，后来兴趣没有了，转身对阿贝说：

“你找个旅馆睡个觉。精神恢复之后，彼得森先生会来看你。”

“可是你不明白彼得森的困境吗？”阿贝抗议。

“我在外面等着，”彼得森很识相地说，“当我的面讨论我的问题也许不便。”

他作了个法国式的鞠躬便走了出去，阿贝带着火车头那种缓慢沉重的动作站了起来。

“我今天似乎不大受欢迎。”

“会是会，但也不一定，”狄克告诫他，“我劝告你离开这旅馆——如果你高兴的话，从酒吧那里走出去。不妨到香波饭店去，如果你需要殷勤服务，那就到大华去。”

“我能讨你一杯酒喝吗？”

“这里什么都没有。”狄克扯谎。

阿贝无可奈何，只好跟露丝玛利握手；面容慢慢地恢复冷静，把她抓住好久，话到了嘴边却讲不出来。

“你是最——一个最——”

她觉得他很可怜，对他那双脏手实在憎厌，却以教养很好的态度笑出声，仿佛见到一个人梦游并不引以为奇。往往人们对一个喝醉酒的人有一种古怪的尊敬，就像头脑简单的种族尊敬疯子一样，是尊敬而不是怕。一个失去了种种顾忌、会做出任何事情的人，有股子令人敬畏的气概。当然我们事后不会饶过他那一时的威风和神气。阿贝转向狄克作出最后的呼吁。

“要是我到旅馆去洗个蒸汽浴，好好梳理一番，睡了一会儿，又把那些塞内加尔人赶走——能不能到你们这里来，晚上在壁炉旁话旧？”

狄克对他点点头，虽是表示同意，可是嘲弄的成分更大，一面说道：“你居然觉得自己现在很行。”

“我敢打赌，要是妮珂在场，她一定会让我来。”

“好吧。”狄克走向衣箱隔底盘去，取出个盒子放在当中桌子上；盒子里是许多纸板字母。

“要是你肯玩字谜游戏，就可以来。”

阿贝以憎厌的神情望着盒子里那些字母，仿佛是要他把它们当麦片吃下去一样。

“那是什么把戏？难道我还没受够活罪——”

“那是个很文静的游戏。你用那些拼字，除了酒字以外，什么字都行。”

“我敢打赌你能拼出酒字，”阿贝把手伸到盒子里，“要是我能拼得出酒字，能来吗？”

“你要是有兴致玩字谜游戏，就可以来。”

阿贝灰心地摇摇头。

“你要是心存这种想法，那就没得可说了——我会很碍事。”他以责备的神情对狄克摇摇手指，“可是要记住乔治三世讲过：如果格兰特喝醉了，他真希望他能咬别的将领。”

他绝望地从泛黄色的眼角朝露丝玛利睨了最后一瞥，然后走出去。

彼得森没在过道里，他心里踏实了些。觉得失落，无家可归，便回去向保罗打听船名。

25

阿贝蹒跚地走掉之后，狄克和露丝玛利立刻拥抱了一下。他们头上弥漫着巴黎的微尘，在微尘下互相嗅闻彼此的气味。狄克那支自来水笔橡皮套的味儿，露丝玛利的脖子和肩膀那微带一丝热意的体味。狄克搂着她又磨蹭了半分钟；是露丝玛利首先恢复清醒，顾虑到现实情况。

“我得走了，小伙子。”她说。

他俩相距越来越远地面对面眨眼，露丝玛利以巧妙的姿势走了出去，这是她很早便学会的，没有导演想把那姿势改良得更美。

她打开自己的房门，径自朝书桌走去，因为她蓦地想起把手表遗留在桌上了。表还在；她把它套上，又欠身瞥了一眼她每天给母亲写的信，脑子里想出最后一句要写的话。然后渐渐地感觉到房间里有别人，不用回头看就知道。

在一个有人住的房间里，有很多折射光线的东西常是不大受注意的，喷油上漆的木头，多少擦得很亮的黄铜、白银和象牙，除了这些还有千百样传达光与影的东西，不过极不显眼，令人不大会想到它们，例如：画框顶边，铅笔和烟碟的棱，再或是水晶或碟的装饰物；所有这些东西的光线折射不但吸引视觉微妙的反应，也同样吸引似乎维系我们的潜意识中联想片段的注意，就像一个玻璃匠有时候把形状不同的玻璃片拼放在一起那样——这种情形可能就是露丝玛利事后以玄妙口吻说她在未能弄清楚之前便“知道”房间里有人的原因，可是她一知道了便以一种芭蕾舞步似的动作迅速转身，赫然看见一具黑人尸体直挺挺躺在她床上。

她喊出“哎哟”，没有系牢的手表碰到书桌的时候，她突然荒唐地以为死者竟是阿贝·诺斯。然后她奔出门外到对面去。

狄克正在整理；他看了看当天戴过的手套，便把它们朝衣箱角落里的一堆脏手套那边一扔。他已经把上衣和背心挂起，把衬衣挂在另一个衣架上——这是他的一个诀窍。“一件衬衣稍微有点脏你还会穿，一弄皱了就不会再穿。”妮珂也已经回来了，露丝玛利闯进来的时候，她正在把阿贝一个奇奇怪怪的烟碟丢到废纸篓里去。

“狄克！狄克！快来看！”

狄克三步两步跑到她房间里。他跪下来听彼得森的心脏，又把脉——尸体还是热的，生前那张脸愁眉不展，不露真意，死后显得臃肿，充满怨恨；那装材料和工具的盒子压在一只手臂下，悬荡在床边的那只鞋没搽鞋油，鞋底已经穿了。按照法国法律，狄克没有权利去碰尸首，但他把死者的手臂稍微移开去看下边——绿色床罩上有块血迹，底下的毯子也会有一点血。

狄克把门关上，站在那里思量；他听到过道上谨慎的脚步声，跟着听见妮珂喊他的名字。他打开门，低声说：“从咱们房间里一张床上拿床罩和床罩下面那条毯子来——别让人看见。”然后看见她脸色紧张，迅速补充一句，“听好，别为这件事烦——只是件黑人打架的事。”

“我希望它快点了结。”

狄克抱起尸首，因为生前营养不足，很轻。他把尸首那样抱着，好让伤口的血流到死者的衣服上。他把尸首放在床旁，除掉床罩和下面那张毯子，然后把房门打开一英寸宽的缝，倾听动静——楼下有碟子的响声，然后是一声口气傲慢的“谢谢，夫人”。但是那侍者朝另一个方向走掉了，上了服务人员专用的楼梯。狄克和妮珂在过道中迅速交换包裹；他把新拿来的床罩在露丝玛利的床上摊平，淌着汗站在暖和的黄昏中思量。他检查尸首之后便看出有几点很明显：第一，凶手追踪彼得森到这里，发现他在过道上，彼得森走投无路，逃到露丝玛利的房间去。凶手追进去把他刺死；第二，要是听任情况自然发展，露丝玛利的名誉无论怎样也洗刷不干净——阿勃戈案至今还没完全了结。露丝玛利的合同完全要看她能不能继续严格履行义务，保持《掌上明珠》里的那种形象。

狄克不禁做出以前习惯的卷袖子的老动作，仿佛他穿着一件长袖汗衫，然后弯腰俯身。他借肩膀之力，用脚跟把门踢开，把尸首迅速拖到过道上，摆出一个似乎真实的姿势，然后他回到露丝玛利的房间，摩挲厚地毯的纹路使它恢复原状。然后他到自己的套房去，打电话给旅馆的老板兼经理。

“麦克白吗？我是戴弗医生——有很要紧的事。这电话是否私用电话线？”

多亏他过去曾特别下工夫，跟麦克白有了很深的交情，狄克这些年来处处博人欢心，攒下一笔收不回来的人情债，这回却用上了。

“我们离开套房的时候，发现过道上有一个死了的黑人……不，不，他是个平民。且慢——我是知道你不想要任何客人撞到那尸首，才打电话告诉你的。当然我要请你不要提起我的姓名。我可不要只是因为发现那尸首，而受到法国官僚作风的啰嗦盘问。”

他为旅馆想得多么周到！只是因为两晚之前，麦克白先生亲眼见到戴弗医生流露出这些可爱的性格特征，所以他毫不犹豫相信他所讲的情形。

麦克白先生一会儿就来了，再过一会儿，一个警察也来了。警察没到之前，麦克白乘机对狄克耳语说。“请你放心，每个客人的姓名都会受到保护。你这番苦心，我实在太感激了。”

麦克白立刻采取一项只能意会而不能说明的步骤，结果使那警察心里既非常觉得不安又贪念大起，拼命摸他的短髭。他搪塞责任地把情况写在记事簿上，又打了电话到派出所。尸首跟着抬到这世界驰名的旅馆的另一个房间去，抬走的速度之快，死者身为买卖人，一定十分了解。

狄克回到自己的套房去。

“到底是怎么回事？”露丝玛利嘶喊道，“难道所有在巴黎的美国人一直尽是开枪你打我，我打你吗？”

“这似乎是杀人流血的旺季，”他回答，“妮珂哪儿去了？”

“我想她在浴室里。”

她敬爱他——因为他拯救了她——她本以为这件事会使她大祸临头的；她以崇拜的狂热心情聆听他以坚强、肯定、客气的声调解决了这件事。可是她还没来得及全身心地向他倾吐心声，他的注意力已经转到别的方面去了。他走入卧室，朝浴室走去。这时候，露丝玛利也听得到一阵完全不像讲话的声音从钥匙孔和门上裂缝中传到整个套房来，声音越来越响，又形成了一种恐怖。

露丝玛利跟着狄克走去，满以为妮珂在浴室里跌伤了。狄克粗率地用身子拦住她，挡住她的视线，可是她两眼已经望见到浴室里的情形，跟她所想象的完全不同。

妮珂跪在浴缸旁边，身子左摆右摆。“是你！”她狂叫道，“是你来侵犯我在全世界唯一这点子私密的地方——你带来那张上面有鲜血的被单。我会为你把它裹在身上——我不觉得丢脸，不过真可惜，在愚人节那天在苏黎世湖咱们有个联欢会，所有的愚人都来了，我要以床单为衣裳，可是他们不让我——”

“快控制自己！”

“——于是我坐在浴室里，他们带来一件连面具带头巾的外衣，叫我穿上。我穿了，我还有什么别的办法？”

“控制你自己。妮珂！”

“我从没指望你爱我——那已经太晚了——只是别到浴室里来，只有那地方我可以享有私密，别叫我把带着有鲜血的床单弄干净。”

“控制你自己。站起来——”

露丝玛利退到客厅去，听见浴室的门砰然关上，站在那儿发抖。她现在知道维奥莉·麦吉斯哥在狄安娜别墅浴室里看到了什么。电话直响。她一接电话，发现原来是科利斯·克莱打到戴弗夫妇的套房来找她的，欣慰得简直要哭了。她叫他上来陪她去拿帽子，因为她不敢独自回自己房间去。

卷　二

1

一九一七年春，戴弗医生初到苏黎世，那时候他二十六岁，正是年轻有为的年纪，也是过独身生活最灿烂的年月。连在战时对狄克也是大好时光，因为他已经是宝贵的人才，在他身上投下的资本已经很多，被战场上的子弹打死实在太可惜了。多年后，他似乎认为连在这不受炮火威胁的栖身之地命运也没有轻易饶过他，不过关于这一点他从没有完全肯定，而在一九一七年时，他更是置之一笑，带着歉意说战争根本没碰到他，他家乡教育局的来信是叫他按照既定计划在苏黎世完成学业取得学位。

瑞士是个孤岛，一面有高瑞齐亚一带一阵阵隆隆炮声的震撼，另一面有索姆河和艾斯河一带血流成河式的战斗。各州里令人觉得蹊跷的生人初次似乎比养病的人还要多，可是那些人是什么身份你得去猜，比方说在伯恩和日内瓦小咖啡馆里低语密斟的很可能是钻石推销员或其他商业推销员。不过人们在康士坦斯湖与诺夏泰尔之间都会看见长列车上载有瞎了眼的或只有一条腿的，再或是只剩身躯奄奄一息的可怜人。啤酒厅和橱窗里都有五颜六色的海报，显示出瑞士人在一九一四捍卫边疆的决心，年轻的、年老的男子都充满爱国情操，从山峦上怒目俯视隐而不见的法国人和德国人；目的在于安慰民心。表示对于同种同语的英勇引以为荣。可是随着交战双方继续屠杀无辜，这些海报也就无声无息地不受人注意了，而美国糊里糊涂参战时，最惊愕的就是同为共和国的瑞士了。

戴弗医生这时候已经见识过战争边缘一带的情形。他是一九一四年从康涅狄格州获罗德奖学金到牛津大学深造的学生。后来回国在约翰·霍普金斯读完最后一年得到学位。一九一六年他设法到了维也纳，觉得不赶快去，伟大的弗洛伊德便要死于飞机炸弹下。维也纳当时已经是死气沉沉，可是狄克居然弄到足够的煤和油，能坐在修女街自己的房间里写小册子，写好了就毁掉，可是又重写过，成为他一九二〇年在苏黎世出版的那本书的主要部分。

我们在自己一生中大都有个自己最喜欢的、自觉最得意的时期，而那时就是狄克的这段时期。第一，他不知道自己讨人喜欢，他对人的感情和激发起人们对他的感情在健康人当中并不稀奇。他在纽黑文最后那一年，有人称他为“幸运狄克”——这个名称一直萦绕在他脑际。

“幸运狄克，你这大傻瓜，”他会低声自语，一面绕着房间里最后几根燃烧的柴火走，“你找到其中道理了，而在你没来到以前没人知道事实就在眼前。”

一九一七年初，煤渐渐不容易弄到了，狄克把他积下的近百本教科书当作燃料，不过每次把一本书放在火上烧的时候，心里都极有把握，暗笑书的内容他已经完全记住，要是五年后它还值得讲解，他可以讲给人听。他一天二十四小时内不论什么古怪的时刻都会有这种情形，必要时，肩膀上还披了张小地毯，有学者那种恬然自得的安详，这种安详近于天赐的安宁，奈何这种安宁，正如我们所知，马上就要告一段落了。

他的身体能暂时支撑下去，多亏曾在耶鲁练过吊环，如今又在多瑙河里冬泳。他和大使馆二等秘书埃尔金斯合住一个公寓，有两个很好的女客常来访问——就是她们两个，而且也不太常来，大使馆的人来得也不太多。他和埃德·埃尔金斯的接触令他对自己脑筋的素质微有怀疑；他觉不出自己与埃尔金斯的脑筋有什么大不同——埃尔金斯能把三十年来耶鲁大学橄榄球校队中所有四分卫的姓名通通说出来。

“——而幸运的狄克不可能是个聪明人；他一定没那么完美无

缺，甚至于微受损毁。要是生活不能使他这样，生病、失恋或者自卑感也不会对他有什么作用，不过对破损的地方重新建设得比原来的结构好些，倒也是一件好事。”

他讥嘲自己的推论，称之为似是而非和“美国人的论调”——他认为凡是没有经过大脑思考而说出的话都是美国人的论调。不过他知道自己完美无缺的代价就是得不到充实的人生。

在萨克雷写的《玫瑰与指环》一书中，黑枝仙说，“孩子，我给你祝愿无非是希望你有些许不幸。”

有时候他对自己的推论发牢骚：在推销公债日那天，人人都到处在找利艾斯顿，他却坐在更衣室里，这怎么能怪我呢？我当选了，否则以我认识的人那么少，根本不会认识伊莱休。皮特人很好很正直，他说得对，当时应该是我坐在更衣室里。要是我想到自己可能有当选的机会，也许会去坐在那里。可是那几个礼拜，默塞尔总是到我房间来，我猜自己倒是着实知道有当选的机会。不过我如果在淋浴时把别针吞下去，引起了内心的冲突，那也是活该的。

他在大学听完课之后，总是跟一个年轻的罗马尼亚知识分子争论这一点。那人安慰他说：“没有证据显示歌德曾经有过现代所谓的内心冲突，而且像荣格那样的人也没有。你不是个现代哲学家——你是个科学家。所需要的是记忆力、力量、品格——尤其是好的头脑。判断自己将是你的苦恼，我从前认识一个人，他曾花两年工夫研究犰狳的脑，以为他迟早对犰狳的脑比任何人都知道的多得多。我不断跟他争论，说他并不真的是在扩大人类求知的范围，他的想法太武断。果然不错，他把他的研究报告投寄给医学刊物时，刊物主编把它退回来，说是刚接纳了另一个人对同一题材的一篇论文。”

狄克到苏黎世的时候弱点不多，比一条蜈蚣的还要少，可是也不能算少——错以为人永远精力充沛，身体健康，人性本善；还有一个国家的错觉，生活在边疆的母亲的哄骗子女世代相传木屋门外没狼的谎言等等。他得到了学位，便奉命参加在奥白河上的巴镇成立的神经病科医疗队。

可是一到了法国，他发现他担任的是行政工作而不是实际医疗工作，觉得很不高兴。他为解忧，便抽空完成那本短短的教科书并搜集资料准备写第二本书。一九一九年他退了伍，回到苏黎世。

上面讲的有点像小传，可是没让读者满意地了解本书主角狄克，就像格兰特当初在加兰纳杂货店内蹉跎岁月以待接受更复杂的命运。而且偶然看到一个自己认识的体型丰满的成年人年轻时的照片，赫然见到照片里是个表情激昂、身子瘦削、目光锐利的陌生人，会令人有点摸不着头脑。最好还是让读者们安心看下去——狄克·戴弗的新阶段如今就要开始。

2

那是四月里一个潮湿的日子，几抹斜云低垂在阿比匈的水面上空，静止不动。苏黎世倒有点像一个美国城市。自从两天前到了这里之后，狄克一直觉得缺少点什么，后来明白是那种狭窄的法国村路小径给人的感觉，除了路和径本身之外没有别的东西。在苏黎世，可看的东西很多，不止是那地方——向上翘的屋顶，引人注意扣人心弦的牧野，再上面是经过人工修改的山头——因此生活可以说是直线上升到明信片里的天堂，这里的阿尔卑斯山地以玩具、缆车、旋转木马和钟表轻细的玎玲声出名，显得相当虚幻，正如在法国境内的葡萄藤盖过人的脚而具有的感觉。

有一次在萨尔兹堡，狄克听音乐时觉得其中有叠床架屋的意味，好像购买和借用了一个世纪的音乐；一到了苏黎世大学的实验室里以轻巧的手拨弄一个大脑的颈神经的时候，他觉得自己像个玩具匠，不像两年前在霍普金斯大学旧红砖校舍里像旋风般地跑出跑进，全然不为门厅里那座耶稣像所含的反讥意味所阻。

他决定在苏黎世再逗留两年，因为他并不轻视制造玩具所需要的无限精确无限耐性的价值。

这天他出去，到苏黎世湖上的多姆勒医院去拜访驻院病理学家佛朗兹·格雷高罗维斯。他是弗州人，比狄克大几岁，在电车站上迎接狄克。他有历史上有名的意大利江湖客卡佐斯托罗那种深沉而豪迈的气质，不过有一双圣洁的眼睛。他是格雷高罗维斯家的第三代子孙——精神病学微露曙光时，他的祖父曾教过克拉培林。他性格高傲，激昂却又温顺——他自以为是个催眠师。如果他家族原来的天才不那么充分施展，佛朗兹也会毫无疑问变成优秀的临床医生。

走向医院途中，他说：“把你的战时经历讲给我听听。你是否也像别人那样变了？你还是那张看来傻而不显老的美国面孔，只不过我知道你不傻，狄克。”

“我没参加任何战役——你从我的信里一定已经知道，佛朗兹。”

“那没什么关系——我们有些受炸弹震荡的病号，他们只是从远处听到空袭的声音就吓坏了。也有少数只是看报就吓坏的。”

“在我听来似乎荒谬。”

“也许是，狄克，可是我们是阔人住的医院。我们不说荒谬两个字，老实说，你是来看我的，还是来看那女孩子的？”

他们俩互相对瞟了一眼；佛朗兹露出谜样微笑。

“我当然看过最初那些信，”他用谈正经事时的低沉声音说，“情况开始改变了，我便不好意思再拆开看。那已经变成你的病例了。”

“那么她可好？”狄克问。

“非常好，她由我主治，事实上，英美籍病人大半由我主治。他们叫我葛瑞高雷医生。”

“让我把那女孩子的事解释给你听，”狄克说，“我只见过她一面，那是事实。是我到法国去之前向你来告别时的事。我当时初次穿上军服，觉得自己很有冒牌军人的感觉——到处都有大兵行礼等等。”

“你今天为什么不穿？”

“嘿，我退伍已经三个礼拜了。我当时是这样凑巧碰见那女孩子的。我离开你之后，便朝你在湖边那幢房子走，去取我的自行车。”

“是朝‘香柏小筑’走吗？”

“当时夜色极美，你知道，明月映照那座山——”

“克伦塞格山。”

“——然后我赶上一个护士和一个年轻女孩子，我没认为那女孩子是病人；我向护士打听火车时间而且和她们并肩走。那女孩子美极了，从没见过像她那么好看的人。”

“她还是那么美。”

“她从没见过美军制服，我们一路谈话，我并没把这件事摆在心上。”他看到一处熟悉的景色嘴里停顿了一下，然后接着说，“只不过，佛朗兹，我的心肠还没你那么硬；我一看到一个那么美丽的外形，便不禁对它的内部感觉惋惜。我的心绝对只是如此——可是后来开始接到信。”

“那对她来说，是最好的遭遇，”佛朗兹以夸张的口吻说，“是最幸运的一见钟情。所以我虽然很忙，也要来接你。我要你见她之前先跟我到我的办公室去长谈。事实上，我已经打发她到苏黎世去办点事。”他的声音紧张而热情。“老实说我没派护士陪她去，反而派个没有她镇定的病人跟她同去。我对于自己得到你无意之间的协助而处理的这宗病例非常自豪。”

汽车沿着苏黎世湖畔驶入有肥沃农场牧地和小丘起伏的地区，农舍和小屋散布其间，太阳照着海一般的蓝天，忽然显示出瑞士山谷最大的优点——悦耳的人声与天籁和健康及愉快的清新气息。

多姆勒教授的医院有三幢旧房，两幢新房，当中相隔地势稍微隆起的高地和湖岸。十年前刚创办时，它是第一所现代化的精神病院；那两幢房子四周有一道长着藤蔓的墙围绕，看上去并不触目而且不显得高，外行人随意一瞥，不会看出它是这个世界上精神崩溃、身心不健全、具有危险性的人的避难所。有些人在阳光下耙草；车驶入时，一路可以见到小径上陪伴病人的护士挥着白旗。

佛朗兹把狄克引进他的办公室之后，便说有事要离开半小时。狄克一个人在办公室里踱来踱去，想从办公桌上的零乱里，佛朗兹的书籍和他祖父及父亲的著作，还有墙上挂的一帧佛朗兹父亲的紫红色大照相，研究佛朗兹的性格。房间里烟气弥漫，狄克推开一扇落地长窗，放一束阳光进来。他的心思忽然转到那个女孩病人身上。

他一共接到她大约五十封信，是八个月之内写的。第一封带着歉意，解释她从美国方面听说女孩子怎样写信给她们不认识的军人。她从葛瑞高雷医生那里得到他的姓名和地址，希望他不介意她如果有时写信问候，等等。

起初很容易看出信中的口吻——脱胎于《长腿爹爹》和《茉莉绮梦》等轻快而多愁善感，在美国十分流行的书信集。相同点仅此而已。

这些信分为两类，第一类写到停战时为止，显示明显的病态心理转变；第二类是从停战直到现在，完全正常，显示出心理十分成熟。狄克在奥白河上的巴镇最后那几个月的生活索然无味，渐渐渴望这些信来。可是从最初几封信起，他对那女孩子所知道的就比佛朗兹所猜想到的还要多。

我的上尉：

我看你穿着军服，心想你真英俊，后来想到自己一点也不喜欢什么法国人和德国人。你也认为我很美。不过这种话我以前听见过，很久以来一直不接受。如果你再到这里来，存着那种卑鄙可耻态度，那么你就认命吧。根据我从小所受的教养，这种态度丝毫不像君子的态度。然而，你似乎比别的人文静些，温柔得像一只大猫。我只不过到了喜欢实在有点娘娘腔的男孩子的地步。你是娘娘腔的男人吗？这种人是有的。

第二页

请原谅这一切，这是我写给你的第三封信，要不立刻寄出就永远不会寄出。我也常常想到月光，只要我能离开这儿，我可以找到许多证人。

第三页

他们说你是医生，不过只要你是只猫，那就不同。我头疼得好厉害，所以请原谅我这次像平常带只白猫散步要解释一下，我希望。我能说三种语言，加上英语，一共四种，要是你能安排传译工作，我相信自己一定有用。我相信我能用皮带绑住每个人而控制一切，就像礼拜三那样。现在是礼拜六，而你在那么远的地方，也许已经被打死了。

第四页

希望你有一天回到我这里来，因为我会永远在这青翠小山上。除非他们让我写信给我父亲，我非常爱我父亲。

请原谅这个。我今天人不对劲。我觉得好些的时候一定会再写信。

再见！

妮珂·华伦

请原谅这一切。

戴弗上尉：

我知道内省对像我这样十分神经质的人是不好的，但是我要你知道我的情形，去年或者管他是什么时候，我在芝加哥发展到不能对仆人讲话或是在街上走，总是要等人指点我。那是知道我的人应尽的责任。瞎子是应该被人牵着走的。不过没人肯把一切讲给我听——他们只肯告诉我一半，而我脑筋已经太糊涂，不能领悟出来。有个男人很好——他是个法国军官，他了解。他给我一朵花，说它“越小越不容易了解”。

第二页

我们成了朋友。后来他把它拿走了。我病得更厉害，而没有人对我解释。他们有一首关于圣女贞德的歌，常唱给我听，不过那样做有点卑鄙——白白地把我弄哭了，因为我的头当时还没有毛病。他们也不断提到运动，可是那时候我对运动并没有兴趣。于是有一天我在密歇根大道一走走了好几英里，后来他们用汽车跟踪我，可是我不肯上车。最后

第三页

他们把我拖上车，车上有护士，从那以后，我开始明白了，因为我能察觉到别人的情形。所以你瞧我的情形就是如此。我待在这儿，医生们总是口口声声地说我是到这里把病弄好的，可是这对我有

第四页

什么好处。所以今天我已经写信叫我父亲来带我走。我很高兴你这么有兴趣诊察人再把他们打发走。这一定很有意思。

还有另一封信的片段：

你不妨停止诊察下一个人而给我写封信。他们刚寄给我一些唱片，唯恐我忘了我的功课。我把它们通通打碎了，弄得护士们都不跟我讲话。那些唱片是英语的，护士们听不懂。芝加哥的一个医生说我是装疯，可是他真正的意思是说我是六胞胎中的一个而他以前从没见过一个这样的。可是我当时正大发脾气，没理会他说什么，每当我一大发脾气，通常就不理会他们说什么，即使我是个无数胞胎的孩子。

第二页

你那天晚上对我说你会教我玩的，好，我想一切的基本原因就是或者应该就是爱。无论如何我想你对于诊察病人兴趣浓厚，所以很忙。

全心属于你的

妮珂·华伦

另有别的信，信中欲言而止的凄凉言语深藏着更大的苦恼。

亲爱的戴弗上尉：

我写信给你，因为我没有别人可以求助，而且认为如果病得像我这样的人都看得出这滑稽的情况，那你也应该一目了然。我一身的精神病，而且意志已经完全涣散，丢尽了脸，假如这是他们所要的话，他们可以做到。我家里已经可耻地疏忽了我，请他们帮助或垂怜是没有用的。我已经受够了，假装我的病可以医得好，徒然损害我的健康而且白费我的时间。

第二页

我在的这个地方似乎是个半疯人院，人人都觉得不应该把任何实话告诉我。要是我像现在知道的那样知道当时发生的一切，我想我能经受得住，因为我很坚强。可是那些应该告诉我的人，不认为应该向我说明白，而现在我虽然知道了，然而已经付了这么大的代价，他们坐在那儿过折磨人的生活，说我应该相信我所的确相信的话。尤其是一个人相信的时候，可是我现在知道了。

第三页

我的亲友都在大西洋彼岸，我跟他们相隔如此之远，寂寞得很。我在这里神志一半清醒一半糊涂地到处走，如果你能给我弄到一个译员的位置(我精通法语德语，说得像本地人，意大利语可以对付，西班牙语能说一点)或是在红十字会救伤车队里服务，再或者做个护士，即使我先要接受训练，你也会发现我真有很大的用处。

还有：

你既不肯接受我关于发生何事的解释，你至少可以把你的想法讲给我听，因为你有一张善良的猫样的脸而不是这里似乎如此流行的那种怪样子。葛瑞高雷医生给了我一张你的小照，不像你穿军服时那么英俊，可是看来显得年轻些。

我的上尉：

接到你的明信片很愉快，我真高兴你对取消护士的资格那么有兴趣——哦，我真的很明白你那短简的意思。只不过从遇到你那时刻起便认为你与众不同。

亲爱的上尉：

我今天想一件事，明天又想另一件事。我的毛病真的只是如此，除了还有疯狂的死不听话的脾气，而且缺乏尺度，不论你建议什么精神病医生我都会十分欢迎。这里，他们躺在澡缸里大唱《在你自己的后园玩》，好像我有后院可以玩耍，或是朝后朝前看我都能找到什么希望。他们今天又在糖果店试那一套，我几乎用秤打中那个人，可是他们揪住了我。

我不再给你写信了。我太不稳定。

后来一个月都没有信，然后突然发生了转变。

——我正慢慢地复活……

——今天花和云……

——战争结束了，而我简直不知道发生过战争。

——你心肠多么好！你的脸像个白猫，心里一定非常聪明，只不过你在葛瑞高雷医生给我的小照里，脸不像是白猫……

——今天我到苏黎世去，又看到了一个城市，感受多么奇怪。

——今天我们到伯恩，那里有一座座的钟，真好。

——今天我们爬到相当高的地方，看到了日光兰和火绒草……

后来信比较少些，可是他有信必复。有一封来信说：

我但愿有人爱上我，就像好久好久以前我生病前那些男孩子那样。不过我想大概要过很多年我才能想那样的事。

可是倘若狄克的回信由于什么原因耽搁了，她就立刻着急得很——像爱人那样着急："也许我把你弄腻烦了，"或是："恐怕我过于不自量力，"还有："我晚上总是想到你病了。"

实际上，狄克是患流行感冒而病倒了。他病愈的时候，人很累，除了官方信件之外，其他信件一概不复，不久奥白河上的巴镇总部那里又有了个从威斯康星来的电话接线生。十分活泼，他便把那女孩子暂时忘了。那接线生嘴唇红红的，像广告画里的女郎一样，餐厅里后来给她起了个很猥亵的花名，称她为“交换机”。

佛朗兹神气活现地回到办公室来。狄克心想他大概是个优秀的临床医生，因为他申斥护士或病人的连声叱喝并非来自他的神经系统而是来自大而无害的自负心理。他真正的感情较有控制，并不外露。

他说：“现在可以讲讲那女孩子，狄克。当然我想探寻出你的情形，然后把我自己的情形告诉你，可是先要讲讲那女孩子，因为我好久前就想讲给你听。”

他在档案柜里找出一叠文件，可是翻阅之后发现它们碍事，便把文件放在桌上，亲口讲出那女孩子的故事。

3

大约一年半之前，多姆勒医生和住在洛桑的一位美国绅士通信，内容含糊。这位美国人是德弗罗 · 华伦先生，是芝加哥华伦家族的人。后来安排了会面，于是有一位华伦先生便带了他十六岁的女儿妮珂来到医院。她显然身体不好，随侍的护士带她去外面散步，华伦先生便和医生谈话。

华伦长得极为俊朗，看来不到四十岁。他各方面看都是美国的美男子，长得高大轩昂，强壮匀称——“一个非常英俊的人”，多姆勒医生描绘给佛朗兹听。因为在日内瓦湖上捉桨划船，他那灰灰的大眼睛周围被太阳晒出了道道纹路，他有一种特别的气概，令人觉得凡是世界上最好的东西他都深有认识。他们用德语交谈，因为发现他以前是在哥廷根大学读书的。他神情紧张，对于此行的目的显然十分激动。

“多姆勒医生，我女儿显然脑子不正常。我曾经为她请了许多专家和护士，她也疗养过两三次，可是问题变得太大，我没办法管了，有人极力推荐我来向你求教。”

“好，”多姆勒医生说，“请你从头讲起，把一切都告诉我。”

“并没有什么开始，至少我知道我家和我太太家都没有人精神失常，妮珂十一岁的时候，她母亲去世。我由女管家协助，成了她的父亲兼母亲——既是她的父亲又是她的母亲。”

他说这些话的时候十分激动，多姆勒医生看见他眼角里有热泪，也初次注意到他的呼吸里有威士忌气味。

“她小时候可爱极了，人人都喜欢她，喜欢得不得了，凡是跟她接触的所有的人都是这样。她聪慧异常，整天高高兴兴。她喜欢看书、绘画、跳舞或者弹钢琴——样样都喜欢。我妻子总是说我们的孩子里只有她夜里不哭。我还有个年纪大一点的女儿，有个儿子死了，可是妮珂是——妮珂是——妮珂——”

他说不下去了，多姆勒医生帮助他。

“她本是完全正常、聪明、快乐的孩子。”

“一点都不差。”

多姆勒医生静等着。华伦先生摇摇头，叹了口长气，对多姆勒医生迅速瞟了一眼，然后两眼又望着地板。

“大约八个月，或许六个月又或许十个月以前——我试着想清楚，可是总记不清到底她是什么时候开始做怪事的——那些疯狂的事。最先跟我讲起的是她姊姊——因为在我心目中妮珂总是一个样子，”他匆促补了一句，仿佛有人会责备他，“——还是那个可爱的小女孩。第一桩是关于一个男仆。”

“哦，是的。”多姆勒医生说，点点他那道貌岸然的头，仿佛像福尔摩斯一样，已经料到是个男仆，而且在这关节会提到的只能是个男仆。

“我有个男仆，服侍我已经很多年了——说起来，他是瑞士人。”他抬起头，指望看到多姆勒医生那基于爱国心理的赞许。“她对他有了些疯狂的想法。她以为他在引诱她——当然，那时候我相信她的话，我便把他打发走了，可我现在知道那完全是胡说。”

“她说他有过什么举动？”

“那是第一点——医生们没办法逼她说出老实话。她只是眼睛睁得大大地望着他们，好像他们应该知道那男仆干了什么事。可她一定是表示他曾经猥亵地挑逗她——她让我们对这点明白得很清楚。”

“哦。”

“当然，我曾经在书上读到女人感觉寂寞了，会以为床下藏着个男人之类的事情，可是妮珂为什么会有这种怪想法？年轻小伙子随她挑选，我们以前住在林湖，那是芝加哥附近的一个避暑胜地，我们在那里有所房子——她整天出去跟男孩子们打高尔夫或网球。有些男孩子着实爱上了她。”

华伦对那干瘪瘪的老多姆勒医生讲话的时候，老医生脑子的一部分不断在想到芝加哥。他年轻时，本可以到芝加哥大学去当研究员兼讲师，或许会在那里发了财，开了自己的医院，不像现在只是一家医院里的一个小股东。可是当时他一想到自己对那整个地区、对那些成片麦田、一望无垠的草原的那点点浅薄的认识，便决定不去了。可是当时他也曾经读到关于芝加哥的书，关于阿穆尔、帕尔默、菲尔德、克兰、华伦、斯威夫特、麦考密克等以及其他许多互相斗法的大家族，后来从芝加哥和纽约的那一社会阶级又有不少人来找他看病。

“她的情况恶化了，”华伦说下去，“她发作过一次痫疯之类的病——她说的话越来越疯狂。她姊姊把有些话写了下来——”他把一张折叠过很多遍的纸递给医生。“差不多总是关于男人要向她施暴，包括她所认识的人和路人——任何人——”

他讲起他们的惊恐和忧愁，一般家庭在这种情形之下所经受的折磨，在美国如何医治无效，最后因为相信换换环境会有用，所以冒险突过潜水艇封锁，带了女儿到瑞士来。

“——乘的是一艘美国巡洋舰——”他带着一点骄傲的口吻，特别说明这一点。“我凭运气能把这次旅行安排成功。而且，我不妨说，”他带着歉意的微笑，“就像人们所说的，花多少钱都不在乎。”

“当然不是啰。”多姆勒医生淡然地说。

这位医生在奇怪其中原因何在，此人为何对他不说真话。或者，要是他弄错了，那身穿苏格兰呢，以运动家的舒泰姿势躺在他椅子里的轩昂男子，使满屋子充满虚假的地方究竟何在？在外面，在那二月天气里发生了一桩惨剧，那不知怎样折翼的小鸟，房间里一切太空洞，空洞而且不对劲。

“我现在想——跟她谈——几分钟。”多姆勒医生说，说的是英语，仿佛这样能使他和华伦比较接近些。

后来华伦丢下了他女儿，回到洛桑去。几天过去了，多姆勒医生和佛朗兹开始研究妮珂的病历卡：

诊断：性格分裂，病已发展到严重而且日益恶化阶段。病征是怕男性，但并非完全是体质方面的原因。暂时不能作病状预断。

华伦先生答应再来的，日子一天一天地过去了，他们越等越觉得其中大有蹊跷。

这位先生姗姗来迟。两个礼拜之后，多姆勒医生写了封信去。结果还是音信俱无，于是他干了一桩在当时可算是“傻事”的事，打电话到微维地方的格兰饭店去。华伦先生的男仆说他的主人正在整理行囊，准备搭船回美国。多姆勒医生一想到四十瑞士法郎的电话费会在医院账簿上出现，他不禁动了肝火，显出瑞士健儿的真血性，华伦先生终于来接电话。

“你——非得来——不可。你女儿的健康——完全在你此行。我不能负责。”

“可是，你瞧，医生，这正是你应尽的责任。我有急事得赶快回去！”

多姆勒医生从没跟相距那么远的一个人讲话过，可是他在电话里发出最后通牒，口气极为坚决，那个在电话线另一端，心里痛苦万分的美国人屈服了。第二次抵达苏黎世湖的半小时后，华伦先生精神崩溃了，随着抽搐的痛苦，他那雄赳赳的肩膀在非常舒服合身的上衣里因为啜泣而不断地颤抖，他的眼睛比当时日内瓦湖上的太阳还要红。他们这下子知道了那不能告人的底蕴。

“就那么糊里糊涂搞出来了，”他嘶哑地说，“我真不知道，我真不知道。”

“她小时候，在她母亲死了之后。每天早上总是到我床上来，有时候就睡在我床上。我替那小东西难过。唉，之后，我们不论是坐汽车或是火车到什么地方去，总是握着手。她唱歌给我听。我们俩常说，‘今天下午，咱们什么人也不理——只是你我在一起——因为今天早上你是我的。’”他的声音带着心碎的自我讥嘲。“人们常说我们是多么了不起的父女啊——他们总是掉眼泪擦眼睛。我们真像爱侣似的——后来一下子竟真的变成爱侣——这件事发生十分钟之后，我真恨不得吞枪自杀，只不过我猜我是他妈的那么个堕落的人，竟没有勇气那么做。”

“后来怎样？”多姆勒医生问，心里又再想着芝加哥和三十年前一位态度温和、脸色苍白、戴夹鼻眼镜对他周身打量的绅士。“这件事可曾继续下去？”

“噢，可没有！她几乎——她似乎马上呆住了。她只是说，‘没关系，没关系，爸爸。那没什么。没关系。’”

“没有什么后果吗？”

“没有。”他抽搐地哭泣一声，使劲擤了几下鼻子。“只不过现在后果可多啦。”

这段事情讲完之后，多姆勒往后靠在扶手椅中，就是中产阶级家庭中常见的放在房间中间的那种，厉声自言自语说：“乡巴佬！”这是二十年来他准许自己说的少数绝对庸俗的评语之一。然后他说：

“我要你到苏黎世一家旅馆里过夜，明天早上再来看我。”

“然后怎样？”

多姆勒医生把双手伸得开开的，足能抱起一只小猪。

“回芝加哥。”他建议。

4

“我们这才知道情况是怎么样的，”佛朗兹说。多姆勒对华伦说要是他肯无限期地离开他女儿起码五年，那我们就替他女儿治疗。华伦起初虽然精神崩溃，但后来他最关心的却似乎是这件事会不会传回美国去。

“我们替她制订一套日常生活规律，看结果怎样。病状预断不好——你也知道，治愈率，即使所谓社会性治愈的百分比，在当时也是很低的。”

“最初那若干封信看来就情况不妙，”狄克表示同意。

“很不妙，那是相当典型的。我起初犹豫，让不让那些信从医院寄出去。后来一想，让狄克知道我们在这里干些什么，倒也不错。你真好，写了回信来。”

狄克叹口气。“她那么美——信里附了很多张自己的小照。而且头一个月我没有什么事做。我在那些信里只说‘做个乖女孩子，听医生的话’。”

“那就够了——使她想到外边还有人。起初她一个人都没有——只有一个姐姐，可是她跟她姐姐似乎并不很亲爱。而且看她的信对我们有帮助，可以依此而衡量她的情况。”

“我很高兴。”

“你现在明白情形了吗？她觉得自己是伙同犯罪——当然这与咱们所讨论的无关，只不过我们要重新估价她将来心理稳定和性格坚强的程度。首先是这件事给她的震骇。后来她到一所寄宿学校去听到女孩子们讲闲话——因此完全为了保护自己，产生出她没有伙同犯罪的想法——从这里很容易便陷于一个幻想的境界，以为所有的男人，你越喜欢他们，相信他们，他们便越邪恶——”

“她可曾直接表示出这种恐怖？”

“没有过。老实说，大约十月份时，她似乎开始正常的时候，我们倒觉得很为难。倘若她是三十岁，我们就会让她自行纠正，可是她那么年轻，我们生怕她一脑门子颠倒错误的观念，可能会越来越乖戾。因此多姆勒医生坦白对她说‘你现在的责任对你自己负责。那并不是说一切都完了——你的生命其实刚开始’等等的话。她实在头脑好得很，所以他给她看一点弗洛伊德的书，并不太多，她发生了浓厚兴趣。事实上，我们这儿实在都把她当宝贝似的宠爱。可是她说话十分谨慎。”他补充说，迟疑了一下，然后说：“她最近给你的信都是她自己从苏黎世寄出的，我们奇怪她在信里可曾说过什么话，能显示出她的心境怎样，对于自己的前途有何计划。”

狄克想了一下。

“可以说有，也可以说没有——你要看的话，我可以把信带来。她似乎满怀希望，对生活有正常的渴望——甚至于很富于感情。有时候她讲到‘往事’，口气就像坐过监牢的人讲的。可是你永远不知道那些指的是所犯的罪还是入狱服刑抑或整个经历。何况我在她生活中只不过是一个徒有其表的假人。”

“当然，我完全明白你的立场，并且再度表达我们的感激。我所以要在你看她以前先见你就是这个道理。”

狄克哈哈笑了。

“你以为她会向我投怀送抱吗？”

“不，不是那个。可是我要请你很温和地应付。女人认为你风流潇洒得很，狄克。”

“那么，老天爷救救我吧！好，我将既温和又讨厌——我每次去看她嘴里都嚼大蒜，还留着一撮胡子。我会吓得她躲起来。”

“可别吃大蒜！”佛朗兹说，他信以为真，“你不要毁了自己的事业，可你一半是在开玩笑。”

“——而且我的脚还可以稍微有点瘸，我现在住的地方又横竖没有真正的浴室。”

“你完全在开玩笑，”佛朗兹放心了——或者至少是摆出放心的样子，“现在把你自己和你的计划讲给我听听，好吗？”

“我只有一个计划，佛朗兹，那就是做个优秀的心理学家——也许是历来最伟大的。”

佛朗兹笑得很恬然，可是他看出这次狄克并不是在开玩笑。

“那很好——也是道地美国人的想法，”他说，“对我们可比较难。”他站起来，走到落地长窗前。“我站在这里，看到苏黎世——那面是大蒙斯特堂的尖塔。我祖父就葬在那教堂的地下墓穴里，从教堂过了桥是我祖先拉瓦特埋葬的地方，他不肯葬在教堂里。附近是我另一祖先斐斯塔洛齐的雕像和艾赫医生的雕像。而且到处总见到池文利的像。我老是面对着一大群英雄伟人。”

“哦，原来如此。”狄克站起来，“我只是口气很大，其实一切都刚开始。在法国的美国人，都急于要回国，我可不——只要我到大学去听课，这一年还可以领军饷。好一个大规模的能有眼光赏识未来国家栋梁的政府！然后我回国一个月去看父亲，过了那一个月再回来——有人给我一份工作。”

“在哪儿？”

“你们的对头——设于英特拉肯湖畔的季斯勒医院。”

“千万去不得，”佛朗兹劝他，“他们在一年之内已经用过了六个年轻人。季斯勒自己是个狂郁病患者，医院由他太太和她的姘夫把持——当然，你知道，这可是机密的事。”

“你那到美国去的老计划怎样了？”狄克轻快地问。“咱们说好了到纽约去开个为富豪们服务的现代化医疗中心的。”

“那不过是学生时代讲着玩的话。”

狄克在医院地方边上佛朗兹的小村屋里跟他和他的新婚妻子吃饭，同时还有一只小狗和烧橡胶的味儿。他微觉难受，不是因为那股子俭朴节省的气氛，也不是因为佛朗兹的太大，她的情况可能事先已被介绍过了，而是因为佛朗兹对于自己的眼界突然缩小——似乎居然甘心了。在狄克看来，刻苦是有不同的境界的——他可以认为它是一种达到目标的手段，甚至于也是保持和发扬光荣传统的一种手段，但是把生活故意减缩到自己所承袭的传统规模，那却令人难以想象的。佛朗兹和他的妻子在那狭小村屋里住家过日子的一举一动，都缺少优雅和刺激。战后在法国逗留了几个月，以及在美国的荣光庇护下所出现的那些大规模的停业清算活动，影响了狄克的人生观。而且男男女女都把他捧得很厉害，也许是因为直觉到这对一个人生态度严肃认真的人不太好，所以他回到了这伟大的瑞士钟表业中心日内瓦来。

他令凯特·格雷高罗维斯感觉他风趣，一方面对于弥漫全屋的花椰菜味儿越来越坐立不安——同时也恨自己这么早就感觉到肤浅，那以后还不知要有多少。

“天哪，难道我原来也跟别人一样吗？”他常常夜里惊醒时这样想——“我也跟别人一样吗？”

这不是做个社会主义者的材料，却是做全世界大部分最稀罕工作的人的好材料。实情是他这几个月以来一直在清理区分年轻时的种种思想，决定是否为自己不相信的东西牺牲。在苏黎世静谧的黎明前的时光里，在街灯映照下，他的目光落到陌生人家的餐具室的时候，他常常想他要做个好人，和善、勇敢、睿智，可是这一切很难。要是可行的话，他也要为人所爱。

5

当中那幢房子的阳台由敞开的落地长窗照明，只有部分光线照不到，纹饰墙壁的黑影和铁椅的怪影伸展到一畦剑兰里去。房间里的人走来走去，从那些人当中可以看见华伦小姐的一瞥，后来她看见他了，她便走过来。她跨过门槛时，房间里的微光照在她脸上，她的脸把那点点子光彩带了出来。她走得极有节拍——那整个礼拜她都听到歌唱，令人想起万里晴空和凌乱阴影的夏之歌；他一来到，歌声更见嘹亮，她自己也想欣然唱和。

“您好，上尉，”她说，仿佛她的目光和他的纠缠在一起，很费了一番劲才转睛。“咱们坐在这外边好吗？”她站着不动，眼睛四下望了望。“简直已经是夏天了。”

有个妇人跟着她走出来，一个披着围巾、胖墩墩的妇人，妮珂为狄克介绍说：“这位太太是——”

佛朗兹借故走掉，狄克拉了三张椅子在一起。

“夜色很美。”那位太太说。

“美得很。”妮珂赞同；然后转过去对狄克说，“你要在这儿逗留很长一段时间吗？”

“如果你是说苏黎世的话，对，我会逗留很久。”

“这实在是真正春天的初夜。”照顾妮珂的那妇人说。

“要住一阵子吗？”

“至少住到七月。”

“我六月要离开了。”

“这里六月的风光很美，”那妇人说，“你应该在这里过完六月，到七月天气真正太热的时候才走。”

“你到哪儿去?”

“跟我姐姐去个地方，我希望是个有意思的地方，因为我已经丧失掉那么多时光了。但是也许他们想我起初应该到个安静的地方——也许是科摩。你何不也到科摩来?”

“啊，科摩——”那妇人开始说。

屋子里响起苏培的《轻骑兵三重奏》。妮珂趁机站起来，她的青春气息与秀美使狄克心里的感情越来越有如江河泛滥。她微笑，一个孩子般的动人微笑，就像全世界所丧失的青春都在那里面。

“音乐太响，没办法谈话，也许咱们走走。祝你晚安，太太。”

“晚安，晚安。”

他们走下两步石阶到了小径上——当时有道黑影横过那里。她挽住他的胳膊。

“我姊姊从美国寄了些唱片给我，”她说，“你下次来的时候，我放给你听——我知道一个地方，把唱机放在里面，没人能听得见。”

“那真好。”

“你听过《印度斯坦》没有?”她以渴望的心情问，“我以前没听过，可是喜欢它，我也有《为什么叫她们妞儿》和《能把你弄哭了，很高兴》。我想你大概在巴黎随着这些曲子跳过舞?”

“我没去过巴黎。”

他们漫步着，她身上那件奶油色的衣衫颜色变得时蓝时灰，再加上她满头的金发，令狄克着迷了——他们走到路边的一个拱洞，他每次对她看，她便嫣然微笑，脸上发出天使般的光彩。她感谢他的一切，口气就像他带她参加过晚会似的。狄克对她越来越拿不准，她的信心却越来越大——她那兴奋的样子似乎反映全世界的兴奋。

“我完全不受限制，”她说，“我会放两首好听的曲子给你听。一首叫《且等牛回家》，另一首叫《再见，亚历山大》。”

他一个星期后再去时迟到了，妮珂在他从佛朗兹家出发必经的一条小径上等他。她的头发披在耳后拂着肩，好像脸刚从秀发里钻出来，仿佛她正好在这时刻走出森林到了皎洁的月光下。是神秘的力量把她弄出来的；狄克但愿她没有来历，只是个迷失的少女，不记得家在哪里，只记得她来自黑夜。他们走到她藏唱机的地方去，在汽车间那里转弯，爬上一块岩石，坐在一道短墙后面，对着漫漫黑夜。

他俩仿佛到了美国，连佛朗兹都认为狄克是天生能吸引女性的大情人，也想不到他俩的情感已经到了那么深的地步。他们很抱歉——亲爱的；他们下楼在计程车上相聚，心肝；他们对于笑容自有偏爱，两人是在印度斯坦相会，后来不久两人必定吵架了，因为没人知道也似乎没人理会——只不过最后一个走掉，留下另一个哭泣，觉得忧郁，觉得悲伤。

声音微弱的乐曲把丧失掉的时间和未来的希望结合在一起，曲声在夜晚悠扬上升。唱片静止的时候，蟋蟀嚁嚁而鸣，维持景色的完整。后来妮珂停止放唱片了，索性唱给他听。

在地上面
放个银圆；
看它滚着
因为它是圆的。

她那张开的红唇上没有呼吸滞留。狄克突然起立。

“怎么啦，你不喜欢这首歌吗？”

“当然喜欢。”

“这是我家厨娘教我唱的：

一个女人永远不知道
她的情郎人多好，
等到她把他打发掉
这下子才知道……

你喜欢这个吗？”

她对他微笑，确使那笑靥表达出她的一切心意并且是对着他发出的，只要他有一点点热烈的反应。心弦确实微有颤抖，她便对他许下一个发自内心的承诺。柔情蜜意从柳丛和黑暗世界中一分钟又一分钟灌注到她的心头。

她也站起来，被唱机绊了脚，一下子倒在他身上，头贴在他那浑圆肩膀的凹处。

“我还有一张唱片，”她说，“你听过《再见莱娣》没有？我猜你听过了。”

“老实说，你不明白，我连一首曲子都没有听过。”

也没知道，也没闻到过，也没尝到过什么，他本可以这样补充说明；他的经验只限于在面热的密室里，面孔热热的女郎。一九一四年他在纽黑文所认识的少女们，吻了男人之后，把手按住他们的胸口一把推开，嘴里说“够了”。如今这个遭遇大乱还没有完全遇救的飘零少女正把一洲的精髓带给他……

6

五月里他再去找她。在苏黎世一起午餐的时候，他非常小心；按照他的生活逻辑，显然是对她疏远点好；可是旁边一张桌子那里有个陌生人瞪着大眼对她看，那贼亮亮的眼睛令人不安，倒有点像海图上没注明的灯塔。他掉过头去，用斯文有礼的方式恐吓地望着那人，那人才不再看了。

“他只不过是个偷看者，”他愉快地解释，“他只是看你的衣裳，你怎会有这么多衣裳？”

“姐姐说自从奶奶死后我们很有钱。”她谦卑地说。

“我原谅你。”

他比妮珂年纪大，能够欣赏她产生年轻人才有的种种虚荣心和喜爱，离开餐馆前在过道中照了下镜子，使不撒谎的水银镜面令她能再看到自己的那种神情，对此他都引以为乐。他喜爱她这时发现自己又美丽又富有、把手伸得高高的样子。他确曾努力，不要有自己把她心病医好的任何执著的想法，他见到她虽然没有他也能建立起幸福和信心，着实高兴。麻烦的是后来妮珂带来了牺牲献祭的琼浆、礼拜用的香花到他脚跟前来。

夏天的第一个礼拜，狄克又在苏黎世小住。他已把他的小册子和他在军中所做的研究工作安排成划一的格式，准备修订他那本《精神病医生的心理学》的著作。他自以为已经找到出版人；他已和一个穷学生接洽，由那学生匡正他的德文谬误。佛朗兹认为这样做太草率，可是狄克指出题材谦逊得很。

“我对这一套东西不会知道得如此清楚——”他口口声声说，“我觉得它是因为从来没有得到重视而所以没能成为基本的学问。这个行业的缺点是当精神病医生的都喜欢研究脚有点瘸，骨头有点折断的人。在他的职业范围之内他趋向‘实际’，临床诊疗别的病人作为补偿——他赢得这场战争无须奋斗。”

“另一方面，佛朗兹，你是个好人，因为在你出世之前，命运已经选定你搞这一行。你最好谢谢上帝，因为你无须‘痛下决心’——我非得做个精神病医生，因为牛津方面有个女的也曾听过相同的课。也许说来有点近乎陈腔滥调，可是我不要因为喝下几杯啤酒，便放弃了自己目前的想法。”

“好吧，”佛朗兹回答。“你是美国人。你可以这样做而不伤害自己的职业。我不喜欢这些性质笼统的著作。不久你就会写什么《外行沉思录》之类的小书，内容弄得那么简单，保证看起来不必思考。要是家父在世，他一定会瞧着你，嘴里哼出声，狄克。他会拿起餐巾，把它折好，举起餐巾环，就是这个——”他举起来，褐色木头上刻着一个野猪头——“他会说，‘嗯，我的印象是——’然后会再看看你，忽然想起‘有什么用’？于是他便住嘴，然后哼哼连声；跟着我们那顿饭便吃完了。”

“我今天只是一个人，”狄克暴躁地说，“可是明天我也许就不是一个人了，在那以后，我就会像你父亲那样，折起餐巾，然后哼出声。”

佛朗兹等待片刻。

“咱们的病人情形怎样？”他问。

“我不知道。”

“按说你现在应该知道她的情形了。”

“我喜欢她，她长得很美。你要我怎么办——在火绒草上跟她成好事吗？”

“不，我想你既然有志于撰写科学书籍，你或许会有个主意。”

“——要我跟她白头偕老吗？”

佛朗兹对厨房里的妻子遥喊道：“求求你，快再给狄克一杯啤酒。”

“要是我得去见多姆勒，那就不要再喝了。”

“我们认为最好有个方案。四个星期已经过去了——那女孩显然爱上了你。要是我们不在医院里那就与我们毫不相干，可是这件事和这医院里的确利害攸关。”

“我完全听多姆勒医生吩咐。”狄克答应。

但是他不大相信多姆勒能对这件事指点多少迷津——因为他自己是其中无从估计的因素。这件事落到他身上，并不是他自己一厢情愿的。这使他想起小时候的一桩往事。储放银器小间的钥匙不见了，全家人人都在找。狄克知道是他自己把它藏在他母亲的衣柜最上面的抽屉中成沓的手帕底下；当时他有种超然的感觉，觉得那件事与自己无关，他现在和佛朗兹一起走到多姆勒教授的办公室去，心里也有这种感觉。

教授的脸藏在满腮的大胡子里，极有灵秀之美，就像一幢精美古宅里长满蔓藤的露台似的，把他的疑虑一扫而光。狄克认得些更有才华的人，可是从品质方面来说，决没有比多姆勒更为优秀的。

——六个月之后，他见到多姆勒的遗体时心里又泛起这种感觉，露台的光辉灭了，蔓藤般的胡子僵硬地扎着硬白领，那双裂缝般的眼睛所经历过的许多战斗，如今在脆弱的眼睑下完全静止了——

“您早。”他毕恭毕敬地站起，恢复了在军中的规矩。

多姆勒教授恬然地交叉着双手。佛朗兹说话的口气一半像联络官一半像秘书，话才说了一半，便被他的上司打断了。

“我们已经有了某种程度的进展，”他亲切地说，“戴弗医生，现在最能帮助我们的就是你了。”

狄克完全没料到这句话，狼狈地承认：“我自己也搞不清楚。”

“我可不管你个人的反应，”多姆勒说，“可是那所谓‘移情作用’的事，我很关心，”他以含着讥嘲的神色迅速望了佛朗兹一眼，佛朗兹也同样还以一眼。“非得终止不可。妮珂小姐现在情况很好，但是决计受不了她可能认为是悲剧的事情。”

佛朗兹又开始说话，但是多姆勒医生做了个手势叫他不要开口。

“我知道你的处境很难。”

“对，是很难。”

老教授这时候身子靠在椅背上哈哈笑了，在最后一声笑停住的时候，那对锐利的小灰眼睛发出异彩，说道：“也许你自己已经动了真情。”

狄克知道这是在探听他的口气，也哈哈笑了。

“她是个漂亮女孩子——人人多少都会有点动心。可是我无意——”

佛朗兹又想开口，多姆勒又阻止他，很露骨地直接对狄克问话，“你可曾想到离开？”

“我不能离开。”

多姆勒医生掉过头去对佛朗兹说话。“那么我们可以把华伦小姐打发走。”

“您认为怎样最好就怎样，多姆勒教授，”狄克让步说，“这确实是个麻烦。”

多姆勒教授站起来，就像一个没腿的人拄着一对拐杖。

“不过这是个职业上的麻烦。”他温和地喊道。

他叹了口气坐了下去，等待在房间里回荡的那一阵子雷声过去。狄克看出多姆勒已经到了生命的巅峰，不知道他自己是否能活下去。当雷声小下去之后，佛朗兹抓到开口的机会了。

“戴弗医生是个品性优良的人，”他说，“我觉得他只需要认识清楚情况便知道怎样正确地去应付。我认为狄克在这里就能够合作，任何人都不必离开。”

“你觉得怎样？”多姆勒教授问狄克。

狄克面对这个情况觉得自己有点下贱；同时也在多姆勒讲过之后的那阵子沉默中认清，不能再讲来讲去老讲空话了；他便突然把一切心事都讲出来。

“我爱上了她——已经想到过跟她结婚的问题。”

“胡扯！胡扯！”佛朗兹连声说。

“等一等，”多姆勒警告他。佛朗兹却不肯等：“什么！你自己甘心半辈子既做医生又做护士什么的——绝对不行！我知道这些病例。二十宗中倒有一宗是一下子就吹了——最好永远别再见她！”

“你认为如何？”多姆勒问狄克。

“佛朗兹当然说得对。”

7

他们到了接近傍晚时才讨论完狄克应该怎么做，他必须抱着最好的心意，可是必须使自己淘汰掉。那两位医生终于站起来的时候，狄克的眼睛往窗外一瞥，外面正下着小雨——妮珂正冒雨在某处以期待的心情等着他。过了没多久，他一面扣好油布雨衣的领口钮子，拉低帽檐，一面走出去，马上就在大门口屋檐下碰到她。

“我知道有个可以去的新地方，”她说，“我病的时候，晚上并不在乎别人同坐在里面——他们所说的似乎跟别的一切事物一样，没什么分别，现在我当然看出她们有病，有点——有点——”

“你就快出院了。”

“哦，快了，我的姐姐贝丝，可是人们一直叫她贝贝，她将在几星期之内带我到别的地方去；然后我再回来住最后一个月。”

“是你姐姐吗？”

“哦，比我大很多。她二十四岁了——英国味儿很重。和我姑姑同住在伦敦。她跟一个英国人订过婚，可是那人给人害死了——我从没见过他。”

她的脸被努力挣扎着穿过雨中的模糊夕阳照得泛出一片浅浅的金黄。狄克从没看见过有她那么美的美人胚子：颧骨高高的，面色微显憔悴，显得冷静而并不狂热，令人联想到一匹神骏的小马——不仅会在一面灰暗的银幕上显露出青春气息，而且真的越长越好；是那种到了中年仍然明艳，到了晚年也依然如此的脸：具备基本的轮廓和清爽相。

“你在瞧什么？”

“我只是在想你会相当快乐。”

妮珂仿佛害怕了：“我会吗？也好——情形横竖已经不能比过去的还要坏。”

她带他到有遮盖的棚屋去，她盘腿而坐，脚上穿的是高尔夫球鞋，雨衣把她的身子裹得紧紧的，潮湿的空气使她的香颊通红。她严肃地和他互相凝视，注意到他那显得挺拔的身材，虽然倚靠着木柱，却不完全贴着它；她又瞧他那张在经历欢悦和讥嘲之后，硬欲摆出密切注意的凝重神情的脸。那部分似乎和他那头泛红的爱尔兰人头发很配合，可是她最不熟悉那种神情；她怕它。可是更渴望去摸它——这是他男性气概较重的一部分：其他那部分，那受过训练的部分，那对彬彬有礼的眼睛里带着的体贴。她已经像大多数女人那样，问也不问便攫为己有了。

“在这个病院至少练习语言很不错，”妮珂说，“我曾经跟两个医生讲法语，跟护士们讲德语，跟两三个擦地工人和一个病人讲意大利语的一种方言，我还跟另一个病人学会了不少西班牙语。”

“那真好。”

他试想摆出一种态度，可是似乎找不出一个合乎情理的。

“——还有音乐。希望你别以为我只是对爵士乐有兴趣。我每天练习——最近几个月我一直在苏黎世读一门音乐史课程，说真的，有时候完全只是仗着音乐和绘画我才能撑下去，”她忽然把身子伛偻向前，把松的一块皮从鞋底捻断掉，然后抬起头来。“我很想把你现在的神情画下来。”

她讲出她的造诣以博得他的赞许，使他有点黯然神伤。

“我羡慕你。目前，除了我的工作之外，我似乎对任何别的都没兴趣。”

“噢，我想这种心理对男人来说是很合适，”她很快地说。“可是我想一个女孩子，应该有很多小小的造诣好传给她的子女。”

“我想是这样。”狄克故意淡然地说。

妮珂静悄悄地坐着。狄克巴不得她讲话，他只要不声不响地听着就行了，可是她静悄悄地坐着。

“你现在全好了，”他说，“试着把过去的事忘掉吧；在大约一年之内，样样事不要太积极。回美国去做个初入社会的少女，然后恋爱——然后快快活活地过日子。”

“我不能恋爱。”她那只破损的鞋从她所坐的那根横木上刮下一团泥土。

“你当然能，”狄克坚决不以为然。“也许再过一年还不行，可是迟早一定会，”然后他残忍地补充一句，“你可以过完全正常的生活，有一屋子长得好看的子孙。你在你这个年纪能够完全复原，证明差不多一切都是促成因素。小姐，在你的朋友大叫着被人抬走以后很久，你会努力做好自己分内的事。”

——她听了这一番老实不客气，令人不好受的话之后，眼里露出伤心的神情。

“我知道我在很长的一个时期内不适宜跟任何人结婚。”她谦卑地说。

狄克自己的心思也已经十分凌乱，没话可说，他朝外面麦田望去，试着想恢复自己那种强硬可恶的态度。

“你不会有问题——这里人人都对你有信心。可不是格雷高罗维斯医生对你觉得得意得很，他大概——”

“我讨厌格雷高罗维斯医生。”

“哦，你不应该那样。”

妮珂的世界已经粉碎了，不过那只是个脆弱的、刚造成不久的世界；她的情感和天性继续挣扎。一小时前，她不是站在大门口，满怀希望，像腰带上饰着花束那样得意吗?

……衣衫要浆得笔挺，纽扣要牢牢的，水仙要盛开——空气要柔美。

“重享人生乐趣那将真不错，”她支吾着说。她一时有个铤而走险的念头，想告诉他她多么富有，她住的房子多么大，她实在是笔很贵重的资产——她一时使自己变成她那个当了贩子的祖父锡德·华伦。可是她抑制了混淆一切价值观念的诱惑，而把这些事关在维多利亚时代的侧室里——虽然她已经没有了家，只有空虚和痛苦。

“我必须回医院去。现在不下雨了。”

狄克和她并肩走，觉出她闷闷不乐，真想舔下落在她秀腮上的雨珠。

“我有些新唱片。”她说，“恨不得立刻就放来听。你可知道——”

那天晚餐后，狄克心想他要使这段感情结束，也想踢佛朗兹的屁股，因为这件要不得的事一部分是佛朗兹弄到他身上来的。他的眼睛跟着一顶小圆帽移动，那小圆帽并没像妮珂的那顶，因为等人而湿了，可是它底下的脑袋是最近动过手术的。帽子底下一对眼睛在窥望，找到他之后，人便走了过来。

“您好，医生。”

“您好，先生。”

“天气真好。”

“可不是，好极了。”

“您现在住在这里吗？”

“不，只是来访问一趟。”

“哦，好，那么，再会了，先生。”

那戴小圆帽的可怜人很高兴自己能够经受另一次和人的接触，然后走开了。狄克在那里等待，不久便有个护士下楼来传口信给他。

“华伦小姐请您原谅，医生。她要躺一躺，不想下楼吃晚饭了。”

护士等待他的答复，很指望他会暗示华伦小姐的态度有点病态。

“哦，是这样。那么——”他咽了咽唾沫，故作镇定，“我希望她觉得好些，谢谢你。”

他既不明白又不高兴，不过至少这样使他不再受任何羁绊。

他留了张条子给佛朗兹，说明不去他家晚餐，请他原谅，然后穿过田野走到火车站去。他到了月台，春天的落日余晖把栏杆和吃角子老虎机的玻璃映得一片金黄。他开始觉得火车站与医院都在向心力与离心力之间拉拉扯扯。他感觉害怕，等到听见苏黎世路面的鹅卵石在他脚下发出橐橐声才又开心起来。

他料想妮珂第二天会有音信，但是没有。他纳闷她会不会病了，便打电话到医院去跟佛朗兹讲话。

“她昨天今天都没下楼来午餐，”佛朗兹说，“她似乎有点魂不守舍。你们谈的情形怎样？”

狄克真想跳下两性之间那阿尔卑斯雪山冰缝般的深渊。

“我们没谈到那方面——至少我认为我们没有谈到，我竭力保持冷淡，可是我想那即使发生作用，光凭那一点也不足以改变她的态度。”

也许他没能使妮珂伤心，所以反而伤了他的自尊。

“从她对护士讲的一些话看来，我想她明白你的意思了。”

“那就好。”

“最好就是这样。她似乎不怎么惊慌失措——只是有点魂不守舍。”

“那么，没问题了。”

“狄克，希望你不久就来看我。”

8

在后来那几个星期，狄克觉得极不称心。这段孽缘的病理来源和机械论般的失败令他觉得好生没趣。妮珂的情感受到了不公平的利用——要是发现那些情感结果跟他自己的一样，那怎么办？当然他暂时与幸福无缘——他在梦中见到她的大宽边草帽不断摆动着从医院小径过来……

有一次见到她本人；他走过皇宫饭店，一辆极神气的罗斯·洛艾斯大轿车转了弯驶入半月形入口。坐在有百匹马力推动的大车中，显得娇小的是妮珂和一个年轻女子，他猜想是她的姐姐。妮珂看到他，一时惊怯，张开嘴来。狄克推了推帽子走过去，可是一时大蒙斯特山上所有的精灵似乎都在他四周叽叽喳喳地盘旋。他试以写记录的方式使自己不再想这件事。那份记录详述她应该恪守的生活规律和一旦遭受精神压力她旧病复发的可能性，而这种精神压力在这世界上是免不了会有的。这份记录除了他自己以外，会令任何人信服。

撰写记录的全部价值是使他再次明白自己在情感方面牵连得多么深；因此他决计为自己找解药，一个是那从奥白河上巴镇来的接线生，她如今畅游欧洲，从尼斯逛到科布伦兹，拼命想把在她此生不会再有的欧洲之旅中所结识的男人一个个都找到；另一个是进行安排，以便在八月搭政府运输船回国，第三个是加紧校对他准备在这年冬天向德语国家的精神病专家提交的一本著作。

狄克已经对这本著作厌烦了；他如今想要做更多的基本工作；如果他能得到交换研究员奖学金，将来一定要过好一阵子刻板生活。

同时他也计划再写一本书：用当代各学派术语诊断一千五百宗先期

及后期克瑞培林式病例，对神经机能病及精神病的统一而实用的分类试探——另外还有听来很神气的一句话——附带各派学者个别意见产生日期表。

这个书名以德语译出，看来就像一部空前巨著。

狄克慢慢地骑着自行车进入蒙德娄，一有机会便眺望尤根霍恩峰，也从沿岸各旅馆之间的小巷瞥到湖水亮得令他目眩。他注意到一批批的英国人在四年之后又来了，他们一面走一面留神，眼里带着侦探小说中所描写的疑心，仿佛在这个有问题的国家，他们就要遭遇受德国训练的暴徒攻击。在这个山涧形成的漂浮物堆上，处处大兴土木，朝气蓬勃。狄克南行时，在伯恩和洛桑人们热切地问他这年可有美国人来。“如果六月不到。八月会不会来？”

他身穿短皮裤和陆军衬衫，脚上是爬山鞋。背囊里有一套棉质衣服和一套换洗的内衣裤。在格里昂缆车站那里，他办理了托运他的自行车的手续，在车站自助餐露台那里喝了一杯淡啤酒，一面望着那甲虫般的缆车爬下八十度的山坡。他耳朵里有干结的血迹，是参加培尔兹自行车赛得来的。他曾以为自己是惯坏了的运动员，所以参加那场比赛。他要了酒精擦干净耳朵，缆车这时从上面驶回站。他督促车站人员把他的自行车搬上缆车，又把背囊朝缆车下面的间格一扔，人跟着进去。

登山缆车的倾斜度跟一个不愿被认出的人把帽边拉下的角度相同。水从车厢下排出，狄克深为佩服缆车运转方法的巧妙——一辆对开的缆车正在山顶上装水，刹车一松便用重力原理把重量减轻的那一辆拉上来。发明的时候一定需要很大的灵感。对面座位上，一对英国夫妇正在讨论缆车线。

“英国制造的总能用上五六年。两年前，招标时德国人因为开价比我们低而得标，你猜他们造的用了多久？”

“多久？”

“一年零十个月。后来瑞士人把它卖给意大利人。意大利对于缆车线检查不严格。”

“我明白了，要是断了一根钢缆。瑞士就糟糕了。”

售票员关了车门；又打电话给他的同事，缆车摇晃了一下便开动了，直朝上面一座翠绿小丘上某处而去。它越过低低的屋顶之后，天空全景便呈现在乘客四周，伏德、伐雷、瑞士萨伏艾和日内瓦都历历在目。隆河那无坚不摧的水流使湖中心变得凉爽，那里正是西方世界真正的中心。浮在水面的天鹅像船，船则像天鹅，两者在空虚而无意义的美景中也失去了生气。这天天色极好，太阳闪耀地照在下面芳草萋萋的沙滩上和考萨尔的白色庭院中，可是庭院中的人没有影子。

看到西永和岛上的萨拉尼翁宫的时候，狄克掉过头来朝车里看。缆车俯临岸上最高的房屋，两旁花叶茂密，每隔不远便是一片灿烂。那是个路边花园，缆车里有“禁止摘花”的告示。

虽然在登山途中不可摘花，花却伸入车窗来。蔷薇随着缆车慢腾腾的动作，耐心地掠过每一节车厢，最后终于放弃，弹回原处。这些花枝一再掠过缆车。

在狄克前上方的车厢里，一批英国人正纷纷站起来，在苍穹衬托下惊叹风景之美，忽然起了骚动，他们分别向两旁站开，让道给一对年轻人，那对年轻人一面道歉一面赶忙进入后面的、也就是狄克的那节车厢。男的属于拉丁民族，眼睛大大的，像标本鹿的眼睛；女的是妮珂。

这两个爬山客因为赶车一时喘吁吁的；坐下之后咯咯笑起来，把英国人挤到角落里。妮珂说了声“哦”。她容光焕发，狄克马上看出她跟以前有点不同，接着看出她那头柔发剪得像艾琳·卡瑟那么短并且烫成卷。她穿着粉蓝毛衣和白网球裙——清新得像五月的初晨，完全看不出曾经在医院里住过。

“噗！”她吐了口气。“管车人那家伙。他们在下一站一定会逮我们。这是戴弗医生，这是马莫若伯爵。”

“真要命！”她喘息着摸摸自己的新发。“姐姐买的是头等票——她认为那是原则问题。”她和马莫若互递眼色，然后大声说：“后来我们发现头等在司机后面，像棺材似的，有窗帘以防下雨，什么都看不见。可是姐姐那么有尊严——”妮珂和马莫若又以年轻人的亲密劲儿咯咯地笑起来。

“你们到哪儿去？”狄克问。

“到考克斯去，你也是吗？”妮珂看他那身衣服，“他们放在前面的那辆自行车是你的吗？”

“是的，我在礼拜一骑车下山。”

“带我坐在手把上吗？我的意思是说，真的，你肯不肯？我想那再好玩也没有了。”

“可是我一定要抱着你下山，”马莫若激烈抗议，“我一定穿四轮滑冰鞋带你溜下山——或者把你扔下山，那你就会像羽毛一样轻飘飘地慢慢落下。”

妮珂一想到自己会像根羽毛飘飘然落下而不会像铁锤那样垂直坠落，脸上不禁露出欣喜的神色，她的表情变化多端，真值得一看——有时候，拘谨地羞人答答，装腔作势，做鬼脸儿，指手画脚——有时候神情黯然，流露出旧日的折磨，连指尖都变得端庄。狄克希望避开她，恐怕她见到他就会想到她已经抛弃掉的一切。他决计到另一家旅馆去。

缆车停止时，以前没坐过缆车的人觉得身悬在两个苍穹之间的碧空中，兴奋得很。其实只是为了上行车售票员与下行车售票员神秘地交谈一番而已。然后上行的缆车在林中小径和峡谷上空继续朝上去，后又爬上一座遍布水仙花的小山。乘客、水仙花和天空凝成一体，这时俯视蒙德娄那些在湖畔球场打网球的人宛如蚂蚁。空气不同了——变得新鲜了。缆车滑进格里昂站时，新鲜的空气中传来音乐，他们听到旅馆花园中乐队的演奏。

他们换到登山小火车时，音乐声被水压室放出的水的哗啦啦声淹没。差不多再上面就是考克斯，那间旅馆里的成千面玻璃窗被斜阳照映得火烧一般。

可是进发的方式不同。声音很响的火车头拖着载满旅客的列车绕山盘旋而上，嘟嘟地穿过低云。小火车头冒出烟来，狄克一时看不到妮珂的脸。他们盘山而行，听不到飒飒的风，每盘绕一匝，旅馆便呈现得越大，后来再也没想到一下子竟然就到了阳光顶端。

一到了站大家都手忙脚乱地赶着下来，狄克背上背囊，走向前去取自行车的时候，妮珂和他并肩走。

“你不住在我们的旅馆吗？”她问。

“我在节省。”

“那你能不能下来跟我们晚餐？”跟着发生了弄乱行李的事。“这是我姐姐——这是从苏黎世来的戴弗医生。”

狄克朝一个二十五岁、个子高而自信的年轻女子鞠躬。他记起嘴长得像花一般美的嘴巴，却需要制上嚼子的其他女人，断定她既可怕又脆弱。

“我饭后来，”狄克答应，“我先得适应这里的气候。”

他骑着自行车走了，感觉到妮珂两眼盯着他，感觉到她那可悲的初恋，也感觉那段恋爱在他心头翻腾。他前进了三百码上了坡到另一家旅馆去。他开了房间，发现自己完全不记得沐浴十分钟的情形，只感觉到一种醉意般的快感，夹杂着人说话的声音，不重要的说话声音，那些人不知道他多么为人所爱。

9

他们都在等他，缺他不得。他仍是个未知数；华伦小姐和那意大利人的期待之心显然和妮珂同样殷切。旅馆的客厅以音响效果著名，这时，一切陈设都搬开了，以便客人跳舞。有一小批上了年纪的英国女人，戴着领圈，染了发，脸上的粉搽得粉红泛灰；也有一小批上了年纪的美国女人，脸上的粉搽得雪白，穿着黑衫，嘴唇涂成樱桃红。华伦小姐和马莫若坐在角落里——妮珂在她们斜对面四十码外。狄克一到，便听到她的声音：

“你听得见我吗，我完全是用自然的声音说话。”

“听得清楚极了。”

“你好，戴弗医生。”

“这是怎么回事？”

“你可知道客厅中央的人听不见我说话，可是你听得见？”

“是个侍者告诉我们的，”华伦小姐说，“角落传到角落——跟无线电一样。”

来到山上真令人兴奋，就像船在海上。不久马莫若的父母也来了。他们对两位华伦小姐很恭敬——狄克听出他们的财产和米兰一家银行有关系，而那家银行又和华伦家的财富有关系。可是华伦家的大小姐贝贝想要跟狄克讲话，她有那股要跟所有新结识的男人讲话的冲动，仿佛自身被一根没有弹性的系绳拴着，因此认为不妨越快到系绳的尽头越好，她像所有那些坐立不安的高个子处女一样，不断跷起二郎腿，然后松开，接着又跷起。

“——妮珂告诉我你曾经照料她，对她渐渐痊愈很有功劳。我不能明白的是我们应该怎么做——疗养院里的人说得那么不着边际；他们只告诉我她应该听其自然，要高高兴兴。我知道马莫若家在这里。所以请提诺在缆车站接我们。可是你看到情形怎样——妮珂第一件事就是叫他从车窗爬进来，仿佛他俩都疯了似的——”

“那其实绝对正常，”狄克哈哈大笑，“我倒要说是个好现象。他们俩都是在互相炫耀给对方看。”

“可是我怎么知道？在苏黎世，我连晓都不晓得，她简直就在我面前把头发剪短了，只因为看到《浮华世界》杂志里的一帧照片。”

“那没关系，她是个精神分裂症患者——永远是个行为古怪的人，这你没法子改变。”

“那到底是什么？”

“就是我所说的——一个行为古怪的人。”

“好，那么古怪与疯狂怎么区别得出来？”

“不会做出什么疯狂的事来——妮珂精神焕发而且快乐，你不必害怕。”

贝贝又把交叉的双膝调换一下——她是一百年前所有私恋拜伦的失意女人的缩影，可是她对那禁卫军军官的一段情意虽然落得如此悲惨，如今却仍有一种茫然不能自释的神情。

“我倒不在乎负责任，”她说，“只不过我还没搞清楚。我们家里从没有过这种事——我们知道妮珂受过惊吓，而我认为是跟一个男孩子有关系，可是情形我们并不真正清楚。父亲说要是他及早发觉的话，他会开枪把那人打死的。”

乐队正在奏出“可怜的蝴蝶”；年轻的马莫若和母亲跳舞，这支曲子对大家都很新。狄克一面聆听，一面望着妮珂的肩膀，妮珂在和老马莫若讲话，那老头的花白头发白得像钢琴，狄克觉得妮珂的肩膀像小提琴的眉，跟着又联想到她的耻辱和秘密。啊，蝴蝶——思索中的片刻变成了好几个小时。

“老实说我有个计划，”贝贝以带着歉意的强硬口气继续说，“在你听来也许毫不实际，不过他们说妮珂还需要有人照顾几年。我不知道你对芝加哥情形熟不熟——”

“不熟。”

“那么我告诉你，它分有北区与南区，两者不大相干。北区时髦阔绰，我们一直住在那边，至少已经很多年，可是很多老家庭，芝加哥的老世家，如果你懂我的意思，仍住在南区。大学也在那边。我的意思是有些人觉得那个地区故步自封，总而言之，它和北区不同。我不知道你明白了没有。”

他点点头。他听得相当仔细，因而明白了她的意思。

“我们在那边当然关系很多——父亲控制了大学里某些讲座和研究员的名额等等，我想要是我们带妮珂回国让她跟那些人混在一起——你知道她很喜欢音乐而且能说这么多种语言，要是她爱上了个好的医生那有多好——”

狄克听得直乐，华伦家居然要替妮珂买个医生——你有好医生能给我们用吗？要是他们能有力量替她买个年轻的好医生，那就不必替她担心了，他脸上笑意未失。

“可是哪儿去找那个医生？”他脱口而出说。

跳舞的人回来，可是贝贝迅速低声说道：

“这就是我所说的问题，现在，妮珂哪儿去了——她走开了。在楼上她自己的房间吗？我怎么办好？我永远不知道是否完全没关系还是应该去找她。”

“也许她只想独自清静一下——独居惯了的人往往感觉寂寞。”他看到华伦小姐并不在听他讲话，便不再说下去，只说了声“我去看看”。

一时户外景色都罩在雾中，仿佛隔着窗帘看一片春色。旅馆附近生意盎然。狄克从地窖窗外走过，看见洗盘子的厨房下手坐在铺上玩纸牌，喝着一公升西班牙酒。他逼近湖畔大道，星星开始穿出阿尔卑斯高峰上的白云。在他俯视全湖的马蹄形大道上，妮珂站在两个灯柱之间，一动也不动。他悄悄地从草地上走过去的时候，她转身面对他，带着“你终于来了”的表情。他一时懊悔自己前来。

“你姊姊奇怪你去哪儿了。”

“哦！”她对受人看守已经习惯了，耐着性子解释说：“有时候我会有点——有点受不了。我的生活一直很安静。今儿晚上音乐太动人。我真想哭——”

“我明白。”

“这是非常兴奋的一天。”

“我知道。”

“我不想做什么不合群的事，我给大家的麻烦已经够多了。可是今儿晚上我想溜开。”

狄克忽然想起——就像一个人临死的时候忽然想起忘记说出遗嘱放在哪里——妮珂是被多姆勒和他以前的已不在人间的各代“再教育”过了；他也想起有很多事必得告诉她。可是把这点想法悟出之后，他却一再觉得情况表面上还不错，因此便摆在肚里不说，转而敷衍道：

“你是个好人——对你自己只要继续用自己的判断就行了。”

“你喜欢我吗？”

“当然啰。”

“那你会不会——”他俩朝二百码外马蹄形人行道光线模糊的那一头漫步过去。“要是我没得病，你会不会，我的意思是说，我可会是你可能喜欢的那种女孩子——唉，废话，你明白我的意思。”

极无理性的念头正在作祟，他脱身不得了。她人这么近，他觉得自己的呼吸都变了，可是他的训练又来援助他，于是他发出了一个男孩般的轻佻笑声，并且说出一段搪塞的话：

“我的好小姐，你在跟自己开玩笑。我以前认识一个爱上了他的护士的人——”他在脚步声中把那件事情讲下去。妮珂忽然说了一声入木三分的芝加哥俚语“屁话”把他打断。

“你这话可不文雅。”

“那又怎样？”她火起来，“你以为我一点头脑都没有——我在得病以前也许没有，可是现在有了。要是我不知道我所见到的男人里数你最风流潇洒，那你一定会以为我的脑子还有毛病。是我运气不好，我认了——可是别假装我不知道——关于你我的一切，我都知道。”

狄克还有个吃亏的地方。他记住了贝贝·华伦说过可以在芝加哥南区知识牛场里买个年轻医生的话，于是一时狠起心来，说道：“你是个非常讨人喜欢的女孩子，可是我不能谈恋爱。”

“是你不肯给我机会。”

“什么！”

这种大胆顶撞和有权侵入他私生活的暗示，令他大吃一惊。除了放任自流之外，他想不出妮珂·华伦值得有的机会。

“现在就给我一个机会吧。”

她的声音越来越低，一直落下她胸口，她凑近时，紧身胸衣绷在心口上。他感觉到她年轻的嘴唇，她的身体偎依在那搂抱着她的越来越有力的手臂上，舒了一口气。现在根本谈不上任何计划，要是狄克调制了一些溶解不了的混合物，个个原子互相联结分不开，你可以把所有的成分通通扔掉，但是永远休想再能使那些原子回复相同的结构。他搂抱她，吻她；她则更向里偎依，让自己的嘴唇沉溺在恋爱中，同时却得到了慰藉和胜利，这对她是新的感觉；而他则感谢自己找到了存在，哪怕只是她水汪汪眼睛里的一个映像。

“我的天，”他喘息着说，“吻你真够劲儿。”

这只不过是口头上说说而已，可是妮珂现在对他有更大的控制力而且控制得很牢；她对他卖弄风情，故意走开，吊他胃口，就像那天下午他坐缆车悬在半空一样。她觉得：这下子给他点颜色看看，让他发觉他多么自大；他以为爱对我怎样便能怎样；啊，真妙！我把他弄到手了，他是我的了。现在按照步骤引身撤退，可是个中滋味那么甜蜜新鲜，她犹豫了，很想尽量享受一切快感。

她忽然发起抖来。两千英尺下，蒙德娄和微维的灯火宛如项链和手镯，更远处洛桑的灯光则隐隐约约有如垂环，下面某处传上来一阵轻微的舞蹈音乐。妮珂这时脑子冷静得想核照孩提时的感伤，审慎得像个在战后喝得酩酊大醉的人。可是她仍怕站在她旁边，摆出他特有的姿势，倚着马蹄形人行道边上的铁栏杆的狄克，他那个姿态促使她说：“我还记得我那天站在花园里等你，双臂抱着自己像个花篮似的。我当时的感觉是如此——以为自己充满柔情蜜意——等待把那花篮奉献给你。”

他在她肩上呼吸，一再把她转来转去，她吻他几次，每次逼近的时候她的脸就显得很大，她的手搭住他的肩膀。

“雨下大了。”

忽然湖对面遍植葡萄的山坡上传来轰隆巨响；是在向一块块挟带冰雹的云层开炮，想把它们轰散。人行道上的灯灭了，跟着又亮起来。然后暴风雨疾至，先是从天空落下，后来再从山间变成急流，循经道路和沟渠哗啦啦地冲下来；天黑得可怕，电光凶猛，闪电大作，雷响得仿佛要震碎这世界，具有破坏作用的残云掠过旅馆，山与湖都不见了——旅馆则慑服在惊天动地的声响、混乱和黑暗中。

这时狄克和妮珂已经到了旅馆前厅。贝贝·华伦和马莫若一家三口正焦急地等着他俩。他们从湿雾中走出来，门砰然作响，站在那里一面呵呵笑，一面激动地颤抖，风呼呼地从他们耳边吹过，雨落在他们衣服上；这实在很够刺激，舞厅里乐队奏着施特劳斯的圆舞曲，声音响亮，乱哄哄的。

……戴弗医生将跟一个病人结婚吗？这是怎么回事？怎样开始的？

“你换了衣服之后，再回来好吗？”贝贝·华伦仔细打量了一番后对他说。

“我除了短裤以外没什么可换的衣服了。”

他穿着借来的雨衣上坡到自己的旅馆的时候，喉咙里不断发出冷笑。

“好大机会——哦，可不是。我的天！他们竟决定买一个医生？好，他们最好守住他们在芝加哥找到的那个吧。”不过他发觉自己这种态度过于刻薄，满不是劲儿，便又为妮珂说好话。记得自己从没有感觉过像她的嘴唇那么幼嫩的东西，记得雨像她那柔和光洁得像瓷一般的脸上为他流的眼泪……夜里三点钟左右，暴风雨停止后的寂静把他惊醒了，便走到窗前。她的美冉冉升上坡，像鬼魂似的发出沙沙声穿过窗帘，进入房间。

……第二天早上，他爬了两千公尺到耐意岩。他前一天登山时所乘缆车的售票员也利用假日在爬山，他觉得挺有趣。

后来狄克一路下山到蒙德娄去游泳，及时赶回旅馆晚餐。有两封短柬在等待他。

“昨晚的事我一点也不惭愧——这是我平生最美好的一件事，哪怕我永远见不到你，我的上尉。我也高兴有过这一段缠绵。”

这倒令他怪放心的——多姆勒的沉重阴影后退了。狄克于是把第二封信拆开。

戴弗医生……我打电话给你，可是你出去了。我不知道你肯不肯帮我一个大忙。突然有事发生，我必须回巴黎去，如果取道洛桑可以快得多。您既然在星期一回去，肯不肯带妮珂搭车同行到苏黎世，把她送回疗养院？对您是否太麻烦了？即祝

旅安

贝丝 · 伊云 · 华伦

狄克气得不可开交——贝贝 · 华伦明明知道他有辆脚踏车；她在信里的措辞令他无从拒绝。想把我俩撮合在一起！近水楼台和华伦家的钱！

其实他错了；华伦大小姐没存这种心意。她曾以世故的眼睛端详过狄克，也以崇拜英国狂者不正确的规则衡量过他，发现他有缺点——虽然她觉得他很有男人气概。不过她认为他的“知识分子”的气质太重，属于她以前在伦敦认识的一批穷而傲的人一类——他太做作，不可能是真的。她看不出他如何能成为她观念中的一个贵族。

他而且很倔强——她已经见到他有六七次不在听她讲话，而做出人们充耳不闻、低下眼睛的那种古怪样子。她以前就不喜欢妮珂小时候

那种随随便便、容易和人亲近的态度，如今更是有头脑地惯于把她视作一个“不可救药的人”；而且无论怎样，戴弗医生也不是她想象能成为她一家人的那种医生。

她只是为了方便而利用他，别无他意。

可是她的请求却使狄克以为她别有用意。坐火车可以成为非常沉闷或者滑稽有趣的事；可以成为一次试验；也可以由此而预想到某日和朋友搭火车作另一次旅行，从早上匆匆忙忙赶车起到忽然发觉饿了而一起吃饭为止，时间可能会很久。后来到了星期一下午，那段火车之旅过得迷迷糊糊，淡而无味，可是近结束时又明快起来。狄克见到妮珂索然寡欢，心里暗自难过；不过对她来说，回到她所唯一熟识的家，倒也心安。他们那天没有缱绻一番，但是他把她送到苏黎世湖畔那凄凉的医院门口之后，她掉过头望着他时，他顿时知道她的问题从此就成了两人共同的问题了。

10

九月里，戴弗医生和贝贝·华伦在苏黎世一起喝茶。

“我想这件事欠思量，”她说，“我不能肯定我真正了解你的动机。”

“请你不要故意刁难。”

“不过我到底是妮珂的姐姐。”

“那也不是说你就有权刁难，”狄克气得很，他知道那么多但是不能告诉她，“妮珂很有钱，然而这并不是说我就是个拆白党。”

“问题就在这儿，”贝贝顽强地说，“妮珂的确有钱。”

“她到底有多少钱？”他问。

她吃了一惊；他冷笑着继续说下去，“你看这多么可笑？我实在宁愿跟你家的男士们谈——”

“一切都由我全权处理，”她口气依然强硬，“倒不是我们认为你是个拆白党。我们根本不知道你是什么人。”

“我是医学博士，”他说，“我父亲是牧师，现在退休了。我们家在布法罗，我的身世尽管去调查好了。我到耶鲁去读书，后来得到留英的罗德奖学金。我的曾祖是北卡罗来纳州州长。我也是疯狂的安东尼·韦恩的直系后裔。”

“谁是疯狂的安东尼·韦恩？”

“疯狂的安东尼·韦恩？”

“我想这件事已经搞得够疯狂的了。”

他黯然摇头，妮珂这时正走到旅馆露台来，在找他们。

“他实在是个疯子，留下的钱跟马夏·费尔德的同样多。”

“那很好——”

贝贝·华伦说得对，而且她知道自己说得对。她父亲差不多一定要占任何教会人物的上风。她家是没有头衔的美国贵族家庭——家族的名字写在旅店的住客登记簿上，一封介绍信上，用在排解困难的场合，都会令人改变态度肃然起敬，而这种改变也使她自视甚高。她是从英国人那里得悉这些事实，而英国人对于这些已经熟习二百多年。但是她不知道狄克两次几乎要提出婚姻的事讥嘲她。幸亏妮珂这时候找到了她们的台子，她在九月的这个下午显得洁白清新，容光焕发地走了过来。

你好吗，律师先生？我们明天到科摩去一个星期，然后回苏黎世。所以我要你跟姐姐解决这件事，因为我们完全不在乎准许我每月用多少钱。我们将在苏黎世安安静静地住两年，而狄克的钱足够我们俩过日子用的。不对，贝贝，我要比你所想象的更为实际——那只是作为添置衣服和其他需要用品用的钱……这太多了……你想咱们的产业真给得出这么多钱吗？我知道我怎么也用不了。你也有那么多吗？为什么你的还要多——难道是人们以为我没用吗？好，我就让我应得的部分积累起来吧。不，狄克根本对这件事碰都不肯碰。我得为我们俩觉得骄傲……贝贝，你对狄克的认识还不如，不如——现在要我在哪儿签字？哦，对不起。

……两人在一起岂不是有意思又冷清吗，狄克。除了相厮守之外，没有地方可去。咱们只是相亲相爱，一直爱下去，好吗？啊，可是我爱得最起劲，我可以感觉出你什么时候心不在焉，哪怕只是稍微有点心不在焉，我想自己就跟别人一样，能够在床上手伸出去摸到你在我身旁暖暖和和的，那多好！

……劳驾打个电话到医院去给我丈夫。对，那本小书，到处有售——他们要用六种文字出版。我想亲自译成法文，可是这些日子人很累——怕摔跟头。我身子又重又笨，像个坏了、站不直的矮胖玩偶，那冰冷的听诊器放在我胸口，我最强烈的感觉是“我一点儿都不在乎”。——啊，医院里那可怜的女人生了个有先天性心脏缺陷的婴孩，死掉反而好得多，咱们现在一家三口，不是挺好吗？

……那似乎不大合理，狄克——我们有种种理由租下那所较大的公寓房子，为什么就因为华伦家的钱比戴弗家的钱多而折磨我们自己？哦，谢谢你，伙计，可是我们改变主意了。这位英国牧师说你们这里的葡萄酒非常好。因为容易变坏不能运往外地吗？那一定就是我们从没听见过这里的酒的原因，我们喜欢葡萄酒。

湖水低陷于棕色细泥中，湖岸像腹部的皱纹。照相的把替我照的相片给我们，在坐船去卡甫利途中，我的头发散垂在船的栏杆上。“再见了，蓝洞，”船夫唱，“早日再来。”后来我们顺着意大利靴子地形那炎热而狰狞的胫部走，风围绕着怪异可怕的城堡飒飒地吹，死人从那些山丘顶上注视着。

这艘船挺好，我们的脚跟一同碰到甲板。坐的正是风大的地方，每次船一转，我的身子就迎风前倾，我把外套拉紧，却总能保持和狄克齐平，我们在唱着荒唐可笑的歌：

“哦——哦——哦——哦——
除我以外别的火烈鸟，
哦——哦——哦——哦
除我以外别的火烈鸟——”

跟狄克在一起，生活真有意思——坐在甲板帆布椅上的人瞧着我们，一个女人想听出我们唱些什么。狄克唱得厌烦了，所以狄克，你自己一个人去走你的吧。你一个人走的时候，亲爱的，会觉得不同，会觉得气氛沉重些，径直穿过椅影和烟囱喷的烟走去。你会觉得自己的倒影随着看你的人的眼睛移动，你不再觉得与世隔绝；不过我想你要从生命中跳跃出来，就得先触碰到它。

我坐在这艘救生艇的隔框上，朝海面看去，听凭头发让风吹，在日光中发亮。我背朝着天纹丝不动，船是造来载我的形骸直奔未来的青蓝障碍的。我是古舟船首虔心雕刻的智慧女神。公共厕所里海水轻拍，浪花下的黑绿水波千变万化，在船尾埋怨咕噜。

……那年我们频频旅行，从吴鲁木鲁湾到比斯克拉都留下我们的踪迹。在撒哈拉大沙漠的边缘，我们遇上一个黄蜂群，司机好心地解释说它们只是大黄蜂。夜晚苍穹低垂，充满了一个奇怪的、守护神的存在，啊，那可怜的欧丽德·纳逸尔，光着身子的小不点儿；声音嘈杂，有从塞内加尔传来夜间的咚咚鼓声和笛声，骆驼哀鸣，当地人穿着旧车胎做的鞋，走起路来发出啪哒啪哒声。

可是到了那时候我又怀孕了——火车和沙滩到处都一样。所以他又带我去旅行，可是我生下第二个孩子小女儿桃浦赛之后，一切又变得黑暗了。

……只要我有办法和我丈夫通话，他觉得把我遗留在这里的那些低能者的手里，并没有关系。你告诉我我女儿是黑的——那真可笑，真可悲。我们到非洲去只为去看提姆迦德，因为我生活上的主要兴趣是考古学。我对于自己的浅陋无知而总是提醒我这一点实在厌烦透了。

……我好了以后要做个好人，像你一样，狄克——我会学医，不过太迟了。咱们必须把我的钱花掉，有自己的一所房子——我对于住公寓房子等待你回来，已经厌烦透了。你对苏黎世已经厌倦，在这里抽不出时间写作，而你说一个科学家不写作，就是承认自己有不能写作的弱点。我将研究整个知识领域，找点什么好好学个透彻，要是精神再崩溃，还有点东西支撑自己，你必须帮我，狄克，使我不觉得那么有罪。咱们将住在一处温暖沙滩附近，可以一块儿又晒得黑黑的并且年纪轻轻的。

……这将是狄克工作时用的房子。哦，我们俩不约而同想到这个主意。我们经过塔姆已经有十来次，这次把车开到门口，发现除了两个马房之外，房子都是空的。我们买的时候是请一个法国人出面，可是法国海军派了间谍来，一下子就打听出美国人买下了一个山头小村的一部分。他们在所有建筑材料里找炮弹，最后贝贝不得不替我们到巴黎外交部那里去疏通。

夏天没人到里维埃拉去，所以我们预料不会有很多客人，可以好好工作。有几个法国人在这里——米斯丁格上星期来到，发现旅馆开业很惊奇，毕加索和写《西线无战事》的人也来了。

……狄克，你在旅馆登记时为什么写的是戴弗先生和夫人而不写戴弗医生和夫人？我只是奇怪——想到了这件事。你已经教导我工作至上而我也相信。你常说一个人应该有学问，一旦学问不再有长进了，便和常人一样，所以应该在学问停止长进之前得到力量。如果你要把事情弄得七颠八倒，没关系，可是难道妮珂也得颠倒地追随你吗，亲爱的？

汤米说我缄默。我自从好了以后，初次跟狄克深夜畅谈，我俩都坐在床上抽烟，到天一亮便趴到枕头上，不让眼睛见到光。有时候我唱歌，和小动物玩玩，我也有好几个朋友——比方说玛利。我和玛利讲话的时候，大家都只管讲自己的，从不聆听对方讲什么。讲话是男人的事。我讲话的时候，对自己说我大概是狄克。我已经把自己当作是我的儿子那样讲话，记得他多么聪明又多么迟钝。有时候我是多姆勒医生，有一次甚至于把自己当作你的另一面，汤米·巴班。汤米爱上了我，我想，可是爱我的态度很温柔很持重。不过感情已经够浓厚了，他和狄克两人已经开始有了别扭。一般而论，样样都没有像现在这么好过。我的朋友都喜欢我。我和丈夫及两个孩子住在这安静的海滨。样样都好，只要我把这讨厌的马里兰鸡的做法译成法文。我的脚趾在沙里很暖和。

“对，我来看看。又来了些新人——哦，那个女孩子——对啦。你说她像谁……不，我没有，在这里我们不大有机会看美国新影片。叫露丝玛利什么的。不错，咱们这里在七月里变得时髦起来。不错，她长得很好看，可是这里可能会变得人太多了。”

11

八月里，戴弗医生和斯培尔太太坐在联盟咖啡馆阴凉而有灰土的树下。地上被阳光晒得又热又耀眼，夺去了云母石桌面的光彩，海岸那边吹来的几阵干寒西北风透过了艾斯托瑞尔，把港内的渔船吹得摇摇晃晃，船帆对着毫不显眼的天空。

“我今天早上收到一封信，”斯培尔太太说，“那些黑人一定真把你们搞得非常头疼！不过露丝玛利说你对她好极了。”

“露丝玛利应该得表现英勇奖章。那件事可真要命——唯一不受惊扰的是阿贝·诺斯——他飞往哈佛去了——情况他也许还不知道呢。”

“听说戴弗太太大受惊扰，我替她难过。”她审慎地说。

露丝玛利在信上写道：

> 妮珂似乎精神失常了。我不想跟他们一起南下，因为我觉得狄克已经够麻烦了。

“她现在好了，”他几乎不耐烦地说，“你可以明天就走。船什么时候开航？”

“一到就开航。”

“我的天，你走了真可惜。”

“我很高兴到这里来。多亏你，玩得很开心。你是露丝玛利第一个真正喜欢的男人。”

一阵风紧绕着纳浦山脚吹，空气中暗示天气很快要变化；不受时间硬性限制的茂盛仲夏已经过去了。

“露丝玛利有过黄毛丫头的那种迷恋，可是迟早总会把那对象交给我——”斯培尔太太咯咯笑，“剖解。”

“所以你饶了我。”

“是我没办法。在我没见到你之前她已经爱上了你，我叫她尽管去爱吧。”

他看出斯培尔太太的计划里是没有他或妮珂的——同时也看出她是因为这事和她本身无关痛痒所以没有什么道德观念。这是她的权利，是她自己心如死灰的补偿。女人为了挣扎求生必得几乎什么都做得出，不能加以例如“虐待”之类人为的罪名。只要爱与痛苦的变化是在适当的范围内进行的，斯培尔夫人便能像太监一样以超然和幽默的角度去观察。她甚至于根本不考虑露丝玛利有受到损害的可能——抑或是她十分肯定她女儿不会受损害?

“如果你所说的是真的，我相信对她没有任何害处，”他始终装作他仍能以客观的态度去想到露丝玛利，“她已经不再有那种心思了。只不过——人生许多的重要关头都是从似乎无关紧要的事物开始的。”

“那可不是无关紧要，”斯培尔太太坚持说，“你是她生命里的第一个男人——你是她理想中的对象。她在每封信里都这么说。”

“她那么客气。”

“你和露丝玛利是我生平认识的最客气的人，可是她说的是真话。”

“我的客气其实是做作。”

这句话一部分是对的。狄克从他父亲那里学到南北战争后年轻的南方人到北方去有点故意装出来的好礼貌。他常常应用这些礼貌也常常加以鄙视，因为这种举止不是抗议多么令人不快的自私而是对看上去多么令人不快的事物进行抗议。

“我爱上了露丝玛利，”他忽然告诉她，“对你说出这种话，实在是在放纵自己。”

他觉得这时候情况既奇怪又正式，仿佛连这些咖啡馆里的桌椅都永远会记住。他已经从这一带的天空中感觉到她不在；在沙滩上，他只记得她肩上被晒破的皮肤；在塔姆，他走过花园时，碾碎了她的脚印；如今乐队奏出“尼斯嘉年华会歌”，这支曲子令人想起去年消逝的种种欢乐，也想到奏起时，人们在她四周跳舞的情景。她在一百个小时之内便掌握了全世界的神秘法术，犹如令人目盲的颠茄，把体能化为精神力量的咖啡因以及令人觉得一片和谐的曼德拉草。

他咬紧牙根，再度接受自己和斯培尔太太同样抱着超然态度的虚构事实。

“你和露丝玛利两人并不真正相像，”他说，“她从你那里得来的聪明才智通通混合到她伪装的外表里，也就是她面对世界的面具里。她不用脑子想；她真正的本性是爱尔兰化的，浪漫的，不合逻辑的。”

斯培尔太太也知道露丝玛利看来虽然娇滴滴的，实际上是头小野马，美国军医贺艾特上尉生的小野马。如果把露丝玛利剖切，会发现她的心、肝和灵魂都很大，通通密密地挤在她那秀丽的躯壳里。

狄克道别时，充分感受到斯培尔太太的风度多么可爱，发觉她对他决不只是因为和露丝玛利有关系才不舍得放弃的最后片段。他可以凭空捏造出露丝玛利但是永远捏造不出她母亲。如果露丝玛利走远离去时那一身华美衣饰都是狄克给她的，那么观看她母亲的优雅风度实在是一种乐趣，因为心知这绝不是他所激发出来的。她有一种似乎在等待的神气，仿佛在等一个人说出比她本人更重要的事，一场战役或一次手术，千万催他不得，打扰不得，对方讲完的时候，她仍在静等着，既不烦躁也不着急，坐在一张高脚凳子上翻阅报纸。

“再见——我要你们俩都永远记住我和妮珂有多么喜欢你们。”

他回到狄安娜别墅，径自到自己的工作室去，打开为避免中午的阳光而关起的百叶窗。两张长桌上放着他的著作的资料，虽然摆得有次序可是看来很乱。卷一是讲分类的，有津贴出版，印得不多，卖得不错。他正在接洽再版。卷二是把他出版的第一本小册子《写给精神病学家看的心理学》加以扩大。他跟许多人一样，发现自己有一两个创见，而且他以后所能想到的或研究出的，在他那套已经出到第五十版的德文小册子里都有了萌芽。

目前他对整件事为心觉得不安。他懊悔自己在耶鲁浪费掉的岁月，可是他感受最深的是他们的生活越来越奢侈，随之而来的铺张却更不像话。他记得他那罗马尼亚朋友讲的一个人多年研究犰狳脑子的故事，不禁怀疑有耐性的德国人正一个个地靠得很近地坐在柏林和维也纳图书馆里，无情地预料他将发表他的著作。他几乎决定按现有的条件把他想写的著作简化一下，不附带文献说明，字数为十万字，作为未来更有学术性价值著作的绪论。

他在工作室内绕着斜阳余晖走，证实了自己这个决定。按照新计划，他在来春便可以写完。他觉得一个像他那样精力充沛的人一年来疑虑越来越多，那实在表示计划有缺点。

他把一个当作镇纸用的镀金金属块放在一札札的笔记上，掸了掸灰，因为他不准仆人到他的工作室来，用“良友”除臭药水马马虎虎地冲了冲厕所，修理了一扇纱窗，又寄出订书单到苏黎世某出版社。然后他喝了一两杜松子酒，掺了二两水。

他看见妮珂在花园里。不久便得跟她见面，想到这个他心头一沉。在她面前他必须掩饰得天衣无缝，现在如此，明天、下星期和明年都要如此。在巴黎，他整夜搂着她，她是因为服了鲁明纳而睡着的，不过容易惊醒，大清早他便以亲热和保护的字眼对她说话，省得她醒来脑筋混乱，他的脸紧贴着她的芬芳温暖的头，她又睡着了。她醒以前，他已在隔壁房间打电话把一切安排好了。露丝玛利将搬到另一家旅馆去。她将摆出《掌上明珠》里的样子，甚至不跟他们道别。旅馆东主麦克白则保持不闻、不见、不言的立场。狄克和妮珂在堆得高高的纸盒和买的许多东西的衬纸之间抵挡一切危险，中午时便离开巴黎到里维埃拉去。

后来就有了反应。他们在铁路卧车安置下来的时候，狄克看出妮珂在等待这个反应，而火车还没有开出站反应便又快又急地来了——他唯一的念头就是趁火车仍在徐徐行驶时跳下去，跑回去看看露丝玛利在哪里，在做什么。他翻开一本书，把夹鼻眼镜对准它看，明知妮珂从对面枕头上注意着他。他看不下去，假装累了，闭起眼睛，可是她仍在瞧着他，虽然因为安眠药的作用，人有点半睡着，可是放心了，差不多开心了，因为他又是她的了。

他眼睛闭着更不好受，因为如此一来心里就不断回响着得失、得失这两个字；可是为了避免露出心神不定的马脚，他一直那么躺着，直到中午。午餐时情形好多了——总是一顿很精美的饭；在旅店、餐馆、卧车、飞机上吃的成千顿午餐，合拢来实在很可观。火车上侍者那种匆忙来去的老样子，小瓶的酒和矿泉水，巴黎、里昂、地中海铁路线的佳肴，造成一切如此的错觉，一切无异于往日可是这差不多是他跟妮珂第一次走向分离而不是会合的性质的旅行。他喝了整瓶酒，只留一杯给妮珂；他俩讲到房子和孩子。可是一回到卧车座厢里立刻便不说话了，就像在卢森堡公园对面餐馆里吃饭时那样无话可说。从一场悲哀中走出来之后，似乎必须追溯一下把我们带入悲哀的那一步步的往事。狄克脸上显露出很少见的急躁；忽然妮珂说：

“这样子就离开露丝玛利似乎太要不得了——你想她大概没事吧？”

“当然没事。她无论在哪里都能照应自己——”唯恐这句话似乎是轻视了妮珂不能照应自己，他追加一句，“何况她是个演戏的，哪怕有母亲在幕后指点，她总得照应她自己。”

“她很漂亮。”

“她是个小宝宝。”

“不过很漂亮。”

他俩毫无目标地讲来讲去，各讲各的。

“她不像我想象的那么聪明。”狄克自动提供意见。

“可是她很精明。”

“不过不太精明——总是有股乳臭未干的味儿。”

“她很——很好看，”妮珂用超然而强调的语气说，“我想她在片子里演得很好。”

“是导演得好。你再想想，那并不是很突出的个人演出。”

“我认为是。我看出她怎样能对男人很有吸引力。”

他的心仿佛被扭痛了。对什么男人，对多少男人有吸引力？

——我拉下窗帘你介意吗？

——请吧，这儿太亮了。

现在在哪儿？跟谁在一起？

“再过几年她看来会比你老十岁。”

“恰恰相反——有天晚上我在戏院说明书上把她画了个速写，我想她会看起来永远那么年轻。”

两人那天晚上都辗转不能成眠。一两天之内，狄克将试着把露丝玛利的倩影从脑子里赶出去，省得永远和他纠缠不断，但是目前他没有力量这么做。有时候驱除痛苦比驱除乐趣还要难，如今脑子里完全是回忆，他只好假装若无其事。这更困难，因为他正在生妮珂的气。她经过这么几年之后，应该能看出自己是否已有经受不起精神压力的征兆而且加紧提防。两周之内竟然两次精神崩溃：第一次是那天晚上在塔姆宴客的时候，他发现她在卧室里狂笑不已，对麦吉斯哥太太说她不能去厕所，因为已把厕所钥匙扔下井里去了。麦吉斯哥太太颇为惊怒，虽然莫名其妙，然而大概明白了是怎么回事。狄克当时也并不特别惊慌，因为妮珂后来很懊悔，曾到高斯旅馆去拜访麦吉斯哥夫妇，可是那对夫妇已经走了。

在巴黎的崩溃是另一件事，使得第一次的意义更深重。它预示可能是一个新周期，一个旧病的新变化。托普赛出世后，妮珂的旧病复发了很久，狄克在这期间受到做丈夫而非职业性的折磨，心肠变硬了，把妮珂生病和不生病时当作两个人。现在这使他难以区分自我保护性的职业性超然态度和心里的新冷淡。他诊视的或想其萎缩的冷漠态度变成了一种空虚，因此他心里也不再有妮珂存在，只是以否定的态度和情感上的冷落态度违背自己的意志而为妮珂尽瘁。人们常写道伤口结了疤，以皮肤的病理现象比喻一种心理状态，但是在一个人的生命里可没有这种事情，只有伤口，有时候会缩到才如针眼大，然而不结疤，仍是伤口。遭受折磨的痕迹更近乎丧失一个手指或是瞎了一只眼睛。一年到头，我们也不会因为少了一个手指或瞎了一只眼而觉得不对劲，但是即使觉得不对劲，也没有一点办法补救。

12

他在花园里找到妮珂，她正把双臂高高地交叉着搭在肩膀上。她那对灰眸子以孩子一般极端好奇的神情逼视着他。

“我曾到戛纳去，”他说，“遇见斯培尔太太。她明天走，本想来向你道别的，可是我替你挡了驾。”

“这真不好意思。我本来倒想见见她的。我喜欢她。”

“你想我还见到谁——巴索罗缪·泰洛。”

“真的吗？”

“他那张饱经世故、老滑头的脸，是我怎么也认得出来的。他在替仙乐斯巡回动物园戏班找场地。他们明年便通通来了。我怀疑艾勃姆斯太太多少是个先投人员。”

“咱们第一个夏天到这里来的时候，贝贝简直气死了。”

“他们并不真正在乎自己在什么地方，所以他们何不就在窦城待下去。”

“咱们能不能散布什么闹霍乱之类的谣言？”

“我告诉巴索罗缪有些动物在这里死得像苍蝇一样快——我告诉他一个蠢瓜在这里的寿命和战时一个机枪手的一样短。”

“真的吗？”

“不，我没这么说，”他承认，“他很愉快。他跟我在大街上握手，那情形一定怪好看，好比西格蒙德·佛洛依德和华德·麦凯立斯特见面。”

狄克不想讲话——他想一个人独自思量，想想他的工作和前途，这样可以把关于爱和今天的心思压下去。妮珂明知道这一点，只是闷声不响的，有点悲伤，有点带着兽性地恨他，但也想把头偎依着他的肩膀。

“我的可人儿。”狄克轻轻说。

他走进屋去，忘了要做什么，后来想起来是要弹钢琴。他坐下吹口哨，凭耳朵听出的调子弹奏：

“试想你坐在我膝上
两人喝给两人预备的茶
你心里有我，我心里有你——”

他一路弹下去，忽然想起妮珂听见了，一定会猜出他在怀念过去两周的滋味。于是随便弹了一个和弦便停止了，起身离去。

真不知道到哪儿去好。他两眼扫视一下由妮珂布置的、但以她祖父的钱买下的这幢房子。只有工作室和工作室所占的地皮是他所有。从每年三千美金的收入加上出版的涓滴所得里，他须付出自己添置服装的费用、个人的零用、酒钱和儿子兰尼埃的教育费，不过这笔教育费到目前为止，只限于奶妈的工资。每次考虑到什么地方去，狄克总要算一算他要分摊多少钱。他过得实在很俭省。一个人出门时，永远是坐三等；喝最便宜的酒；对自己的衣服非常当心，如果有时候过于挥霍，便惩罚自己，凭这些他好容易才维持经济独立。但是过了某一点之后，便很困难——往往必得共同决定如何运用妮珂的钱。当然，妮珂为了想要使他归她所有，想要使他永远站住不动，鼓励他精神松懈，不断送他东西和钱。他们在悬崖边改建的别墅便是从某一天的遐想中产生出来的，由此可以见到，诱导他们脱离起初在苏黎世所做的简单生活的安排的那股力量有多大。

"那多么有趣，要是——"就是这么开始的；后来变成，"那多么有趣，等到——"

其实并不那么有趣。他的工作和妮珂的问题混在一起了；此外，她的收入最近激增，仿佛是故意蔑视他的工作。同时为了让她养病，他多年来一直装出一副保持严格的家庭生活方式的样子，可是他自己却越来越不保持那种方式了，在不必费力、不必动弹的情况下假装保持这种方式更来得辛苦，他无法逃避在那种情况下受人仔细审察的。一旦狄克不能在弹钢琴时弹他自己要弹的，那就表示，他的生活已经被精磨细研到一点。他在那个大房间盘桓了很久，聆听电钟的嗡嗡响，聆听时光流逝。

在十一月，浪涛变黑了，越过海堤冲到岸边的道路上——夏天生活的余迹通通消灭了，沙滩在风吹雨打之下显得十分凄凉。高斯旅馆因为修建扩充而停业，胡安松林夏季赌场的鹰架越来越大，越显得咄咄逼人。狄克和妮珂到戛纳或尼斯去，见到了一些新人——乐队成员、餐馆老板、园艺爱好者和造船的人——因为狄克买了一艘旧的小船——还有观光新闻局的人员。他们对他们的仆人认识很清楚，也想到儿女的教育问题。十二月，妮珂似乎身体又结实了；一个月都没有过精神紧张的情形，没有紧闭着嘴，没有无缘无故地笑，也没有说令人猜不透的话；于是他们到瑞士境内的阿尔卑斯山区去度圣诞假日。

13

狄克进去之前，先用无边便帽拍掉深蓝色滑雪衣上的雪。二十年来，人们的钉鞋已把大厅的地板走得满是凹痕了，现在桌椅通通给撤掉了，举行茶舞。在盖斯塔德附近的学校住读的八十名美国学生和着《别带露露》舞曲的节拍跳得起劲，或者等到敲打起查尔斯顿舞曲，就立刻疯狂起来。这是年轻、简单、昂贵的地方——阔人们的先锋则在圣莫瑞兹。贝贝·华伦大小姐觉得她到这里来和戴弗夫妇在一起，实在是自我牺牲。

狄克走进那令人流连忘返、轻歌曼舞的房间，一眼就看到那对姐妹——她们就像广告画上的人，穿着雪衣，样子可怕，妮珂的那件是天蓝色，贝贝的那件是砖红色。那年轻的英国人在跟她们讲话，可是她们心不在焉，完全让青春之舞吸引住了。

妮珂一见到狄克，那被雪映红的脸更显得容光焕发。“他在哪儿？”

“他没赶上车——我待会儿再去接他。”狄克坐下来，把一只沉重的靴子架在膝上。“你们俩在一起真是非常引人注意。我每过一会儿便忘了咱们是在一起，看见你们俩大为吃惊。”

贝贝身材颀长，风姿绰约，一心一意巴不得快到三十岁，只要看她从伦敦拉来的两个男人，就知道了。一个刚被剑桥开除，另一个又老又难对付，有维多利亚时代的好色习气。她有某些老处女的癖性——不习惯被人触摸，要是忽然皮肤被碰到了，便会惊吓得跳起来，至于那些稍微一碰的接触，例如亲吻和拥抱，会让她浑身起鸡皮疙瘩，一直难受到心里。她的躯干，也就是她身子真正的部分倒不怎么动——反而把脚一跺，以一种简直是老派的样子把头一甩。她喜欢从朋友们的灾祸中所预见的死亡迹象——也始终认为妮珂的命运一定会很悲惨。

姊妹俩由那年轻的英国人护卫着滑下那个倾斜度适当的山坡，并在连橇斜道中受了点罪。狄克想来个过于剧烈的急转，扭了足踝，便心满意足地带着儿女在“幼儿滑雪小坡”闲荡，要不和一个俄国医生在旅馆里喝一种叫格瓦斯的俄国饮料。

“请你开心点，狄克，”妮珂劝他，“你为何下午不去找找那些妞儿，跟她们跳舞？”

“跟她俩说些什么呢？”

她那近乎刺耳的低嗓门提高了几个音，模仿着嗲声嗲气的妞儿唱道：“说声：‘好妞儿，你是最帅的小东西。’你觉得怎样？”

“我不喜欢那些小妞儿。她们发出一股橄榄香皂和薄荷糖的味儿。我跟她们跳舞的时候，觉得是在推婴儿车。”

这是个危险的话题——他很小心，甚至到了神经过敏的程度，两眼只呆望着女孩子们头顶上方的远处。

“有很多正经事情，”贝贝说，“第一，家乡有消息来——是关于我们称为车站地皮的那块产业的。铁路公司起初只买了中央那部分，现把其余的也买了，那块地本来是母亲的，现在的问题是怎样把卖地的钱用来投资。”

那英国人装作对话题转到俗不可耐的事情上去感觉厌恶，便向舞池中一个女孩子走去，贝贝以一辈子崇拜英国的美国女子的狐疑眼色瞧了一下，便以藐视的态度继续说下去。

“是很大一笔钱，光一项就三十万。我照顾我自己的投资，可是妮珂对于股票证券之类一窍不通，我想你也不懂。”

“我得去接火车了。”狄克推诿说。

一到了外边，他把因为渐渐天黑不再看得出的湿雪花也呼吸了进去。三个孩子驾着雪橇从他旁边掠过，用一种陌生的语言喊叫着向他发出警告；他也听到他们在下个转弯处大声喊了一下。再前面，他听见黑暗中有雪车铃声上山来。这个度假胜地车站弥漫着期待的气氛，男孩和女孩在等待新的男孩和女孩，结果火车到了的时候，狄克也受到热闹气氛的感染，对佛朗兹·格雷高罗维斯谎称在玩得兴高采烈的时候抽出半小时来接火车的。可是佛朗兹当时有满脑门子的要紧事，随便狄克装出怎样的心情，一概置之不理。狄克曾经写信给他说："我也许可以到苏黎世来一天，或者你设法到洛桑来。"佛朗兹居然径自来到盖斯塔德。

他四十岁了。不但健康成熟，而且还有一种愉快而又权威的态度，他在比较拘泥而安全的环境中最觉得自在，可以鄙视那些精神崩溃、由他再加以教育的有钱人。根据他的家学渊源，他本可以有个更广大的世界，然而他似乎故意选择一个社会地位较低阶级的立场，从他所挑选的终身伴侣便可看出他的作风。在旅馆里，贝贝·华伦对他迅速打量了一下，没有找出她所尊重的任何表征，就是特权阶级借以互相辨认的那些比较微妙的德性或礼貌，因此便以她的另一套态度对待他。妮珂一直有点怕他。狄克则全心全意地喜欢他，就跟他喜欢所有的朋友一样。

他们下山到村子里去过夜，乘的是一种作用和威尼斯的康度拉小船相同的小雪橇。目的地是一家有瑞士老式酒吧的旅馆。这个酒吧是木建筑，回声响亮，有钟、酒桶、酒杯和兽角。许多伙人坐在一张张长桌子旁，远远望过去仿佛是一个大宴会，大家都在吃面包蘸奶酪火锅，和威尔士奶酪烤面包差不多，不容易消化，不过有加香料的热酒可以来化解。

大房间里好快活，这是年轻的英国人说的，狄克承认的确只有快活两个字最恰当。那别致而易令人醉的氛围使他觉得轻松，假装整个世界又由于一八九〇年代在钢琴旁高歌的头发斑白的汉子，和在烟雾缭绕中进来、身穿鲜艳服装、歌喉嫩脆的少女们恢复了完整。他一时觉得大家如同在一艘前方有陆地初现的船上；所有的女孩子们对这种局面和夜晚所包含的可能性，脸上都流露出同样的天真期望。他看看那个特别的女孩子是否还在，结果觉得她仿佛是在他们后面一张桌子那里——随后他把她忘掉了，编了一套胡扯的话为大家助兴。

“我有话跟你说，”佛朗兹用英语说，“我只能在这里逗留二十四个小时。”

“我就猜到你心里有事。”

“我有个计划——好得不得了，”他把手放在狄克的膝上，“我有个让咱们可以发迹的计划。”

“哦？”

“狄克——有家医院咱俩可合伙经营——楚克湖上布朗的那家老医院，房子除了有几个地方，是全新的，布朗病了——他想回奥地利去，也许是预备死在老家。这是再好也没有的机会，你和我——多么好的搭档！你先别开口，等我说完，再开口。”

贝贝的两眼黄光闪烁，狄克看出她在谛听。

“咱们必须合伙干。这对你不会是太大的束缚——你会有工作基地，有实验室，有个医疗中心。每年天气好的时候，你可以驻院不超过半年，冬天，你可以到法国或美国去，根据临床经验，重写你的书，”他把嗓门放低些，“至于你家里人的养病问题，随时可以利用医院的环境，气氛不同而且一切都有定时。”狄克的脸色并未鼓励这种论调，因此佛朗兹便不再说下去，舌头很快离开嘴唇。“咱们可以合伙。我是执行经理，你是理论家，卓越的医疗顾问等等。我有自知之明。我知道我没有天分而你有。可是就我自己而论，人们也认为我很有干才，非常能够掌握现代临床方法。有时候我一连几个月是那家老医院的实际负责人。教授说这计划很好，劝我着手进行。他说他会永远活下去而且要一直工作到底。”

狄克先在脑子里构想到前景，然后才作判断。

“钱的问题怎样？”他问。

佛朗兹把下巴、眉毛、额上皱纹、双手、双肘和肩膀都朝上抬了一下；他把腿尽量朝上团，裤脚管弄得鼓鼓的，又把心提到嗓子眼里，把声音逼到口腔上壁。

“问题就是那个！钱！”他哀叹道。“我没钱。卖价是美金二十万。刷——新——”他以怀疑的口吻说出这两个字，“你会同意那是必要的，又要两万美金。可是那医院是个金矿——我告诉你，我还没看到账簿，不过投资二十二万美金，我们保证可以有收入——”

贝贝听得那么起劲，狄克便让她参加谈话。

“贝贝，按你的经验，”他问，“你可曾发现一个欧洲人非常急于要见一个美国人的时候，总是为了什么跟钱有关系的事？”

“是什么事？”她故作天真地问。

“这位年轻助教认为他和我应该合伙经营大生意，吸引美国那些精神崩溃的人。”

佛朗兹听了着急，惊愕地瞪着贝贝·华伦，狄克却继续说下去：

“可是咱俩是什么人？你的名气很大，我也写过两本教科书，难道这就够吸引人吗？而我并没有那么多的钱——连十分之一都没有，”佛朗兹不相信地笑了笑，“我真的没有。妮珂和贝贝都有钱得很，可是我还没弄到手。”

他们大家都在谛听——狄克想知道后面桌子的那个女孩子是否也在听。这个想法真有趣。他决定让贝贝替他讲，就像人们常常会让女人对一些她们根本管不了的事发表评论一样。贝贝突然之间像她祖父那样，显得冷静而爱好尝试。

“狄克，我想这是你应该考虑的一个建议。我不知道格雷高罗维斯医生说的是什么——可是我觉得——”

他后面那个女孩子欠身向前钻入一个烟圈中，从地上捡起什么东西。桌对面妮珂的脸对着他的脸看——她的娟美暂时安顿着，摆出姿态，流入他的爱，随时准备保护它，守住它。

“你想想看，狄克，”佛朗兹激动地说，“一个人写关于精神病的文章的时候，应该有实际的临床接触。容格写，弗洛伊德写，弗瑞尔写，艾德勒写，他们也经常和精神疾病接触。”

“狄克有我，”妮珂笑着说，“这是足够一个人研究的精神病了。”

“那可不同。”佛朗兹谨慎地说。

贝贝在想要是妮珂住在医院隔壁，她会永远觉得妹妹很安全。

“咱们一定要好好考虑。”她说。

狄克虽然觉得她那种刁蛮无礼的神气很有趣，可是并不鼓励她这种作风。

“决定权在于我，贝贝，”他和蔼地说，“谢谢你要替我买所医院的好意。”

贝贝明白自己是干涉别人的事，便迅速打退堂鼓说：“当然，这完全是你的事。”

“这种大事要几个礼拜才能决定。我纳闷自己喜不喜欢和妮珂定居苏黎世的前景——”他转过头去对着满怀期望的佛朗兹：“我知道，苏黎世有煤气厂、自来水和电灯——我在那里住过三年。”

“我让你自己去考虑，”佛朗兹说，“我深信——”

一百双五磅重的靴子都开始砰砰作响地朝门口走去，挤到人丛中。外面月色如洗，狄克看见那女孩把她的雪橇系到前面一辆雪车上。他们挤上自己的雪车，鞭子清脆地一响，马便用力冲开黑暗的空气。一个个奔跑的身影掠过他们身边，雪橇上的年轻人互相推挤，都想把对方推下去。跑的人先倒在软雪里，然后气喘吁吁地追赶雪车，赶上之后精疲力竭地倒在上面；赶不上的，便叹气说他们遭遗弃了。两旁田野非常静，使人觉得舒适，雪橇雪车队所穿过的地方很高而且仿佛永远走不完。乡间没有什么嘈杂声，他们大家都仿佛回到原始时代，在倾听雪地上是否有狼嚎。

在萨嫩，他们涌往地方上主办的舞会，和牛童、旅馆员工、开铺子的、教滑雪的、导游的、观光客和农民挤在一起。在外边有过原始性的泛神感觉之后，跑到温暖的室内来，仿佛像恢复听上去可笑却又很神气的爵士名衔，像战时马刺军靴的橐橐响，也像橄榄球鞋踏在更衣室的水泥地上。响起瑞士山民传统的乐得尔歌声，狄克本来觉得那地方颇有浪漫气氛的，一听见那熟悉的调子反而不觉得如此了。他起初以为是他已经不再惦记那个女孩子；后来发觉是心里忘不了贝贝讲的那句话："咱们必须好好考虑——"和下面没说出的话："你属于我们，迟早你自己也会承认。继续装模作样保持独立实在荒谬。"

狄克已经好多年没对人心存恶意——自从在耶鲁读大学看到一篇很脍炙人口的、讲"精神卫生"的文章之后就没有过。这时候他对贝贝生气了，一面想把气憋在肚里，一面却憎恨她那种有钱人的冷然骄横。要再过好几百年，出头的女性才会明白，只有在面子方面可以找到男人的弱点，可是面子一丢，他就脆弱得不可收拾——不过也有些男人只是嘴上这么说说罢了。戴弗医生的职业是弥补另一种的破碎躯壳，因此他自己也极怕会破碎。可是：

"人们实在太多礼了。"他在乘坐行驶平稳的雪车回盖斯塔德的途中说。

"嗯，我倒认为那挺不错。"贝贝说。

"不，那不好，"他对那堆看不到人脸的皮毛说，"彬彬有礼就是承认人人都娇弱，必须戴起手套小心对付。可是对人的尊重则另当别论，你不随便把一个人称作懦夫或说谎者。可是你如果一辈子都小心翼翼，唯恐伤人的心而说好听的话使得他们舒服，那你就分别不出他们有哪些地方值得尊重了。”

“我想美国人实在非常重视礼貌。”那年纪大的英国人说。

“我想是的，”狄克说，“我父亲的礼貌是从先开枪后道歉的时代承袭而来的。当时人人都身怀武器，可是你们欧洲人自从十八世纪初便在平民生活中不随身携带武器了——”

“并不尽然，也许——”

“不是并不尽然。是并不完全正确。”

“狄克，你一向是温柔敦厚的。”贝贝以息事宁人的口吻说。

那姊妹俩从围拥的兽皮中，略带惊恐的神色瞧着他。那年轻的英国人不懂是怎么回事——他是把前檐和阳台当作船上一样跳来越去的那种人，在回旅馆途中曾讲起和自己最要好的朋友闷声不响，相爱相殴拳斗一小时的荒唐故事。狄克开起玩笑来。

“所以他每次揍了你一下，你就认为他是个更好的朋友？”

“我更尊重他。”

“我不明白的是你的大前提。你跟你最要好的朋友为了一桩小事打架——”

“要是你不明白，我就没办法解释给你听，”小英国人冷冷地说道。

“——我如果老老实实地说出心里话，就会遭这种报应。”狄克对自己说。

他对自己故意刺激那小英国人觉得有点惭愧，因为他明白了那故事之所以荒唐，是因为说的人态度不够成熟，说的方式又过于做作。

狂欢作乐的气氛十分浓厚，他们随着人群进入餐室。来自突尼西亚的酒保在火上煎烤，一面发出嗞啦嗞啦的声响而且弄得光线忽明忽暗，溜冰场附近的月亮凝射着大玻璃窗，仿佛形成另一种声调。在月光中，狄克发现那女孩子失去了神采，没有趣味——便不再看她而继续欣赏黑暗，光线红亮亮的时候，香烟头变成银绿色，酒吧的门开闭之时，一道白光斜照在跳舞的人身上。

“你现在告诉我，佛朗兹，”他诘问，“你想整夜坐着喝啤酒以后，你还能回去，还能使你的病人相信你有品性吗？你想他们难道不认为你是个饕餮之徒吗？”

“我去睡了。”妮珂说。狄克送她到电梯门口。

“我本来应该送你回去，可是我必得向佛朗兹表明我不是做临床医生的材料。”

妮珂进了电梯。

“贝贝懂的多。”她沉吟道。

“贝贝是个——”

电梯门很快关上了——狄克面对电机发出的嗡嗡声，在心里说出那句话，“——贝贝是个平凡、无趣而且自私的女人。”

可是两天后，在乘雪车送佛朗兹上火车的途中，狄克承认他觉得合办医院的事很不错。

“我们开始遭受恶性循环了，”他承认，“按照这种规模过日子，不免要受到种种精神压力，而妮珂受不了这些压力。里维埃拉夏季的田园情调渐渐在改变——明年就会有个旺季。”

他们经过葱翠欲滴的场地，圆舞曲的乐调震耳欲聋，许多所山区学校的校旗在浅蓝天空下飘扬。

“——我希望咱们能办得了，佛朗兹。如果要跟人合作的话，那我最希望是你——”

再见，盖斯塔德！再见，一张张精神抖擞的脸，冷而可爱的野花，还有黑夜中的雪花。再见，盖斯塔德，再见！

14

做了个关于战争的长梦之后，狄克早上五点钟就醒了。他走到窗前，朝外眺望楚克湖。他的梦开始时阴沉而庄严；身穿海军蓝制服的人跟在军乐队后面列队走过一处黑暗的广场，乐队奏的是普罗科菲耶夫的“三橙之恋”的第二乐章。跟着救火车出现了。表示发生了灾难，包扎所里折手断脚的人叛乱起来，样子煞是可怕。他开了桌头灯，把梦详细记下，最后加个半讥嘲性的按语：“非战斗人员的弹震症。”

他坐在床边上，感觉那房间、整个房子和夜都是一片空虚。妮珂在隔壁房间说些听来凄然的梦话。不论她在梦中感受到何种寂寞，他都替她难过。就他自己来说，时间先是静止，然后每隔几年急骤地加速掠过，宛如胶卷迅速重新卷起；可是对妮珂来说岁月是随着时钟、日历和生日而过去的，还有难以忍受的色衰之感。

连过去一年半在楚克湖，对她也似乎是浪费掉的。一年四季的差别只体现在路上工作的工人身上，到了五月脸晒得红红的，七月里变得红黑，九月里发黑，春天里又变白了。她初次病愈之后曾经满怀新希望，期待甚多，可是除了狄克之外，没有什么真正的生活，养育她只装作宠爱的儿女并且教育孤儿。她所喜欢的人，大多是桀骜不驯的人，令她情绪受困扰，对她有坏处——她想在他们身上找到使他们独立，具有创造作用或性格坚强的那种活力，但是找不到——因为他们的秘密深埋在童年的挣扎里，而这些挣扎他们早已忘掉。他们所更感兴趣的是妮珂外表的娴静与风韵——她疾病的另一面。她过的是寂寞的生活，虽然狄克为她所有，可是他不要自己属于别人。

他试过很多次，想不再控制她，可是不成功。他俩在一起也享受过很多美好的时光，夜间燕好之余的枕边昵语，可是他身子一转过去便又成了原来的自己，没给她什么，弄得她两手空空的。她愕然地望着那种空虚，给它许多名称，但是知道它只是要他不久再来的一种盼望。

他使劲捶平枕头，身子躺下，像日本人那样把脖子靠在枕上，以减低血液循环的速度，又睡了一会儿。后来，他刮胡子的时候，妮珂也醒了，到处走动，对孩子和仆人发出突兀简明的命令。兰尼埃进来看父亲刮胡子——住在精神病医院旁边，对他父亲相信与爱慕得无以复加，对于大多数别的大人则过分冷淡，病人们在他看来不是怪里怪气，就是生气全无，规矩得很，连个性都没有。他是个长相俊秀、很有出息的孩子，狄克很花了一番时间跟他在一起，两人的关系就像一个心怀慈爱但是非常严厉的长官和一个态度尊敬的大兵。

“怎么，”兰尼埃问，“你每次刮胡子，总是在发顶上留点肥皂沫？”

狄克小心地张开涂满肥皂沫的嘴唇。“我从没研究出是什么原因。自己也常常奇怪，我想是在把鬓角刮齐时，食指沾上肥皂沫的，它怎会得到了头顶上，我也不知道。”

“我明天要好好地看个明白。”

“这是你早餐前唯一的问题吗？”

“我并不真正把它叫做问题。”

“对你算个问题。”

半小时后，狄克开始走到办公处去。他三十八了，仍不肯蓄须，可是比他在里维埃拉蓄须时更有医学专家的气概。他住在医院里已经十八个月，他的医院的设备毫无疑问在欧洲是数一数二的。跟多姆勒的医院一样。是新式的——不是那种看来阴沉可怕的单幢建筑物，而是一小群看来分散，实际上一气呵成的村屋——在格调方面，狄克和妮珂出了不少力，所以整个医院十分美观，每个心理学家经过苏黎世，都来参观一下。要是加造一所球童宿舍，它简直会像个乡村俱乐部。永远陷于黑暗中，神志难以恢复的病人住在野蔷薇村和山毛榉村，这两幢村屋与医院的主要部分之间有小林遮挡，重要地方经过伪装。后面是个很大的蔬菜农场，在农场上工作的一部分是病人。实行力疗法的作坊有三个，设在一幢村屋内，戴弗医生每天早上从那里开始视察。木工作坊，阳光充足，刨花香扑鼻，四下尽是木料；总是有六个人在那里，锤锤、敲敲、刨刨、锯锯——不言不语，当他从他们当中走过的时候，他们便抬起庄严的眼睛来看。狄克自己也做得一手好木工，便以温和、感觉兴趣的声音和他们稍微谈谈某些工具的效率。相连的是装钉作坊，是为最爱活动而复原机会并不一定最大的人而设，最后一间是穿珠、编织和铜器作坊。这里病人的脸都带着刚深深地叹过一口气把某些无从解决的难题打发掉的表情——可是他们的叹息只是标志又开始了另一阵讲个不停的理论研讨，不是跟正常的人讨论而是他们自行讨论。像转圈子一样，转来又转去，一圈又一圈，永远不休。可是他们工作的那些材料颜色鲜艳，陌生人会一时发生错觉，以为一切都没有问题，就跟幼稚园里的情形一样。戴弗医生一进去，病人们都露出高兴的神色。他们多数喜欢他的程度胜过喜欢格雷高罗维斯医生。凡是曾在这伟大世界上享受过人生的人总是比较喜欢他。有几个人认为他忽略了他们，或者认为他不那么简单，抑或认为他有点装假。他们的反应和狄克在非职业生活当中所激起的没有什么不同，不过在这里他们是精神和心理不正常的人。

有个英国妇人总跟他讲起她认为属于她自己专有的话题。

“今天晚上有音乐吗？”

“不知道，”他回答，“我还没见到拉狄斯劳医生。你可喜欢昨天晚上萨赫太太和郎思垂先生的演奏？”

“一般。”

“我觉得很好——尤其是肖邦的曲子。”

“我觉得一般。”

“你自己什么时候为我们演奏？”

她耸耸肩，一听到这问题就高兴，过去几年一直如此。

“总有一天。可是我弹得一般。”

他们知道她根本不会弹琴——她有两个姊妹，都是出色的音乐家，可是她从小跟她们在一起的时候就没有学会五线谱。

狄克从作坊到野蔷薇村和山毛榉村去。从外表看来，这两所村屋和别的村屋同样喜兴；装饰及家具是妮珂根据铁格子铁栏杆等必须隐藏、家具不可移动等必要的原则而设计的。她很是运用了一番想象力——那种她本来缺乏可是由问题本身提供给她的那种创新巧思——访客如果在这方面无所知，做梦也不会想到窗前线条优美的细铁格子结实无比，反映现代管状倾向的家具要比十九世纪末爱德华时代讲究粗大的家具还要坚固——就连花儿也在铁的手掌之中，每个看来似乎不重要的装饰及装置物里，都有其必要的作用，就像摩天楼里少不了钢桁一样。她那双不知疲倦的眼睛使每个房间都发挥最大的功用，人家赞美她的时候，她只粗率地说自己是管子工。

在头脑清楚的人看来，这些房子里似乎有许多古怪之物。戴弗医生在野蔷薇村，就是男子部，常常觉得有趣。那里有个古怪的小暴露狂，他认为只要他能不受阻挠，一丝不挂地从星环走到协和广场，他就可以解决很多问题——狄克认为他也许很对。

她是他主治的病人，是个三十岁女人，住院已经六个月了。她是个美国画家，久住巴黎。他们没有她的详细病历。一个亲戚偶然发现她完全疯了，她在巴黎附近主要为染上吸毒和酒瘾的游客而设的速疗医院里治疗了一个时期无效之后，便给弄到瑞士来了。入院时明艳得惊人——这时候一身脓疮好不怕人。验血试不出是什么，只好勉强把她的病列为“神经性湿疹”。她被列为这种病患躺在床上已经两个月了，像被夹在“铁美人刑具”里那样不能动弹。她神志清醒，在她特别的幻觉的范围内，甚至显得灵慧异常。

她是他的特别病人。在病症发作，特别激动的时候，只有他能使她“乖乖就范”。她常常终夜受失眠的折磨。几个礼拜之前，佛朗兹居然用催眠术使她得到几小时必要的睡眠，可是后来再也没有成功。狄克不相信催眠术是良好的工具，难得一用，因为他知道他自己不能随时都有施催眠术的心情——有一次他曾试图催眠妮珂，她却轻蔑地对他咯咯笑。

他进来的时候，二十号病房的那个女人看不见他——她两眼周围肿得太厉害。她开口了，声音低沉有力，甜蜜悦耳。

“这个罪还要受多久？要受一辈子吗？”

“不会拖得太久了。拉狄斯劳医生告诉我已经有好几处整个干净了。”

“早知道要受这种罪，我本可以看得很开的。”

“把它当作不可理解的，不是好办法，我们认出它是一种神经性的现象，和怕羞有关系——你小时候是否很容易怕羞？”

她面向天花板。

“我自从换牙之后，就没觉得有什么可羞的事。”

“你可曾犯过什么小罪和错误？”

“我没有什么可以责备自己的。”

“那你很幸运。”

那女人想了片刻；她的声音从脸上裹着的绷带里透过，带着从地窖传出的低沉。

“我是在分担我这个时代向男人挑战的那种女性的命运。”

“使你非常惊奇的是，那就和所有的战斗一样。”他回答，也用她那种有板有眼的辞令。

“就和所有的战斗相同，”她考虑了一下这句话，“你选择的是一个陷阱，或是赢得一场空虚的胜利，再或是身子坏了，名誉毁了，仿佛残垣碎瓦，不成人样。”

“你既没有坏也没有毁，”他对她说，“你十分肯定参加过一次真正的战斗吗？”

“瞧瞧我这样子！”她怒吼。

“你吃了苦，可是许多女人以前也因为误以为自己是男人而吃了苦。”这渐渐变成了一场争端，他要开始撤退。“无论如何，你别把一次小败当作最后的失败。”

她冷笑。“说得好听。”这句话透过痛苦的躯壳传出来，使他觉得惭愧。

“我们很想研究使你来到这里的真正原因——”他开始说可是被她打断了。

“我来到这里作为某种象征。我以为你也许知道那是什么原因。”

“你病了。”他像机器人似的说。

“那么我几乎发现的是什么？”

“一种更大的疾病。”

“仅此而已？”

“仅此而已，”他听见自己在扯谎，觉得很可憎，可是所讨论的那种事范围极广，有时候只能把它压缩成谎话。“除了那个以外只有混淆与紊乱。我不详细讲解给你听了——我们对你的痛楚认识得太清楚了。不过唯有应付每天的问题，不论看来多么不重要，多么令人厌烦，才能使事物恢复到原来的位置。之后——也许你能再检讨——”

他故意慢下来以免说出最后几个字：“——意识的境界。”艺术家所必须探讨的境界，对她却是不相宜的，她纤弱而不切实际；天生谦恭有礼——最后或许会在某一种崇尚清静的神秘主义中得到安慰。探讨人生的人多少带点农民血统，腿大，足踝粗，为了一身血肉和精神能饱受生活煎熬。

——对你可不适合，他几乎说出来。这种把戏对你是太粗野了。

可是她在痛楚中表现出令人不忍卒睹的庄严，他毫无保留地怜爱她，这种怜爱几乎是性爱。他真想搂抱她，像他常常搂抱妮珂那样。甚至于珍视她的错误，因为那些错误已经完全成了她的一部分。橘红色晨曦透过拉下的百叶窗照进来，她躺在床上如同精美石棺般的身形，脸上的斑，她的声音好像在探索她疾病背后的虚空，却只找到一些抽象的概念。

他站起来的时候，眼泪像熔岩一样流入她的绷带里。

“是有所感而流的，”她低声说，“总得要宣泄一下。”

他俯身在她额上吻了一下。

“咱们都要试着做好人。”他说。

离开她房间之前，他叫护士进来照顾她。还要去看别的病人。有个十五岁的美国女孩子，是父母根据孩子只要玩乐就够了的概念而把她养大的。他来看她，因为她刚用指甲剪把自己的头发通通剪掉了。对她实在没什么办法——她家里有过神经病史，她自己以前没有一点坚定的力量可以作为治疗的基础。她父亲是个态度认真的正常人，曾竭力想保护他那些精神不健全的子女，让他们不受生活上的困扰，结果徒然使他们无从提高应变能力，不知怎样对付生活上在所难免的意外之事。狄克没什么可说的，只能说："海伦，如果有什么疑问，一定要问护士，你一定要学怎样接纳劝告。答应我你会这样做。"

脑子有病的人作出诺言，这能算数吗？他再去察看在接受暖浴医疗的一个高加索流亡分子。这个人身体虚弱，紧紧地绑在一张吊床般的卧具上，那卧具则浸在浴缸里。他又见到一位葡萄牙将军的三个女儿，她们几乎渐渐变成麻痹瘫痪了。他跟着到她们隔壁房间去，对一个精神崩溃的精神病学家说他好些了，永远是好些了。那人想通过看他的脸色以加强自己的信念，因为他只有从戴弗医生的声音里听出声音是否坚定才能得到保证，而他只靠那点子保证才能依附着真实世界。之后狄克开除掉一个既无能又偷懒的勤杂工，这就到了午饭时间了。

15

和病人一起用饭是一件令他觉得索然无趣的事。当然一起用饭的并不包括野蔷薇村或山毛榉村的病人，起初倒还不怎么样，可是后来气氛实在郁闷得很。在座的医生尽量使大家谈话。然而大多数病人仿佛一早上干得累坏了，或是被一起用饭的人弄得打不起精神来，极少讲话，只是两眼望着餐碟吃东西。

午餐后，狄克回家去。妮珂在客厅里，神情古怪。

“你看这个。”她说。

他把信打开。写信的女人最近才出院，不过出院时医生们不大放心。信里以肯定的口吻指责他诱奸她的女儿。在她生病的重要阶段，她女儿曾经住院陪她。信上说猜想戴弗太太乐于知道这件事，从而认清楚她丈夫的“真面目”。

狄克把信重新看了一遍，虽然是用清楚简洁的英文写的，可是看得出是个疯子的手笔。那女孩子毛发浅黑，轻佻风骚。只有一次由于她自己请求，他曾让她跟他一起坐火车到苏黎世去，傍晚时便带她回到医院。他曾以懒散的、纵容的态度吻过她。后来她想把关系弄得更深，可是他没有兴趣；后来，也许是因为这个缘故，那女孩子便恨上了他，把她母亲带走了。

“这封信胡说八道，”他说，“我跟那女孩子完全没有什么关系。我甚至不喜欢她。”

“嗯，我也想这么想。”妮珂说。

“你当然不相信啰？”

“我一直坐在这儿。”

他声音一沉调到责备的口吻，并且在她身旁坐下。

“这实在是荒谬。这是一个精神病人写来的信。”

“我从前也是个精神病人。”

他站起来，以更具权威的口吻说道。

“就当咱们没有遇见什么荒谬的事好了，妮珂。去把孩子们找来，咱们好出发。”

他们上了车，由狄克驾驶，顺着湖中小岬走，阳光和湖水通通映照在挡风玻璃上，也在瀑布般的常绿树丛中穿过。那辆车是狄克的，是雷诺牌的，小极了，除了孩子们以外，他们的腿都伸出车外。保姆坐在车后座两个孩子当中，像个巨桅似的。他们对每公里的道路都十分熟悉，一路可以嗅到松针和黑色炊烟的气息。高悬的太阳面目依稀，把猛烈的阳光射在孩子们的草帽上。

妮珂默不作声；她两眼朝前呆望着，使狄克觉得不安。他时常觉得跟她在一起很寂寞，她往往会时不时对他透露一阵短暂的心思，专门留着讲给他听的心思。“我像这样——我更像那样。”可是这天下午要是她喋喋不休讲上一阵子，能让他稍微知道一下她在想些什么，他反而会高兴。她退回到自己内心，把门关上的时候最危险。

到了楚克，保姆下车跟他们分手。戴弗全家的那辆车遇到多辆蒸气压路机，压路机让路给他们过去，狄克把车停下，妮珂却瞧着他，并不动弹，他便说：“亲爱的，快点。”她突然张嘴骇人地笑一下。他立刻泄了气，只当作没看见似的，再说一遍：“快点，好让孩子们下车。”

“哦，我会下车。”她回答，这几个字说得仿佛是打过腹稿，说得好快他没听真切。

“别着急。我会下来——”

“那么快点下来。”

他和她并肩走的时候，她把身子扭开，可是脸上笑容不改，带着讥嘲和冷漠。兰尼埃跟她说了几次之后，她两眼才朝一样东西望去。一台木偶戏，然后便转身紧盯着它望。

狄克拼命动脑筋，心想如何应付。他对她有着做丈夫的和做精神病医生的双重看法，因此脑子越想越无济于事。在这六年里，她曾经数次使他逾越自己的立场，在感情上引起他的怜悯或是以妙语如珠的机智，令他软了心肠，事后他感觉自己由紧张而松弛了，才恍然大悟，自己一时失察，被她占了上风。

和托普赛讨论木偶戏——那台木偶戏是否就是他们去年在戛纳看过的那台——完毕后，全家又在露天底下，沿着两旁的摊棚走去。女人们身穿绒背心，头戴软帽，下面是许多州的五颜六色的大裙子，可是跟马车上漆的蓝色、橘红色以及陈列的货物比起来，显得文静得多了。草裙舞表演的呜呜声和叮当声也清晰可闻。

妮珂蓦地开始跑，动作那么突然，狄克一时竟没发觉她跑掉了。他看见前面很远的地方她的黄衫在人群中穿穿插插，好像位于现实和虚幻之间的一道浅黄褐色的针脚，便拔脚急追过去。她偷偷地跑，他偷偷地跟。下午天气本来就热，她一跑开，现在更显得人声嘈杂，实在让人受不了，他竟把孩子们都忘了；于是急忙转身跑回孩子们那儿去，拉着他们的膀子东跑西跑，两眼从这个摊棚看到那个摊棚。

"太太，"他对站在白色抽彩轮后的一位少妇说，"我能不能让孩子们在您这里待两分钟？我有要紧的事——我给您十法郎。"

"行。"

他把孩子们赶到摊棚里去。"你们要乖乖地跟这位太太在一起。"

"是，狄克。"

他又拔足飞跑，可是已经看不见她了；他绕着旋转木马兜圈子，跟它并排跑，后来才认清自己是在它旁边跑，永远望着同一匹木马。他挤到饮料摊位前的人群里；后来想起妮珂的一个爱好，便掀起占卜者帐篷的一角，朝里张望。一个单调的低沉嗓音招呼他说："我是来自尼罗河上一个第七女儿的第七女儿——先生，请进——"

他放下帐篷的那个角，朝娱乐场所的终点湖畔那处跑去，那里有一座小型费利斯转轮，慢慢朝天空转动。他在轮上找到了她。

她独自坐在当时轮上最高的座位上，转下来时，他看见她笑得高兴极了；他在人群中往后退，因为转轮再转的时候，人们发现了妮珂精神多么失常。

“朝我这边瞧！”

“瞧那个英国女人！”

她又降落下来——这次转轮和音乐都慢了下来，十来个人围着她的座位，他们都受到她的笑声的感染而露出同情性的傻笑。可是妮珂一见到狄克，笑声倏地停止了，她做出想溜掉的姿态，但是他抓住她的手臂，拖着她走开。

“你为什么这样对自己失去了控制？”

“原因你知道得很清楚。”

“不，我不知道。”

“那太荒谬了——放开我——那是在侮辱我的智力，你别以为我没见到那女孩瞧你——那个毛发黑黑的小女孩，哎，这真是胡闹——一个孩子，才不过十五岁。你以为我没看在眼里吗？”

“在这儿歇一会儿，你镇静一下。”

他们挨着一张桌子坐下，她的眼睛满含着狐疑，她的手向前横移，仿佛遇到阻碍。“我要喝杯酒——我要杯白兰地。”

“你不能喝白兰地，如果你想喝酒，可以喝杯黑啤酒。”

“为什么我不能喝白兰地？”

“咱们不讲这个，你听我说——关于那女孩的事是个错觉。你明白这两个字的意思吗？”

“我每次看到你不要我看到的情形，总是个错觉。”

他有种在噩梦中才有的犯罪感，被控犯了深觉自己确实犯了的一种罪行，可是醒来便发现根本没有犯过。他的眼睛避开她的。

“我把孩子交给了一个摊棚里的吉卜赛女人，应该去接他们。”

“你以为你自己是什么了不起的人？”她质问，“难道是能以催眠术驱使别人的斯温加利吗？”

十五分钟以前他们还是个完整的家庭。现在他迫不得已，用肩膀把她挤到一个角落的时候，他忽然看清楚他们一家大小原来是个危险的偶然事件。

“咱们要回家了。”

“家！”她疯狂地吼叫，响声在空气中回荡，“傻坐在那里想咱们统统在腐朽，孩子的骨灰在我打开的每个盒子里腐朽吗？那是不像样的话！”

他见这些话出尽了她的怨毒之气，差不多松了口气，而妮珂万分敏感，也看出他面露退让之意。她自己的脸色也变得温柔了，央求道：“帮帮我，帮帮我，狄克！”

他感到一阵痛苦。这么美妙的一座塔不能建造起来，只是悬挂着，使他可望而不可即。到某个程度还可以；男人可以接受，梁和思想，桁和对数；可是不知怎的，狄克和妮珂已经变为一体而且是平等的，不是相对相辅的；她也是狄克，是他骨髓所感受到的干涸。他不能眼看她一次又一次精神崩溃而不投身其间。他的直觉使他失去柔情和怜悯——他只能采取现代特有的手法，干预其事——他将从苏黎世请个护士来，从今晚起负责照料她。

“你能帮助我。”

她那口气温柔的欺辱使他身不由己。“你以前帮助过我——你现在也能帮助我。”

“我只能照老法子帮助你。”

“总有人能帮助我。”

“也许。最能帮助你的是你自己。咱们去找孩子吧。”

有白轮的抽彩摊子有好多——狄克向第一个打听碰了钉子，不禁惊诧。妮珂目露凶光，站在一旁，拒绝承认自己的子女，憎恨他们，因为他们是她要破坏的一个完整世界的一部分。不久狄克找到了他们，被女人们围着，高高兴兴地把他们当作小天神似的品头论足地细看，乡下孩子们则瞪着大眼望着他们。

“多谢，先生，您真非常慷慨。那是乐于效劳的事，先生，太太。再见了，小乖乖。”

他们开始回头，忧愁热烫烫地朝他们淋下，车子因为他们的疑虑和苦恼而增加了分量，孩子们都噘着嘴表示失望。在楚克的附近，妮珂奋力说出她已经讲过的一句话，提起离开道路颇远的一幢黄色房屋，在薄雾中看来像一幅未干的油画，不过这只是打个比方，想抓住一根甩得太快的绳子的企图。

狄克想休息——不久到家之后会有一番挣扎，他或许必得坐好半天，向她重新说明宇宙万物。把性格分裂的人称为精神分裂症者实在很恰当——妮珂有时候无需向她解释任何事情，有时候是样样都无从向她解释。一定要以积极肯定的坚持态度对待她，要使现实之路永远保持开放，使遁逃之路比较难行。但是疯狂有睿智多能的一面，就像水有无孔不入的本领，总能渗透、漫过或是绕过一道堤。它需要许多人联合起来一致对付。他认为这次妮珂必须自行治疗；他要等待她想起以前发病的时候而自觉憎恶。他疲倦地计划他们必须再度恢复一年前放宽的生活规律。

他已经把车开上小丘，那是到医院去的捷径，这时更踩紧油门朝向山边平行的一条短直路疾驶而去，车子忽然猛向左转，又猛向右转，简直车尾翘起靠两只前轮飞驰，妮珂在他耳边狂喊，一只发狂的手紧抓着方向盘。狄克好容易把那只手打掉，车身平正之后又向旁边猛转，脱离了道路，猛冲过矮树丛，车尾又翘起来，然后慢慢稳定下来，以九十度撞上一棵树。

孩子们疯狂叫喊，妮珂也在狂喊，一面谩骂，一面抓狄克的脸。狄克最先想到的是车身的倾斜度，可是无从估计，于是扭开妮珂的手臂，爬出车顶，把孩子抱出来；然后看见车身稳定。他先不做什么，只是站在那里喘气发抖。

“你——”他怒喝道。

她哈哈狂笑，不觉得惭愧，不害怕，也毫不关心。路过的人绝不会想到这场惊险是她造成的；她笑得仿佛小孩子干了点淘气的事。

“你吓坏了，是不是？”她谴责他，“你要活下去！”

她说得那么有力，狄克在他震骇的状态中不禁纳罕他是否是为了自己而害怕——可是孩子们满脸紧张的脸色，对父母来回地看——使他真恨不得捣碎她那张狞笑的脸。

在他们正上方，沿着蜿蜒的道路要走半公里，爬上去只有一百码的地方，有个小旅店；在山边枝叶掩映中露出一部分厢房。

“牵着托普赛的手，”他对兰尼埃说，“像这样，要攥紧了，爬上这个山去——看到那条小径没有？你到了旅店，便对他们说：‘戴弗家的车坏了。赶快派人下去。’”

兰尼埃不大清楚发生了什么事，可是怀疑是发生了以前没有发生过的不好的事，问道：

“你怎么办，狄克？”

“我们待在这里看车。”

两个孩子走的时候都没有看母亲一眼。“到了上面，穿过道路时要小心！要两面看！”狄克追喊。

他和妮珂互相对视，两人的眼睛如同两扇灯火通明的窗户，是同一幢房屋的窗户，可是当中隔着庭院。她后来拿出粉盒，照照粉盒里的镜子，摩挲两鬓的头发。狄克目送着孩子朝上爬，直至爬到一半，隐没于松林间；他然后绕着汽车走，看看损害有多大并且计划怎样把它弄到道路上去。他在泥土中可以看出车左转右转那百来英尺的痕迹，心里非常憎恶，不过并不是愤怒。

几分钟后，旅店老板跑下来了。

“我的天！”他惊叫道，“这是怎么发生的，是你开得很快吗？多么侥幸！要不是那棵树，你们就滚下山去了。”

老板艾弥尔一副实实在在的样子，穿着宽宽的黑色大围裙，肥嘟嘟的脸上汗直流，狄克一本正经地告诉妮珂，让他搀她下车；妮珂听了，立刻从较低的那边跳下车，在山坡上没站稳，跪倒，又站了起来。她瞧着两个男人想移动汽车，不禁露出蔑视的神情。狄克连她这种神情都欢迎，说道：

“去跟孩子们一起等着，妮珂。”

她走掉之后，他才记起她曾经想喝白兰地，而上面旅店里有——便吩咐艾弥尔别理那车了；他们将等司机和大车来把它拖到道路上去。于是他俩匆匆上山朝旅店走去。

16

“我想离开，”他告诉佛朗兹，“离开一个月光景，能去多久就多久。”

“为什么不——狄克？咱们原来的安排就是如此——是你坚持一直要待下去。如果你跟妮珂——”

“我不要跟妮珂同去。我要一个人去。最后发生的那件事简直把我弄惨了——要是一天二十四小时，我能有两小时的睡眠，那就是慈文格利的一个奇迹。”

“你想要个真正清心寡欲的假期。”

“恰当的字眼是‘无欲的’。听好，要是我去柏林参加心理精神病大会，你可能保持太平无事？三个月来她很好，喜欢她的护士。我的天。全世界只有你一个人我能以此相托。”

佛朗兹哼了一声，考虑自己是否靠得住，是否能永远为他合伙人的利益设想。

下个礼拜在苏黎世，狄克开车到机场去，搭乘大飞机去慕尼黑。飞机在吼声中飞入碧空，狄克觉得周身麻木，这下子才明白自己累到什么程度。一阵极深沉的安静悄悄地袭上心头，他什么也不理了。让病人去担心自己的病，让发动机怒吼，让机师去决定航向。他根本不打算出席那大会，连一次都不出席——开会的情形他可以很容易地想象，布劳勒和老福瑞尔新写的小册子他在家里细看要好得多，还有那个美国人以拔牙齿或烧灼扁桃腺方法治愈精神分裂症的论文，他提出的办法会受到半带嘲笑的尊重，只因为美国是那么富庶强大的国家。美国的其他代表——一头赤发、貌如圣人的史华滋，想以无限耐性在两个世界之间保持中立态度。还有十来个作风商业化、一脸卑贱相的精神病医生，他们出席会议一部分是为了提高自己的地位，以便将来可以骗大钱；一部分是想学会那些诡辩新说，好把它们应用到他们平常那套话里去，使得一切价值无限紊乱。赴会的也将有冷眼看人生的拉丁人和从维也纳来的一些弗洛伊德派人物。其中口齿伶俐当推伟大的蒙格，精力过人，在人类学和学童的精神病之间反复徘徊。起初大会将具有美国的色彩形式和仪式，简直有点像扶轮社大会，后来欧洲人将发挥较强的团结力而占上风，最后美国人打出王牌，宣布庞大的赠予和赠款，协助设立规模庞大的新医院和训练学校。欧洲人一听到了数字便脸色发白，连走路都蹑手蹑脚。

飞机绕过伏拉堡·阿尔卑斯，狄克俯视村庄，觉得心头一阵轻松。那些村庄总是一眼可以看到四五个，每个都以教堂为中心，从远处看大地好像很简单，像以玩偶和士兵玩冷酷的游戏那样简单。政治家、司令官和所有退休的人对世事的看法都是这样。不过无论怎样，人在空中飞翔，心胸总是觉得畅快。

坐在对面的一个英国人跟他讲话，可是他近来对英国人有点反感。英国人有点像个阔佬，在狂欢出丑之后，跟家里每个人个别讲话表示歉意，而那些人看得很清楚他只是试图重新得到他的自尊以便作威作福。

狄克有在车站上所能买到的杂志：《世纪》、《影片》、《画报》和《蝴蝶页》，但是想象着自己到下面村庄去跟乡下人握手会更有趣。他坐在村中教堂里，就像小时候在布法罗坐在他父亲的教堂里，四周的人都穿着浆得挺挺的、礼拜天才穿的衣裳，礼拜天上教堂非穿这样的衣裳不可。他在那充满愉快的教堂里倾听从近东传来的智慧，主怎样被钉在十字架上、怎样死了、并且埋葬，同时又发愁在那捐献碟里究竟应该放下五分钱还是一毛钱，因为那女孩就坐在他后面一排。

那英国人忽然借了他的杂志，不再跟他讲话，狄克高兴杂志易手，便想起自己的旅程来。他身穿着澳洲长纤维羊毛毛衣，倒像狼披着羊皮，心里想到各处各地的乐趣——那怎么也不会改变的地中海，在橄榄间结成块的老泥土另有一种芬芳，还有萨伏纳附近的那个农家女，脸上又是绿又是玫瑰红，美得像一朵宝石花。他将搂抱她，把她掳过边界……

……可是过了边界他便遗弃她——他必须继续前进到希腊去。陌生的港口里水很浑浊，岸上失恋的少女，流行歌曲中所描写的月亮，狄克思想的一部分是幼时一些俗丽的纪念品形成的。可是他居然能在那堆有点破烂的低廉东西当中使智慧那痛苦的文火保持不灭。

17

汤米·巴班是统治者，是英雄——狄克在慕尼黑玛利安广场碰见他，是在一家小咖啡馆里碰见的，小赌徒常在那里在“加厚”的席垫上掷骰子。政治气氛十分浓厚，甩纸牌声不绝于耳。

汤米坐在一张桌子前，发出他那军人的粗犷笑声：“哦——嗬——哈哈！哦，嗬——哈——哈！”他照例不大喝酒；他仗着一身是胆，他的同伴总是有点怕他。最近华沙一位外科医生曾把他的头盖骨切除八分之一，拼合的碎骨正在头发底下慢慢长好。咖啡馆里体力最弱的人也只消一挥打了结的餐巾便可以取他的性命。

“——这位是齐立契夫亲王——”这是个饱经风霜、头发灰白的俄国人，年纪五十岁，“——这是麦克基平先生——还有韩冷先生——”韩冷有一对黑溜溜的眼珠子，黑头发，是个天生的小丑。他立刻对狄克说：

“咱们握手以前，我先要问清楚你跟我姑姑胡搞是什么意思？”

“什么，我——”

“你听见了我的话。你在慕尼黑到底干什么？”

“哦，嗬——哈，哈！”汤米大笑。

“难道你自己没有姑姑吗？你为什么不跟她们胡搞？”

狄克也笑了，于是那人又改变策略：

“咱们现在不必再提什么姑姑了。我怎么知道不是你瞎诌出来的，你完全是个陌生人，刚认识一个人不到半小时，便对我讲起关于你姑姑的荒唐故事。我怎么知道你到底存着什么鬼胎？”

汤米又笑起来，然后和蔼而坚决地说：“卡莱，够了。坐下。狄克——你好吗？妮珂可好？”

狄克对他们每个人都不大喜欢，不过也没有强烈的反感——从容得很，准备应战；他像担任防御的优秀球员，大部分时候真的在休息，功夫差一点的人只装作在休息，其实心里不断紧张，反而害了自己。

韩冷并未完全住嘴。他走到旁边一架钢琴那里，弹出和音，每瞧狄克一眼，脸上便露出不高兴的神色，嘴里不时嘟囔着，“你的姑姑。”后来弹出一个声音自强而弱的尾调说，“横竖我说的不是姑姑，我说的是裤子。”

“嗯，你近来怎么样？”汤米再问。“你看来不像从前那么——”他在寻找适当的字眼——“那么神气，那么潇洒了，你懂得我的意思。”

这句话太像那种指摘人精力渐衰的话，狄克正要反驳汤米和齐立契夫亲王穿的衣服剪裁的式样和料子的花样都那么怪，足可以礼拜天穿了上贝尔街逛——他们已经在解释了。

“我看你在注意我们的衣服，”亲王说，“我们刚从俄国出来。”

“衣服是波兰一名御用裁缝做的，”汤米说，“这是事实——是皮苏尔斯基的私人裁缝。”

“你们在旅行吗？”狄克问道。

他们哈哈笑，亲王使劲猛拍汤米的背。

“对，我们是在旅行，不错，在旅行。我们游遍整个俄国，完全是官方的排场。”

狄克等待解说。加以解释的是麦克基平。他简单地说：

“他们是逃出来的。”

“你们在俄国坐过牢吗？”

“是我坐过，”齐立契夫亲王解释说，他那对像死人似的黄眼睛凝视着狄克。“没坐过牢，可是在躲藏。”

“出来是否有很多麻烦？”

“有点麻烦。我们在边界上留下三个已死的红卫兵。汤米留下两个——”他像法国人那样举起两个手指——“我留下一个。”

“就是这部分我不懂，”麦克基平说，“他们为什么反对你离开？”

韩冷把身子从钢琴前转过去，对别人眨巴着眼睛说：“麦克以为马克思主义者就是在圣马克学校上过学的人。”

那是最合乎传统的逃亡故事——一个贵族和以前的一个家仆到处躲藏，还在国营面包房工作；在巴黎的十八岁女儿认识汤米·巴班……在叙说的过程中，狄克断定实在不值得为这个干瘪遗老而断送了三个年轻人的性命。问题是汤米和齐立契夫当时是否觉得害怕。

“当我觉得冷的时候，”汤米说，“我总是一觉得冷就害怕。战时冷的时候，我总是害怕。”

麦克基平站起来。

“我得走了。明天早上要跟太太、孩子——还有保姆开车到因斯勃鲁克去。”

“我明天也到那儿去。”狄克说。

“哦，是吗？”麦克基平喊起来，“何不跟我们一起去？是辆大柏卡车，只有我太太、孩子和我自己——还有保姆——”

“我真不能——”

“当然她其实不是个保姆。”麦克基平说出结尾的话，他望着狄克的那副神情实在可怜。

“老实说，我太太认识你的大姨贝贝·华伦。”

可是狄克绝不轻易糊里糊涂把话说死了。

“我已经答应跟两个人同去了。”

“噢，”麦克基平脸色一沉。“好，那么我就告辞了。”他从邻桌除掉两根染血的硬毛便走掉；狄克想象那辆柏卡牌汽车满载着麦克基平全家，他们的行李，汪汪叫的狗——还有那保姆。

“报上说他们知道杀死他的是谁，”汤米说，“可是他那些堂亲不要让死讯见报，因为那件事是发生在一个非法卖酒的酒铺里。你认为如何？”

“那是所谓的门风要紧。”

韩泠在琴上弹了个很响的和声让人注意他。

“我不相信他早期的作品能站得住脚，”他说，“甚至于不算欧洲人，也有十来个美国人能写得出诺斯那样的作品。”

狄克这下子才明白他们讲的是阿贝·诺斯。

“唯一不同的只是阿贝先写了出来。”汤米说。

“我不同意，”韩泠坚持到底，“他有优秀音乐家的美誉，因为他酒喝得那么多，他的朋友们想法子替他解释——”

“阿贝·诺斯出了什么事？他怎么了？出了乱子吗？”

“你没看今天的先锋报？”

“没有。”

“他死了，是在纽约一个非法卖酒的酒馆里被殴而死的。他居然忍住最后一口气，爬回到网球俱乐部才死——”

“阿贝·诺斯？”狄克站起来，“他肯定死了吗？”

韩冷转身对麦克基平说：“他爬回去的地方不是网球俱乐部——是哈佛俱乐部。我敢说他不是网球俱乐部的会员。”

“报纸是这么说的。”麦克基平坚持说。

“那一定有错，我认为一定是如此。”

“在一个非法卖酒的酒馆里被殴而死。”

“可是网球俱乐部的会员我大都认识，”韩冷说，“那一定是哈佛俱乐部。”

狄克站起来，汤米也站了起来，齐立契夫亲王从发呆的状态中惊醒跟他们一同走掉。他也许仍在冥想逃出俄国的机会有多大，因为他已经用心那么久了，习惯一时恐怕不能改过来。

“阿贝·诺斯被人打死了。”

在回旅馆途中，狄克根本心不在焉。汤米说：

“我们在等一个裁缝做好几套衣服，穿好了到巴黎去。我将做证券交易生意，要是穿着身上这套衣服去，人家会不要我。在你的国家里，人人都发大财。你明天是否真的要走？我们连跟你吃晚饭都不行。亲王似乎在慕尼黑有个老相好。他去找她，可是她死了已经五年，今天我们跟她两个女儿吃晚饭。”

亲王点点头。

“也许我还可以替戴弗医生安排一下。”

“千万不用了。”狄克赶紧说。

他睡得很香，早上醒来，听见窗外有缓慢而悲哀的进行曲声。原来是头戴熟悉的一九一四年代钢盔、身穿军服的浩荡队伍，也有头戴礼帽、身穿礼服、身材肥胖的商人、贵族及平民。他们都是一个退伍军人组织的成员，前往阵亡将士碑前去献花圈。这支队伍走得很慢，却显出一种缅怀旧日光荣、威风的神气和已经忘却的悲痛。一张张脸只是摆出哀容，可是狄克想起阿贝的死和自己十年的青春，一时悲痛得肺都要炸了。

18

他在黄昏时到了因斯勃鲁克，把行李送往旅馆之后，自己便慢慢走进市区。斜阳残照里，马克西米连大帝的铜像在哀吊者之上，跪着祈祷。四个耶稣会见习修士在大学花园里漫步诵经。日落后，往日围城、婚姻、纪念周、留下的云石纪念物也迅速隐没于暮色中。他吃放了肉肠块的青豆汤，喝了四杯黑啤酒，回掉俗称“皇帝杂拼”的结实甜品。

虽然群山环抱，瑞士却远得很，妮珂也远得很。后来天相当黑了，他在公园里散步时，以超然的态度想到她，爱她本性最可爱的地方。他记得有一次草地湿着的时候，她匆匆跑来，薄薄的拖鞋被露水湿透了。她站在他的鞋上，亲近地偎依着他，像打开的一本书那样仰望他的脸。

“想想你怎样爱我，”她对他耳语，“我不要求你永远像这样爱我，可是我要你记得。我里面总有今晚的我存在。”

狄克这次是为了自己的灵魂而离家的，他开始想到它。他已经失去了自己——可是说不出是什么时辰、日子、哪个星期，哪个月，或是哪一年失去的。以前的事情到了他手里就可以迎刃而解，最复杂的方程式在他解决起来也易如他最简单的病人的最简单的病症。可是从在苏黎世湖边的岩石下看到青春年少的妮珂到他遇见露丝玛利那段时间里，他那锐利的智力渐渐迟钝了。

他由于亲眼见过父亲在贫穷教区奋斗的惨状，所以想有钱，可是本性并不爱聚敛。这并不是求安全的必要条件——他从没像和妮珂结婚时，对自己那样有把握，那样彻头彻尾的自由。然而结果他被人当作小白脸似的买下来，也不知怎的，纵容自己的武器被锁在华伦家的保险库里。

“应该有个大陆式的财产授予；可是时机还没到。我已经浪费了八年时间教有钱人做人的起码规矩，可是我还没失败。我手上还没打出的王牌太多了。”

他在休闲的玫瑰丛和又湿又香甜，形状看不清楚的蕨类植物附近徘徊。就十月而论，天气还算暖和，可是已经要穿件厚呢上身，领子在脖子处要用小松紧带扣住。一个身形从黑茫茫的树影里闪出来，他心知就是自己出来时在大厅里碰见的那个女人。他现在爱上看见的每个漂亮女人，在远处看到她们的形体，在墙上见到她们的倩影。

她面对市区的灯火，背对着他。他划了一根火柴，那声音她一定听见了，可是并未动弹。

——是邀请他过去吗？或是表示她根本没有注意？他离开单纯的欲望和获得欲望满足的世界已经很久，不知怎样应付，也拿不定主意。也许在偏远温泉胜地漫游的人有一套能够迅速互相识别的密码或规则。

——或许他应该做出下一个姿态。不相识的孩子应该互相以笑脸相迎，“咱们一块儿玩。”

他走近些，那个黑影朝旁边移动。可能他会碰一鼻子灰，就像他年轻时听到的丢脸鼓手的故事。他遇到未经探查、未经剖验、未经分析和说不出理由的情况，心怦怦地跳。他突然转身走开，他这样做的时候，那女的也脱离了叶丛，以虽然不快却很坚定的脚步绕过一张凳子，走向回旅馆的小径。

狄克第二天早上，由一名向导和两个人陪同，开始攀登拜尔卡斯比采峰。一到了最高牧地之上，听不到牛铃声之后，他们精神一爽，狄克期望在山上小舍过夜，为自己感觉疲乏而高兴，为一切由向导做主而高兴，也为没人知道他是谁而高兴。可是到了中午，天空漆黑，下起猛烈的雨雪和冰雹，雷声隆隆，狄克和另一位爬山者要继续登山，但是向导拒绝了，他们带着憾意，挣扎回因斯勃鲁克，第二天从头来过。

在无人的餐厅里吃了晚饭，喝了一瓶很浓的本地酒之后，他觉得兴奋起来，起初不知道为什么，直到开始想起在公园里的那段情景。晚饭前，他在大厅里又碰见那个女的，这次她瞧了他一眼，对他表示赞许。可是这反而使他担心起来：为什么？当初要是我喜欢，只消出声，自然会有大把漂亮女人送上门来，何必现在才动心？在我已经死心，欲望只剩下一点点的时候吗？为什么？

他继续幻想下去——旧日的禁欲心理，实际上的不习惯终于战胜！天哪，如果我有这种念头，那还不如回里维埃拉去和洁妮丝·卡瑞卡曼托或那个威尔白哈赛女孩子睡觉了。以低贱易得的东西来毁掉自己这么些年来的操守吗？

可是他仍然欲念勃勃，便从回廊上走进房间去想。身心孤独寂寞，寂寞之感一生便不可遏止。

他在楼上房间里踱来踱去地想这件事，利用微温的电炉烘登山服；又看到仍未拆开的妮珂来电。她每天都有电报给他。他在晚饭前没拆开——或许是因为花园里那档子事，电报是从布法罗打来，由苏黎世转到这里。

“汝父今晚溘然长逝。霍姆斯。”

突如其来的震骇刺痛了他，因为不肯接受这个事实而越来越难受，从下身升到腹部，再升到喉咙那里。

他再读了一遍电文。颓然坐在床上，张嘴瞪眼；先是自古以来父母死时，做子女的总不免会有的自私想法，最早最有力的保护没有了，对我将有什么影响？

这种失怙心情过去了，他仍在房间里走，不时停下再看电报。霍姆斯名义上是他父亲的助手，可是十年来是教堂实际上的牧师。他父亲怎么死的？老死的——他已经七十五岁，活得很久了。

狄克难过的是他父亲去世时，身边一个人都没有——他母亲，他的叔伯姑母都已经死光；在维吉尼亚有堂房亲戚，可是家境贫穷，不能北上，所以只好由霍姆斯出面打电报给他。狄克爱他的父亲——曾经一再提起他父亲的想法和做法会怎样。狄克是在两个小姊姊死去数月之后出生的，他父亲猜想这对狄克的母亲可能会有什么影响，所以便在道德方面训导他，使他不至于受溺爱。他虽然是老来子，可是并不羸弱。

夏天，父子俩一起到闹市区去让擦皮鞋的替他们擦鞋——狄克穿着浆得很挺的白色水手装，他父亲总是穿缝制精美的牧师服——做父亲的对他那体面儿子十分得意。他把自己对人生的认识通通告诉狄克，虽然不多，不过大部分都是真实简单的事情，他在身为牧师范围之内所知道的做人处世之道。“我初任神职时，有一次在一个陌生城镇，到一个人家去，房间里人多得很，搞不清哪位是女主人。有几个认识我的人走过来，可是我没理睬他们，因为我见到对面远处有位头发花白的妇人坐在窗前。我走到她面前，自我介绍一番。后来我在那城镇交了很多朋友。”

他父亲是存着好心那么做的——他父亲对自己很有把握。他是由两位自尊心重的孀妇抚养大的。她们教诲他相信做人处世没有比“好的直觉”、廉耻之心、礼貌和勇气再好的了。他也深怀她们那种自尊心。

他总是认为他妻子的那一小笔财产属于他儿子。狄克在大学和医学院的时候，他每年寄四张支票给狄克。他是上了年纪、自以为了不起的阔人所说的那种“的确是个君子，可是没有什么冲劲”的人。

……狄克叫侍应生到楼下去拿一份报纸。一面在写字台上的电报前附近踱来踱去，一面挑选一艘开往美国的船。他然后挂了个长途电话给妮珂，在等电话接通的时候，想起了许多事，也恨不得自己能像原来所打算的那样始终美满如意。

19

有一小时之久，因为他父亲的死使他心情十分沉痛。国土堂皇的大门、纽约港的壮观，在狄克看来似乎既悲哀又伟大，不过登岸之后这种感觉就没有了。在街道上、旅馆里以及载他去布法罗然后连他父亲遗体向南驶往维吉尼亚的列车上，他也没再有这种感觉。只有当地的火车蹒跚地驶入韦斯莫兰县有矮树的黏土地带时，他才再觉得和环境相熟；在车站上他看到他认识的一颗星，冷月高悬在齐萨皮克湾上空；四轮马车转弯的滋溜响声，声调悦耳可是没有意义的讲话声，印第安名称柔美的古老河流河水慢慢流的声音。

第二天在教堂坟场里，他父亲的遗体下葬，和一百位戴弗家族、道赛家族和亨特家族的人士为邻了，四周都有亲戚陪伴，那倒也真不错。鲜花撒在没铺平的褐色泥土上，狄克在这里没有牵挂了，他不相信自己会再回来。他跪在硬地上，这些死者，他个个都认识，他们那饱经风霜的脸，精光四射的蓝眼睛，瘦削而极有精神的身体，以及那由十七世纪黑暗密林中新土造成的灵魂。

“别了，父亲——别了，各位祖先。”

在长顶盖的邮轮码头上，就像是在一个虽然仍未离开可是已经不在和虽然没到可是就像快到的国家里。有烟雾的黄色空际回荡着叫喊声、货车隆隆响、大衣箱的砰砰声、起重机嘎嘎响，也初闻到海的咸味，虽然时间充裕，可是人们仍匆忙地走来走去；过去的一切和美洲大陆都在后面；未来是船边灯光雪亮的入口现在是杂乱的阴暗横巷，情形太不清楚。

一上了船，心目中的世界便自然改观。你成了一个比安道尔还小的联邦的公民，对一切事都不再有把握。围聚在事务长桌前的那些人样子像舱房那么古怪。乘客和他们的朋友的眼里有一种目中无人的神色。跟着汽笛发出响亮的凄鸣和预兆性的振动。船和人的思想都开始动了。掠过码头和一张张的人脸，船一时仿佛是偶然和这些分开的；后来人面越来越远，听不见声音了，码头一片模糊。港口里的水迅速流出大海。

艾尔拔·麦吉斯哥也随船出了海，报上都称他是这艘船上最贵重的货物。麦吉斯哥这时候正大出风头。他的小说都是模仿当代最优秀小说家的作品，这番成就倒也小看不得，而且他还把借来的加以软化，格调降得低些，许多读者觉得浅显可爱，毫不费力。文坛上的成功，使他不但进步而且也谦虚了。他对于自己的能力看得透彻，一点不傻——他看出他比很多极有才华的人有活力，他决计要享受自己所获得的成功。“我还没有真正写过什么呢，”他常说，“我并不认为自己真正有天才。可是只要努力不懈，也许会写出一本好书。”如以跳水为比喻的话，有人曾从更不牢靠的跳板作出精彩的跳水。他忘掉过去所受的无数冷嘲热讽。事实上，他的成功是在心理上，起因于他和汤米·巴班的决斗。他对这件事虽然渐渐忘了，可是却因此而产生了新的自尊。

船驶出的第二天，他看到狄克，先看了一眼，然后以和蔼可亲的态度自我介绍后，坐了下来。狄克放下在看的书，几分钟后发现麦吉斯哥已经改变，原来那种惹人嫌的自卑感没有了，自己很乐意跟他谈话。麦吉斯哥“学问渊博”，所知道的范围比歌德还要广——听他轻巧地把不计其数的别人的观点揽于己身，真是有趣。他们谈出了交情，狄克跟麦吉斯哥夫妇一起吃了几顿饭。这对夫妇享受贵宾待遇，应邀和船长同桌进餐，可是他们曾以新有的架子告诉过狄克，他们“受不了那群人”。

维奥莉现在很神气，穿的都是时装名设计师的杰作。她觉得家教良好的女孩子十几岁时种种的小发现很可爱。这些她本可以在布瓦斯跟她母亲学的，可是她的灵魂是在爱达荷州小电影院里凄凉地长大的，她没时间陪她母亲。如今她跻身于社会名流之间，和其他数百万人平坐平行了——她很快乐，只是太过天真的时候仍要挨丈夫骂。

麦吉斯哥夫妇在直布罗陀下了船。第二天晚上在那不勒斯，狄克坐客车从旅馆到火车站的时候结识了到异乡不知所措、可怜的一母两女。他在船上就见过她们，一时非常想帮助她们，也或许想使她们倾慕他。他带她们逛逛游乐地方，又踌躇地请她们喝酒，高兴地见到她们开始恢复原有的那种自负而不失妥帖的神态。他自欺地说她们这样那样，把她们融入了自己的情节中，由于饮酒太多，他却无法将这种错觉持续下去。那母女三人一直以为这是天赐的好福气。夜色渐渐退去，火车在卡西诺和弗洛西诺奈摇晃喷气的时候，他便离开了。在罗马车站作了古怪的美国式分别之后，狄克便到奎里纳尔旅店，有点精疲力竭。

在服务台处他忽然两眼发愣，把头一抬，仿佛酒力发作，肚子发热，然后又直冲上脑袋。原来他见到了他不惜横渡地中海特别来看的那个人。

露丝玛利也同时见到了他，还没想起他是谁便打招呼；她惊愕地再回望一眼，跟着便离开身边的女伴，赶快走过来。狄克挺身屏息，转过身来面对她。她走过大厅来的时候，她的美貌经过打扮，更显得明艳，像一匹由黑子油抹得光亮，连箍带都油得亮亮的小马，他看了霍然惊醒。可是一切来得太快，他只能竭力掩饰自己的疲劳。面对她两眼亮晶晶的自信态度，他做出个不真诚的表情，暗示，“真奇怪，你居然也到这里来。”

她那双戴着手套的手在柜台上捂着他的手：“狄克，我们正在拍《罗马光荣史》——至少我们想我们是在拍；不过随时都可能停拍。”

他仔细逼视她，想把她弄得有点不自在，那样她就不大注意他没刮脸，衬衫因为穿着它睡觉，领子不挺了。幸亏她是赶着要外出。

“我们开始得早，因为十一点雾就升起来——两点钟打电话给我。”

狄克在他的房间里定下心神，他叫了个十二点接通的电话，剥掉衣服，真的一倒在床上便呼呼大睡了。

一直睡到下午两点钟，精神一爽，叫的电话并没有接。他取出行李里的东西把要熨烫的那套衣服和要洗的衣物送出去。然后刮脸，在热水里泡了半小时，才去用餐。太阳已经照在国民路上，他拉开窗帘让阳光射入，窗帘棍的老铜环叮当作响。他等待那套衣服熨好的时候，从报上看到“辛克莱·路易斯近著《华尔街》发表。书中分析美国小城的社会生活”。他接着去想露丝玛利。

起初他觉得没有什么。她年轻，有吸引力，可是托普赛也是如此。他猜露丝玛利有过相好，在过去四年里跟他们打得火热。嗯，你永远不知道自己在别人的生活里到底占多大地位。然而他的感情从这种雾一般的思潮中出现了——当你明知道阻碍重重而仍要保持一种关系的时候，这是最好的接触。往事像云烟一般渐渐回聚起来，他要把她那真挚动人的“献爱”保留在宝贵的躯壳里，直到她完全在他怀抱中，没有丝毫存在于他之外。他试想自己所可能吸引她的各点——比四年前要少了。十八岁时看三十四岁的人，因为人还没长大，仿佛在雾中看得不真；可是二十二岁时看三十八岁的人就会看得透彻清楚，而且，上次邂逅时，狄克正在感情的顶峰；此后，热情已经冲淡。

侍应生把衣服送了回来，狄克穿上件白衬衣和软领，打了黑领带，当中插了珍珠别针，检查用眼镜的带子穿上有另一颗同样大小的珍珠，在别针下面一英寸处摇晃，睡过觉以后，他的脸又泛出了连年夏天在里维埃拉消夏晒出来的黑红，便两手撑在椅子上，整个人倒立起来，身上的自来水笔和零钱都掉出来了。三点钟时他打电话给露丝玛利，露丝玛利叫他上去。因为练身体的关系，头一时晕晕的，他走到酒吧去喝杯搀汽水的杜松子酒。

“嗨，戴弗医生！”

只因为露丝玛利住在这旅馆，狄克才立刻想起此人是科利斯·克莱。此人仍是蛮有把握的老样子，看来很发达，下巴颏的肉突然鼓了出来。

“你可知道露丝玛利就在这儿吗？”科利斯问。

“我碰见她了。”

“我本来在翡冷翠，听说她到了这里，所以上个礼拜便赶了来。黄毛丫头十八变。”他把语气改得文雅一点，“我的意思是说她一向是仔细教养带大的，现在变成了很有阅历的女人——如果你懂我的意思。手里可着实抓住了些有钱的罗马小伙子！此话一点不假！而且手法多高明啊！”

“你是在翡冷翠读书吗？”

“我？当然啰，我在那儿学建筑，礼拜天就回去——是为了跑马而待在这儿的。”

狄克好不容易才拦住他，不要把那杯酒加在他的账单上去，那账单上写得密密麻麻，简直像股票交易所的行情报告。

20

狄克走出电梯，循着七拐八弯的甬道走，最后朝远处一扇有亮光的隐约可以听到说话声的房门走去。露丝玛利穿一身黑色睡衣，房间里午餐桌未撤，她在喝咖啡。

“你不但还是美，”他说，“而且比从前还要美些。”

“小伙子，要咖啡吗？”

“对不起，今天早上我太不像样。”

“你当时看来精神不太好——现在好了吧？要咖啡吗？”

“不要，谢谢。”

“你精神又好了。今天早上把我吓了一跳。母亲下个月来，要是我们不走的话。她总是问我可曾在这里见到你，她好像以为咱们住在隔壁似的。母亲一直喜欢你——她总是觉得你是我应该认识的人。”

“嗯，我很高兴她仍想起我。”

“啊，她的确是，”露丝玛利向他保证，“常常想起你。”

“我有时候在电影里见到你，”狄克说，“有一次我看《掌上明珠》，只有我一个观众！”

“现在拍的这部片子要是不剪的话，我演的角色会很吃香。”

她从他身后走过去，碰到他的肩膀。她打电话通知把餐桌撤走，然后朝大椅子上一坐。

“狄克，我们相识时我还只是个小女孩，现在我是个女人了。”

“我要听听你的一切。”

“妮珂——还有兰尼埃和托普赛都好吗？”

“他们都好。他们常讲起你——”

电话响了。她接电话的时候，狄克翻阅房间里的两本小说，一本是艾德娜·费白尔写的，一本是麦吉斯哥写的。侍者进来撤餐桌；餐桌撤走后，露丝玛利穿着黑睡衣显得更孤单了。

“……我有个客人……不，不太熟，我得到服装公司去试衣服，要试很久……不行，现在不行……”

仿佛餐桌一撤去——她就觉得放心了，露丝玛利对狄克微笑——那微笑仿佛表示两人终于齐心协力把世界上所有的麻烦通通解决掉了，现在在自己的天堂里享受宁静……

“打发掉了。”她说，“你可知道过去那一个钟头我一直在忙着准备迎接你吗？”

可是又有电话找她。狄克起身，把他的帽子从床上改放到行李架上，露丝玛利惊慌了，手捂着电话机口。“你不是走吧！”

“不是。”

电话讲完之后，他试图把这一再被打断的下午再接合起来，就说道：“我想现在人们该送点滋养的东西过来了。”

“我也这么想。”露丝玛利表示同意，“刚才打电话给我的那个人以前认识我一个远亲，岂有此理，竟凭这点关系打电话来！”

她现在弄暗灯光以便谈情说爱。难道还有别的原因使她不愿让他欣赏自己吗？他像写信似的对她说话，仿佛从他那里发出，要过了些时候才传到她耳里。

“坐在这里挨你这么近而不吻你，实在不好受。”两人就在地板中央热吻起来。她把身子紧贴着他，然后回到自己的椅子上。

可是不能就这样一直在房间里调情下去。情形是不进则退；所以电话又响的时候，他便走到睡房去躺在她床上，翻开麦吉斯哥的小说。不久，露丝玛利走了进来，坐在他身边。

“你有最长的睫毛。”她说。

“咱们现在回到了中学生舞会，参加舞会的有喜欢男人睫毛的露丝玛利·贺艾特小姐——”

她再吻他，他顺势把她拖下去，两人并躺着，频频热吻，连气都透不过来，她的呼吸显得年轻、热切，令人兴奋。她的嘴唇略微干裂，可是唇角很柔软。

两人衣裳未除，四肢纠缠，他的手臂和背，她的脖子和胸部挣扎扭动的时候，她低声说，“不要，现在不要——那些有自己的节奏的，要听其自然。”

他克制自己——把情欲排挤到脑子的一个角落里，但是仍然温柔地搂着她，让她的身子俯在他的上面，相距半尺，然后毫不介意地说：

“亲爱的——那没关系。”

他一瞧着她的脸，她的脸就变了，仿佛蕴藏着月光永恒的皎洁柔美。

“要竟是你的话，那也是老天有眼。”她说。她扭身离开他，走向镜台，两手按住蓬松的头发。过了一会儿，她拉了张椅子到床边，用手抚摸他的脸。

“把你的事老实告诉我。”他要求。

“我一向对你说老实话。”

“在某些方面说来是如此——可是凑合在一起就不对路了。”

两人不约而同都笑起来，可是他仍不放松。

“你真是处女吗？”

“不——不是！”她装腔作势地说，“我已经跟六百四十个男人睡过了——如果这就是你想听的答复。”

“那完全和我不相干。”

“难道你要我做心理学上的一个实例吗？”

“看你是个活在一九二八年，完全正常的二十二岁女子，我猜你一定试过几次恋爱了。”

“都是还没有几分眉目便吹了。”她说。

狄克不能相信她。他不能断定她究竟是故意要使他俩之间有隔膜，还是这样会使得最后的投降更有意义。

“咱们到平其欧去走走吧。”他提议。

他把自己的全身衣服抖捋直，把头发摩挲平。时机来了，可又过去了。三年来，露丝玛利总是把狄克当作理想人物，以他去衡量别的男人，结果她心中的他不免比实际的他还要伟大，她不要他像别的男人，可是那种急切的要求也正相同，仿佛他要拿掉她的一部分，放在衣袋里带走。

他俩在草地上、在天使塑像、哲学家塑像、农牧神塑像和喷泉之间徜徉。她很惬意地挽着他的手臂，不时稍微调正姿势，仿佛她要弄得恰到好处因为她要一辈子这样偎依着他。她摘下一根细枝，把它折断，却发现它没有弹力。她在狄克脸上忽然见到自己所希望看到的神色，便执起他那戴着手套的手一吻。她像小孩似的连蹦带跳博他欢心，结果逗得他绽出笑容，她自己也咯咯地笑了，两人开始玩得很高兴。

“亲爱的，我今天晚上不能跟你出去，因为早就答应了人。不过如果你起得早，我就带你去看拍外景。”

他独自在旅馆里晚餐，很早上床睡觉，早上六点半就在楼下大厅跟露丝玛利见面。她在车里坐在他身旁，晨曦映照下显得清新光艳。车驶出圣塞巴斯提安诺门沿着丈平古路驶去，后来抵达搭的罗马会场外景那里，竟比存在的真迹还要大。露丝玛利把狄克交给一个人，那人带他参观那座大的外景：一道道的拱门，一层层的座位，当中铺沙的竞技场，她拍戏所有的布景是基督徒俘虏囚禁室，不久，那人便带狄克到了那里，看男主角尼珂特拉在十来个女“俘虏”面前，昂首阔步，装模作样。这些女的眼带忧戚，却粘着假睫毛令人吃惊。

露丝玛利穿着长到膝盖的平胸衣衫出现了。

“你留神些，”她对狄克耳语，“我要听你的意见。凡是看过毛片的人都说——”

“毛片是什么？”

“头一天拍好赶快拿去冲洗镜头。他们说这是我第一件显露出性感的剧装。”

“我可没注意。”

“你不屑注意罢了！可是我自个儿注意到了。”

尼可特拉穿着豹皮，殷勤地跟露丝玛利说话，灯光技师则一面靠在导演身上，一面跟他讨论些事，后来导演很粗暴地把灯光技师的手推开，抹了抹额上的汗。狄克的向导说：“他的瘾又犯了，多不像话！”

“谁？”狄克问，那人还没答复，导演就快步朝他们走过来。

“谁瘾犯了——你自己才瘾犯了呢，”他凶狠地对狄克说，仿佛是在对陪审团陈述。“他犯了瘾之后，总以为人人也那样，多不像话！”他对向导又瞪了一阵，然后才拍手说：“好啦——各就各位。”

简直像到了一个闹哄哄的大家庭里。有个女演员走到狄克这里来跟他谈了五分钟，以为他是刚从伦敦来的一个男演员。一发现弄错了，她便落荒而逃。拍片人员大部分对圈外人不是非常自傲，便是非常自卑，可是以自傲的居多。他们既勇敢又勤劳，在一个十年来只要欢娱作乐的国家里成了名流。

天色渐渐迷蒙，对画家来说光线十分好，可是对摄影机来说却不能跟澄清的加州天空相比。尼可特拉跟着露丝玛利朝汽车走去，并且对她低语了几句话——她说再见的时候，逼视着他，并没有笑容。

狄克和露丝玛利在凯撒城堡午餐，那是家非常好的馆子，设在高坡上的一个山庄里，俯瞰一座古代会场的残迹，那古迹毁败了多久已经不得而知。露丝玛利喝了杯鸡尾酒和一点葡萄酒，狄克喝得不再觉得心里不痛快了。后来他们开车回旅馆去，脸红红的，十分愉快，因为兴奋得意反而默默无言。她要狄克占有她，他做了，而沙滩上开始的那种孩子气的迷恋终于如愿以偿。

21

露丝玛利晚上又有约会，是拍片队里一个人的生日宴会。狄克在楼下大厅遇见科利斯·克莱，可是他想独自吃晚饭，便假装在致美饭店有约会。他陪科利斯喝了杯鸡尾酒，心里隐约的不快变成了不耐烦——他不再有借口耍赖不回医院，这是一段浪漫的回忆而不是迷恋。妮珂是他的老伴——他厌腻她的时候虽然太多，可是她终究是他的老伴，跟露丝玛利厮混在一起是放纵——跟科利斯在一起是无聊透顶。

在致美饭店门口他碰见了贝贝。她那美丽的大眼睛又惊诧又好奇地瞪视着他，看来真像玻璃球。“狄克，我以为你在美国呢！妮珂跟你一起吗?”

“我是取道从那不勒斯回来的。”

看到他膀子上的黑纱，她便想起来说:“听到你的伤心事，替你难过。”

两人免不了一起吃晚饭。

“把一切情形讲给我听。”她要求。

狄克把情形讲了一遍给她听，大小姐直皱眉。她发现必须把她妹妹一生的那桩大不幸事归咎于某个人。

“你认为多姆勒医生治疗她一开始方法就很正确吗?”

“治疗方法和现在的不会有多大出入——当然总要找适当的人处理某一宗病例。”

“狄克，我可没意思假充内行向你提供意见，而且对那些也不大懂，但你是否认为换换环境是否也许对她有好处——离开那一片病患的气氛而像别人那样，住在平常的世界里?”

“然而是你自己对办医院的主意很起劲的,”他提醒她,“你告诉过我，你永远不会放心，除非她——”

“那是因为你当时在里维埃拉，住在老远的山上跟人人隔绝，过着隐士生活。我并不是劝你回到那种生活去。我的意思是说，可以住在别的地方，比方像伦敦。英国人是世界上心理最平衡的种族。”

“他们不是。”他不同意。

“他们的确是。你知道，我认识他们。我的意思是说你不妨春天在伦敦租幢房子——我知道你可以在塔博特广场租到一幢极可爱、有家具的房子。我的意思是说跟头脑健全、心理平衡的英国人一起生活。”

她本会跟着把所有一九一四年那些老的宣传故事都讲给他听，可是他哈哈笑了，并且说:

“我在读迈可 · 艾伦写的一本书，要是那本书——”

她一挥色拉匙就把迈可 · 艾伦勾销了。

“他只写颓废堕落的人物，我的意思是说那些值得认识的英国人。”

她就此轻描淡写地把她的朋友打发掉，可是狄克脑海里同时却映出在欧洲小旅馆里碰到的那些冷漠而迟钝的脸。

“当然那不关我的事，”大小姐重复一遍，以便再度进攻，“可是把她一个人留在那种气氛里——”

“我是因为父亲去世才回美国的。”

“我知道，我已经说过我多么替你难过，”她玩弄着项链上那一颗颗玻璃葡萄。“可是现在有这么多钱，干什么都绰绰有余，所以应该用来把妮珂治好。”

“先说一点，我实在不能想象自己在伦敦。”

“有什么不可以？我认为你在那里工作跟在任何别的地方一样好。”

他把身子朝椅背上一靠，望着她，即使她对以前那桩肮脏的事实，就是妮珂的真正病因有过怀疑，那她一定已经决定对自己否认有这种事，并且把它置之脑后，就像她把买错的一幅画丢到灰尘满布的堆东西小间去一样。

他俩转移到乌尔比亚去继续谈。科利斯 · 克莱来到他们这桌旁边，一屁股坐下。一位有天才的吉他手在那堆满酒桶的地窖里弹奏《演奏吧，我的钢管乐队》。

“我可能不是妮珂的适当配偶，”狄克说，“不过她大概还是会嫁给我这类型的人，她认为无限可靠的一个人。”

“你认为她跟别人结婚会快乐些吗？”贝贝突然把心思脱口而出讲

得很响，“当然那也可以安排。”

只是当她看见狄克笑得腰都弯了，她才明白自己那句话讲得多么荒唐。

“哦，你明白，”她安慰他，“千万可别以为我们不感激你所尽的一切努力。我们也知道你日子并不好过——”

“看上帝的份上，”他抗议说，“要不是我爱妮珂，情形可能不同。”

“可是你真的爱妮珂？”她惊恐地问道。

科利斯渐渐听明白他们在讲什么，狄克便迅速转变话题：“咱们谈点别的，好不好——比方说，你自己的事。你为什么不结婚？我们听说你跟裴雷爵士订婚了，他是——”

“噢，没有。”她变得忸忸怩怩，说话吞吞吐吐，“那是去年的事。”

“你为什么不结婚？”狄克打破沙锅问到底。

“我不知道。我爱的一个人在战时死了。别的男人都不要我。”

“讲给我听，贝贝，把你的私生活和你的意见都告诉我。你从不讲——我们讲的总是妮珂。”

“两个都是英国人。我认为世界上没有比第一流的英国人更高尚的人了，你认为对吗？要是有，我还没遇见过。这个人——唔，故事太长了，我讨厌长的故事，你呢？”

“可不讨厌么！”科利斯说。

“是么，我可不——要是动人的话，我喜欢。”

“你在这方面很行，狄克。你只要这样那样稍微说一句话，就能使得大家很热闹。我认为这是个了不起的才能。”

“那是噱头。”他温柔地说。他现在已经对她的三个意见表示不同意了。

“当然我喜欢礼节——我喜欢样样都合乎规矩，而且要很隆重。我知道你或许不喜欢，不过你必须承认这是我禀性持重的一个标志。”

狄克甚至于不屑跟她争论这点。

“当然我知道有人说，贝贝·华伦在欧洲到处跑，不断找新的刺激，却错过人生最好的事物。可是我的看法恰恰相反，我才是真正在追求最好事物的少数人之一。这一代最有意思的人我都认识。”吉他声又响起，使她的声音听不清楚，可是她提高嗓门，盖过了吉他声，“我没有过什么大错——”

“——除了很大的过错，贝贝。”

她注意到他眼里那种开玩笑的神色，便改变话题。他俩似乎简直不可能有任何共同的意见，但是他对她也有些说不出的钦佩，便把她恭维了一阵，送她到致美饭店门口，那些恭维听得她两眼闪闪发亮。

第二天露丝玛利一定要请狄克午餐，他们到一个小餐室去吃火腿蛋和烘蛋饼，那意大利餐厅老板曾在美国工作过。吃完之后，他们回旅馆。狄克发觉他并不爱她，她也不爱他，不过这非但不减低反而加深了他对她的情感，他现在知道了他不会在她生活上更深入一步，便觉得她是个陌生女人。他想许多男人说他们坠入爱河时其实也不过指的是如此，并不是灵魂不可收拾地沉没，五颜六色统统浸入一种色彩难以形容的染料，就像他以前爱妮珂那样，一听到妮珂会死，会精神分裂痛苦万分，或者爱上别的男人，总使他如身受刀割那样难受。

尼可特拉坐在露丝玛利的起居室里聊一件关于电影的事。露丝玛利向他暗示叫他走的时候，他幽默地抗议，然后十分傲慢地对狄克眨了下眼睛。电话照例又响了，露丝玛利跟对方讲了十分钟，狄克越来越不耐烦。

“到上面我的房间吧。”他提议，她同意了。

她横卧在大沙发上，他枕着膝部；他摩挲她的一缕缕秀发。

“我再打听你的私事行吗？”他问。

“你想知道什么？”

“关于你生活中的男人。我不但好奇，而且色迷迷。”

“你是说在我认识你以后多久？”

“或者以前。”

“哦，可没有，”她大吃一惊。“以前根本没有过。你是我倾心的第一个男人。你仍是我唯一的心上人。”她考虑着说。“大约在认识你后一年左右，我想。”

“那人是谁？”

“噢，是个男人。”

她虽然闪烁其词，他却一点都不放松。

“我敢说我可以把情形猜得出来：第一次不满意，以后过了好久才有第二次，第二次略微好些，可是你根本不爱那男的。第三次不差——”

他折磨着自己，继续说下去：“后来你有了一次真正的恋爱，可是因为太认真而吹了，到了那时候，你渐渐怕自己没有什么可以给你最后爱上的那个人，”他觉得自己越来越有维多利亚时代那种自以为是的假正经。“后来又有六七次逢场作戏式的恋情，直到现在。说得很近乎事实，是不是？”

她觉得有趣，一面笑一面流泪。

“错得不能再错了，”她说，狄克这下子放了心。“可是总有一天我要找到一个人，爱他，全心全意地爱他，永远不让他走掉。”

这时他的电话响了，狄克听出是尼可特拉的声音，要和露丝玛利讲话。他用手捂着话筒：

“你要跟他说话吗？”

她走到电话那里用意大利语叽里咕噜讲了一阵，讲得很快，狄克听不懂。

“这电话要讲好一阵子，”他说，“现在四点多了，我五点钟有约会，你最好跟尼可特拉先生去玩吧。”

“别发神经。”

“那我可就认为有我在的时候，你就应该撇开他。”

“那可难，”她忽然笑起来，“狄克，我真爱你，从没有爱过一个人像爱你这样。可是你能给我什么？”

“尼可特拉又能给别人什么？”

“那不同。”

——因为年轻人喜欢跟年轻人在一起。

“他是个西班牙佬！”他说。他嫉妒得发疯了，他不想再伤心。

“他只是个孩子，”她抽搐着说，“你知道我早就属于你的。”

他听了伸出肩膀去搂抱她，可是她厌倦地把身子朝后靠去，他这样搂抱她了一会儿，像芭蕾舞演员慢板曲结尾时做的舞蹈动作，她两眼紧闭，头发向后散垂，像个溺水的女子。

“狄克，放开我。我一生心境从没这样凌乱过。”

他是一只粗暴的红雀，毫无理由的嫉妒之心开始掩没他曾令她觉得自在的体贴和通达等美德，她不禁本能地退缩。

“我要知道真情。”他说。

“好，告诉你吧，我们常在一起，他要跟我结婚，可是我不要。你认为怎样？你想要我怎样？你从没有向我求婚。难道你要我永远跟科利斯·克莱那样的傻瓜鬼混吗？”

“你昨晚可是跟尼可特拉在一起？”

“那用不着你管，”她哭泣着说，“对不起，狄克，那是你管得着的事。世界上我只爱你和母亲两个人。”

“尼可特拉呢？”

“我怎么知道？”

她的心思那么难以捉摸，连最不重要的话也暗藏意义。

“像你在巴黎时对我那样的情感吗？”

“跟你在一起我觉得舒服快乐。在巴黎情形不同。可是一个人永远不知道自己以前一度的情感到底怎样。你知道吗？”

他站起来，开始把晚上要穿的衣服一件件摆出来——仿佛必得把世间一切的痛与恨都摆在自己的心里去，他绝不再跟她相爱了。

“我不爱尼可特拉！”她申明道，“可是我明天得和外景队到里窝那去，嗳，为什么一定要搞成这样？”她又泪如雨下。“这实在太可惜。你为什么到这儿来。咱们何不只存着一段回忆？我觉得仿佛跟母亲吵了架似的。”

他开始穿衣服，她站起来走向房门。

“我今天晚上不参加宴会，”这是她最后的努力。“我要跟你在一起。横竖我并不想去。”

情潮又开始泛滥，可是他连忙退却。

“我会在我的房间里，”她说，“再见，狄克。”

“再见。”

“真是可惜，多么可惜，嗳，多么可惜。到底是怎么一回事？”

“我已经纳闷好久了。”

“可是为什么要让我来承受呢？”

“我想我是瘟神，”他慢慢地说：“我似乎不再令人快乐了。”

22

晚餐后，季里纳酒吧里有五个人，一个意大利高级妓女坐在高凳上，絮絮不休地跟酒保讲话，那讨厌的酒保只是说："是……是……是……"一个肤色很淡有点臭架子的埃及人，虽然寂寞，却对那女人敬而远之，此外还有两个美国人。

狄克总是十分注意四周环境，科利斯·克莱则糊里糊涂，连最深刻的印象到了那早年发育不全的脑子里也渐渐湮灭，所以狄克讲话，科利斯则像人坐在微风里那样倾听。

下午发生的事情已把狄克弄得疲惫，正把怨气出在意大利人身上。他朝酒吧里四下张望，仿佛希望有个意大利人听见了他讲的话而不高兴。

"今天下午我跟我大姨子在致美饭店喝茶。我们得到最后一张台子。两个人走过来找不到空台子，于是其中一个走到我们面前说：'这张台子不是留给欧西尼公主的吗？'我说：'上面没有摆出牌子。'他说：'可是我想是留给欧西尼公主的。'我根本就不理他。"

"他后来怎么办？"

"他走掉了。"狄克在椅子上转过身子，"我不喜欢这些人。那天我在一家铺子门口离开露丝玛利才两分钟，一个警察就开始在她面前走来走去，还略微把帽子掀一掀致敬。"

"我不知道，"科利斯沉思了片刻说，"我倒情愿在这儿而不愿意在巴黎，那里每分钟都有人偷你的钱。"

他一直兴致很好，凡是会令他扫兴的他都听不进去。

"我不知道，"他固执地说，"我并不讨厌这里。"

狄克回想了这几天脑中所得的深刻记忆的景象，走向美国运通公司的时候，要经过国民路那些浓香扑鼻的糖果店，再穿过气息难闻的行人隧道到西班牙石阶。一到了那里看见那些卖花的摊子和济慈死在里面的那幢房子，他的精神就奋发起来。他只对人有兴趣，对于地方，除了天气之外简直不大注意，直到发生了实实在在的事情，使地方添加了色彩才有印象。罗马是他对露丝玛利的梦想完结的地方。

一个旅馆侍应生走进来，递给他一封短简。

“我没赴宴会，”短简说，“我在我的旅馆房间里。明天一早我们就去里窝那。”

狄克把短简还给侍应生，赏了他点小费。

“告诉贺艾特小姐说找不到我。”他转过身去向科利斯提议到小美夜总会去。

他们对那坐在酒吧前的妓女端详一番，给了干她那一行的人需要的最低限度的注意，她也以亮亮的眼睛大胆回望；他们穿过已经空无一人的大厅，那大厅平常就因为四周挂着褶层中堆积着维多利亚时代尘土的帷幔而显得气氛压抑，朝夜班司阍点点头，司阍以夜班员工特有的那种低三下四而带怨恨的态度还了礼，他们上了计程车在一个潮湿的十一月夜晚，掠过冷清清的街道。街上没有女人，只有面色苍白、身穿深色上衣，纽子扣到脖子的男人三五成群站在冷冰冰的石头旁边。

“我的天！”狄克叹息。

“什么事？”

“我在想今天下午那个人：‘这张台子是留给欧西尼公主的。’你可知道那些罗马世家吗？他们都是强盗，在罗马垮了之后把庙宇宫殿据为己有并且鱼肉人民的就是他们。”

“我喜欢罗马，”科利斯不为所动，“你何不去看看跑马。”

“我不喜欢看跑马。”

“可是所有的女人都去——”

“我知道这里我什么都不会喜欢。我喜欢法国，那里的人个个都以拿破仑自居，这里人人都以基督自居。”

到了小美夜总会，他们往下走，到了可吃可喝可以跳舞的地方，那里四壁有镶板，可是跟冷冰冰的石头在一起就完全显得不能持久。无精打采的乐队在演奏一支探戈舞曲，大舞池里有十来对人在跳，那些舞步花哨细巧，美国人看起来觉得非常讨厌。侍者太多，就算有几个好事者兴风作浪，也不会出现骚乱，整个场子相当活跃，却笼罩着一种期待的气氛，在期待一样事物，例如跳舞、夜晚和局面的平稳停止存在。它向敏感的客人保证不论他在找什么，在这里一定找不到。

这种情形对狄克明显得不能再明显了，他四边瞧，希望能看到什么，使自己的精神而不是自己的幻想能维持一个小时。可是什么都没有，过了片刻，他便转回身去对科利斯说话。他已经把自己当时的一些意见告诉科利斯，奈何科利斯记性不好，反应又不热烈，令他厌腻。和科利斯谈了半小时后，他觉得自己的活力显然降低了。

他们喝了一瓶意大利香槟，狄克的脸色发白，有点烦躁。他把乐队领班叫过来；那乐队领班是个巴哈马黑人，自命不凡，惹人讨厌，不到两三分钟，两人便发生争执。

“是你叫我坐下的。”

“好，不过我也给了你五十里拉，是不是？”

“好，好，好。”

“好，我给了你五十里拉，是不是？后来你，叫我再放点钱下去！”

“是你叫我坐下，是不是？是不是？”

“我是叫了你坐下，可是我给了你五十里拉，是不是？”

“算啦，算啦。”

那黑人愠怒地站起来走掉，这让狄克的情绪更坏了。可是他一看见对面有个女孩对他微笑，他四周那些模糊的罗马鬼影立即恢复了体面的人样。她是个英国少女，金黄头发，有一张健康、秀丽的英国面孔。她又对他微笑，带着邀请的意味，不过他明白那邀请的真意。即使是自动送上门来却不是献身。

“一搭就上，真没见过这么快的。”科利斯说。

狄克站起来走到对面她那里。

“能跟我跳舞吗？”

陪她坐的那个中年英国男子简直像是道歉地说：“我就要走了。”

狄克在兴奋之下，头脑清醒了，便跳起舞来。他发现那女孩令人想到一切美好的英国东西，她那明快的声音令人想起被海环绕着的一个个平安花园的故事，他身子朝后仰着打量她，对她说的完全是真心话，说得非常诚挚，声音都发抖了。她答应男伴一走，她就过来跟他们一起坐。她回到自己座位时，那英国男人又一再道歉，满脸堆笑。

狄克回到自己的台子，又叫了一瓶汽酒。

“她长得像个电影明星，”他说。“可是想不起来是谁。”他急躁地扭头望。“奇怪她怎么还不来？”

“我也想搞电影，”科利斯沉思着说，“我是应该去干父亲的生意，可是我不大喜欢。在伯明翰一个写字间里坐了二十年——”

他的声音像在抵抗唯物文明的压力。

“大材小用是不是？”狄克示意说。

“不，我不是那个意思。”

“不，你说的是有那个意思。”

“你怎么知道我的意思是什么？要是你那么爱工作，为什么不行医？”

狄克这时把自己和科利斯都弄得不好受，可是同时两人喝了酒也变得迷迷糊糊的，一下子就忘了，科利斯要走，两人热烈地握手。

“再仔细想想。”狄克以明智的态度说。

“再仔细想想什么？”

“你心里有数，”那是关于科利斯干他父亲生意的事——良好的忠告。

科利斯走了。狄克把那瓶酒喝完，又跟那英国女孩子跳舞，以大胆的革命精神征服自己不肯听话的身体，非常坚决地在舞池里开步走。最美妙的事发生了。他又在跟那女孩跳舞，后来音乐停了——她不知去向。

“你看见她没有？”

“看见谁？”

“跟我跳舞的那个女孩。忽然不见了。一定还在这里。”

“不行！不行！那是女宾洗手间。”

他站在酒吧旁，除了他还有两个人，可是他想不出怎样跟他们攀谈，他可以把罗马的一切以及科隆纳和吉坦尼两个家族兴起的激烈经过讲给他们听，但是明白以这个话题开始，谈话会突然停止。卖雪茄柜台上一排洋基玩偶忽然跌落到地板上，引起一阵混乱，他觉得那是自己闯的祸，便回到餐厅去，喝了一杯清咖啡。科利斯走了，英国女孩子走了，似乎只好回旅馆去，带着不愉快的心情躺在床上睡觉。他付了账，取了帽子和大衣。

阴沟里和路面上高低不平的鹅卵石之间都有脏水，从康潘尼亚方面升起了沼泽的水汽，历代衰灭文化流出的汗玷污了清晨的空气。四个计程车司机围住他，小眼睛在黑眼泡里滴溜溜转，其中一人探身向前，硬要挨近他的脸，他狠狠地把那人推开。

“到季里诺饭店多少钱？”

“一百里拉。”

六块美金。他摇摇头，还价三十里拉，这已经比白天的价钱多一倍了，可是那些司机一致耸耸肩，拔脚走开。

“三十五里拉，别再啰嗦了。”他说得很坚决。

“一百里拉。”

他突然说起英语来。

“半英里那么贵？你四十里拉送我去。”

“啊，不。”

他很累了，便拉开一辆计程车的车门，上了车。

“季里诺饭店！”他对倔强地站在车窗外的司机说，“别再冷笑了，送我到季里诺饭店去。”

“啊，不。”

狄克下车，夜总会门口旁边有人在跟计程车司机们争论，也有个人现在想向狄克解释他们的态度；又有一个司机逼上前来，打着手势呶呶不休，狄克把他推开。

“我要到季里诺饭店去。”

“他说一百里拉。”那权充翻译的人说。

“我明白，我会给五十里拉，滚开。”最后那两个字是对那个不识相的司机说的，他又逼向前来，那人对狄克看了一眼，然后鄙夷地唾了一口。

狄克这一星期肚里憋够了的闷气，立刻以暴力方式像闪电似的发作起来。在他的祖国那是光明正大，传统的手段；他走向前去，掴那人一个耳光。

那些人围住他，来势汹汹，挥舞手臂想蜂拥上前来揍他，可是近身不得——狄克背靠着墙，没头没脑地挥拳乱打，嘴里带笑。在最初几分钟，这场半真半假的打斗在夜总会门前进进退退，猛冲过去却被挡住，拳头随便乱挥，虚张声势。后来狄克失足跌倒；身体某部分摔伤了，可是挣扎起身再度纠缠，但是那些人忽然脱身不打了。有个新来的人在讲话，引起一番新的争论，狄克则倚着墙喘气，心里最气愤的是自己完全失去了尊严。他看出没人同情他，可是他不能相信是自己错了。

他们都到警局去解决这场纠纷。有人捡起狄克的帽子，递了给他，在某人轻轻的搀扶下，他踏步跟着计程车司机们转了个弯，走进一座四壁空空的兵房，国家警察都在一盏光线黯淡的电灯之下休息。

坐在办公桌前的是位警察队长，那好管闲事阻止殴斗的人用意大利语讲了一阵，有时候指指狄克却听凭司机们一阵阵短短的恶骂和痛责给打断了。队长开始不耐烦地点头。他举起手，那七嘴八舌的吵闹发出了最后几声叫喊便止住了。他然后转身面对着狄克。

“说意大利话吗？”他问。

“不会。”

“会不会法国话？”

“会。”狄克怒视着说。

“那么听好。你回季里诺饭店去。立刻上床睡觉。听好。你醉了。司机要多少，你就给多少。明白吗？”

狄克摇摇头。

“我不干？”

“为什么？”

“我会给四十里拉。那是很好的价钱。”

队长站起来。

“听好！”他神气活现地吼道。“你醉了。你打了司机。也就马马虎虎，别再计较啦，”他用两手激动地比划。“我放你走已经很不错了，照他要的价钱给吧——一百里拉。你回季里诺饭店去。”

狄克觉得遭到羞辱而勃然大怒，朝那队长回瞪了一眼。

“好吧。”他转身盲目地朝门口走去——站在他面前咧嘴笑点头的正是那个把他带到警局来的人，“我一定回去，”他喊道，“可是先得收拾这小子。”

他掠过那两眼发呆的国家警察，逼近那张笑嘻嘻的脸，猛挥左拳击中下颌旁边，那人应声倒地。

狄克俯视着倒在他脚下的那个人，一时觉得非常痛快。就在他心里刚一凛，怀疑自己做错事的时候，天旋地转；他被警棍击倒了，拳头和靴子都像雨点似的狠狠落在他身上。他觉得他的鼻子像瓦片似的裂开了，他的眼珠受猛揪，像被橡皮筋回弹到头里去，一根肋骨被鞋后跟踹断了，他一时昏迷过去，被扶起坐着的时候他醒过来，两手已上了铐。他不禁挣扎起来。被他击倒的那个便衣警探站在那里，用手帕轻触他的下颌，并且看看是否出血；他跟着走到狄克面前，摆好了姿势先缩回手臂，然后再伸出去，一拳把狄克击倒。

狄克倒在地上半天不动，于是便有人向他泼了一桶水。有人抓住他的腕子拖着他走时，他的一只眼睛睁开了，在血红色的一片模糊中隐约看出一个计程车司机那张像人也像鬼的脸。

“到致美饭店去。”他声音微弱地叫道，“告诉华伦小姐，二百里拉！华伦小姐。二百里拉！唉，你这鬼东西，你这，天哪——”

他还是被拖过那血红色的一片模糊，窒息，抽噎，身子擦着高低不平的地面，后来到了一个狭小地方，他被抛在石铺的地面上，所有人都走了出去，门哐啷一声关上，只剩下他一个人了。

23

贝贝·华伦在床上一直躺到一点钟，看玛里安·克劳福写的罗马故事，很奇怪，一点也不生动。她然后走到窗前望着下面的街景，旅馆对面有两名头戴尖帽身披斗篷的国家警察，样子看来煞是奇怪，二人的斗篷像主帆似的张着，摇摇摆摆地从这边走到那边。看着他们，她不禁想起午餐时，那个瞪着大眼，对她看得那么入迷的禁卫军军官。他有一个矮小民族里的高个子所特有的傲慢，除了做高个子以外没有别的义务。要是他走过来对她说："咱俩相好吧。"她一定会回答："对，干吗不？"——至少现在看来她会如此回答，因为她人生地不熟，人还有点茫茫然。

她的思绪从那个禁卫军军官慢慢转回到那两个国家警察身上，又想到狄克——她上了床，关了灯。

快到四点钟时，她被急促的敲门声惊醒了。

"谁，有什么事？"

"我是看门人，夫人。"

她穿上她的和服式晨衣，睡眼惺忪地站在他面前。

"你那姓戴弗的朋友出了事。他跟警察闹起来，他们把他关了起来。他派一辆计程车捎信来，那司机说他答应给他二百里拉，"他小心地停了停以待这件事得到批准。"司机说戴弗先生的事情闹大了。他跟警察打了起来，伤得不轻。"

“我马上就下来。”

她穿衣服时心急得怦怦乱跳，十分钟后她走出电梯进入大厅，传口信的计程车司机已经走掉。看门人叫了另一辆计程车，指点司机监狱的地点。他们坐车去的时候，车外渐渐不像以前那么黑沉沉了，贝贝的脑子还没有完全清醒，对那夜与昼的不分明有点畏缩。她开始与白昼赛跑，有时候在大街上她占上风，可是那涌上来的感觉稍微一停，风便不耐烦地东吹一阵西吹一阵，光又慢慢地出现。车掠过一座声音哗啦哗啦响、显出一团大黑影的喷泉，折入一条巷子，那巷子曲折得厉害，房屋都顺着它而七扭八歪，圆石路面令车颠簸得嘎嘎作响。到了有两座岗亭的灯光照出湿绿围墙的地方，车猛地煞住。拱门的一片紫黑中突然传出狄克的声音，狂喊叫嚷的声音。

“可有英国人？可有美国人？可有英国人？可有——哎，我的天！你们这些不是东西的意大利鬼！”

他的声音消失了，她接着听到沉重的捶门声，然后狂喊声又起。

“可有美国人吗？可有英国人吗？”

她循着喊声，奔入拱门到了一个院子，一时搞不清楚，四面乱转，后来发现喊声来自一间小警卫室。两名国家警察开始站起来，可是贝贝掠过他们冲到囚室门前。

“狄克！”她喊道，“出了什么事？”

“他们弄瞎了我一只眼睛，”他嚷道，“把我扣上手铐，然后殴打我，他妈的——那——”

贝贝倏地转身，朝两名国家警察迈近一步。

“你们对他怎么啦？”她低声问，态度那么凶狠，两名警察面对着越来越愤恨的她，不禁畏缩。

“不懂英语。”

她用法语咒骂他们，她那满怀信心、一发而不可收拾的愤怒弥漫满室，笼罩着他们，又振振有词地数落他们，把过错统统加在他们身上，把他们弄得不安，恨不得找条地缝钻，“快救救他！快救救他！”

“没接到命令我们没办法。”

“做做好事。做做好事！做做好事！”

贝贝再对他们大发雷霆，他们浑身出汗，连连道歉自己无能，同时面面相觑，觉得的确搞出大错了。贝贝到囚室门口，身子靠在门口，几乎是在抚摩它，仿佛这样能使狄克感觉到她人在和她的力量，嘴里喊道：“我这就到大使馆去，我会回来的。”她对两名国家警察投以无限凶狠的最后一眼，便跑了出去。

她乘来的那辆计程车开到美国大使馆，由于司机坚持便付掉车钱，她奔上台阶按门铃时，天还没亮，她按了三次，才有个眼睛睡得迷迷糊糊的英国门房开了门。

“我要见大使馆的人，”她说，“随便哪个——可是要马上见。”

“大家都没醒，女士。我们要到九点钟才办公。”

她不耐烦地挥手甩掉九点钟开门那件事。

“有要紧的事。一个人，一个美国人——挨了毒打。他现在在一个意大利拘留所里。”

“现在没人醒着。九点钟——”

“我等不及。他们弄瞎一个人的眼睛——我妹夫的眼睛——而不放他出拘留所。我非得跟这里一个人说话不可——你明白吗？你有神经病吗？你是白痴吗，站在那儿，脸上那鬼样子？”

“我无能为力，女士。”

“你非得叫醒一个人不可！”她抓住他的肩膀，使劲摇晃他。“那是件生死大事。你不叫醒一个人，你就要遭殃——”

“请您放开手，女士。”

从门房的后上方传来带格鲁顿中学口音的表示厌烦的讲话声。

“下面有什么事？”

门房如释重负地回答。

“先生，是位女士，她摇晃了我。”他是退后一步讲话的，贝贝则跟进一步进了门厅。上面楼梯口站着个怪里怪气的年轻人，刚从睡梦中醒来，身上裹着一件绣花波斯睡袍。他的脸是一片不是天生的极难看的粉红色，虽然鲜活可是死板板的，嘴上绑着一个似乎是个塞口物的东西。他一见到贝贝便把头朝后闪避到阴影中去。

“什么事？”

贝贝告诉了他，她在激动中已经渐渐挨近到楼梯脚。她讲的时候才认清那塞口物实际上是胡须套，那人脸上原来抹着粉红色雪花膏，不过这跟整个噩梦倒也配合。她激动地嚷道他应该立即跟她到拘留所去把狄克弄出来。

“这是很糟的一件事。”他说。

“是的，”她讨好地表示同意。“好吗？”

“这是试图跟警察作对，”他的声音里显出个人受到冒犯的意味。“我恐怕在九点以前不行。”

“九点钟以前不行，”她震骇地重复他的话。“可是你一定能采取什么行动！你跟我到拘留所去，确保他们不再伤害他。”

“我们是不准做那种事情的。领事馆处理这事。领事馆九点钟办公。”

他的脸因为绑着有胡须套不能动，所以看来没有表情，却把贝贝惹火了。

“我不能等到九点，我妹夫说他们把他的一只眼睛弄瞎了——他受了重伤！我得到他那里去。我必得找个医生。”她什么都不在乎了，一面说，一面气得哭起来，因为她知道好好跟他说没用，她一激动起来反而有用。“你必得想想办法。保护遭遇麻烦的美国公民是你们的职守。”

可他是东部海岸的人，对她来说心肠太硬。她不明白他的地位，他只好捺着性子摇摇头并把身上那件波斯袍拉紧些，然后朝下走了几级楼梯。

“把领事馆的地址写给这位女士，”他吩咐门房，“再找出柯拉素医生的地址和电话号码也写下来。”他转身对贝贝说话，表情就像愤怒的基督。“尊敬的女士，本使节团是处理美国政府和意大利政府之间的事务，和保护本国公民的事互不相干，除非得到国务院的特别训示。令妹夫触犯了这个国家的法律，被关入拘留所，就和意大利人在纽约可能下狱的道理一样。唯一可以把他弄出来的是意大利法庭，如果令妹夫有理，负责保护美国公民的领事馆可以对您提供援助和意见。领事馆要到九点钟才办公。哪怕是鄙人的亲兄弟，区区也爱莫能助——”

“你能打电话给领事馆吗？”她插嘴说。

“我们不能干涉领事馆的事。领事九点钟到那儿的时候——”

“你能不能把他的住址给我？”

那人迟疑片刻，摇了摇头。他从门房手里拿过那张便条递给贝贝。

“现在请恕不奉陪了。”

他已经把贝贝带到门口。紫色晨曦猛然照在他那好像戴了粉红色面具的脸上和保护胡须的麻布口袋上；接着贝贝就只身站在门外石阶上，她在大使馆里一共待了十分钟。

大使馆外的广场上空空荡荡，只有一个用尖刺木棍捡香烟头的老翁。没过多久，贝贝截到一辆计程车到领事馆去。可是领事馆里除了三个一副可怜相的擦楼梯女工之外，一个人都没有，她无从使她们明白她要领事的住址——一急之下她冲了出去，吩咐计程车司机开到监狱去。他不知监狱在哪里，她用向右、转弯、向左等简单指示，居然使车开到了监狱所在的大致地点。她下了车，试了一条条眼熟的胡同，可是那一带的房子和胡同看来都是一样的。她从一条小街走出来，到了西班牙广场，见到美国运通公司，一看到招牌上的“美国”两个字不禁大喜，窗子里有灯光。她连忙穿过广场，试试运通公司的门，可是门锁着，里面的钟是七点。她突然想到了科利斯·克莱。

她记得他住的旅馆的名称，是幢别墅，布置得红红一片，俗气得很，就在致美饭店对面，柜台上的女职员不大愿意帮助贝贝——她无权打扰克莱先生，也不肯让贝贝独自上去到克莱的房间里去，最后相信这不是幽会之后，她才陪贝贝上去。

科利斯躺在床上，一丝不挂，他回旅馆时已经醉醺醺的，醒了过来，过了一会儿才发现自己全身赤裸，他显得格外忸怩作为补赎，他把衣服带到洗澡间去穿，一面匆匆忙忙地穿一面喃喃自语：“我的天，她一定把我看了个够。”打了一阵电话后，他和贝贝找到监狱地址便直奔过去。

牢门开了，狄克倒在警卫室里的一张椅子上。警察已经把他脸上的一部分血洗掉，把他身上衣服刷干净，还把他的帽子套在头上遮住眼伤。贝贝站在门口发抖。

“克莱先生会陪你，”她说，“我要去请领事和医生。”

“好。”

“只要别闹就行了。”

“好。”

“我就回来。”

贝贝坐车到领事馆去，这时候已经八点多了，她获准在接待室坐，将近九点，领事到了，贝贝因为样样事都没办到，人又精疲力竭，情绪不能自抑，就在这种情况下把所发生的事再讲一遍。领事听了甚为不安，警告她不得在陌生城市打架滋事，可是他最在意的还是她应该在外面等——她心情沮丧，从那领事上年纪的眼睛里看出他要尽量避免卷入这场极不幸的事件。她等待他采取行动，一面打电话给一个医生，叫他去看狄克。接待室里还有别人，有几个进了领事办公室去。半小时后，她趁着有人出来便推开那秘书闯了进去。

"这真不像话！一个美国人被打得半死，关在监狱里，你却袖手旁观，不去援救。"

"且慢，你——"

"我已经等得够久了。你马上到监狱去把他弄出来！"

"你，你——"

"我们在国内是很有地位的——"她一面说一面噘嘴，"要不是怕丑闻传出去，我们能——我将把你对这件事漠不关心的态度报告到有关方面去。我妹夫如果是英国人，那他好几个钟头之前就恢复自由了，可是你对派到这里来应尽的职务反而不及你对警方的态度来得关心。"

"你，你——"

"你把你帽子戴上立刻跟我去。"

一提到他的帽子，那领事就着慌了。他开始匆匆揩眼镜并且乱翻他的文件。这一点用也没有。那位美国女人动起肝火来了，昂立在他面前，那曾经摧毁一个种族的意志，使一个大陆雌伏、不顾一切排除万难却没有理性的脾气，实在令他受不了。他按铃召副领事来——贝贝胜利了。

警卫室里阳光满窗，狄克坐在阳光里。科利斯跟两名国家警察同在，他们都在等待什么事情发生。狄克虽然成了独眼龙，视野缩小了，却还能看到那两名警察，他们都是上唇短的托斯卡纳的农民，难以相信昨晚的暴行就是他们干的。他向其中一人要了一杯啤酒。

啤酒令他有点头晕目眩，整个事件看来有点令人啼笑皆非。科利斯认为那英国女孩跟这场横祸有关系，可是狄克肯定事件发生之前她早已不见了。科利斯的心思仍在华伦小姐撞见他裸体躺在床上那件事上。

狄克的怒气已经平息了一些，觉得自己对此不应负有刑事责任。发生在他身上的事那么可耻，除非他能将其扼杀，不然无论怎样都没用，既然不可能将其扼杀，他便永无希望摆脱苦海。今后他将变得和以往不同，完全是另一个人，而在这种心灵饱受创伤的状态下，他对自己将变成什么样的人有种种古怪的想法。这件事具有天灾的成分。没有哪个成熟的亚利安人能从一次耻辱里得到有益的教训；他原宥之后，那耻辱便成为他生命的一部分。他已对令他受耻辱的事物表示了认同——就狄克这次事件而论，如此的结果是不可能产生的。

科利斯提到惩凶时，狄克摇摇头不说话。一位国家警察队中尉进屋来，制服笔挺，皮靴雪亮，精神抖擞，一个人像三个人似的，那两名警卫跳起来立正，中尉捡起空啤酒瓶子，对那两名警察痛斥一番，他有新精神，来了之后第一件事就是把啤酒弄到警卫室外，狄克看看科利斯，纵声大笑。

副领事来了，他是个工作过度的年轻人，姓斯万森。大家动身前往法庭；科利斯和斯万森分别在狄克两旁，两名国家警察紧跟在后面。这天早上，天色黄黄的，有烟雾；广场和两旁连拱廊的街道上挤满了人。狄克把帽子拉得很低，领先快步走，后来一个矮腿国家警察跑上来抗议了。斯万森作了调停。

“我使你丢脸了，是不是？”狄克愉快地说。

“你跟意大利人打架会送命的，”斯万森觍觍地回答，“他们这次大概会放过你，不过你如果是意大利人，就会坐两个月的牢，那可够受的！”

“你坐过牢吗？”

斯万森哈哈笑。

“我喜欢他，”狄克对科利斯说，“他是很受人喜欢的年轻人，给人非常好的劝告，可是我敢打赌他自己也坐过牢。也许坐过好几个礼拜。”

斯万森哈哈笑。

“我是说你可要小心。你不知道他们是怎么样的人。”

“啊，我知道他们是怎么样的，”狄克含愠地打断他的话。“他们都是他妈的坏蛋。”他转身对国家警察说：“你听见没有？”

“我在这儿要跟你们分手了，”斯万森赶快说，“我告诉过你大姨子我会——我们的律师会在法庭楼上跟你见面。你可要小心。”

“再见，”狄克很有礼貌地握手，“十分感谢你。我觉得你前途无量——”

斯万森莞尔一笑，便快步走开，又摆出他那不苟同的官方面孔。

他们现在来到一个院子，四面外边都有楼梯通到楼上。他们走过石板小径时，院子看热闹的人都在发出呻吟声、嘘声和呸声，充满了愤怒和轻蔑。狄克朝四周瞪视。

“那是为什么？”他震骇地质问。

一名国家警察对人群讲了话，那些声音便寂灭了。

他们上了法庭。领事馆派来的一位衣着褴褛的意大利律师对法官讲了好久，狄克和科利斯在旁边等候。有个会说英语的人从对着院子的窗口转过身来，解释狄克他们进来时何以有种种嘘声和呸声。原来一个弗拉斯卡提地方的人强奸了一个五岁女孩并且把她杀害，这天早上就要呈堂受审，群众误以为狄克就是他。

几分钟后，律师告诉狄克他已无罪开释——法庭认为他受的惩罚已经够多了。

“够多了！”狄克嚷道，“凭什么受的惩罚？”

“走吧，”科利斯说，“你现在争也没用。”

“可是我除了跟几个计程车司机打架之外，又做了什么错事？”

“他们说你走到一名侦探面前，仿佛要跟他握手似的，然后就给他一拳——”

“说得不对！我当时告诉他我要打他的，我并不知道他是侦探。”

“你最好还是走吧。”律师劝他。

“走吧。”科利斯挽着他的手臂，步下台阶。

“我要演说，”狄克嚷道，“我要向这些人说明我是怎样强奸一个五岁女孩的。也许我真干过。”

“走吧。”

贝贝和医生在计程车上等候着。狄克不要瞧她，也不喜欢那医生，瞧他那严峻的态度，就知道他是最阴阳怪气的欧洲人——拉丁民族的道学先生。狄克简述他对整个不幸事件的想法，可是没人有多少话说。在季里诺饭店的房间里，医生替他洗掉其余的血、黏汗，校正他的鼻梁，为他折断的肋骨和手指复位，又给小伤口消了毒，把受伤的那只眼睛包扎起来。狄克跟医生要了零点零一六克的吗啡，因为他还非常清醒，精神紧张得异常亢奋。服了吗啡之后他便睡着了；医生和科利斯离开了，贝贝陪着他直到英国疗养院的护士到来，这一夜可不好受，不过有一点她感觉满足，那就是不论狄克以前的记录怎样，只要他对她们还有用处，他们便可以用道德方面的优势钳制他。

卷　三

1

格雷高罗维斯太太在自己家花园的小径上赶上了丈夫。

“妮珂好吗？”她婉转地问；可她是喘息未定就问的，可见她跑过来的时候，脑子里一直在想着这问题。

佛朗兹诧异地瞧着她。

“妮珂没有病。你为什么问，最亲爱的？”

“你常常去看她——我想她一定是病了。”

“咱们到屋子里再谈这事。”

凯特柔顺地同意了。他在办公楼的研究工作已经结束，孩子们则在客厅里跟家庭教师上课；他们夫妻俩便到卧室去。

“请你原谅我，佛朗兹，”凯特在他没来得及开口之前便先道，“请你原谅我，亲爱的，我没权利那么说。我知道我的责任而且引以为傲。可是妮珂和我合不来。”

“鸟在它们的巢里时都能意见一致，”佛朗兹大声咆哮。后来发现他说的声调和那句话的旨意不配合，便用有板有眼抑扬顿挫的腔调再把那命令重复了一遍：“小鸟——在——它们的——窠里时——都能和睦相处！”他的老师多姆勒医生用这种腔调说话，能使最不相干的话也显得有意义，“我明白这道理，你从没见过我对妮珂礼貌不周呀。”

“我觉得你缺乏常识。妮珂是半个病人——她可能一辈子都带病，当狄克不在的时候由我负责。”他迟疑了一下，有时他作弄凯特，有新闻而不告诉她。“今天早上罗马方面来了电报。狄克得了流行性感冒，明天起程回家。”

凯特这下放心了，便继续她要讲的话，不过说得不那么小心眼了。

“我想妮珂的病没有大家以为的那么厉害——她只是利用她的病作为行使权力的工具，她应该去演电影，就像你喜欢的那个瑙玛·陶美琪那样——那才是所有美国女人都会觉得快乐的地方。”

“你难道连银幕上的瑙玛·陶美琪也嫉妒吗？”

“我不喜欢美国人。他们自私，自私！”

“你可喜欢狄克？”

“我喜欢他，”她承认。“他不同。他为别人着想。”

——其实瑙玛·陶美琪也是如此，佛朗兹对自己说。瑙玛·陶美琪除了天生丽质外，肯定是极有风度的高贵女人。那些人肯定在强迫她演愚蠢的角色，像瑙玛·陶美琪那种女人，跟她见面就是极大的荣幸。

凯特已经忘记瑙玛·陶美琪了。有天晚上他们在苏黎世看完电影开车回家的时候，她曾激烈批评这个给人留下生动印象的电影明星。

“——狄克是为了贪图妮珂的金钱而跟她结婚的，”她说，“那是他的弱点——你有天晚上自己也差不多这样暗示过。”

“你是一肚子的恶意。”

“我是不该那么说的，”她否定了自己刚才说的话，“我们大家都应该照你所说的，像鸟那样住在一起。可是这很难，妮珂见了我会稍稍后退，仿佛在屏息——仿佛我有臭味似的！”

凯特说的一点都不差。大部分工作她都自己做，而且一向节俭，很少添置衣裳。一个每天晚上要洗两套内衣裤的美国女店员，会注意到凯特身上有一点隔夜的汗臭味儿，与其说是臭味，不如说是提醒人须永远操劳而导致身体衰朽的阿摩尼亚气息。对佛朗兹来说，这是自然的，就跟凯特头发的强烈气味那样不足为奇，要是闻不到这种味儿，他也会十分想念的，可是妮珂生来就讨厌护士替她穿衣服时手指的味儿，认为凯特的汗酸味是不得不忍受的一种罪。

“还有她的孩子，”凯特说下去，“她不喜欢他们跟咱们的孩子玩——”可是佛朗兹听够了：

“住嘴——这种话只会对我的职业有害，因为这家医院就是用妮珂的钱开办的。咱们吃中饭吧。”

凯特认清她这番牢骚发得不对劲，不过佛朗兹最后那句话令她想起别的美国人也有钱，因此一个礼拜之后，她又用新的方式表达她如何不喜欢妮珂。

那是狄克回来后，他们请狄克夫妇吃晚饭后发生的事，等那对夫妇在小径上的脚步声听不到了，她便把门关上对佛朗兹说：

“你可曾留神他的黑眼圈？他一定是大大荒唐了一番！”

“声音轻点，”佛朗兹请求她，“狄克一回来便把那件事告诉了我。他在横渡大西洋的船上曾打过拳击。很多美国乘客都在横渡大西洋的船上打过拳击。”

“我能相信那个吗？”她嘲笑道，“他有一条手臂一动就疼，在一边太阳穴上还有个伤疤没长好——你可以看出那里的头发是剪掉的。”

佛朗兹没注意到这些细节。

“可是怎么样？”凯特质问，“你认为那种事情对医院有什么好处吗？今天晚上我闻到他的酒味，还有自从他回来以后还有几次也是如此。”

她把声音放慢以配合她将要说的话的严重性，“狄克不再是个认真的人了。”

佛朗兹晃着肩膀上楼，摆脱她那喋喋不休的饶舌，在卧室里，他转身对她说话了。

“他绝对是个认真的人，是个才华出众的人。在所有最近在苏黎世取得神经病理学学位的人当中，人们认为狄克最有才华——我永远比不上。”

“你真泄气！”

“是真的——不承认这一点才丢脸呢。遇到十分复杂的病例，我便向狄克求助，他所写的书在那一类书里仍是标准作品——你到任何医学图书馆去问好了，大多数学生认为他是英国人——他们不相信美国人能研究得那么透彻。”他以在家里时那种随便的态度唉声叹气，一边从枕下取出睡衣，“我真不明白你为什么要这么说话，凯特——我本以为你喜欢他呢。”

“这是什么话！”凯特说，“你才是脚踏实地、稳扎稳打的，事情都是你做的。你们俩就跟龟兔赛跑一样——在我看来，兔子已经差不多跑不动了。”

“嘘！嘘！”

“好，不说了，不过那是真的。”

他用那只张开的手迅速朝下压。

“住嘴！”

结果是两人像辩论似的交换了意见。凯特向自己承认把狄克说得太过分了。她敬佩他，他也那么欣赏她，了解她。至于佛朗兹，一旦凯特的话深深留在他脑子里，他便永远不再相信狄克是个认真的人了。久而久之，他更说服自己根本从没有认为狄克是个认真的人。

2

狄克把罗马那桩横祸讲给妮珂听，只是把事实加以隐瞒篡改了——据他说是有个朋友喝醉酒，他发慈悲去援救而惹出事来的。他相信贝贝·华伦，不会泄露真情，因为他已经向她说过要是妮珂知道了，后果会多么不堪设想。不过这和整个事件对他迟迟不散的影响比起来，只是个小问题。

拼命工作是他表现出的反应。唯其如此，佛朗兹虽然尝试跟他分手却找不到争论的借口。可是一下子毁掉一段真正的友谊总会有撕心裂肺的痛苦的。因此佛朗兹日益深信狄克在“知”和“情”两方面发展得太快，这种振动刺激了他的神经——这和他们友好时佛朗兹的看法相反，那时他认为这是一种美德。所以因为居心不良便乱找理由。

到五月佛朗兹才找到机会开始走和狄克疏远的第一步。有天中午，狄克到他办公室来，脸色发白精神疲倦，坐了下来说：

“唉，她走了。”

“她死了吗？”

“心脏停止了。”

狄克精疲力竭地坐在离门最近的椅子上。他曾经一连三夜守护他渐渐喜欢上的那个长疮的无名女艺术家，表面上为了给她注射定量的肾上腺素，其实是安慰她，尽可能为她在走向黑暗的时候照出光明。

佛朗兹有点了解狄克的心情，迅速发表了一个意见：

“那是神经梅毒，我们进行的所有瓦氏梅毒试验结果都是一样。脊髓——”

“别提了，”狄克说，“唉，天哪，别提了！要是她那么在乎她的秘密而宁愿把它带走，就让它去吧。”

“你最好休息一天。”

“你放心，我是要去休息。”

佛朗兹达到目的了，他本来在低头撰写电文给那女人的哥哥，现在抬起头问道："或者你想做一次短短的旅行？"

"现在不想。"

"我不是说休假，洛桑方面有个病人，我整个早上都在和一个智利人通电话——"

"她真有种，"狄克说，"撑了这么久。"佛朗兹摇摇头表示同情，狄克竭力振作起来。"对不起，打断了你的话。"

"这只是稍微换一换环境——情形是一个做父亲不知道怎样对付他儿子——他没办法把儿子弄到这里来。他想请个人到他那儿去看着。"

"是什么毛病？酒精中毒？同性恋？你说在洛桑——"

"样样都有一点。"

"好，我去。有钱赚吗？"

"能赚很多钱，我可以这么说。大约要在那儿住两三天，要是那孩子需要观察的话，就得把他弄到这里来。不论怎样，你慢慢来好了；一半公事一半消遣。"

在火车上睡了两小时之后，狄克觉得精神一振，心境很好地去和巴都·伊·圭达·里亚先生面谈。

这些面谈性质都是差不多的。往往家庭代表精神紧张得不能自已，在心理学上和病人的情况同样有趣。这次也不例外，巴都·伊·圭达·里亚先生是个毛发斑白的西班牙人，仪表堂堂，举止轩昂，从他的一切都看出有钱有势。他在三世界饭店的套房里，踱来踱去，怒气冲天，讲他儿子的事的时候，就像个醉妇那样不能自抑。

"我什么办法都没了。我儿子堕落了。他在哈罗就堕落了，在剑桥皇家学院时就堕落了。他是朽木不可雕地堕落了。越来越明显，他有酒精中毒的毛病，也不断有丑闻。我什么都试过了——我跟一个医生朋友试过一个计划，由他陪我儿子游历西班牙全国。每天晚上给佛兰西斯科注射一针斑蝥制剂，然后两人一起到一家上等妓院去——起初一个礼拜似乎有效，可是结果一点用都没有。最后上个礼拜就在这个房间里，说得准确些，在那浴室里——”他指着那里，“我叫佛兰西斯科把上身脱光了，用鞭子——”

他情绪过于冲动，弄得精疲力竭，便坐了下去。狄克说：

“那很笨——西班牙游历之行也无济于事——”他竭力抑制涌上心头的窃喜——任何有名气的医生竟会同意卷入这种外行的试验！“——先生，我必须告诉你，对于这些病情，我们也无法给予保证。关于酒瘾，我们常常可以有些成就——只要得到适当合作。第一件事是要见见那孩子，得到他的信任，找出他自己是否别有见地。”

——跟他坐在露台上的那个孩子大约二十岁，长得俊秀灵活。

“我想知道你的看法，”狄克说，“你可觉得情形是否越来越糟？你是否有意想想办法？”

“我想是，”佛兰西斯科说，“我很不快乐。”

“你认为这是喝酒还是别的不正常情形造成的？”

“我想喝酒是另一件事造成的。”他一时很严肃——可是突然露出不可抑制的滑稽神情，他哈哈笑了，说道，“这是治不好了。在皇家学院，我的外号是‘智利皇后’。西班牙之行——只是让我每看见一个女人就觉得恶心。”

狄克声色俱厉地打断他的话。

“要是你甘愿自暴自弃，那我帮不了你，我是在浪费时间。”

“不，咱们谈谈——别的医生我大都十分看不起。”那孩子倒有一点丈夫气概，现在畸形地变成对父亲的积极抵抗。不过他眼睛里有一般同性恋者讨论这问题时都会露出的狡猾眼色。

“不论怎样这也是偷偷摸摸、见不得人的事，”狄克告诉他。“你会一辈子沉沦在这上面，忍受种种后果，你不会有时间和精力去做其他正当的社会活动。你如要面对世界，你必得从控制自己的色欲开始——还要控制的就是把激起色欲的酒——”

他已在十分钟之前放弃了这个病例，想到什么就讲什么。他俩相当愉快地又谈了一个小时，谈到孩子在智利的家和他的志向。除了从病理学角度之外，狄克从没有像现在这样如此彻底地了解一个人过——他推断佛兰西斯科就是凭他那种迷人的特性而干出不堪的事的，而狄克一向认为迷人的特性是单独存在的，不论它表现出来的是今天早上医院里死的那个可怜人近乎疯狂的英勇，或是这个堕落青年叙述一个陈旧老故事时那种勇敢的温文优雅。狄克试图把它切割成小片，小得能够储藏在脑中，同时明白人生的整体与局部可能在本质上是不同的，而且四十来岁的生活，只能局部地加以观察。他对妮珂和露丝玛利的爱，他在战争结束时那个支离破碎的世界里和阿贝·诺斯，汤米·巴班的友谊——交游那么密切，当时一般人似乎都抢着跟他接近，他自己也变成风头人物——仿佛有要么全接受要么概不接受的必要；好像他此生一辈子得要受罪，把早先遇见、早先喜爱的某些人的自尊心担负在自己身上，他们的性格完整了，他自己的性格才能保持完整。这其中涉及某种孤寂的成分——被人所爱那么容易——爱别人却那么难。

他跟年轻的佛兰西斯科坐在露台上的时候，过去的一个幽灵映入他的眼帘。一个身材高大的男子，姿势古怪、摇摇摆摆离开灌木丛朝狄克和佛兰西斯科趔趄地走来。他一时成为生气盎然的景色中显得那么可怜的一部分，狄克简直没有注意到他——可是接着狄克霍地站起来，若有所思地摇着手，暗自想道：“我的天，我这下子捅了马蜂窝了！”一面拼命在想那人的姓名。

“这位是戴弗医生，是吧？”

“哦，哦——邓斐利先生，是吗？”

“洛耶尔 · 邓斐利。我很荣幸在你那精美的花园里吃过一次晚饭。”

“当然记得，”狄克想浇灭邓斐利的热情，便不含私人情感地迸起具体的日子来，“那是一九二——二四——或者二五的事——”

他一直站着，邓斐利起初看来似乎有点忸怩，却很会把握机会；他以轻佻狎熟的态度对佛兰西斯科讲话，可是佛兰西斯科觉得他可耻，便和狄克一样不理睬他，让他自讨没趣而走掉。

“戴弗医生——你走之前我要跟你说一件事。我始终没忘记那天晚上在你的花园里——你跟你太太多么优雅。对我来说，即是我一生当中最美好的回忆之一。”

狄克继续朝旅馆最近的门口侧身倒退。

“我很高兴你有这么愉快的回忆。现在我得去看——”

“我明白，”洛耶尔 · 邓斐利同情地接着说下去，“我听说他快死了。”

“谁快死了？”

“也许我不应该说出那件事——可是我们的医生是同一个人。”

狄克脚步停下，惊诧地瞧着他。“你在讲什么人？”

“哎，你的丈人——也许我——”

“我的什么？”

“我想——你的意思是说我是第一个——”

“你难道是说我妻子的父亲在这儿，在洛桑？”

“哎，我还以为你知道呢——我本以为这就是你到这里来的原因呢。”

“是哪个医生在替他治疗？”

狄克在记事簿上写下医生的名字，告辞之后便赶紧到电话亭去。

唐高医生现在有空，能在家接见戴弗医生。

唐高医生是个年轻的日内瓦人；他起初怕会失去一个很有钱可赚的病人，可是狄克保证那绝非他的来意之后，他便透露华伦先生的确奄奄一息了。

“他才五十岁，可是他的肝脏已经不能恢复机能；病因是酒精中毒。”

“没有起色吗？”

“病人只能吃流质——我看他只能再拖三天，或者至多一个礼拜。”

“他的大女儿，华伦小姐，知道他的情况吗？”

“按照他自己的意愿，除了他的男仆之外，没有一个人知道，今天早上我才觉得非把情形告诉他不可的——他听了很激动，不过他从一生病起便抱着一种十分虔诚的听天由命的态度。”

狄克想了想：“好——”他慢慢地做出决定，“不论怎样，关于他家人的事我会负责。我想他们会要会诊。”

“悉听尊便。”

“我要求你请日内瓦湖一带最优秀的医生赫布鲁格来，我知道我可以替他们做主。”

“我也想到赫布鲁格。”

“我在这里至少要逗留一天，会跟你联系的。”

那天晚上，狄克去看巴都·伊·圭达·里亚先生，两人谈了一番话。

“我们在智利有很大的产业——”那位老人说。“我儿子本来很可以管理那些。我也可以把他安排在巴黎方面十几个企业中的任何一个里——”他不断摇头，从窗子这头踱到那头，外面春雨可喜，连天鹅都不躲避。“我的独子！你能带他去吗？”

这西班牙人突然跪在狄克脚下。

“你能不能医好我的独子？我相信你——你可以带他走，把他医好。”

“凭那些是不能把一个人送进精神病院的，我就是可以也不会这么做。”

那西班牙人站起来。

“我太鲁莽——我实在迫不得已——”

下楼的时候，他在电梯里又碰见唐高医生。

“我正要打电话到你房间去，”唐高医生说，“咱们在露台上讲话，行吗？”

“华伦先生死了吗？”狄克诘问。

“他还是那样——明天早上会诊。他要见见他女儿——你太太——想得不得了。他们似乎从前吵过架——”

“我知道得很清楚。”

这两个医生彼此对看，各有所思。

“你在打定主意之前，何不先跟他谈谈？”唐高建议，“他会死得很安详——只是越来越虚弱，濒于死亡。”

狄克硬着头皮同意了。

“好吧。”

德弗罗 · 华伦正体面地逐渐虚弱，濒于死亡。他所在的那个套房和巴都 · 伊 · 圭达 · 里亚先生的一样大小，整个旅馆有许多房间住着老朽的富翁、亡命之徒、被并吞小国的王位继承人，整天靠吗啡和安眠药过日子，总是听着少不了的收音机，听那些粗俗下流的歌曲，欧洲这一角落吸引人的最大原因是它收容人而不问他们难堪的问题。好几条道路在此交汇——人们到山中私人疗养院和肺痨休养中心去，那些不再受法国或意大利欢迎的人。

套房里黑黢黢的。一位面貌圣洁的修女正在服侍那病人，病人的瘦指头正在白床单上掐念珠。他仍然很英俊，唐高离开之后，他对狄克说话时，浊重的卷舌音很有个性。

“人到生命尽头便了解很多事，到现在，戴弗医生，我才恍然那是怎么一回事。”

狄克等他继续说下去。

“我干过坏事。你一定知道我哪还有什么权利再见妮珂的面，可是一个比你我都伟大得多的人说要原谅怜悯，”念珠从他软弱无力的手中掉下来，再从光滑的床罩上滑落。狄克替他拾起来。“要是我能跟妮珂见面十分钟，那我离开人世也甘心了。”

“这不是我能替自己做主的事，”狄克说。“妮珂身体不好。”他已经打定了主意却假装仍在犹豫。“我可以请教我的职业合伙人。”

“你那合伙人说的我一定听从——好极了，医生。我欠你的恩情实在太大——”

狄克迅速站起来。

“我会把结果通过唐高医生转告给你。”

他在自己的房间里打电话到楚克湖医院去。过了半天，凯特在她自己家接电话。

“我要跟佛朗兹联系一下。”

“佛朗兹在山上。我自己也就要上去了——可有什么事替你告诉他吗，狄克？”

“是关于妮珂的事——她父亲在洛桑快要死了。请把这件事告诉佛朗兹，并且对他说很要紧；叫他从山上打电话给我。”

“我一定。”

“告诉他我下午三点到五点，晚上七点到八点在旅馆房间里，八点过后请旅馆派人到餐厅找我。”

他说明联络时间的时候，却忘记关照不要把消息告诉妮珂；等他想起，再打电话过去，已经没有人接应。不过凯特一定应该明白的。

……凯特搭火车上那幽静小山时并没有打算把狄克的电话告诉妮珂，那荒凉小山是冬天带病人上去滑雪，春天带他们去爬山的，开遍野花，幽香阵阵，下了火车，她见到妮珂正率领孩子们做游戏。她走近时，把一条胳膊轻轻搭在妮珂的肩膀上，说道：“你对付孩子真行，夏天里一定要多教他们游泳。”

游戏的时候玩热了，妮珂不由得把身子一缩，闪开凯特的手臂，可是动作过于突兀近乎无礼。凯特的手臂尴尬地落空了，她在懊恼之余也激动起来。

“你以为我是要拥抱你吗？”她尖刻地问道，“其实只是关于狄克的事，我跟他通了电话，很抱歉——”

“狄克有什么不妥吗？”

凯特突然意识到她犯了错误，可是她已经做得冒失，骑虎难下，所以妮珂重复追问“……那么你为什么抱歉”的时候，她只好回答。

“狄克没事，我非得跟佛朗兹说不可。”

“那可见得那是关于狄克的。”

她满脸惊恐，在她附近子女的脸上也同时起了惊慌。凯特受不了，便说：“你父亲在洛桑病了——狄克要跟佛朗兹商量这件事。”

“病得很厉害吗？”妮珂追问——这时佛朗兹正好带着在医院里春

风满面的神情过来了，凯特谢天谢地，便把其余的责任推在他身上——可是祸已经闯下了。

“我这就到洛桑去。”妮珂宣布。

“且慢，”佛朗兹说，“我不知道这对你是否相宜。我必须先和狄克通电话。”

“那我就赶不上下山的火车，”妮珂抗议说——“那也就赶不上三点钟从苏黎世开出的那班车！要是我父亲快死了，我非得——”她让余音留在空气中，不敢把话说出来。“我非得去。我现在要跑去赶火车了。”话还说着，她人已经开始朝在小山顶上喷气鸣叫着的一列无顶平板货车跑去，然后回过头来喊道，“要是你打电话给狄克，告诉他我去了，佛朗兹！”

……狄克正在他自己的旅馆房间里看《纽约先驱报》，那个燕子般轻盈的修女忽然闯了进来，电话也同时响了。

“他死了吗？”狄克怀着希望问修女。

“先生，他走了。”

“这是怎么回事？”

“他走了——连人带行李都不见了？”

这真难以置信，一个病成那样的人居然爬起来走掉了。狄克又去接佛朗兹打来的电话。“你不应该告诉妮珂的。”他抗议。

“是凯特告诉她的——真是太轻率。”

“我想是我自己不好。在做好一件事之前可不能告诉一个女人。不过，我会去接妮珂。你听着，佛朗兹，这里发生了最怪的事——那老家伙竟然爬下床走掉了……”

“什么？你说什么？”

“我说他走掉了，老华伦，他走掉了！”

“可是那又有什么稀奇？”

“他本来身体完全垮了，快要死了……他居然起来，走出医院，我想是回芝加哥去了……我不知道，护士现在在这儿……我不知道，佛朗兹——我只是刚听到……过一会儿再打电话给我。”

他花了差不多两个小时追踪华伦的行动。这位病人趁日班和夜班护士的空当，溜到酒吧去，连喝了四杯威士忌；用一张千元美钞付了旅店的账，并且吩咐柜台把应找的钱寄给他，然后就走了，大概是回了美国。狄克和唐高想在最后一分钟追上他，想在火车站上把他截住，不但扑了空还使狄克没能接到妮珂；他们夫妇俩后来在旅馆楼下大厅见面时，妮珂似乎忽然疲倦了，嘴噘得高高的，令他不安。

“父亲情形怎样？”她质问。

“他好得多了。看来他身上还保存着很多的精力，”他踌躇地说，好把消息婉转地告诉她，“事实上他居然起床走了。”

他想喝杯酒，因为追踪华伦的时候没来得及吃晚饭，他领着有点莫名其妙的她朝餐室走去。在两张皮安乐椅上坐下，要了一杯搀苏打水的威士忌和一杯啤酒之后，他便继续讲下去：“替他看病的那个医生大概是诊断错了——且慢，我自己根本没来得及想出其中究竟。”

“他走了吗？”

“他搭了晚班火车到巴黎去了。”

两人相对无言。妮珂流露出悲惨冷漠的神情。

“那是出于本能，”狄克终于说，“他确实快死了，可是仍想恢复生活的节奏——垂死时下床榻走开的，他也不是第一个——就像座老钟似的——你知道的，你摇摇它，不知是习惯还是怎的，它又走了。现在你父亲——”

“唉，别解释给我听了。”她说。

“使他活下去的主要原因是恐惧，”他继续说，“他害怕了便溜掉。他大概可以一直活到九十岁——”

“请你别再讲了，”她说。“请别再说了，我不能再忍受了。”

“好的。我来看的那个小鬼实在没有希望。我们不妨明天就回去。”

“我不懂你为什么非要——和所有这一切接触。”她脱口而出。

“啊，你不懂吗？有时候我也不懂。”

她把一只手按在他的手上。

“哦，对不起，我不应该说那句话的，狄克。”

有人带了张唱片到酒吧去，他们便坐在那里倾听《脂粉宝贝的婚礼》。

3

一个星期后的有天早上，狄克经过自己办公桌停下取信的时候，他发觉外面特别喧哗。病人冯·孔恩莫礼斯要出院了。他的父母都是澳大利亚人，正气势汹汹地把行李装在一辆大轿车上，拉狄斯劳医生站在旁边，对老莫礼斯指手画脚地发脾气很窝囊地抗议，却徒劳无益。狄克走过去时，那年轻病人正站在一旁，冷漠地观察着别人搬运自己的东西。

“这岂不是有点突然，莫礼斯先生？”

老莫礼斯先生一见到狄克，吃了一惊——他那张红脸和身上那套衣服的大格子似乎电灯似的一暗一亮。他朝狄克走去，仿佛要打狄克。

“是时候了，我们和跟我们来的人该走了，”他开口说，然后喘了一口气，“到时候了，戴弗先生，到时候了。”

“你到我办公室来一下好吗？”狄克建议。

“我可不去！我会跟你谈的，可是我一定要跟你和你这地方断绝关系。”

他翘起一根手指对狄克摇晃。“我正在告诉这位医生，我们浪费了我们的时间跟钱。”

拉狄斯劳无力地表示反驳，反映出斯拉夫民族的一种含糊的推诿。狄克一向不喜欢拉狄斯劳。他设法带着那激动的澳大利亚人沿着小径朝他的办公室走，到了那里想劝那人进去；可是那人摇摇头。

“问题就出在你身上，戴弗医生，就是你本人。我是因为找不到你，戴弗医生，而格雷高罗维斯医生又要晚上才来，而我又不能等，所以才去跟拉狄斯劳医生讲的。不，决不！我儿子把真相告诉我之后，我一分钟都不想等了。”

他气势汹汹地朝狄克走来，狄克把双手放松，准备在必要时把那人击倒。“我儿子到这里来是要治疗酒精中毒的。他告诉我们他闻到你呼出的气息中有酒味。真的，可不是！”他用鼻子嗅了一下，却显然没嗅到酒味。“不止一次了，冯孔恩说他两次闻到你的气息中有酒味，我跟我太太一生滴酒不沾唇。我们把冯孔恩交给你是替他治疗的，而不到一个月，他竟两次闻到你的气息中有酒味！这医院算是进行哪门子的治疗啊？”

狄克有些犹豫，在医院车道上大闹一阵，莫礼斯先生很可能做得出来。

“随你怎么说，莫礼斯先生，不能因为你儿子的缘故，人们就要放弃他们视作食物的东西——”

“可你是医生，老兄！”莫礼斯愤怒地嚷道。“工人喝啤酒对他们的饭碗没好处——可你在这里是给人治疗——”

“你说得太过分了。你儿子到我们这里来治疗是因为他有盗窃的习惯。”

“是什么造成的？”那人几乎在尖声狂叫。“喝酒——昏天黑地地喝。你知道黑色是什么颜色？是黑色！我的亲叔叔就因为酗酒所以被绞死了，你听见没有？我儿子到疗养院来，而有个医生竟是一股酒味儿！”

“我必须请你走。”

“你要我走！我们根本就要走了。”

“要是你脾气能稍为节制一点，我可以把治疗到目前为止的成绩讲给你听。当然，你既然有那种感觉，我们也不想继续收留你儿子作为病人——”

“你竟敢对我用‘节制’两个字吗？”

狄克把拉狄斯劳叫来，当那位医生走过来时，便吩咐他说：“请你代表我们向病人和他家里人说再会好吗？”

他向莫礼斯稍微点了点头，便进入自己的办公室，在近门口处僵立片刻。他眼瞧着他们，那对粗俗不堪的父母，那无动于衷的堕落的儿子上了车绝尘而去，不难想象那一家人以他们的愚昧无知和手头的金钱，便在欧洲游历时盛气凌人，欺负比他们社会地位高尚的人。那车队走远了，而狄克仍全神贯注地思索这件事有几分是他惹出的问题。他每餐都喝红酒，晚上临睡以前也喝一点酒。通常是烫热的蔗酒，下午有时候也喝点杜松子酒——杜松子酒是最难闻得出的。他平均每天喝半品脱酒，他的身体消化不了这么多。

他打消了为自己辩白的念头，坐在办公桌前，像开处方似的，写出一个把饮酒量减半的摄生法。医生、司机和基督教牧师永远不能让人闻出有酒气，画家、掮客、骑兵队长则可以，狄克只怪自己不谨慎。可是半小时后，佛朗兹在登山休假两周、精神抖擞地回来时，这件事并没有结束。佛朗兹的车一开到门口，他便很起劲地要重新工作，于是他还没到自己的办公室前便已经干上了。狄克在佛朗兹的办公室里跟他见面。

“埃佛勒斯峰景色如何？”

“以我们爬山的速度来说，我们很可以已经登临埃佛勒斯峰了。我们曾经想到它。一切情形如何？我的凯特怎样，你的妮珂呢？”

“就家庭来说一切都好。可是我的天，佛朗兹，今天早上有一桩事搞得很糟。”

“怎么会的？什么事？”

佛朗兹打电话给他家里，狄克只好在房间里转来转去。叙家常的电话讲完之后，狄克便说：“那个莫礼斯孩子被带走了——曾经有过一番争执。”

佛朗兹愉快的脸色沉了下来。

“我知道他出院了，我在露台上碰见了拉狄斯劳。”

“拉狄斯劳说了些什么？”

“只说年轻的莫礼斯走了——你会把经过讲给我听的。是怎么回事？”

“是通常那些说不清楚的理由。”

“那孩子可恶透了。”

“他是个该上麻药的病患，”狄克同意。“不论怎样，等我过去的时候，那父亲已把拉狄斯劳收拾得像个殖民地顺民一样，拉狄斯劳你看怎样？我们可要继续雇用他？我说不要——那人没有什么出息，他似乎什么都应付不了。”狄克眼看要道出真情，可是迟疑起来，改了主意，好使自己有叙述全部经过的余地。佛朗兹高坐在桌子边上，身上仍穿着麻布风衣，戴着旅行手套。狄克说：

“那孩子对他父亲说的一句话是你的贵同事是个酒鬼。那个人是个狂热的禁酒分子，他儿子却似乎发现我身上有点酒味。”

佛朗兹坐下来，咬着下唇沉思。“你可以慢慢地把详情告诉我。”他最后说。

“何不现在告诉你？”狄克建议。“你一定知道我是最不会饮酒过度的人，”他和佛朗兹四目相对，互相逼视，“拉狄斯劳让那人变得那么激动，结果我只有招架之力。这件事本来很可能当着一般病人的面发生，而你可以想象得出在这样一个情况下多难自辩！”

佛朗兹摘掉手套，脱掉风衣。他走到门口吩咐秘书，“别打扰我们。”他走回到房间里，在长桌前一坐，搞搞他的信件，但凡人做出这种姿态，都表示不是在思考，而是装出适当的样子，以说出所要说的话。

“狄克，我深知你是个有节制、很平衡的人，虽然我们对于酒这样东西意见并不完全一致。但是不得不坦白的时间到了——狄克，我必得坦白地说我有几次注意到你在不应该喝酒的时候喝了酒。这一定是有原因的。何不再暂停饮酒一个时期？”

“暂停办公，”狄克自动地纠正他，“我暂时离开并不是个解决办法。”

两人都有点气恼，佛朗兹是因为高高兴兴回来却扫了兴。

“有时候你不大懂事，狄克。”

“我从不明白懂事这两个字应用到复杂的问题上，到底是什么意思——除非是说一个好的全科医生做外科手术能比一个专家还要好。”

他忽然对整个情况都腻烦了。解释，言归于好——这些都天生不是他们这种年纪能干得出的事——不如就让这裂痕继续发展下去算了。

“这样下去不行。”他突然说。

“噢，我也这么想到了，”佛朗兹承认，“你的心思不再集中在这项工作计划上了，狄克。”

“我知道，我要离开——对于怎么逐步提出妮珂的钱，咱们可以商量出个办法。”

“那我也想到了，狄克——我已看出会发生这种情形，已经找到别人来支持。到今年底就可以把你的钱统统拿走。”

狄克并未打算这么快便做出决定，也没料到佛朗兹那么愿意拆伙，但是他心里觉得轻松。他早就对他那一行的职业医德败坏得不像样子感到焦灼。

4

戴弗全家将回里维埃拉去，那是他们的家。他们再租下狄安娜别墅消夏，在夏天没到以前，他们便到德国温泉胜地和有大主教堂的法国城镇去，总在每个地方愉快地逗留几天。狄克写了点文章，可是没有一定的方法；那是人生当中的一个等待时期；所写的与妮珂的健康无关，她的身体似乎在旅行的时候反而格外好；也与他的工作无关，只不过是在等待而已。是孩子们使得那段时期具有意义。

他们的岁数渐渐大了，狄克对他们的兴趣也越来越大。他的原则是对孩子要经常仔细注意，采取制衡行动，跟他们细算账，强迫他们或是使他们感到受强迫而害怕都不是好办法，为了这个目标，责任应该有一定的水准。孩子们虽然有人服侍，可是狄克根据他的原则还是能跟他们心灵沟通。他对他们的认识比妮珂要透彻得多，在旅行各国的时候，喝酒以后高兴的时候会跟他们谈话玩耍很久。两个孩子有那些很早就知道不能肆意哭笑的孩子特有的一种可爱神情，像是带着渴望，简直近乎悲哀；他们显然不会激动得情绪上趋于极端，对于简单的生活规律和受准许的简单乐趣已经知足。他们所遵守的要旨是保持心平气和，态度沉静，根据西方世界一般古老家庭的经验，这样是比较好的，身体在成长，可是个性却没有发展出来。比方说，狄克认为发展观察力最好的办法莫过于强制保持缄默。

兰尼埃是个无从捉摸的孩子，好奇心之大异于常人。“嗯，多少只狐狸狗才能打败一只狮子，爸爸？”他经常以诸如此类的问题困扰狄克。托普赛好对付得多。她九岁，皮肤非常白净，长得像妮珂那样美，以前狄克曾为这个担心。最近她长得像普通美国孩子那么强壮。狄克对两个孩子都满意，却只是含蓄地向他们表达了这一点，他们破坏了规矩绝不会受到愤怒的——“不在家里学好了礼貌，”狄克说，“外边就会用鞭子教你，这样你会受伤害的。我凭什么要在乎托普赛是否‘敬爱’我？我把她抚养大又不是想让她做我的太太。”

戴弗夫妇这年夏天和秋天另一个特别的地方就是他们有很多钱。因为卖掉医院里的股份和美国方面的发展，光是花钱买东西就成了需要全神贯注的事。他们旅行的时候排场非常之大。

就拿他们乘火车到波叶去住两个星期的场面来说吧。在意大利边境下卧车，伺候保姆的贴身女仆和夫人的贴身女仆从二等车那边走过来帮助照料行李和狗。保姆贝卢瓦小姐将照料手提行李，把一对息雷汉狗交给一个女仆，把一对小狮子狗交给另一个。一个女人并不一定是因为闷闷不乐而养许多小动物，也可能是因为兴趣太广太厚，而且除了她突然发病的时候，她一个人完全能照管一切。再拿行李来说吧，大件行李多得很——马上就会从货车上卸下四只大衣箱，一只装鞋的大铁箱，三只装帽子的大铁箱，两个帽盒，仆人的箱子，一个手提档案柜，一个药箱，一具酒精灯容器，一套野餐用具，四个上夹子带套的网球拍，一个留声机，一架打字机。在留给戴弗家和随从用的空间还有二十四件手提箱，小皮包，一包包的东西，每件都编有号码，连手杖套上也有个号码签。这样不论在哪个车站两分钟之内都可以点清楚，而且分列成“轻装单”及“重装单”，有的贮放，有的随身带，两个单子经常修改，金属边的号码牌放在妮珂的手袋里。这种方法是她小时候跟身体日渐不支的母亲旅行时想出来的，其功用不亚于一个必须考虑三千人的军队伙食和装备供应的团军需官的做法。

戴弗一家子下了车，步入山谷中迅速四合的暮色中。村民眼瞧着他们下车敬畏有加，就像一百年前拜伦到意大利旅行时的情形一样，他们的主人是闵盖提伯爵夫人，也就是玛利·诺斯。她的旅程是从纽瓦克一家裱糊壁纸店楼上一个房间开始，到终于以一场奇特婚姻告一段落。

“闵盖提伯爵”只是教皇封赠的荣衔。她丈夫的财富来自西南亚的锰矿，他是那些矿藏所在地的统治者，也是矿主。他的肤色还没白到能在梅森——狄克森线以南坐卧车旅行；他有着分布于北非到亚洲地区的开布尔——柏柏尔——萨巴——印度人的血统，他们看上去要比那地区各港口杂七搭八的面貌更具欧洲色彩。

这一东一西排场豪华的家庭在车站见面时，戴弗家相比之下便显得像拓边者那样寒伧了。他们的男女主人由一名携仗的意大利籍男管家、四名骑摩托车的缠头侍从护卫着；玛利后面另有两名面纱半遮的侍女恭恭敬敬地站着，她们向妮珂合十为礼，妮珂吓了一跳。

对玛利和戴弗夫妇来说，彼此这番招呼有点好笑；玛利带着歉意及自谦地扑哧一笑，可是她在介绍她丈夫的亚洲头衔时，声音却显得神气响亮。

狄克和妮珂在他们的房间里为晚餐而换装，对主人派头之大，互相挤眉弄眼表示敬畏，就是要人认为作风民主的有钱人对于奢侈铺张私下装作表示叹服的那种神情。

“小玛利·诺斯真不含糊，”狄克透过满嘴剃须膏喃喃说道，“阿贝教导了她，现在她嫁了个菩萨，要是欧洲有一天沦入共产党手里，她还会成为斯大林的新娘子呢。”

妮珂把头从梳妆盒前一抬，四下望了望。“当心你那张嘴，狄克，行不行？”可她笑了起来，“他们俩都很神气。军舰都对他们放礼炮或者致敬什么的。玛利在伦敦坐的是皇家的车子。”

“不错，”他附和道。他听到妮珂在门口索取别针，便大声说道：“我不知道可不可以来杯威士忌，我感觉山上空气稀薄！”

“她会去弄的，”不久妮珂便对着浴室门喊道，“就是那个在车站上见到的女人当中的一个。她已把面纱除掉。”

“玛利对你讲起她的生活怎样？”他问。

“她没怎么说——她现在的兴趣在于上流社会——她对我的家谱世系问了很多问题，好像我知道似的。听来似乎这位新郎结过一次婚——有两个深褐色皮肤的孩子——其中一个生了一种诊断不出的亚洲怪病。我非得警告孩子们不可。听起来觉得很蹊跷。玛利会明白我们对这件事感觉怎样。”她站在那里很担心。

“她会了解的，”狄克安慰她，“那孩子大概睡了。”

晚餐时狄克跟玛利的丈夫胡珊谈话。胡珊曾在一所英国私立中学念过书，他想知道关于股票和好莱坞的情形。狄克喝了香槟，浮想联篇，给他讲了一些荒谬的故事。

“几十亿吗？”胡珊问。

“几万亿。”狄克向他保证。

“我倒真没想到——”

“嗯，也许千百万，”狄克退一步说，“给每个旅馆客人一群女人做临时妻妾，或相当于临时妻妾的女人。”

“除了演员和导演之外别人也有吗？”

“每个旅馆客人都有——连旅行推销员都有。可不是，他们想送十来个给我，可是妮珂不准。”

他们回到房间之后，妮珂便责备他，“为什么要喝那么多杯威士忌？你为什么在他面前用西班牙佬一词呢？”

“对不住，我是想说吸烟，可是说漏了嘴。”

“狄克，这简直不像你平常的作风。”

“对不起。我已经不再像原来的自己了。”

那天夜里，狄克打开浴室的一面窗户，窗外是古堡内一处圆而狭的院子，灰暗暗的像耗子似的，但是当时传出一阵悲哀古怪的音乐，声音像长笛那样悲哀。两个人在用一种东方语言或方言歌颂，有很多叽里咕噜的声音——狄克把头伸出去看可是看不见他们；那种歌颂声显然有宗教意义，他人累了，也无热情，他便让他们也替他祈祷，可是除了但愿自己不要沉溺于越来越凄凉的心境中之外，他为什么要让那两个人替他祈祷，他自己也不知道。

第二天，他们在草木稀薄的山坡上打鸟，那些鸟是鹧鸪的穷远亲。这种狩猎略微模仿英国人的方式，出动了成群无经验的赶禽助手。狄克唯有朝天开枪才不致误伤他们。

他们回来时，兰尼埃正在他们的套房里等着。

“爸爸，你说过如果我们挨近了那生病的孩子就立刻告诉你。”

妮珂霍地转身，立刻有了戒心。

“——是的，妈，”兰尼埃转向她，继续说，“那男孩每天晚上洗澡，今天晚上他就在我之前洗，我得用他的洗澡水，那水是脏的。”

“什么，后来怎样？”

“我看见他们把汤尼搀出来，然后叫我下浴缸，里面的水是脏的。”

“可是，你洗澡了没有？”

“洗了，妈。”

“我的天！”她对狄克嚷道。

他质问：“为什么吕西安娜不替你放洗澡水？”

“吕西安娜不会。那热水器很古怪——它会自己冒水，昨天晚上烫了吕西安娜的膀子，她怕那东西，所以那两个女人当中的一个——”

“你到浴室去，现在再洗一次。”

“别说是我告诉你们的。”兰尼埃在门口回头说。

狄克走进浴室，在浴缸里撒了硫磺粉，关上门，然后对妮珂说：

“要么咱们去跟玛利说，要么最好走掉。”

她同意，他继续说：“人们总以为自己孩子的身体比别人孩子的干净，他们有病也不容易传染。”

狄克走回房间来，斟了酒，吃一块饼干，应着浴室里水流出的节奏嚼得很响。

“吩咐吕西安娜她必须学会怎样使用热水器——”他建议。就在这时候，那亚洲女人在房门口出现。

“伯爵夫人——”

狄克叫她进来，把房门关上。

“那生病的小孩好点没有？”他和颜悦色地问。

“是好点了，可还是常常发。”

“真不幸——我替他难过。可是你要明白我们的孩子不能在他用过的洗澡水里洗澡。这是决不可以的——我敢说要是你的女主人知道了你做出这种事，她一定会大怒。”

“我？”她如遭雷击，“其实我只是见到你的女仆不会用热水器——我告诉她用法并且开始放水罢了。”

“可是一个生病的人洗了澡，你必须先把洗澡水完全放掉，把浴缸洗干净。”

“我？”

那女人声音哽住，吸了口长气，抽搐地发出一声呜咽，奔了出去。

“她可不能拿我们当作蔑视西方文明的牺牲品。”他板着脸说。

那天晚餐时，他决定这次访问必须缩短：谈起自己的国家，胡珊似乎只注意到有很多山，一些山羊和赶羊的。他是个拘谨寡言的年轻人——要引他说话非得作出一番诚恳努力，而狄克现在只是对他家里人如此。餐后不久胡珊便离开，让玛利和戴弗夫妇谈天，可是往日的那种团结已经破裂了——在他们之间，有一处处玛利迫不及待地即将去征服新的社交天地。九点半钟时，玛利接到封便简，她看完了便站起来，狄克暗自松了口气。

“请你们见谅，我丈夫就要出门短行，我必须跟他在一起去。”

第二天早上，仆人刚端来咖啡，玛利也紧跟着进入他们的房间。她已经梳洗打扮好了，他们却没有，看她那样子，好像起来已经有些时候了。

她的脸因为一阵阵的愠怒，绷得很紧。

“兰尼埃在一缸脏水里洗澡那一说究竟是怎么回事？”

狄克开始抗议，可是她立即打断：

“你命令我丈夫的妹妹洗兰尼埃的浴缸那一说是怎么回事？”

她站在那里对他们瞪眼，他们却因为有小咖啡桌压着，只能像木偶似的坐在床上不能动弹。两人齐声呼道：“他的妹妹！”

“你竟命令他的一个妹妹洗浴缸！”

“我们不——”他俩异口同声地说道，“——我是跟个土著仆人——”

“那是胡珊的妹妹。”

狄克只支吾了一句话：“我以为她们是两个侍女。”

“已经告诉过你她们是喜马敦。”

“什么？”狄克下了床，穿上睡袍。

“我前天晚上在钢琴旁边就跟你解释过。别告诉我你当时兴致太好，没听明白。”

“你当时说的就是这个吗？我根本就没听见。我没把两件事连在——我们没把两件事连在一起，玛利。好，我们现在唯有去见她当面道歉。”

“去见她当面道歉！我已经跟你解释过了，照他们规矩，一家里年纪最大的——年纪最大的结婚时，嗯，两个最大的妹妹就自动献身做喜马敦，做他太太的女侍从。”

“胡珊昨晚出去就是为这件事吗？”

玛利迟疑一下，然后点头。

“他没有别的办法——他们统统走了。为了颜面关系必得如此。”

戴弗夫妇俩现在都起床了并且在穿衣服；玛利继续说：

“关于洗澡水的事究竟是怎么一回事。好像在这里竟会有这种事发生！我们问问兰尼埃看。”

狄克坐在床边，私下打个手势给妮珂叫她接着应付。玛利走到房门口，用意大利语对一个仆人讲话。

“慢着，”妮珂说，“我不答应。”

“你指责我们，”玛利反驳道，她以前从没对妮珂用过这种声调，“现在我有权利要见他。”

“我可不许把那孩子带进来。”妮珂匆匆穿上衣服，仿佛把衣服当作锁子甲。

“倒也可以，”狄克说，“把兰尼埃带来。咱们把这件浴缸这件事弄个一清二楚——到底是真是假。”

兰尼埃在精神和肉体上都处于半穿着衣服状态，他凝视着大人们愤怒的脸。

“听好，兰尼埃，”玛利质问，“你怎么会认为你的洗澡水是用过的？”

“说呀。”狄克加一句。

“因为它脏，没有别的。”

“你在隔壁你房间里听不见在放新的水吗？”

兰尼埃承认可以听得见，但是重申他的理由——水脏。他有点害怕，想知道接下来会发生什么。

“当时不可能在放水，因为——”

他们追问他。

“为什么不可能？”

他穿着和服式小睡袍站在那里，令他的父母心酸，却令玛利更不耐烦——他然后说：

“水脏，尽是肥皂沫。”

“你对自己所说的不能肯定的时候——”玛利开始说道，可妮珂打断了她。

“别说了，玛利。要是水里有脏肥皂沫，那当然应该认为它是脏的。是他父亲叫他来——”

“水里不可能有脏肥皂沫。”

兰尼埃以责备的神情瞧着出卖他的父亲。妮珂搂着他的肩膀，送他出去，狄克则以笑声打破僵持的气氛。

然后仿佛这笑声勾起了昔日的情谊，玛利猜想自己和他们破裂得已经有多深，便用缓和的声调说：“孩子们总是这样。”

她想到以往，心里益发不安。“你们要走那太傻了——胡珊反正要做这趟旅行。归根到底，你们是我的客人，也是一时疏忽。”她这种不爽快的话和“疏忽”两字，令狄克更生气。他掉过头去收拾自己的东西，说道：

“关于那两位小姐实在太不好意思，我愿向走进这里来的那位道歉。”

“只要你当时坐在琴凳上能好好听着！”

“可你变得那么乏味，玛利。我已经尽了耐性听了。”

“别开口了！”妮珂劝他。

“谢谢他的恭维，”玛利充满怨恨地说。“再见，妮珂。”她走了出去。

经过这一场风波，她当然不会亲自送行，离开的事由男管家安排。狄克留下告辞的信给胡珊和他的妹妹。除了走以外没有其他可选择，大家心里都觉得很别扭，尤其是兰尼埃。

“我非要说，”兰尼埃在火车上口口声声地说，“那缸洗澡水是脏的。”

“够了，”他父亲说，“你最好忘记这件事——除非你要我跟你脱离父子关系。你可知道法国有条可以和孩子脱离关系的新法律吗？”

兰尼埃乐得哈哈大笑，戴弗家又团结一致了——狄克纳罕这种情形还可以再来多少次。

5

妮珂走到窗前，把头伸出去，看露台上吵得越来越凶到底是怎么回事；四月的阳光照在厨娘奥格斯汀圣人般的脸上，映出粉红色，照在她那只醉手所挥舞的屠刀上则反射出湛蓝色。自从他们在二月回到狄安娜别墅之后，她便在戴弗家工作。

因为有凉棚挡着，妮珂只看到狄克的头和他手里抓着那根有青铜圆头的沉重手杖，屠刀和手杖凶狠狠地对峙着，像一场古代角斗中斗士所持的三叉戟和短剑，她先听到狄克的话：

“——烧菜的酒你喝多少我都不在乎，可是当我发现你在喝一瓶孟东夏伯李斯白酒——”

“亏你还讲什么喝酒呢！”奥格斯汀喊道，一面挥舞她的宝剑。“你自己就喝——一直不断喝！”

妮珂朝凉棚下喊道：“什么事，狄克？”他用英语回答：

“那老太婆一直在偷喝陈年好酒。我要辞退她——至少我力图这样做。”

“天哪！那可别让她的刀碰到你。”

奥格斯汀朝上向妮珂挥刀示威。她那张上了年纪的嘴犹如两颗交叉的樱桃。

“我倒要说，夫人，如果你知道你丈夫在他那小屋里酒喝得跟一个小工同样多——”

“住嘴，滚出去！”妮珂打断她，“我们会叫警察。”

“你们叫警察！我弟弟就是警察！你——这个讨厌的美国人！”

狄克用英语朝上面对妮珂大声说：

“把孩子们带出去，等我把这件事解决了再回来。”

“一个讨厌的美国人跑到这里来喝光我们最好的酒。”奥格斯汀用村妇的嗓子尖声狂叫。

狄克用强硬的声调说：

“你马上给我走！工钱我会给你。”

“你当然得给我钱！我可要告诉你——”她向狄克逼近……刀挥舞得好凶，狄克连忙举起手杖，她便奔到厨房去，出来时手里又多了一把短柄小斧子。

情况可不妙——奥格斯汀是个健硕妇人，只有冒着对她会造成重伤的危险，才能夺掉她的武器——而一个人要是侵犯了法国公民，在法律上可有苦头吃呢。狄克便使出唬敌之计，对妮珂喊道：

“打电话给警察局。”然后指着奥格斯汀手持杀人利器的行为，对她说，“那就是说逮捕你。”

“哈——哈！”她像恶鬼似的狂笑；然而就不再逼近。妮珂打电话给警局，可是所得到的答复却差不多是奥格斯汀狂笑的回声。她听见嘟囔声和传来传去的话音——跟着电话忽然给挂断了。

她回到窗前，朝下对狄克喊道：“多给她点工钱吧！”

“要是我能去打电话！”可是这个念头似乎不合实情，狄克只好投降。他起了赶快把那婆娘弄走的念头，便先答应多给她五十法郎，后来又加到一百法郎，奥格斯汀放弃了她的堡垒，可是在撤退时，仍不断像抛手榴弹掩护似的，连声怒骂“卑鄙家伙”。她非要等到她侄子来替她拿行李的时候才走。狄克在厨房附近小心翼翼地等待着，听到瓶塞拔掉时那噗的一声，却也不去计较了。后来便不再有麻烦，那侄儿来的时候，满口道歉，奥格斯汀一团欢喜地向狄克道别，并且向上对着妮珂的窗口喊道：“夫人，再见，祝你好运！”

戴弗夫妇后来到尼斯去吃饭，吃的是海底岩石间的鱼和小龙虾煮的鱼汤，放了很多番红花粉，喝了一瓶冰过的白葡萄酒。他为奥格斯汀的离去表示惋惜。

“我一点都不难过。”妮珂说。

“我难过——可是我也恨不得把她推下海。”

这些日子他们没有什么敢谈的；在要紧关头难得找到适当的词语，总是迟了一步，在心灵不再沟通时才想到。这天晚上奥格斯汀脾气发作，把他俩从各自的沉思中震醒；于是一面喝着香料味浓郁的滚烫鱼汤和越喝越渴的冰凉白酒，一面谈起来。

“咱们不能像这样继续下去，”妮珂提出意见。“咱们能这样吗，你怎么看？”狄克一时十分惊诧，并没否认，她继续说下去，“有时我觉得是我的错——我把你毁了。”

“这么说我已经给毁了，是吗？”他和颜悦色地问。

“我不是这个意思，可是你以前总是想创造——现在你似乎总是要破坏。”

她对自己用这些明显的字眼批评他，感到不寒而栗——可是他闷声不响更使她害怕。她猜想在那沉默背后，那双冷漠的蓝眼睛和对孩子几乎异乎寻常的兴趣之后，一定酝酿着什么变化。他那种并非惯常的发脾气令她惊诧——他会突然滔滔不绝地说出多种原因鄙视某一个人、某个种族、某种生活方式和某种想法。仿佛他脑子里正在对自己讲一个无从猜测的故事，故事的内容，她只有在它偶尔显露出来的时候才能加以猜测。

“话说回来，这样下去对你有什么好处？”她质问。

“知道你一天比一天强健。知道你的病正遵照报酬递减的规律发展。”

他的声音好像是从好远的地方传到她耳里，仿佛她在讲些毫不相干的学术性东西；她一时惊恐，不禁喊出，“狄克！”同时把手越过桌面朝他伸去。狄克不由自主缩回自己的手，说道：“全部情形都要考虑，是不是？并不只是你一个人的问题。”他用他的手握住她的，用以前那种密谋找乐子、恶作剧、讨便宜和开开玩笑的愉快声音说道：

“瞧见那边有条船吗？”

那是高尔丁的马达游艇，悠然停泊在纳斯湾内一阵阵的小浪潮中。这艘船经常从事并不真正需要运行的浪漫航行。“咱们现在到那儿去，问船上的人他们怎么样。咱们去看看他们是否快乐。”

“咱们简直不认识他。”妮珂反对说。

“他曾经请过我们，而且贝贝认识他——她差不多嫁给了他，她是不是——是吗？”

他俩雇了一艘快艇从港口驶出时，已是夏日的黄昏，灯光正在船的缆具之间闪闪烁烁，他们向快艇靠拢时，妮珂又不放心起来。

“他在举行宴会——”

“那只是收音机里的声音。”

有人招呼他们——一个身材高大的白发男子！穿着一套白色衣服，俯视他们，大声问道：

“你们可是戴弗夫妇吗？”

“喂，边缘号！”

他们的快艇在升降口下面移动；他们登船的时候，高尔丁把他那庞大的身躯弯下去搀扶妮珂。

“刚好赶上晚餐。”

一个小乐队在船尾演奏。

“你要我什么都行——可是要我一时规规矩矩可不行——”

高尔丁那旋风似的手臂没碰到他们便把他们推向船尾去的时候，妮珂更加懊恼不该来的，对狄克也更不耐烦，因为狄克的工作和她的身份不适宜出去交际，他们便采取不和这里寻欢作乐的热闹人士来往的态度，于是就有了搭架子的名声。这几年来，到里维埃拉来的后起之秀都认为这种作风有点不受欢迎，不过既然采取这种态度了，妮珂便觉得不应该为一时贪欢而自贬身份，违反自己的态度。

他们穿过大客厅时，看见前面人影幢幢，似乎是在圆形船尾部分的晦暗光线中跳舞。这是迷人的音乐，不熟悉的灯光和四周的水所造成的错觉。事实上，除了几个忙来忙去的侍应生之外，客人们都闲坐在配合甲板曲线修建的一张宽长沙发上。有一个穿着白衫，一个穿着红衫，一个穿着模糊的衣衫还有几位男士胸部露出浆得笔挺的衬衣，其中一人走上前来，自己报了姓名，引起妮珂很难得的一声惊喜呼喊。

“汤米！”

他对她行个法国人那种正式的吻手礼，妮珂把他的手撇开，把脸贴住他的脸。他们俩坐在罗马皇帝式的长凳上，说得准确点，实在是躺在那上面。他那张英挺的脸晒得那么黑，失去了深棕色的悦目色调，又没有黑人那种蓝黑的美——只是像用旧了的皮革。异域的太阳把他晒得那么黑，一股外国人样子，到过古怪的地方，因为习惯卷起舌头讲许多方言，口齿不大流利，常常面对古怪的惊恐而做出的反应——这些令妮珂觉得有趣得入迷，心神也安定下来——在见面的那一刹那，她在精神上仿佛躺在他的胸口上，心灵越飞越远……后来自卫的本能重占上风，使她回到她自己的世界。她愉快地说话了。

“你真像电影里所有那些冒险家——可是你为什么一去这么久？”

汤米·巴班瞧着她，不明白她的意思，却警觉起来；眸子里闪出异彩。

“五年了。”她说下去，嗓音低沉有力，但并非在模仿任何人。

“实在太久了。你难道不能只杀几头野兽就回来，稍微呼吸一下我们这儿的空气吗？”

在她这可人儿面前，汤米迅速使自己欧洲化。他用法语说：

“可是对于我们英雄好汉来说，我们必须要把握时机，妮珂。我们不能只干微不足道的英雄的活动——必须要干丰功伟业。”

“跟我说英国话，汤米。”

“你跟我说法国话，妮珂。”

“可是两种语言意义不同——你讲法国话的时候，可以说得慷慨激昂，带着豪情侠意而保持尊严，这你是知道的。可是讲英国话，你要是说得慷慨激昂，带着豪情侠意，就难免显得有点可笑，这你也知道，使我占了便宜。”

“可是话说回来——”他忽然轻声笑了，“就是讲英国话，我也显得英勇无畏，诸如此类。”

她假装不胜惊讶的样子，可是他并不感觉惭愧。

“我只知道我在电影里所看到的。”他说。

“一切都跟电影里一样吗？”

“电影并不太坏——现在这个朗诺德·考尔门——你看过他演的那部讲北非军团的片子吗？真不错。”

“好，我以后一看电影就知道你那时候在过那种生活。”

她说的时候，注意到巴班旁边一个身材纤小、肤色苍白的漂亮年轻女人，美丽的头发发出金属光泽，在甲板上的灯光照射下，差不多是绿的。她一直坐在巴班旁边，可能曾经跟他或是跟他们旁边的一个人讲话。她显然一直独霸着汤米，因为她现在不再指望吸引他的注意，可是以前的人会说她所表现的态度“欠缺雅量”，因为她急躁地穿过半月形甲板的另一头。

“归根结底，我毕竟是个英雄，”汤米泰然地说，一半是在开玩笑，“我有非常大的勇气，通常如此，好像狮子，也有点像喝醉了的人。”

妮珂一直等待他这句大话的回声在他脑海里消失——她知道他大概从来没讲过这样的话。她然后瞧瞧一张张陌生的脸，发现照例是那些咄咄逼人却故作镇定的过于神经质的人，只是因为觉得城市可怕而喜欢乡下，也喜欢自己说话的声音，他们的声音订立了大家的语气和声调……她问：

“那穿白衣服的女人是谁？”

“刚才坐在我旁边的那个？是卡洛兰·薛比·贝尔斯夫人。”——他们一时听到她的声音从对面传来：

“那个人是个无赖，可是很凶猛。我们两人曾在伦敦通宵对玩二十一点，他欠我一千瑞士法郎。”

汤米哈哈笑出声，说道：“她现在是伦敦最邪恶的女人——我每次回欧洲，伦敦总有一批新的最邪恶的女人。她是最新的一个，不过我相信现在一定又有一个自认为跟她同样邪恶。”

妮珂又睨望甲板对面那女人一眼——那女人长得纤弱，有痨病相——简直不能相信那么窄窄的肩膀、那么细小的手臂能撑得起时代颓废堕落的标帜，衰老帝国最后一面国旗。她实在像约翰·海尔德描绘的那些胸部瘪瘪的轻浮少女，而不像从战前就开始替画家和小说家担任模特儿的那种身材修长、态度慵懒的金发女郎。

高尔丁走过来，竭力压低从自己魁梧身躯发出的洪亮声音，他的意愿像是从大型扬声器里给传达出来。妮珂虽然不甚愿意，可是也接纳了他重申的几点建议。边缘号在晚餐后立即驶往戛纳；他们虽已经吃过晚饭，总还可以再吃点鱼子和香槟；不论怎样，狄克现在已经在打电话到尼斯，告诉他们的司机把车开回戛纳，把它停放在盟国餐馆门口就行了，他和妮珂可以在那里自己开车回去。

大家走进餐厅，狄克坐在卡洛兰·薛比·贝尔斯夫人旁边，妮珂看出狄克那张通常红红的脸一点血色都没有了，他在用很武断的语调说话，妮珂只偶尔听到片段。

“……对你们英国人倒无所谓，你们在跳死亡之舞……印度兵在已毁的堡垒里，我是说印度兵站在堡垒门外，里面笙歌一片之类。绿帽子，压扁了的帽子，没有前途。”

贵妇卡洛兰简短地做了答复，不是在末尾说一句“什么”就是模棱两可地加一句“说得对”，再不就令人扫兴地说上一声“好”。它总含有情形不妙的意思，可是狄克似乎不注意这些警告信号，忽然他说出一句特别激烈的话，讲的什么妮珂没听见，可是看见那年轻英国女人脸色一沉，绷得很紧，同时听见她厉声回答：

“归根结底，外人是外人，朋友是朋友。”

他又得罪了一个人——他能不能稍微耐住点性子，不要开口？这种情形究竟要过多久——一直到死。

乐队里的一个年轻苏格兰人坐在钢琴前，自弹自唱起来，那乐团因为有鼓所以号称乐队（“爱丁堡繁音拍子学院爵士乐队”）。他弹的是低音和弦，唱的是但尼·迪弗那种没有高低变化的平音。他咬字极准，仿佛歌词已经印入了他的脑海。

“有个年轻女子从地狱来，
听见钟声就跳起来，
因为她坏——坏——坏，
她听见钟声就跳起来，
从地狱（崩崩）
从地狱（秃秃）
有个年轻女子从地狱来——”

“这到底在唱什么？”汤米对妮珂耳语。

坐在他另一边的女孩子代为回答。

“歌词是卡洛兰·薛比·贝尔斯写的。他谱的曲。”

“多么幼稚！”汤米喃喃说，这时第二首开始了，暗示这位神经过敏、吓得直跳的女郎还有别的偏好。“看他那样子，人家会说他在朗诵拉辛呢！”

卡洛兰夫人至少在表面上，并不注意有人在弹唱她的作品。妮珂再睨了她一眼，发现此人的性格和个性都没有什么了不起，她的精神力量完全是从保持一种态度而来，妮珂认为她不好对付。大家离开餐桌起身的时候，妮珂的看法得到了证实，狄克神情古怪，坐着不动；然后极愚蠢地说出一番话来。

“我不喜欢这些响得震耳欲聋的英国低语所包含的暗讽。”

卡洛兰夫人已经半走出舱房，这时转过身来朝他走去；她说话声音虽然低，可是短促而清晰，故意使大家都听得见。

“你找到我头上真是自讨没趣——毁谤我的同胞，毁谤我的朋友，玛利·闵盖提。我只说有人见到你在洛桑跟一批问题人物在一起，请问这是震耳欲聋的低语吗？还是单单把你吵得耳聋了？”

“还不够响，”狄克说，说得稍微慢了一点，“所以实际上我是个声名狼藉的——”

高尔丁连忙以他的大炮嗓子盖没了狄克的话，说道：

“什么！什么！”然后用他的大块头身躯把他的客人逼出去。妮珂在门口转弯时见到狄克仍坐在餐桌前。她气透了那英国女人说出那种荒谬无稽的话，也同样气透了狄克把她带到这里来，喝得大醉，说损人的话却损害了自己，丢尽了脸——她更有点气的是，她知道最先触怒那英国女人的是她自己一到了便缠上了汤米·巴班。

过了一会儿她见狄克站在舷梯上和高尔丁讲话，人显然完全清醒了；后来有半小时她没见到他在甲板上，她停止用绳和咖啡豆玩的复杂马来游戏，对汤米说：

“我必须去找狄克。”

晚餐后船一直西驶，良宵美景在船两旁掠过去，柴油机引擎噗噗作响。她到达船首时，春风突然吹乱了妮珂的头发。她看见狄克斜站在旗杆旁，心里猛地一阵着慌，他看出是她的时候，声调平静地说：

“夜色很美。”

“我是不放心。”

“唔，你不放心吗？”

“哎，你别这样说话，想到我能稍微帮你一点儿忙，那会使我不知多高兴，狄克。”

他把身子转开，面对着非洲上空的那片星光。

“我相信那是真心话，妮珂。有时候那一点儿忙越小，你越高兴。”

“别那么说——别说那种话。”

他的脸在白浪花捕住并且甩回到明朗天空去的光线中显得苍白，却没有她预料会见到的愠怒皱纹。他的神情甚至显得超然；两眼渐渐集中在她身上，仿佛凝望着一枚行将移动的棋子；并以同样缓慢的方式抓着她的手腕，把她拉过来。

“你毁了我，是不是？”他淡然地问，“那么咱俩都毁了。所以——”

她吓得浑身发冷，把另一只手腕也送给他握着。好吧，她会跟他走——她在完全响应完全放弃自己的那一刻又鲜明地感到夜色之美——好吧！那么——

——可是，狄克突然撒手把她放开，转过身去叹息。“唉！唉！”

妮珂的脸上流下了眼泪——跟着她听到有人走近；原来是汤米。

“你找到他了！妮珂还以为你纵身跳下海了呢，狄克，”他说，“因为那英国小娼妇侮辱了你。”

“在这儿从船上跳下海倒也不错。”狄克温和地说。

“可不是吗？”妮珂赶紧表示同意，“咱们不妨去借救生圈，然后跳下去。我想咱们应该做些惊人举动。我觉得咱们一辈子太拘束了。”

汤米望望这个，又看看那个，想在夜色中观察出情况。“咱们去问那位英国贵妇该怎么做，她知道最时髦的风气。咱们也应该记住她那首‘有个年轻女子从地狱来’的歌，我将把它译为法文，靠它在赌场风行起来赚大钱。”

“你阔吗，汤米？”他们从船一端走回另一端时，狄克问道。

“照目前的情形来说，还没有，我腻烦了股票经纪的生意了，便到别的地方，可是我有上好的股票存在我朋友手里，由他们替我保管。一切还不坏。”

“狄克逐渐阔了。”妮珂说。她说了这话，她的声音开始发抖。

在后甲板上，高尔丁已经用他的巨掌，催促三对男女跳舞，妮珂和汤米也加入了。汤米在跳舞时说道：“狄克似乎喝了酒。”

“喝得不多。”她忠心耿耿地替丈夫说。

“有的人能喝，有的人不能喝。显然狄克不能喝，你应该吩咐他不要喝。”

“我！”她惊诧得叫起来，“由我吩咐狄克他应该做什么不该做什么吗！”

船到达戛纳码头时，狄克虽然态度谨慎，可是仍然迷迷糊糊，很困倦，高尔丁搀扶他走下到边缘号的快艇上，卡洛兰夫人惹人注意地挪动她的座位。他在码头上以规矩过头的礼貌向她深深鞠躬，一时仿佛想要对她说句尖锐的俏皮话，可是汤米用胳膊顶着在狄克手臂上肉软的地方，两人便朝等候的汽车走去。

“我开车送你回去。”汤米提议。

“别费事——我们可以找一辆计程车。”

“只要我能在你家过夜，我倒愿意开车。”

狄克坐在车后座，一直安静无事，直到车掠过了胡安高尔夫俱乐部那座黄房子和夜夜总像举行嘉年华会似的、音乐声和多国语言一片嘈杂的胡安松林。车转上山朝塔姆开去时，车身一斜，他突然坐直了，致辞道：“昏头昏脑的——臭英国人。”他一时结巴起来，“一个可爱的代表。”说完，他便安然入睡，时不时地朝柔和温暖的黑暗打一个嗝。

6

翌晨，狄克很早便到妮珂的房间来。“我等到听见你起来了才进来。不必说我对于昨晚的事感到很不好受——可是还是别再事后反省了如何？”

“我同意。”她冷然地回答，把脸对着镜子。

“是汤米开车送咱们回家的吗？还是我在做梦？”

“你知道是他开的车。”

“听来有理，”他承认，“因为我刚才听见他咳嗽。我想我该去看看他。”

他离开她的时候她倒觉得高兴，因为这差不多是她有生以来第一次发现他终于失去他那永远正确的可怕本领。

汤米在床上翻动身体，等着喝那杯加牛奶的咖啡。

“觉得还好吗？”狄克问。

汤米埋怨嗓子痛的时候，他便摆出一副职业态度。

“最好用漱口药水之类的漱漱喉咙。”

“你有吗？”

“说也奇怪，我没有——也许妮珂有。”

“别惊动她。”

“她已经起来了。”

“她人怎样？”

狄克慢慢转过身去。“你以为就因为我酒喝多了，她就会死掉吗？”他的声音很愉快，“妮珂现在是用乔治亚松做的，除了纽西兰愈疮木以外，没有比它更硬的木头了——”

妮珂正在下楼，听到两人交谈的末尾一段。她知道，她一直就知道，汤米爱她，她也知道他后来讨厌狄克，而狄克在汤米认清这一点之前便已经认清了这一点，对汤米的单相思做出积极的反应。一想到这个，她心里一时充满了女性的满足感。楼上两个男人为她操心的时候，她在孩子的早餐桌前俯身对保姆发出指示。

后来她在花园里觉得快乐；她不要有什么事发生。只要使那两个男人彼此在心里把她抛来抛去的局面保持悬荡着；她已经好久没存在于别人的心目中了，连像个球似的存在也都没有过。

“很好呀，兔子，是不是——是吗？嗨，兔子——嗨，你！是不是很好？——嗨！这话你听来是不是觉得非常奇怪？”

那兔子除了吃甘蓝叶子简直没有别的经验，鼻子动了几下，点头同意。

妮珂继续干着她每天在花园里的那套工作。她把剪下的花放在指定的地方，以便园丁后来送进屋里，她走到海堤那里，很想找人讲话可是没有人可找；只好停下思量。对另一个男人动心的念头令她有点惊异——可是别的女人有相好，我为什么不可以有？在这明媚春晨，男人世界的一切禁忌统统消灭，她心花怒放地思考着，风吹乱她的秀发，后来连她的头也随风摆动了。别的女人有过相好——昨夜令她顺从狄克几乎到死的那些力量现在令她不住对风点头，觉得合情合理，心情愉快得很——我为什么不可以有？

她坐在海堤低处，俯视大海。可是她已从另一个海，从那汹涌的幻想中捞出一些具体的东西放在她其他的战利品旁边。要是她在精神上，就像昨天晚上那样，不需要永远和狄克在一起，她一定不止是他脑中的一个形象，一辈子永远像勋章似的展览给人看，一定还有别的价值。

妮珂选择海堤这个地方来坐，因为悬崖渐渐延伸为一片有菜圃的牧场。她从枝桠间窥见两个人带着长耙和铁锹，用尼斯土话和普罗旺斯话交谈。她为他们的话和手势所吸引，听出他们所讲的意思。

“我是在这里把她放倒的。”

“我把她带到那边的葡萄藤后面。”

“她不在乎——他也不在乎。就是那条神圣不可侵犯的狗。嗯，我是在这里干她的——”

“你带了长耙吗？”

“你自己带着，你这乡巴佬。”

“嗯，我并不在乎你在哪儿让她躺下。不过从我十二年前结婚起直到那天晚上，我连一个女人的乳房贴在我胸口的滋味都没尝过。而现在你告诉我——”

“可是还是先听我讲讲那只狗——”

妮珂从枝桠间窥视他们；他们所讲的似乎无伤大雅——一件事对甲好，另一件事对乙好。然而她所听到的是男人的世界；走回家时她又疑惑起来。

狄克和汤米在露台上。她从他们当中穿过去进了屋，取出一个素描簿，开始画汤米的头。

“手从不闲着，就像飞速移动的纺纱杆。”狄克轻松地说。他脸上仍然苍白，没有血色，连赤褐色的胡须都红得跟他的眼睛一样，在这种情形下，他怎么还能讲如此无聊的话？她转脸对汤米说：

“我总能找点事做。我从前有个活泼可爱的小波利尼西亚猿，可以跟它一连玩上好几个钟头，后来人们竟开起极粗俗的玩笑——”

她坚决不朝狄克看。不久他便借故走进屋去——她看见他倒了两杯水，心肠益发硬起来。

“妮珂——”汤米欲言又止，停住清清嗓子。

“我去替你拿点特制樟脑油药膏，”她提议，“是美国货——狄克相信它的功效，我马上就来。”

“我真的必须走了。”

狄克走出来坐下，问道：“相信什么？”她拿着药膏罐子回来的时候，两个男人都没动弹，不过她晓得他俩曾经很起劲地谈了些闲话。

司机在门口，拿着一个袋子，里面装着汤米昨晚换下的衣服。见汤米穿着跟狄克借的衣服，她心里感到难受和虚幻，仿佛汤米买不起这种衣服似的。

“你到了旅馆，把药膏揉在你喉咙和胸口上，然后把它的气味吸进去。”她说。

“嘿，”狄克在汤米步下石阶时喃喃说道，“别把整罐都给他——得向巴黎订购——这里买不到。”

汤米走回到听得见他讲话的地方，三人一时呆站在阳光里。汤米挺胸站在车前，仿佛他一弓身就能把车顶在背上。

妮珂走下小径。

“接着，”她说，“这非常珍贵。”

她听见狄克在她身旁变得沉默不语，她迈开一步，在车载着汤米·巴班和那罐特制樟脑油药膏驶离时挥手，她然后转身准备挨骂。

“其实不必做出那个姿态，”狄克说，“咱们这里有四个人——这么些年来，一旦有人咳嗽——”

他俩互相对视。

“咱们总可以弄到一罐——”然后她心里胆怯了，跟他上楼，他躺在他自己那张床上，不言不语。

“要把午餐给你端上来吗？”她问。

他点点头，继续静悄悄地躺着，眼望天花板。她心怀疑虑地去吩咐下人，她再上楼去朝他房间张望——那对蓝眼睛像探照灯在黑暗天空上照来照去。她在门口站了一分钟，深知自己对他犯下的罪，不大敢走进去……她伸出手去似乎想摸摸他的头，但是他像狐疑的动物一样，把身子转开。妮珂再也忍不住了，她就像惊慌的厨房女工一样，奔下楼去，在她还得继续在他的瘦胸脯上徒劳地吮吸的时候，她提心吊胆地不知如何安慰楼上这个受伤害的男人。

一个礼拜之后，妮珂忘了她对汤米突然产生的激情——她一向不大记得住人，很容易把人忘掉。可是在六月乍热时她听说汤米在尼斯。他写了封短信给他们夫妇俩——她在遮阳伞下，把这封信连同从屋里拿来的其他信件一起拆阅。看完以后，她把它抛给狄克，狄克也抛一封电报到她穿着海滩装的怀里。

明日抵高斯惜母未来希望见到你们。

露丝玛利

“我乐意见她。”妮珂绷着脸说。

7

可是次晨她和狄克到海滩去的时候，心里再生疑虑，生怕狄克在搞什么铤而走险的解决办法。自从那天晚上在高尔丁的游艇上，她感觉到事态在发展，现在可以说是千钧一发，一面是永远保证安全的立足点，另一面是迫在眉睫的奋身一跳。跳下之后，她的血肉之躯一定会有变化，而她不敢把这件事干干脆脆地了结。她和狄克的形象不断在变化，没有明确的轮廓，像被困在魔舞中的鬼魂一样。几个月来，每个字都有额外含义，不久会在狄克做出决定的情况下得到解释，虽然这种心境或许是比较有希望的，然而还是令人不安——多年来无所事事只是活下去，使她早年被疾病摧残掉的、而狄克所未能沟通的一部分本性又渐渐复活——这倒不能怪狄克，因为一个人的本性不能完全伸展到另一个人的本性里去。狄克的日益冷漠是他俩关系中最不愉快的一个方面，这种冷淡主要从他喝酒过多表现出来；妮珂不知自己行将毁灭或受宽恕——狄克的声音充满假情假意，把她弄迷惑了；她无从猜测他下次像魔术师那样慢得急煞人地打开地毯时，会做出怎样的举动，也不知道她如果奋身一跳，结果会怎样。

至于从那以后会发生什么，她并不着急——她猜想会觉得如释重负，不再目眩。妮珂天生是要变，要远走高飞的，有金钱作为鱼鳍或鸟翼。新情况只不过像一辆赛车用的跑车底盘，多年隐藏在一辆家庭用大轿车下面，车身一拆掉就露出真面貌。妮珂已经觉得清风在吹，她怕的是拆车用的扳钳和扳钳下手时的可怕方式。

戴弗夫妇到沙滩去，她的白色游泳衣和他的白色游泳短裤在他们的肤色衬托下，显得十分洁白。妮珂看见狄克在遮阳伞乱七八糟的形状和影子之间东张西望地找他们的孩子，他的心思暂时离开她，不再缠绕着她，她便以超然的态度对他加以观察，并且断定他找孩子并不是为了保护他们而在想得到他们的保护。也许他怕的是沙滩，就像一个被撵下台的君王秘密重游旧日宫廷。她已经变得憎恨他那谈笑文雅、彬彬有礼的世界，却忘了多年来那是唯一对她开放的世界。让他自己瞧瞧那地方——他的沙滩，现在为了迎合不懂风雅人士的趣味，已经完全变了样；他可以搜寻终日，也找不到一块他曾竖立在海滩周围的犹如中国长城的砖石，也找不到一个老朋友的脚印。

妮珂一时对此颇为伤悲，想起他从垃圾堆里耙出来的玻璃，想起他们在尼斯一条小街买的水手裤和汗衫——后来巴黎高级时装设计师把这些改用丝绸制作而风行一时，想起天真可喜的法国小女孩爬防波堤，像鸟叫似的喊着“喂！喂”，还有早上照例做的那一套，到外面去安安静静、舒舒服服地享受海和阳光——他的很多发明在短短几年内竟埋没得比沙还深。

如今游泳的地方成了一个“俱乐部”，不过像它所代表的国际社会一样，很难说什么人不可以参加。

狄克跪在草席上找露丝玛利，妮珂的心又硬了，她的眼睛跟着他，在添置的新玩意儿里找，例如水上高吊架、秋千环、活动浴室、浮塔，前夜盛会用的探照灯，现代化的便餐柜台，漆成白色、装着无数把手的新式餐具柜之间搜寻。

海水差不多是他寻找露丝玛利最后的地方，因为人们大都不再在那片蓝色天堂里游泳，只有小孩和一个有表现癖的男仆，他频频故作惊人地从一块五十尺高的岩石上跳下——高斯旅店的客人大都只在下午一点钟左右才脱掉裹住虚胖的身体的浴袍，带着宿醉在水里略微泡一下。

“看见她了。”妮珂说。

她注视着狄克的眼睛追随露丝玛利从这个浮筏到那个浮筏；可是从她胸中深处发出的那声叹息还是五年前留下来的。

“咱们游出去和露丝玛利讲话吧。”他提议。

“你去吧。”

“咱俩一块儿去。”她对他的话思想斗争了一番，后来两人终于一起游出去，追踪那群跟着露丝玛利的小鱼，那些小鱼从她那里得到光彩，就像钓鳟鱼用的钩附带的光亮的匙状假饵。

妮珂留在水中，狄克则离开水面，坐在露丝玛利身旁，两人湿漉漉地坐着谈话，俨然一副他俩从没相爱过、触摸过的样子。露丝玛利很美，她的青春令妮珂震惊。不过她的身材却稍微粗一点点，妮珂对此甚为得意。妮珂兜着小圈子游泳，一面倾听露丝玛利说话。她显得兴致勃勃、心情愉快、充满希望——比五年前自信多了。

“我好想念母亲，不过礼拜一她在巴黎跟我碰头。”

“五年前你来到这儿，”狄克说，“那时穿着旅馆备用的睡袍，是个多滑稽的小东西！”

“你记得真清楚！你一向如此——一直记得那些好的事情。”

妮珂见到那套奉承老把戏又开始上演了，便潜下水去，浮出水面后听到：

“我就假想现在是五年前，我又成了十八岁的女孩。你总是使我觉得，你知道，有一种，你知道，你和妮珂——有一种快乐之道。我觉得仿佛你仍在沙滩上，在那样一顶遮阳伞下——是我所见过的最好的好人，大概这一辈子也见不到的再好的人了。”

妮珂游开，她看出狄克心病的阴霾已消散了一些，开始和露丝玛利玩起来，使出他那像失去光泽的艺术品一般的应付人的旧本领；她猜想再喝上一两杯酒，他就会在露丝玛利面前显身手，表演在水上打秋千的绝技，不过以前他身手灵活毫不吃力，现在大概要勉为其难了。她发现这个夏天他初次避免高空跳水。

后来她在一个又一个浮筏间闪避着向前游时，狄克追上她，说道：

“露丝玛利的朋友有艘快艇，就是那边那艘。你想滑水吗？我想会很有意思。”

她记得他从前能用手撑在滑板一端的一把椅子上倒立，便像纵容兰尼埃那样纵容他。去夏在楚克湖，他们曾玩那好玩的水上游戏，狄克曾把一个两百磅重的人从滑板上举起放在他肩上，自己身子仍站得笔挺的。不过，女人都因为丈夫的才能而嫁给他们，以后却不怎么重视了，可能只是装作如此，尽管妮珂曾对他说“是的”和“是的，我也认为如此”。

不过她知道他有点累了，只是因为近旁有露丝玛利那令人心动的青春，才促使他做出尝试——她曾经见过他从她新生的子女身上吸取同样的力量，并且冷酷地心想他会不会出丑。他们夫妇俩比快艇上的其余人年纪大——那些年轻人都有礼貌很恭敬，但是妮珂感觉到有种“这两个宝贝到底是何方神圣”的潜伏的思绪。她想念狄克那种轻易控制局面使他俩一切都顺利的本领。然而他正聚精会神地把心思放在他要做的事情上。

快艇离岸二百码，一个年轻人在艇边潜水，朝那扭七扭八乱荡的滑板游去，把它弄稳了，慢慢爬上去跪着，在艇速加快时站起来，他人朝后仰，用慢而吃力的弧形动作把轻滑板左右摆动，每次摆动完了刚好凌空越过快艇激起的侧浪。而对着快艇鼓起的尾波，他放松拉绳，保持平衡片刻，然后一个鲤鱼打挺，跳下水去，像尊英雄雕像一般没入水中，在快艇兜圈子绕回他落水处时，他不很神气地露出头，再度现身。

妮珂拒绝一试；后来露丝玛利身手利落，姿势稳健地滑了一次水，拜倒在她石榴裙下的男士们纷纷滑稽地欢呼鼓掌。其中有三人自私地争夺把她拉上快艇的光荣，结果令她的膝盖和臀部在船侧碰得青肿。

“现在该你了，医生。”掌轮的墨西哥人说。

狄克和最后一个小伙子从船侧跳下水去，游到滑板那里。狄克将要表现他那举人的本领，妮珂带着冷笑开始瞧。这场为露丝玛利表演的把戏最令她气恼。

两人滑了很长一段，能够保持平衡了，狄克便跪下。把后脖子架在另一人的腿裆里，从两腿中间抓住绳索，开始慢慢站起来。

快艇上的人都在密切注视，看出他有困难。他一条腿跪着；那把戏的诀窍是两条腿同时起立，结果他成了单腿跪着。他休息片刻，然后挤眉皱脸地使劲举起。

滑板窄，另一个人虽然体重不到一百五十磅，却很难维持自己的重心，只是笨手笨脚地抓住狄克的头。狄克把背最后一挺，人站得笔直了，可是滑板翻倒了，两人齐跌入海。

露丝玛利在快艇上喊道：“真棒！他们差一点儿就成功啦。”

他们转回到两人落海处，妮珂注意地看了一眼狄克的脸。果然不出她所料，那张脸满是恼意，因为两年前，他搞这把戏轻易之至。

第二次他较为谨慎。他身子抬起一点试试身上那人的重量，然后跪下去；然后喊出一声“嗨唷喂”开始站起来，可是人还没真正挺直。两条腿就忽然弯了，他们跌下去的时候他用脚把滑板踢开以免砸在他们身上。

这次“小妞儿”号快艇转回来时，艇上的人都一眼看出狄克生气了。

“我再试一次，各位在意吗？”他踩着水大声喊道，“我们差一点就成功了。”

“没问题。开始吧。”

在妮珂看来，他像鳃四周泛白的死鱼一样，便告诫他：

“你不觉得这已经够了吧？”

他没回答。他那伙伴受够了，被拖上快艇，驾驶快艇的墨西哥人自告奋勇地接替他。

墨西哥人比头一个稍微重些。快艇越驶越快，狄克腹部伏在板上歇了一下。他然后到了墨西哥人身下，执起绳索，试着站起来，肌肉折屈。

他站不起来。妮珂见他改变姿势，奋力向上抬，可是他那伙伴的全部重量一压到他肩膀上，他便不能动弹。他再试，肩膀抬起了一寸、两寸——妮珂看得替他吃力，额上香汗涔涔——后来他只求站稳，再后来，跪下朝后扑通一倒，他们赶过去，狄克的头差一点被滑板击中。

“快回来！”妮珂对驾驶快船的人喊道，甚至就在她喊的时候，她便见到狄克滑下水去，她不禁惊呼一声；可是他又钻出水面，翻身脸朝天，墨西哥游近去救助。快艇好像过了很久才到他们那里。他们终于到了艇旁边时，妮珂看到狄克精疲力竭，毫无表情地浮在水面上，孤零零地和水天在一起，她的惊慌忽然变成鄙视。

“我们会帮助你上去，医生……抓住他的脚……好了……现在一起……”

狄克坐在那里喘气，两眼茫然发呆。

“我就知道你不应该试的。”妮珂忍不住说。

“是他头两次用力过度。”墨西哥人说。

“这么干很傻。”妮珂坚持。露丝玛利很识相地不做声。

过了一分钟，狄克喘过气来，喘吁吁地说，“当时我连个纸娃娃都举不动。”

一声扑哧短笑消除了他的失败所引起的紧张气氛。狄克在码头下船时人人都殷勤地关心他。可是，妮珂很气恼——现在他无论干什么都使她气恼。

她和露丝玛利坐在阳伞下，狄克则到便餐柜台去要杯酒——不久他便替她们带来了雪利酒。

“我生平第一杯酒就是跟你一起喝的，”露丝玛利说，她一时高兴，又补充了一句说，“啊，我真高兴见到你们，而且知道你们无恙真高兴。我还担心——”她话没说到一半便转变话题——“生怕你们的情形不是这样。”

“你可有听说我情况越来越糟了吗？”

“噢，不是。我只是——只是听说你变了。如今亲眼看见这并不正确，我真高兴。”

“那是事实，”狄克坐下来，回答说，“早就开始变了——可是起初不明显，精神垮了之后，态度举动一时还没变。”

“你在里维埃拉开业吗？”露丝玛利赶忙问。

“那是个找疾病标本的好地方，”他不时向金色沙滩上乱哄哄的人群这里那里地点头招呼，“都是极好的候选人，你瞧咱们的老朋友艾勃姆斯太太，像公爵夫人奉承女王那样奉承玛利·诺斯？可别嫉妒，只要想想艾勃姆斯太太手脚并用地匍匐着要爬多长一段路，才能爬回到丽兹饭店的后梯，一路上吸进去多少地毯上的灰。”

露丝玛利打断了他的话。“可是那真是玛利·诺斯吗？”她瞧着一个妇人朝她们迎面走来，后面跟着一小队人，那些人的态度仿佛是习惯了被人看。走到离他们十尺远的地方，玛利对戴弗扫了一眼，是那种不幸的一瞥，令受瞥者感觉对方看到了他们，却故意装作没看见，这种看人的瞥视戴弗夫妇和露丝玛利是一生一世永远绝不会让自己摆出来的。玛利见到露丝玛利，改变初衷，走了过来，令狄克觉得好笑。她跟妮珂很愉快地寒暄，对狄克则点点头没有笑容，仿佛他会传染疾病似的——狄克便故意挖苦她，向她恭敬地一鞠躬——她这时正向露丝玛利打招呼。

“我听说你在这里。待多久？”

“明天就走。”露丝玛利回答。

露丝玛利也看到玛利如何从戴弗夫妇当中穿过来跟她讲话，义不容辞地对这位贵妇保持冷淡。不行，今晚吃晚饭她不能奉陪。

玛利转向妮珂说话，态度是亲切与怜悯兼而有之。

“孩子们好吗？”她问。

孩子们这时正好走过来，申述保姆关于游泳的一项规定，请妮珂加以否决。

“不可以，”狄克替妮珂回答，“小姐说的必须遵守。”

妮珂同意必须支持授予权力的人，便拒绝了孩子们的请求，玛利以安丽泰·鲁丝小说中的女主角只会放马后炮的态度（实际上她连训练一只小法国贵妇狗大小便都不会）狠狠瞧狄克一眼，仿佛他犯了欺侮弱小的滔天大罪。这个令人厌烦的表现激怒了狄克，便以带讥嘲的关怀口吻问道：

“你的孩子跟他们的姑姑好吗？”

玛利没回答；她离开他们，先伸出一只同情的手摸兰尼埃不愿领受的头。她走了以后，狄克说：“我想起给她看病时的情形。”

“我喜欢她。”妮珂说。

狄克的愤懑令露丝玛利惊奇，她一直以为他宽怀大度，对人性有彻底的了解。她突然想起她听说的关于他的事是什么。在快艇上她曾跟一些国务院官员谈话，他们都是欧洲化的美国人，已经发展到简直不能说他们属于任何国家的程度。至少不属于任何一个大国，不过也许属于一个像巴尔干半岛，国民也像巴尔干各国人民那样的一个国家。在谈话中提起了到处闻名的贝贝·华伦。有人便说贝贝的妹妹白白糟蹋了自己，嫁给了一个放荡的医生。“现在哪里都不再接待他了。”那女人说。

这句话露丝玛利听了深感不安，这种确实如此的事实在社交界本来会有几分含义，不过她想不起戴弗夫妇的生活与社交界有任何联系，然而，充满敌对、有组织的舆论的暗示“现在哪里都不再接待他了”仍在她耳边回响。她想象狄克步上一幢巨厦的门阶，拿出他的名片，男管家对他说：“我们这里不再接待你了”；然后沿着大街走去，无数大使、公使、代办等府上的男管家都对他说出同样的话……

妮珂在思索如何脱身走开。她猜狄克受了刺激之后会处处留神，会变得风流潇洒，引起露丝玛利的共鸣。一点不差，过了一会儿他便设法修正了他刚才所说的一切愤懑刺耳的话。

“玛利人不错——她混得非常好。可是继续喜欢并不喜欢你的人可不是件容易的事。”

露丝玛利果然就范，她身子倾向狄克，嗲声说：

“啊，你人这么好，我不能想象有任何人为任何事而不原谅你，不论你对他们干过什么。”然后觉得自己这股子热忱侵犯了妮珂的权利，便眼望着他们夫妇正中间的一片沙说：“我要问你们两个觉得我最近的片子怎样——如果你们看过的话。”

妮珂没开口，她只看过其中一部，并没有仔细玩味。

“得花几分钟才能说得完，”狄克说，“姑且假定妮珂对你说兰尼埃病了。在实际生活上你会怎么办？任何一个人会怎么办？他们用脸、声音和话来表达——脸表示难过，声音表示惊愕，话表示同情。”

“对，我明白。”

“可是在舞台。不，在舞台上，连最优秀的喜剧女演员的声名都是建立在把恐惧、爱和同情等正确的情感反应加以闹剧化的模仿。”

“我懂了。”可是她并不大懂。

妮珂不得要领。他讲下去的时候她变得越来越不耐烦。

“一个女演员的危险在于她的反应。再作个假设，如果有人告诉你，‘你的相好死了。’在实际生活中你大概会精神崩溃。但在舞台上你是想取悦观众——观众可以自行做出‘反应’。首先女演员要背出台词，然后她须使观众重新注意她，忘掉那被杀害的中国人之类的。因此她必须做出令人意料不到的行为。要是观众认为那角色的性格硬，她便对他们温柔——要是他们认为她温柔，她便变得硬。你要完全超越角色性格，你明白吗？”

“我不大明白，”露丝玛利承认，“超越角色的性格是什么意思？”

“你做出令人意料不到的行为，直到你把观众的注意力又从客观事实拉回到你自己身上。然后，你再回到那角色本身。”

妮珂无法再忍受了。她霍地站起来，毫不掩饰自己如何不耐烦。过去几分钟内，露丝玛利对这点已经有几分感觉到，便以打圆场的态度转过去对托普赛说话。

“你将来大了愿意做女演员吗？我想你一定是个出色的演员。”

妮珂故意对她瞪了一眼，用她祖父说话的腔调，慢条斯理地说：

“绝对不可以把这种想法灌输到别人孩子的脑子里。记住，我们对他们可能有很不同的计划。”她然后蓦地转过身对狄克说：“我要开车回家了。我会派米歇尔开车来接你和孩子。”

“你已经好几个月没开车了。”他抗议。

“我还没忘记怎样开。”

她瞧也不瞧露丝玛利便走掉了，露丝玛利脸上的“反应”十分强烈。

她在浴室里换上海滩装，脸上的表情仍然硬得像一块薄金属板。可是她驾车折入青松夹道的路上时，气氛变了——一只松鼠在树枝上蹿跳，微风轻拂树叶，远处一只公鸡在啼叫，阳光从幽静的枝桠中渗透散开，后来沙滩上的人声越来越远——妮珂身心松懈，觉得精神一振而且快活；她的思路明朗清楚得像上好的钟——她觉得自己痊愈了，而且是在一种新方式中痊愈的。她的自尊心像一朵浓艳的玫瑰那样盛开，迅速走出那困住她多年的迷宫。她恨那沙滩，恨所有她曾像行星围绕太阳似的给狄克当陪衬的地方。

“嘿，我差不多完全好了，”她心想，“我现在差不多独立了，用不着他了。”像个欢天喜地的孩子，要尽快痊愈，而且模糊地知道是狄克策划让她有这么一天的，她一回到家便躺在床上，写了一封语带挑逗的短信给在尼斯的汤米·巴班。

然而那只是白天——将近晚上，精神力量不免降低，她的精神疲惫了，在暮色里眼睛有点发花。她怕狄克心怀鬼胎；她又觉得他目前的行动是有计划的，而她怕他的计划——这些计划效果很好，自有其概括一切的逻辑，而对这逻辑她没办法掌握。她不知怎的已经让他代为思想一切，他不在的时候，她每一个行动都似乎受他会喜欢的方式所支配，因此她觉得她的心意无从和他对抗。可是她必须动脑筋想；她终于知道那可怕的幻想之门上的号码，那引你脱逃而其实无从脱逃的门槛；她知道对她自己来说，现在和将来所犯的最大罪行就是自欺。这是一个很大的教训，可是她已经学到了这个教训。你要是不想，别人便替你想并且剥夺你的力量，败坏并且约束你天生的口味和鉴赏力，把你弄得文明，把你消了毒。

他们吃了一顿安宁的晚餐，狄克喝了很多啤酒，在昏暗的房间里跟孩子们玩得很高兴。后来他弹了一些舒伯特的曲子和一些从美国来的新爵士乐曲，妮珂用她那虽然刺耳可是很甜的女低音在他肩膀上哼着：

“谢谢你，爸爸：
谢谢你，妈妈：
谢谢你们相遇——”

“我不喜欢那首歌。”狄克说，一面把那页翻过去。

“哦，你把它弹完！”她大声说，“难道要我一辈子听见‘爸爸’二字就难受吗？”

“——那夜拉车的马！
谢谢你俩都有点醉啦——”

后来他们和孩子一起坐在摩尔式屋顶上，观看下面海岸上两处相隔很远的赌场放烟花。彼此互相失去情爱，实在寂寞而悲伤。

第二天早上从戛纳买东西回来，妮珂看见一张便条说狄克已经开了那辆小汽车独自北上到普罗旺斯过几天。她正在看便条的时候，电话响了——是汤米·巴班从蒙持卡罗打来的，说是他接到了她的信，就要开车来。她欢迎他来，觉得自己的嘴唇在话筒上留下余温。

8

她洗了澡，脸上抹了油膏，又在身上搽了一层粉，足趾则在一块浴巾上磨蹭另一叠浴巾。她仔细察看自己腰窝上的纹，心里在想再过多久那秀美的肚子就要开始粗壮下垂了，大概还有六年，可是现在我还过得去——事实上我绝不比相识的任何人差。

她并不是自夸。就肉体而论妮珂现在和五年前唯一的差别就是她已不再是个少女。可是她对目前崇拜青春的风气已经够厌烦了，电影里有无数黄毛丫头的脸，用毫不刺激的手法表现整个世界的工作和智慧都在她们身上，不免对青春感到有种妒忌。

她穿上她多年前买的第一件长及膝盖的衣衫，虔诚地在身体两边搽上夏奈尔十六号香水。等到一点钟汤米开车抵达时，她已经把自己打扮得娉娉婷婷。

发生这样的事情有多好，再受人崇拜，装作有个秘密！她已经失去了一个漂亮女人终生非常神气的两年——现在她很想取得补偿；她招呼汤米的态度，仿佛他只是拜倒在她石榴裙下许多男人当中的一个。他们越过花园走向那把大遮阳伞时，她走在他前面而不是跟他并肩走。十九岁和二十九岁的妩媚女子都同样谈笑风生满怀信心；另一方面二十来岁的虽然最迫切需要异性慰藉，却不能吸引人。十九岁的正是目空一切的年纪，相当于年轻的军校学员，二十九岁的则好像征战后昂首挺胸的战士。

不过，一个十九岁少女是因为献殷勤的人太多而得到信心，一个二十九岁的女人则得到更巧妙的滋润。她虽然满怀渴望，却很明智地选择她的开胃酒，在满足的时候则欣赏珍贵如鱼子酱的潜在力量，在任何一种情形之下，她都十分开怀，似乎并不想到以后她会因为惊惶、因为怕停滞不前或不敢向前而洞察力模糊了。不过在十九岁或二十九岁的时候，她如同站在楼梯口，肯定大厅里没有粗鲁的男人。

妮珂并不要什么含糊的精神恋爱——她要的是一段“露水姻缘”；她要换换口味。她按照狄克的思路思考时，认清从一个肤浅的观点来说，不动感情而干一件可能危害大家的任性贪欢行为，实在是下流的。另一方面，她责怪狄克造成眼前的局面，并且真心认为这样一个试验可能有治病的功效。整个夏天她见到人们干出他们受诱惑而做的事并未受到惩罚，不禁跃跃欲试——而且她虽然打算不再对自己撒谎，却偏要认为自己只不过是试一下，随时都可以摆脱……

在大遮阳伞下，身穿白帆布上衣的汤米两臂揽住她，把她拉过来，逼视着她。

“别动，”她说，“从现在起，我可要着实多瞧瞧你呢。”

他的头发有香味，他的白衣服微微泛出肥皂味儿。她的嘴唇闭得紧紧的，不笑，两人只是互相对看了片刻。

“你喜欢你所看到的吗？”她低声说。

“讲法语吧。”

“好，”她便用法语再问一遍，“你喜欢你所看到的吗？”

他把她拉得更近些。

“凡是我所看到的你，我都喜欢，”他犹豫了一下，“我原以为我熟悉你的脸，可是有些似乎是我以前所不知道的。你什么时候开始有白种骗子的眼睛的？”

她挣脱他，既震惊又愤怒，用英语大声嚷道：

“这就是你所以要讲法语的原因吗？”男管家这时端了雪利酒来，她只好放低嗓子，“这样你就能无礼得更准确点吗？”

她把她的小屁股猛地朝银布椅垫上一坐。

“我这里没有镜子，”她又用法语说，可是说得斩钉截铁，“要是我的眼睛变了的话，那是因为我身体又好了。身体好了，大概我就恢复原来的真面貌。我想我祖父是个骗子，我按照遗传，也是个骗子，所以就是这样，你那讲逻辑的脑子满意了吗？”

他似乎简直不明白她在讲什么。

“狄克在哪儿——他是否跟咱们一起午餐？”

见他对自己所说的话并不十分在意，她突然哈哈笑起来，消除掉那句话产生的效果。

“狄克出门旅行去了，”她说，“露丝玛利·贺艾特来了。要么他们俩在一起，要么她令他心烦意乱，不得不走开去痴想她。”

“你知道，你的心思原来真有点不简单。”

“啊，不对，”她连忙使他放心，“不对，我并不真正如此——我只是一个——我只是许多个不同的简单的人。”

马里尤斯端来西瓜和一个冰桶，妮珂不禁想到她那骗子眼睛，没有回答；这个人可不是让你一点点地欣赏，而是一下子要你整个接受。

“他们为什么不让你保存你的天性？”汤米问道，“我从没见过像你这么戏剧性的人。”

她回答不出。

“哪来那么多驯服女人的废话！”他嘲笑说。

“任何社会里都有些——”她感觉狄克的灵魂仿佛在她身边提示，可是汤米的言外之意又让她渐渐平静了：

“我曾经用暴力令许多男人就范，可是对一半的女性却不会贸然这样做。尤其是这种‘婉言’相逼——会对什么人有好处——是你，是他或是别的人？”

她心花怒放，不过跟着又有点黯然，因为感觉到她欠狄克的恩情。

“我想我有——”

“你有太多的钱，”他急躁地说，“问题就在这里，狄克对付不了。”

仆人撤走西瓜的时候，妮珂思量这一点。

“你认为我该怎么办？”

十年来她初次受丈夫以外另一个人的支配，汤米对她所说的一切永远成了她的一部分。

他们喝那瓶酒，清风微摇松针。午后一两点钟那令人暖洋洋的阳光射在花格子餐桌布上，形成亮得炫目的斑点。汤米跑到她身后把两臂搭在她的臂上，紧握着她手。两人面颊相贴，跟着嘴唇相触，她喘息着，一半是因为对他动了情，一半是没想到情焰突然燃得这么猛。

“你能不能把保姆和孩子打发到别处去待个下午？”

“他们有钢琴课。而且不管怎样我不想待在这儿。”

“再吻我。”

过了一会儿，在坐车往尼斯的途中，她心想：原来我有白种骗子的眼睛，是吗？那么很不错，做个神志健全的骗子总比做个疯狂的清教徒好些。他那句话似乎使她可以摆脱一切过失和责任，从新角度思量自己令她兴奋欣喜。她脑海里产生了新的远景，有许多男人的脸，而没有一个她需要遵从甚至于爱，她吸了一口气，扭动身体耸耸肩，转身对汤米说道：

“难道非得一路开到蒙特卡罗你的旅馆不可吗？”

他急忙把车停住，车轮吱嘎作响。

“不必！”他回答，“而且，我的天，我从没有像此刻那么得意过。”

他们已经过了尼斯，沿着蓝岸行驶，开始爬上并不十分高的康尼虚山。现在汤米赶紧掉头向海岸驶去，开到一个钝头半岛末端，在一家海滨小旅店后门停下。

现实来得突兀，妮珂一时有点害怕。一个美国人正在柜台前跟职员喋喋不休地争论汇率。汤米填警察需要的登记表格的时候，她在旁边逡巡，表面上看来恬静，心里却极不是滋味。他填的是他的真姓名，把她填成假姓名。他们的房间是地中海式的房间，陈设极为简陋，倒还算干净，外面波光粼粼，使房间显得阴暗。最简单的乐趣——最简单的地方。汤米要了两杯白兰地，侍应生把房门带上之后，他坐在唯一的一张椅子上，皮肤发黑，浑身伤疤，英俊得很，眉毛朝上翘起，是个充满斗志的妖精，一个认真的魔鬼。

两人还没喝完白兰地，便突然不约而同地动起来，站着拥抱；后来同坐在床上，他吻她结实的膝盖，她像斩了头的禽兽那样略微挣扎一下，忘却狄克和自己的以前没有的浅色眼睛；甚至也忘了汤米，越来越深地沉醉在每一分钟每一片刻里。

……他起来打开一扇百叶窗看看下面何以越来越喧哗时，高处的光线照在他那身虬结的肌肉上，他的体格显得比狄克黑些，强壮些。他一时也忘了她。差不多两人的肉体一分开，她便知道以后的情形将和她预料的不同。她感觉到一种无名畏惧凌驾于一切悲欢喜悦之上，就像风暴之前必有雷鸣那样不可避免。

汤米小心翼翼地在阳台上朝下觑望，并把看到的情形告诉妮珂。

“我只看到在这下面的一个阳台上有两个女人。她们坐着美国摇椅摇来摇去谈天气。”

“那么那些声音都是她们发出的吗？”

“声音是从下面某个地方发出来的，你听。”

“啊，在南方棉花之乡，
旅馆糟透，生意不像样，
掉脸看别处吧——”

“是一些美国人在唱。”

妮珂把两个膀子摊开在床上，凝望着天花板，她身上的粉湿了成为奶白色的外层，她喜欢这空洞洞的房间，一只苍蝇在头顶上嗡嗡飞，汤米把椅子拉到床前，挥手把椅子上的衣服统统扫落，然后人坐上去；她那身轻飘飘的衣衫和平底凉鞋在地板上和他那身白帆布衣服混在一起；她喜欢衣衫和鞋那么经济简单。

他细看那和棕色的头与四肢成鲜明对照的雪白躯干，带着低沉的笑声说：

“你真像刚生出来的娃娃。”

“还有骗人的浅色眼睛。”

“我自有办法对付。”

“对付骗人的浅色眼睛很不容易——尤其是芝加哥培育出来的。”

“我知道所有南部农人的老办法。”

“跟我接吻，汤米。”

“这多么美国化，”他虽然如此说，不过还是吻了她，“我上次在美国的时候，有些女孩子简直要用嘴唇把你和她们自己撕裂了，后来弄得他们嘴唇周围一片血红——可是进一步就没什么了。”

妮珂手托香腮，半倚半躺着。

“我喜欢这房间。”她说。

“我觉得太简陋，亲爱的。我很高兴你没要等到抵达蒙特卡罗。”

“为什么说它简陋？谁说的，这是个好可爱的房间，汤米——就像塞尚和毕加索的许多画里那些桌子一样。”

“我不知道，”他没想去弄明白她的意思，“那些人又嚷起来了，我的天，难道出命案了吗？”

他走到窗口去，再度报告情况。

“似乎是两个美国水兵在打架，还有许多水兵叫好，怂恿他们打下去。这些人都是从泊在离岸不远的你们那艘战斗舰上来的，”他用了块大浴巾围住身子，在阳台上稍微再站出去些。“他们带着野鸡。这个我听说过——只要军舰开到哪儿，那些女人便跟到哪儿。可是她们多么难看！凭美国水兵的粮饷，他们可以找点更像样的女人！她们就像跟着康尼洛夫的那些女的，为什么我们的眼睛除了芭蕾舞星什么都不看！”

妮珂暗喜他女人见识得多了，光是女人两个字对他已经没有什么意义；她的内在美要超过她的肉体美才能把握得住他。

“朝使他疼的地方揍！”

“哎哟——哟，哟！”

“你瞧，我叫你闪过那右钩拳欺近身不错吧！”

“加点油啊，杜士密，你这小子！”

“哟！哟！”

“哎呀——哎！”

汤米掉头走回去。

“这地方已经没用了，似乎不必再待下去了，你同意吗？”

她同意，可是两人在穿衣之前又拥抱了一阵，这时又略微觉得那房间似乎不比任何宫殿差……

终于穿上衣服的时候，汤米惊呼：

“我的天，坐在咱们下面阳台上的那两个女人始终没动弹。她们想一直谈下去，让那打架的事自消自灭。她们是来作经济度假的，整个美国海军和欧洲所有的婊子都破坏不了她们的度假之乐。”

他轻步走过来，搂抱着她，用牙把她衬裙的肩带咬到肩上；接着外面震耳欲聋的一声“喀啦——砰”，是海上的战斗舰发炮召官兵返舰。

现在他们窗下真的乱成一团——载水兵们返舰的快艇正不声不响地开来。侍者疾呼着报账催账，引起咒骂和否认，扔下的钞票面额太大，找回的钱太少；醉得不省人事的，由弟兄们扶上船去，噪声中海军宪兵连珠炮似的吼出的命令清晰可闻。第一艘汽艇驶离时，女人们拥向码头狂喊，一片哭泣声、尖叫声和承诺声，也可以见到滚滚流下的眼泪。

汤米见到一个女郎奔到下面阳台前挥动一条餐巾，他还没来得及观察那两个坐摇椅谈天的英国女人是否终于屈服，承认她的存在，已经有人在敲他们自己的房门，房门外的女人声音十分激动，他们只好答应开门，外面是两个又瘦又野的年轻女郎，在过道中不是迷了路就是不得其门而入。其中一个哽咽地哭泣着。

“能在你阳台上招手送别吗？”另一个情绪激昂地用美国口音的英语央求，“求求你，行不行？让我对男朋友招个手好吗？求求你，做做好事，别的房间门都锁住了。”

“当然乐意。”汤米说。

那两个女郎奔到阳台上去，跟着她们那尖锐响亮的声音便凌驾于一切噪声之上。

“再见，查利！查利，朝上看呀！”

“打个待领电报到尼斯来！”

“查利！他看不见我。”

一个女郎突然撩起裙子，连拉带扯地拽下里面那条粉红内裤，把它扯成一面相当大的旗子，然后狂喊：“班！班！”她把那旗拼命挥舞。

汤米和妮珂走出房间时，那面旗仍在蓝天衬托下飘扬，啊，你看得见那记忆中娇娃的春色吗——这时战斗舰的舰首上升起了星条旗和它争锋。

他俩在蒙特卡罗新海滩赌场吃晚饭……好久之后又到博利厄的一个面对蒙特卡罗、蒙东的灯光也隐约可见的地方，在一个皎白月色映照下的小水潭中夜泳，那水潭是由一圈漂砾形成的，潭水发着粼光。她很高兴他把她带到这富有东方色彩、风和水构成的新奇幻境来；它是个全新的天地，就跟他俩彼此也互有全新的认识一样，她象征性地横陈在他面前，就仿佛他骑着马把她放在鞍前，从大马士革一路掳架到蒙古平原一样。狄克教导她的一切不断在消灭，她越来越接近原来的她，在她四周的世界中令人莫名其妙地陷于迷战的女人的原型。她在月光下爱的纠缠中欢迎她爱人那股子猖狂。

他俩一齐醒来，发现月亮已经下去了，凉气袭人，她挣扎着起来问是什么时候，汤米答道大约是三点钟。

“那么我得回家了。”

“我以为咱们会在蒙特卡罗睡呢。”

“不行，有家庭女教师和孩子们在。我在天亮以前必得上床。”

“随便你。”

他们又游了一下，他一见到她发抖，便用浴巾替她迅速擦身。他们所在的地方天色很亮，汤米吻她的时候，她觉得他对她白皙的脸蛋、贝齿、冰凉的秀额和摸触他脸的玉手不能自抑。她习惯了狄克的作风，等待一番接受形容和赞美，可是他却没有。她睡意浓浓地放心了，开心了，便把身子卧躺在座位上，直到马达声音变了，她觉出汽车开上山坡朝狄安娜别墅而去。她在小径上的脚步声变了，花园里的夜籁也忽然不同了，可是她回到家还是心喜。这一天断断续续地过去，她虽然觉得心满意足，但不习惯这种紧张的生活。

9

第二天下午四点钟，一辆在火车站接客的计程车在大门口停住，下车的是狄克。妮珂根本没有料到，从露台上跑过去迎接他，一方面竭力保持镇静，结果弄得气喘吁吁的。

“你的车在哪儿？”她问。

“我把它留在阿尔了。我不想再开车了。”

“我看你留的条子，以为你要一去好几天呢。”

“我碰上了凛冽的北风和雨。”

“玩得开心吗？”

“只不过跟别的过腻了想换换环境的人一样，我开车送露丝玛利到阿维尼翁，在那里再把她送上火车。”他俩并肩朝露台走去，他把他的行李放在那里。“我在便条上没告诉你，怕你胡思乱想。”

“你很体贴。”妮珂现在觉得自己比较有把握了。

“我只想要发觉她拿得出什么特长——这只有单独跟她在一起时才能发觉。”

“她可——有什么要说的？”

“露丝玛利没长大，”他回答，“也许这样好些。你这两天干点什么？”

她觉得自己的脸颤动得像兔子的脸。

“我昨天晚上跟汤米·巴班跳舞去了。我们到——”

他皱眉蹙额，打断了她。

“不用跟我说了。你干什么都没关系，只不过我不要知道具体情形。”

“也没什么可以知道的。”

“行啦，行啦，”然后他仿佛离家已经一个星期似的，问道：

“孩子们好吗？”

屋子里电话响了。

“要是找我的，就说我不在家，”狄克转身迅速走开，“我在工作室有事做。”

妮珂等到他走到泉井后看不见了，才进去接电话。

“妮珂，你好吗？”

“狄克回来了。”

他唉声叹气。

“到戛纳来跟我见面，”他提议，“我非得要跟你谈一下。”

“不行。”

“告诉我你爱我，”她没开口，只是对话筒点了点头；他重复一次，“告诉我你爱我。”

“哦，我当然爱你，”她向他保证，“可是现在一时没办法。”

“当然有办法，”他不耐烦地说，“狄克看出你们俩已经吹了——他显然已经放弃，他指望你怎样？”

“我不知道。我必得——”她强使自己不再说出“等我能问狄克”，只是说了句：“我会写信，而且明天打电话给你。”

她沉醉于自己的成就，在屋子里心满意足地走来走去。她是个害人精，对她来讲这是件快事；她能真正猎野食，不再只是猎取替她圈好的猎物了。她想起了昨天的不计其数的细节，这些细节掩住了相同时刻的记忆，那些时刻她与狄克的爱清新纯美，完整无缺。她开始蔑视那种爱，觉得它一开始就有感情用事的习惯的色彩。她怀着女人所具有的投机主义的记忆，简直不记得她和狄克于结婚前一个月在世界各隐秘地方燕好时她有过什么感觉。也是因为同一缘故，她昨夜对汤米撒谎，对他发誓她从没那样全面、整体、绝对地畅快过。

……接着因为一时背叛，对自己十载生活如此淡然视之，她觉得懊悔，便掉转头朝狄克独求清幽的那个工作室走去。

她悄悄地走近，看到狄克在小屋后，坐在崖壁旁一张帆布椅上，她不声不响地窥视他片刻。他在思索，他完全生活在他自己的世界里，从他脸上的小动作，眉毛一掀一落，眼睛一闭一张，嘴唇闭了闭，手动来动去，她看出他在一段又一段地想他自己的往事，不是关于她的事。有一次他握起拳头，弓身向前，又有一次脸上露出痛苦绝望的表情，即使表情消失了，眼睛里还流露出那种神色。这差不多是她生平第一次可怜他——要以前有精神病的人可怜没有毛病的人实在不容易，妮珂虽然常常口头上讲是他把她引回她所抛弃的现实世界，她一直认为他的精力充沛、无穷无尽，不会感觉疲劳，在她忘了是她自己的麻烦促使他这样做的时候，也忘了是她给他造成的麻烦。她现在不再受他控制了，他可知道吗？是他故意要造成这种情形的吗——她可怜他就像她有时候可怜阿贝·诺斯和他那不体面的下场，可怜婴孩和老人软弱无依一样。

她走向前去，伸出一只膀子搂住他，和他耳鬓厮磨，说道：

“别这么悲伤。”

他冷漠地望着她。

“别碰我！”他说。

她茫然不知所措，闪开了几尺。

“对不起，”他心不在焉地说下去，“我刚才正在思量自己对你的看法——”

“何不把这新的分类添加到你书里去？”

“我已经想到这点——精神病和精神神经的进一步研究——”

“我不是来跟你闹别扭的。”

“那你为什么来，妮珂？我不能再为你尽任何力量了。我是在试想怎样挽救自己。”

“免得受我传染吗？”

“我的职业有时候逼迫我不得不接触有问题的人并和他们为伍。”

这句侮辱的话语把她气哭了。

“你是个懦夫！你把你一生弄得失败了，却要怪我。”

他没有回答，她开始感受到他智力的支配力，他那种智力有时发挥出来并没有强大的力量，然而总有一层又一层的道理，令她无从打破甚至解脱。她又和它挣扎，用她那双秀丽的小眼睛，社会望族的高傲，对另一男人新有的移情别恋以及多年来的积怨来和他对抗。她的武器还有她的钱，她姐姐讨厌他，现在一定支持她的信心；此外他的愤世嫉俗结了新仇人，她使诈的心计来得更快，他贪杯贪食，脑子已经迟钝；她身体健康又美艳，他身体渐衰；她可以不择手段，他则有道德观念——为了这场战斗，她甚至用上了她自己的弱点——用旧罐子、碗碟和瓶子，凡是能装上她那已补赎的罪孽、罪行和错误的空盛器，鼓勇奋战。忽然在两分钟内，她得到了胜利，不撒谎不花言巧语地自我辩白一番，把那份夫妇之情干干脆脆地一刀两断。她冷然低泣着，腿软软地朝最后终于属于她自己的房子走去。

狄克一直等到她隐没不见，才把头探到护墙上面。病案真正结束。戴弗医生终于自由了。

10

夜里两点钟，电话声惊醒了妮珂，她听见隔壁房间里狄克在他们所谓的睡得不安宁的床上接电话。

“是，是……不过您是哪一位……是……”他的声音清醒过来，带着惊讶，“可是警官，我能跟其中一位太太讲话吗？她们都是最有声望的，凭她们的社会关系可能搞出极严重的政治风波……确是事实，我向你发誓……好，你等着瞧吧。”

他起了床，用心思考那件事的时候，自知他会加以处理——那要不得的讨好人的老毛病，那旧日非同小可的魔力，再度涌现，呐喊着“用我”。他必得处理自己根本漠不关心的这件事，因为他早就养成了要人爱的习惯，也许从认清他是那腐败团体最后的希望时便如此。他以前在苏黎世多姆勒病院的时候，不是也有过差不多相同的情形，当时他认清了自己的力量，做出了选择，选择奥菲莉亚，选择可口的毒药把它喝了下去。他最想成为勇敢而仁慈的人，可是更要为人所爱。过去的情形便是如此。以后也永远会这样，他挂上了电话，在那反应缓慢的古老电话机还叮当响时，认清了这点。

很久没有声息。妮珂大声问道，“什么事，什么人？”

狄克在挂上电话时便已经开始穿衣。

“是昂提地区的警察分局——他们扣押了玛利·诺斯和那个薛比雷——贝尔斯夫人。是很严重的事，警官不肯告诉我；只不断说‘不是命案——不是车祸’，可是暗示涉及其他一切坏事。”

“他们怎么会打电话给你的，我觉得十分蹊跷。”

“她们为了保全脸面必得找人保释，而只有在滨海亚尔卑斯区有产业的人才有资格保释。”

“她们的面皮倒真厚。”

“我不介意。我会到旅馆去接高斯一块去——”

他走了以后，妮珂醒了一阵，奇怪那两个女人到底犯了什么罪，然后她睡着了。三点多钟狄克走进来的时候，她完全清醒地坐起来，说道，“怎么了？”就仿佛是对梦里的一个人说话。

“那是好怪的一件事——”狄克说。他坐在她床脚处，讲他怎样把睡得昏昏沉沉的高斯老爹喊醒，吩咐他把现款抽屉里的钱统统拿出来，然后开车带他到警察分局去。

“我可不喜欢帮那英国婆娘的忙，”高斯埋怨说。

玛利·诺斯和卡洛兰夫人都穿着水手装，斜卧在两间昏暗囚室外面的一张长凳上，那位妇人一股子受委屈的英国人的神气，仿佛随时等待英国的地中海舰队会开来援助她。玛利·闵盖蒂则惊惶得人全垮了——她简直是扑倒在狄克的腹部上，仿佛那是最亲密的接触点，央求他想想办法，警察分局局长则向高斯说明是怎么一回事。高斯勉为其难地聆听每一个字，他一方面想表示欣赏这位分局长的叙述天才，另一方面又要表现出他是个标准忠仆，对所听到的事并不震惊。“那只不过是一时闹着玩儿的，”卡洛兰夫人轻蔑地说，“我们假装是上岸度假的水手，搭上了两个傻女孩。她们在一个公寓里大惊小怪起来，闹得不像样。”

狄克神情凝重地点点头，一面低头望着石铺的地面，像神父在忏悔室里听告解——他既想哈哈嘲笑，又想下令各抽打五十下九头鞭，两周内只准吃面包和水。卡洛兰夫人脸上丝毫没有觉得自己已干了坏事的神情，只感觉那坏事是怯懦的普罗旺斯女孩和愚笨的警官使她犯下的，这一点使狄克不胜诧异；不过他早就断定某些阶级的英国人是靠极强烈的反社会感而生存的，相形之下，纽约那些令人作呕的坏事只不过有点像小孩子吃多了冰淇淋得了消化不良。

“我在胡珊听见这事以前，必得脱身，”玛利央求说，“狄克，你一直能安排事情——你总能办得到。告诉他们我们必得回家，告诉他们我们不论给多少钱都行。”

“我可不给，”卡洛兰夫人鄙夷地说，“一个先令都不给。我倒很愿意知道戛纳领事馆对这件事怎么说。”

“不行，不行！”玛利连声说，“咱们今天晚上必得离开这里。”

“我试试看，”狄克说，然后补充道，“不过钱是一定要花的。”他瞧着她们仿佛她们天真不懂事似的，虽然他明知她们绝非如此，然后摇摇头说：“在所有耸人听闻的疯狂事件中偏偏挑了这件！”

卡洛兰夫人沾沾自喜地微笑。

“你是个治精神错乱的医生，不是吗？你应该能帮助我们——高斯更是非帮忙不可！”

狄克这时走到一边去跟高斯谈论这老头子打听出来的事，原来实情竟比表面看来的还要严重——她们搭上的一个女孩是良家女子。那家人愤怒极了，或是装作如此；不得不跟他们议定一笔赔偿费。至于另一个女孩是个流莺，容易对付得多，按照法国法律，那种事是要坐牢的，至少也要公开驱逐出境。除了这些麻烦，还有城里人受外侨之惠的以及讨厌物价因为外侨关系而上升的，对外侨容忍程度的差异越来越大。高斯总结了情势后便把责任交给狄克。狄克便跟警察分局局长商量。

“现在你知道法国政府竭力要鼓励美国人旅游法国各地，今年夏天在巴黎竟有命令不得逮捕美国人，除非犯的是最严重的罪。”

“这够严重了，我的天。”

“可是你瞧——你有她们的身份证吗？”

“她们没有，她们除了两百法郎和一些戒指，什么都没有，连可以用来上吊的鞋带都没有。”

一听没有身份证便放心了，狄克讲下去。

“那意大利伯爵夫人仍是美国公民。她是——”他故意慢吞吞地、郑重其事地扯谎，“约翰·洛克菲勒·梅隆的孙女，你听说过他吗？”

“听说过，哦，当然，听说过，你以为我是乡巴佬吗？”

“她而且还是亨利·福特勋爵的外甥女，她跟雷诺及雪铁龙公司也有关系——”他想他最好就此打住。可是他那诚恳的语调开始对那警官起了作用，于是他继续说：“抓了她就像抓了一位英国皇族大人物。那也许会弄出——战争来！”

“可是那英国女人呢？”

“我正要开始讲她。她已经跟威尔士亲王的弟弟——白金汉公爵，订婚了。”

“她会是个非常漂亮的新娘。”

“现在，我们准备给——”狄克迅速计算，“每个女孩子一千法郎——另外给那‘端庄’的女孩子的爸爸一千法郎。还有两千法郎由你斟酌分配给抓她们的弟兄、公寓老板等人。我将把五千法郎交给你，希望你立刻去进行谈判。然后把她们以扰乱治安等罪名保释，至于明天在法官面前须付的什么罚款，我会派人专程送来。”

警察分局局长还没开口，狄克便从他的神情看出一切不会有问题。分局长犹豫地说，“因为她们没有身份证，我没有录案。我一定要看看——把钱给我吧。”

一小时后，狄克和高斯老爹把那两个女人送到大华饭店，卡洛兰夫人的司机睡在她那辆敞篷的汽车里。

“记住，你们每人欠高斯先生一百美金。”

“好的，”玛利满口答应，“我明天给他一张支票，还有别的东西。”

“我可不给！”大家一听都怔了，掉头去看卡洛兰夫人，她这时候已经完全恢复原状，正义凛然地说：“整个事件真不像话。我可没有授权给你把一百美金给那些人。”

个子矮小的高斯站在汽车旁，两眼突然冒出怒火。

“你不肯还钱给我？”

“她当然会。”狄克说。

忽然间，高斯小时候在伦敦餐室里当洗碗碟伙计时所忍受的欺侮像怒火般爆发出来，他穿过月光走到卡洛兰夫人面前。

他痛骂了她一顿，她冷笑一声转身走开的时候，他在后面赶上一步，朝那最显著的目标上踢了一脚。那位身穿水手装的夫人猝不及防，像一个人中弹那样，两手举起倒在人行道上。

狄克的声音打断了她的怒吼：“玛利，你去让她安静下来！不然十分钟内你们两人都会被戴上手铐脚镣！”

在走回旅馆的途中，高斯老爹一语不发，直到走过了里面仍在播放既像哭泣又像咳嗽的爵士乐声的胡安松林赌场，他才叹了口气说：

“我从没见过这样的女人。我见识过世界上很多位名妓，我对她们往往相当尊敬，可是像这样的女人，我从没见过。”

11

狄克和妮珂习惯一起上理发馆，在毗连的两个房间里分别理发和洗头，妮珂听得到狄克那边发剪的轧轧声，数零钱声和一连串的好了和对不起。狄克回来的第二天，二人又一起上理发馆，在电扇的香风下剪发洗头。

在虽是夏天，可窗户和许多地窖门照样开着的卡尔登旅馆前，一辆汽车从他们身旁掠过，汤米·巴班就在车上。妮珂一眼看到了他，他脸上的神情先是沉默，若有所思，一见到她便眼睛张得大大的，警觉起来，令她不安。她也要到他去的地方去。由理发师替她洗头的那一个小时，似乎只是另一座小监牢，另一段白浪费的时间，而她的一生又都是由一段段浪费掉的时间组成的。那位女理发师穿着白制服，抹口红的嘴唇上渗出汗珠和花露水味儿，令妮珂想起许多护士。

在隔壁房间，身上蒙着围巾，脸上抹着剃须膏的狄克闭眼假寐，妮珂面前的镜子照出男子部与女子部之间的过道。忽然她见到汤米走进来，急速转身进入男子部，惊得跳起来，她心里涌上一阵喜悦，知道两个人就要摊牌。

她听到开始时的只言片语。

“我要见你。”

“……要紧的事？”

“……要紧的事。”

“……毫无问题。”

不久狄克便走到妮珂的小间来，面巾后面那张匆匆抹干的脸显出恼意。

“你那朋友紧张得不像样。他要跟咱俩一起说话，于是我答应了，好把这件事快快了结。跟我来！”

“可是我的头发——才剪了一半。”

“没关系——跟我来！”

她恼怒地叫那瞪眼望着的理发师拿掉面巾。

她觉得既邋遢又衣衫不整，跟着狄克走出旅馆。汤米在外面欠身亲她的手。

“咱们到联盟咖啡馆去。”狄克说。

“随便什么地方只要没人打扰就行。”汤米同意。

在枝桠交叉成拱道(这在夏天是极重要的)的树下，狄克问道：“你要喝点什么，妮珂？”

“一杯鲜榨橙汁。”

“我要一小杯咖啡。”汤米说。

“黑白牌威士忌和苏打水。”狄克说。

“没有黑白牌的。我们只有强尼·沃克。”

“行。”

“她——不是——活泼热闹，
而是文静安详，
你应该试试看，”

“你太太不爱你，”汤米猝然说，“她爱我。”

两个男人互相对视，脸上都带着很奇怪的虚弱表情。两人在那种情形下也无从沟通心意，因为他们的关系是间接的，完全在于他们各自对牵涉到的这个女人已经只有或将要只有的程度所构成的，因此他们的情绪穿越她那已经分裂的自我，就仿佛通过失灵的电话线路一样。

“等一等，”狄克说，“给我一杯杜松子酒和吸管。”

“就来，先生。”

“好，继续讲吧，巴班。”

“我看得很清楚，你跟妮珂的婚姻已经完了。她受够了。我已经等了五年才等到这一天。”

“妮珂怎么说？”

他俩都瞧着她。

“我变得很喜欢汤米了，狄克。”

他点点头。

“你对我已经没有爱了，”她说下去，“一切只成了习惯。自从认识露丝玛利以后，什么都跟以前不同了。”

汤米可不想谈话朝这个方面发展，便厉声打断说：

“你不了解妮珂，只因为她生过病，你总是把她当病人看待。”

谈话忽然被一个纠缠个没完、面貌可憎的美国人打断了，他在兜售《先驱报》和新从纽约运到的《纽约时报》。

“什么都有，老兄，”他说，“来这儿很久吗？”

“别说啦！走开！”汤米呵斥，然后对狄克说，“没有哪个女人肯忍受这种——”

“老兄，”那美国人再度打断他们的话，“你们以为我是在白费工夫——可是许多人不这么想。”他从皮夹里掏出一则颜色泛灰的剪报——狄克一见便知道那是什么，那是一张漫画，画着无数美国人提着一袋袋金子走下邮船。“你们认为我不会把那些弄一部分到手吗？不瞒你们说，我会的，我从尼斯来准备观看环法自行车大赛。”

汤米凶巴巴地喝了一声“快走开”，把那人赶走的时候，狄克认出那人五年前有一次曾在天使街上招呼过他。

“参加大赛的自行车什么时候到这里来？”狄克向他遥问。

“随时就要到了，老兄。”

那人离去时愉快地挥手，汤米再对狄克开口：

“她跟我会比跟你更充实。”

“说英文！你这个‘充实’指的是什么？”

“充实吗？跟我会有更多的幸福。”

“你们彼此并不了解。但是妮珂跟我已经有过很多共同的幸福，汤米。”

“那只是家庭之爱。”汤米嘲笑道。

“要是你和妮珂结婚，就不是这种‘家庭之爱’吗？”越来越大的喧闹声使他只好暂时打住；不久人行道上出现了蜿蜒而来的先行车队，接着三五个、一大群不知从哪里睡完午觉的人都冒了出来，在街边排成长行。

小伙子们骑着自行车一掠而过，一辆辆挤满衣冠楚楚的爱好运动人士的汽车，悄然驶来，揿着声音刺耳的喇叭，宣布大赛的浩荡队伍即将到来，没人注意的几个餐馆厨师只穿着内衣站在餐馆门口，路转弯处这时也出现了自行车队伍。最前面是一个穿红色运动衫的自行车手，在渐渐西斜的阳光中聚精会神，充满信心地奋力前进，在一阵尖锐的欢呼声中过去了。接着是三个车手一起出现，穿着滑稽丑角式的褪色运动衫，脚上汗粘着灰变成黄色污垢，脸上毫无表情，眼皮低垂，显得疲累无比。

汤米对着狄克，说道：“我想妮珂要离婚——我猜你不会阻挠刁难吧？”

又有五十辆自行车一窝蜂似的驰来，前后拉开有二百多码长；有几个赛手嘴带微笑，有点忸怩，另一些显然精疲力竭，大多数神情冷淡，十分厌倦，接着一群跟在车手后面的小孩跑了过去，后面是几个不服输的掉队赛手，还有一辆小卡车载着发生意外和认输的傻瓜。他们三人回到咖啡桌边。妮珂要狄克采取主动，但他似乎光坐在那里，以刮了一半的脸配合她那洗了一半的头发就满足了。

“你跟我在一起不再感到幸福了是吗？”妮珂接下去说，“没有我，你可以再恢复你的研究工作——你要是不为我担心，就可以工作得好些。”

汤米身子不耐烦地动了动。

“这样说真是白费工夫。妮珂现在和我相爱。就是这么回事。”

“好啦，”狄克说，“问题既然完全解决了，我们就回理发馆去吧。”

汤米想要挑起争吵：“有几个问题——”

“妮珂和我会细谈的，”狄克说得很平静，“放心——我原则上同意，妮珂和我互相了解。要是避免第三方介入商讨的话，就不容易搞得不愉快。”

汤米虽然不愿意，也不得不承认狄克言之有理，可是不可抑制的种族本色怂恿他多占便宜。

“话可得说明白，即刻起，”他说，“我就是妮珂的保护人，直到一切细节解决为止。你虽然继续和她同住，但是如有不轨行为，那我决不饶你。”

“我是从来不蛮干的。”狄克说。

他点了点头，朝旅馆走去，妮珂以最白的白眼目送他。

“他倒是够公道的，”汤米承认说，“心肝，咱们今天晚上可以在一起吗？”

“我想可以。”

所以这件事就这么发生了——平静得很，一点都不紧张刺激；妮珂觉得自己的心思早已被看透，她明白自从那樟脑油膏事件起，狄克便料到了一切。可是她也觉得快乐兴奋，连本想把事情原原本本告诉狄克的那一点古怪愿望也迅速消失了。可是，她的眼睛盯着他的背影，直到那背影变成一个小黑点，和夏日人群中的其他小黑点混杂在一起才罢休。

12

狄克离开里维埃拉的前一天，整天都和他的孩子在一起。他已经不再年轻，对自己的期望与美梦已无多，所以他要把他们牢牢记住，已经告诉了孩子这年冬天他们将到伦敦去和阿姨住，不久他们会来美国看他。如得不到他同意，保姆小姐是不能辞退的。

他对自己给予小女孩那么多呵护深感快慰——对那男孩他却不大肯定——他对自己应该怎样去爱那个老是爬到身上，老是抱紧你，老是钻向胸口的小男孩，总有点忐忑不安，可是他跟他们说再见时，他真想把他们可爱的小头揪下来，紧紧地搂抱几小时。

他拥抱了老花匠，六年前狄安娜别墅最初的那片花圃就是这位老花匠开辟出来的；接着他又吻了服侍孩子的普罗旺斯女仆，她跟随他们差不多十年了，她跪下直哭，后来狄克把她拉起来，给她三百法郎。妮珂没起床，这是事前彼此讲好的——他留了字条给她，又留了字条给贝贝·华伦，她刚从萨丁尼亚回来，住在这里。狄克就着一樽容量十夸脱三英尺高的白兰地酒瓶喝了一大口，那是有人送给他们的。

他然后决定把行李留在戛纳火车站，而到高斯海滩去看最后一眼。

那天上午妮珂和她姐姐到达的时候，海滩上只有一群早到的孩子，被白色天空抹掉轮廓的白日在这没风的天大逞威风，侍者在往酒吧里添送冰块。一个美联社摄影记者在放得不稳的遮光布下瞄准镜头，每当有人走下石磴他都要把头伸出来看。他准备摄入镜头的那些人物因为通宵作乐正在旅馆的漆黑房间里睡懒觉。

妮珂走上海滩时，瞧见狄克坐在上面一块岩石上，并没有作游泳打扮，她马上缩回更衣帐篷的阴影中，不一会儿，贝贝到了她身旁，说道：

“狄克还在那儿。”

“我看见他了。”

“我想他应该知趣地走掉。”

“这是他的地方——从某方面来说，是他发现的。高斯老爹总是说他的一切都是拜狄克之赐。”

贝贝冷漠地瞧着她妹妹。

“我们本应该让他只骑自行车去旅行的，”她说，“人一超出自己的本分便不知所措，不论摆出怎样风趣的样子唬人都不行。”

“狄克做了我六年的好丈夫，”妮珂说，“在那段时间里我从没有因为他而受过一分钟的痛苦。他总是竭力不让我受任何伤害。”

贝贝微微翘起下巴说：

“他受教育就是为了这个。”

姊妹俩相对无言。妮珂带着一点疲倦想心事，贝贝则在考虑要不要嫁给那个想把她的人和钱都娶走的最近向她求婚的人，此人的的确确是哈布斯堡的王族子孙。她倒并不怎么在想。她的恋爱事件早已变成这种样子，而她感情枯涸之后，这些事件作为谈话资料的价值反而比事件本身来得重要。她的情感只是在讲述这些事件的时候才真正存在。

“他走了吗？”妮珂过了一会儿问，“我想他那班火车是中午开。”

贝贝张望了一下。

“没有。他到上面露台那里去了，在跟一些女人谈话。横竖现在人这么多，他不一定瞧得见咱们。”

实际上，她们离开更衣帐篷时他已经看见了她们，一直盯着她们看，到她们又消失了才罢休。他这时和玛利·闵盖提坐在一起喝茴香酒。

“你在援助我们的那天夜晚，就跟从前的你那样，”她说道，“只是后来你对卡洛兰的态度非常不好。你为什么不永远那么好？你是办得到的。”

居然有这么一天连玛利·诺斯也能劝告起他来了，狄克认为这实在出奇。

“你的朋友们依然喜欢你，狄克。可你喝酒的时候就对人说要不得的话。今年夏天，我大部分时间都花在为你辩护上了。”

“那是艾略特博士的一句名言。”

“不错。人们不管你是不是在喝酒——”她犹豫起来，“连阿贝喝得最凶的时候，他也从不像你那样得罪人。”

“你们都太无趣了。”他说。

“可是周围也只有我们这些人！”玛利嚷道，“要是你不喜欢正派的人，何妨试试不正派的人，看你自己可喜欢！人人只要快活，如果你使他们不快活，你就切断了滋养。”

“我得到过滋养吗？”他问。

玛利这时候很快活，不过她自己不知道，她本是因为害怕，所以陪他坐坐的。她再度拒绝喝酒，说道：“喝酒的原因实际是由于放纵自己。当然，在阿贝喝酒毁了自己之后，你可以想象得到我对喝酒的感受——因为我亲眼看到一个好人渐渐变成酒鬼——”

卡洛兰夫人以装腔作势的轻快脚步跑下石磴。

狄克觉得心情不错——他已经在一天相当晚的时候；在一个人应该已经吃完一顿好饭时才到，可是他只对玛利显示出一种纯洁的经过思考而有节制的兴趣。他那对一时纯净得像孩子的眼睛，请她同情，在这种同情悄悄袭上她心头时，他觉得有必要像过去一样说服她，全世界只剩下他们最后一对男女。

……后来他就不必去看另外那两个身影，也是一男一女，一黑一白，在天空下像金属一般闪光……

“你一度喜欢过我，是不是？”他问。

“当时何止喜欢你——我爱过你。人人都爱你。只要你开口，随便哪个都乐意献身——”

“你我之间一直有点不寻常。”

她热切地相信。“是吗，狄克？”

“一向如此——我知道你的麻烦，你表现得多么勇敢。”可是他心里又开始像从前那样暗笑，他知道他这样不能再维持多久了。

“我一向知道你知道很多，”玛利热烈地说，“对我知道得比任何人都多。大概就因为这个，所以咱们相处得不大好的时候，我那么怕你。”

他向她投去温柔和善的眼色，流露出内心的情感，两人的眼睛忽然交汇在一起，深深相望。后来，他心里的笑声太响了，仿佛连玛利也一定会听到，狄克把灯关了，两人又回到里维埃拉的阳光中去。

“我必须走了。”他说。他站起来的时候，身子有点摇晃；他的身体不行——血液流得慢。他抬起右手，从高高的露台上朝海滩画了个十字，几顶伞下的人仰起头看。

“我到他那儿去。”妮珂跪立起来。

“不行，你不能去。”汤米说，硬把她拉躺下。“更不可一个人去。”

13

妮珂新婚后继续和狄克通信，有关生意的信，也有关于孩子的信，她说，她常常这样说，“我爱过狄克，永远忘不了他。”汤米会回答，“当然啰——你何必要忘呢？”

狄克在布法罗开了一家诊所，可是显然业务不成功，妮珂没有发现问题所在。几个月后，她听到他在纽约州巴达维亚小镇执业行医诊治普通的病症，后来又在闸港地方行医。她无意间听到他在闸港地方的情况比在其他任何地方的多：他常骑脚踏车，很受女人倾慕，桌上总有一大叠纸，人人知道那将是一部重要的医学著作，差不多就要完成了。人们认为他彬彬有礼，有一次曾在公众健康会议上发表了一篇讲毒品的精彩演讲；可是后来跟一个在食品杂货店工作的女孩搞上了，又为了一项医疗问题打官司，因而离开了闸港。

以后他没再写信要求把孩子送到美国来，妮珂写信去问他可需要钱，他也没回信。他在写给她的最后那封信里，说在纽约州的日内瓦镇行医，她有种印象是他已经定居下来，有人替他料理家务。她在地图册上找出日内瓦镇是在苏格湖区的中心地带，一般认为那是个好地方。也许他在等待机会，总有出头之日，如同格兰特总统当年在葛兰纳的事迹，她喜欢作如是想。他最近的一封信上盖的是纽约州霍聂尔地方的邮戳，那里离开日内瓦镇很有一段路，而且地方很小；无论如何，几乎可以肯定他就住在美国的哪个地区，不是这个城，就是那个镇。

译文名著精选书目

傲慢与偏见	〔英〕简·奥斯丁 著 王科一 译
简·爱	〔英〕夏洛蒂·勃朗特 著 祝庆英 译
基督山伯爵	〔法〕大仲马 著 韩沪麟 周克希 译
少年维特的烦恼	〔德〕歌德 著 侯浚吉 译
茶花女	〔法〕小仲马 著 王振孙 译
呼啸山庄	〔英〕艾米莉·勃朗特 著 方平 译
悲惨世界	〔法〕雨果 著 郑克鲁 译
堂吉诃德	〔西班牙〕塞万提斯 著 张广森 译
红与黑	〔法〕司汤达 著 郝运 译
雾都孤儿	〔英〕狄更斯 著 荣如德 译
欧叶妮·葛朗台／高老头	〔法〕巴尔扎克 著 王振孙 译
莎士比亚四大悲剧	〔英〕莎士比亚 著 孙大雨 译
泰戈尔抒情诗选	〔印〕泰戈尔 著 吴岩 译
乱世佳人	〔美〕玛格丽特·米切尔 著 陈良廷等 译
鲁滨孙历险记	〔英〕笛福 著 黄杲炘 译
安娜·卡列尼娜	〔俄〕列夫·托尔斯泰 著 高惠群等 译
十日谈	〔意〕薄伽丘 著 方平 王科一 译
福尔摩斯探案精选	〔英〕柯南·道尔 著 梅绍武 屠珍 译
老人与海	〔美〕海明威 著 吴劳等 译
漂亮朋友	〔法〕莫泊桑 著 王振孙 译
巴黎圣母院	〔法〕雨果 著 管震湖 译
双城记	〔英〕狄更斯 著 张玲 张扬 译
最后一片叶子	〔美〕欧·亨利 著 黄源深 译
瓦尔登湖	〔美〕梭罗 著 徐迟 译
一九八四	〔英〕奥威尔 著 董乐山 译
复活	〔俄〕列夫·托尔斯泰 著 安东 南风 译
三个火枪手	〔法〕大仲马 著 郝运 王振孙 译
苔丝	〔英〕哈代 著 郑大民 译
变色龙	〔俄〕契诃夫 著 汝龙 译
钢铁是怎样炼成的	〔俄〕奥斯特洛夫斯基 著 王志冲 译
浮士德	〔德〕歌德 著 钱春绮 译
太阳照常升起	〔美〕海明威 著 赵静男 译
莎士比亚喜剧五种	〔英〕莎士比亚 著 方平 译
理智与情感	〔英〕简·奥斯丁 著 武崇汉 译
罪与罚	〔俄〕陀思妥耶夫斯基 著 岳麟 译
羊脂球	〔法〕莫泊桑 著 郝运 王振孙 译
鼠疫	〔法〕加缪 著 刘方 译
青年艺术家画像	〔爱尔兰〕乔伊斯 著 朱世达 译

我是猫	〔日〕夏目漱石　著　刘振瀛　译
神曲	〔意〕但丁　著　朱维基　译
红字	〔美〕霍桑　著　苏福忠　译
到灯塔去	〔英〕伍尔夫　著　瞿世镜　译
格列佛游记	〔英〕斯威夫特　著　孙予　译
大卫·考坡菲	〔英〕狄更斯　著　张谷若　译
道连·葛雷的画像	〔英〕王尔德　著　荣如德　译
童年／在人间／我的大学	〔俄〕高尔基　著　高惠群等　译
城堡	〔奥地利〕卡夫卡　著　赵蓉恒　译
汤姆·索亚历险记	〔美〕马克·吐温　著　张建平　译
九三年	〔法〕雨果　著　叶尊　译
铁皮鼓	〔德〕格拉斯　著　胡其鼎　译
卡拉马佐夫兄弟	〔俄〕陀思妥耶夫斯基　著　荣如德　译
远大前程	〔英〕狄更斯　著　王科一　译
马丁·伊登	〔美〕杰克·伦敦　著　吴劳　译
名利场	〔英〕萨克雷　著　荣如德　译
嘉莉妹妹	〔美〕德莱塞　著　裘柱常　译
细雪	〔日〕谷崎润一郎　著　储元熹　译
哈克贝里·芬历险记	〔英〕马克·吐温　著　张万里　译
儿子与情人	〔英〕劳伦斯　著　张禹九　译
野性的呼唤	〔英〕杰克·伦敦　著　刘荣跃　译
牛虻	〔英〕伏尼契　著　蔡慧　译
包法利夫人	〔法〕福楼拜　著　周克希　译
达洛卫夫人	〔英〕伍尔夫　著　孙梁　苏美　译
永别了，武器	〔美〕海明威　著　林疑今　译
喧哗与骚动	〔美〕福克纳　著　李文俊　译
猎人笔记	〔俄〕屠格涅夫　著　冯春　译
圣经故事	〔美〕阿瑟·马克斯威尔　著　杨佑方等　译
希腊神话	〔俄〕库恩　编著　朱志顺　译
格林童话	〔德〕格林兄弟　著　施种等　译
月亮和六便士	〔英〕毛姆　著　傅惟慈　译
失乐园	〔英〕弥尔顿　著　刘捷　译
海底两万里	〔法〕儒勒·凡尔纳　著　杨松河　译
丧钟为谁而鸣	〔美〕海明威　著　程中瑞　译
安徒生童话	〔丹麦〕安徒生　著　任溶溶　译
了不起的盖茨比	〔美〕菲茨杰拉德　著　巫宁坤等　译
虹	〔英〕劳伦斯　著　黄雨石　译
摩格街谋杀案	〔美〕爱伦·坡　著　张冲　张琼　译
坎特伯雷故事集	〔英〕乔叟　著　黄杲炘　译
战争与和平	〔俄〕列夫·托尔斯泰　著　娄自良　译
环游地球八十天	〔法〕儒勒·凡尔纳　著　任倬群　译
人生的枷锁	〔英〕毛姆　著　张柏然　张增健　倪俊　译

剧院魅影	〔法〕加斯东·勒鲁 著 符锦勇 译
百万英镑——马克·吐温中短篇小说选	〔美〕马克·吐温 著 方平 等译
培根随笔全集	〔英〕弗兰西斯·培根 著 蒲隆 译
金银岛·化身博士	〔英〕斯蒂文森 著 荣如德 译
无名的裘德	〔英〕哈代 著 刘荣跃 译
一千零一夜	方平 等译
刀锋	〔英〕毛姆 著 周煦良 译
小妇人	〔美〕露易莎·梅·奥尔科特 著 洪怡 叶宇 译
玻璃球游戏	〔德〕黑塞 著 张佩芬 译
凯旋门	〔德〕雷马克 著 朱雯 译
变形记——卡夫卡中短篇小说集	〔奥地利〕卡夫卡 著 张荣昌 译
伊索寓言	〔希腊〕伊索 等著 吴健平 于国畔 译
前夜/父与子	〔俄〕屠格涅夫 著 丽尼 巴金 译
大师和玛格丽特	〔俄〕布尔加科夫 著 高惠群 译
死农奴	〔俄〕果戈理 著 娄自良 译
被伤害与侮辱的人们	〔俄〕陀思妥耶夫斯基 著 娄自良 译
黑桃皇后	〔俄〕普希金 著 冯春 译
伊利亚随笔精选	〔英〕查尔斯·兰姆 著 刘炳善 译
危险的关系	〔法〕拉克洛 著 叶尊 译
夜色温柔	〔美〕菲茨杰拉德 著 汤新楣 译